PANINI BOOKS

LE PACTE - TOME 2

MENSONGES

JENNY HAN &
SIOBHAN VIVIAN

Scarlett

DANS LA MÊME SÉRIE :

LE PACTE, TOME 1 : VENGEANCE

Responsable de collection : Mathieu Saintout

Titre original : *Fire with Fire*

Illustration de couverture : Anna Wolf

Traduit de l'anglais (États-Unis) par Carine Roulet
Suivi éditorial et relecture : studio Zibeline & Co
Maquette : Stéphanie Lairet

ISBN : 9-782809-436549

SCARLETT EST UNE COLLECTION DE PANINI BOOKS

www.paninibooks.fr

Pour la première fois, j'avais goûté à la vengeance ; elle avait la saveur chaude et corsée d'un vin aromatique, mais m'avait laissé en bouche un arrière-goût métallique, corrosif, comme si on m'avait empoisonnée.

Jane Eyre
Charlotte Brontë

LILLIA

J'AI EU DU mal à choisir ma tenue. Au début, j'ai pensé à un ensemble décontracté, du style jean et chemisier, et puis je me suis dit que non, parce que si ses parents étaient là, il valait mieux porter quelque chose de sombre, comme ma robe grise décolletée avec sa fine ceinture. Mais on aurait cru que j'allais à un enterrement, alors j'ai essayé une robe-chemisier en soie orangée qui, finalement, était bien trop printanière, trop joyeuse.

Le *ding* de l'ascenseur retentit, les portes s'ouvrent et je sors dans le couloir. On est lundi matin, une heure avant le début des cours. J'ai avec moi un panier en osier rempli de cookies aux pépites de chocolat cuits du jour et une carte de prompt rétablissement couverte de marques de rouge à lèvres rose et carmin. J'ai revêtu un pull à col roulé bleu marine, une mini-jupe camel, des collants crème et des bottines en daim marron à talons. Je me suis frisé les cheveux et j'en ai relevé la moitié.

Avec un peu de chance, mon visage ne trahit pas la culpabilité qui me ronge.

Je me répète en boucle qu'heureusement, c'est moins grave que ça aurait pu l'être. Ça en avait pourtant tout l'air, l'autre nuit. C'était horrible, même. Regarder Reeve tomber de la scène et atterrir sur le sol du gymnase comme un pantin désarticulé... je n'oublierai jamais cette image. Toutefois, sa colonne vertébrale n'est pas touchée, il souffre juste de quelques contusions et douleurs, et s'en sort avec une fracture du péroné. Ce qui n'est pas génial, j'en ai bien conscience.

Reeve aurait pu quitter l'hôpital plus tôt si les médecins n'avaient pas souhaité lui faire passer une batterie de tests pour exclure une crise d'épilepsie. Pour autant que je sache, ils ne lui ont pas fait de dépistage de drogues. J'étais persuadée qu'ils le feraient, mais Kat était convaincue qu'ils ne s'en donneraient pas la peine, puisque c'est un athlète. Par conséquent, personne n'est au courant pour l'ecstasy que j'ai versée en douce dans son verre. Reeve ne sera pas suspendu et je ne vais pas aller en prison. Normalement, il devrait sortir aujourd'hui.

J'imagine qu'on s'en tire bien tous les deux.

Nous allons pouvoir reprendre le cours normal de nos vies, peu importe ce que ça signifie. Après tout ce qui s'est passé cette année, je ne suis pas sûre de pouvoir me sentir à nouveau « normale » un jour, ni même d'en avoir envie. On dirait que la Lillia d'avant et la Lillia d'après sont deux personnes différentes. La Lillia d'avant était insouciante, elle ne connaissait rien à la vie. La Lillia d'avant n'aurait pas pu supporter tout ça ; elle n'aurait pas su comment réagir. Je suis bien plus endurcie désormais, je ne suis plus aussi pure et angélique. J'ai surmonté des épreuves ; j'ai vu des choses. Je ne suis plus la fille de la plage. Tout a changé lorsque nous avons rencontré ces garçons.

Avant, j'avais peur de quitter Jar Island, de vivre loin de ma famille et de mes amis. Mais maintenant, je me dis que quand je serai à l'université l'année prochaine, personne ne connaîtra la Lillia d'avant et la Lillia d'après. Je serai Lillia, tout simplement.

La réceptionniste me sourit et me demande :

— Tu es venue voir notre célèbre joueur de foot ? (Je lui rends son sourire en hochant la tête.) Il est au bout du couloir.

— Merci. Est-ce qu'il y a quelqu'un avec lui ?

— Oui, une jolie petite brune, répond la femme en m'adressant un clin d'œil.

Rennie. Je crois qu'elle est restée à son chevet depuis samedi soir. Je l'ai appelée à deux reprises, mais elle n'a pas décroché. Elle m'en veut probablement encore d'avoir été élue reine du bal des étudiants à sa place.

Je remonte le couloir en serrant mon panier et ma carte. J'ai toujours détesté les hôpitaux. Les néons, les odeurs… Quand j'étais petite, j'essayais de retenir ma respiration le plus longtemps possible. J'y arrive bien désormais, mais je ne joue plus à ce jeu.

À mesure que j'approche, mon pouls accélère. Seuls mes battements de cœur et le bruit de mes talons claquant sur le linoleum parviennent à mes oreilles.

Je m'arrête devant la porte légèrement entrouverte de sa chambre, sur laquelle son nom est écrit. Alors que je pose mon panier pour frapper, j'entends la voix de Reeve, défiante et rauque :

— Je me fous de ce que disent les médecins. Ma convalescence ne peut pas être aussi longue, impossible. Je suis au top de ma forme. Je vais revenir sur le terrain en un rien de temps.

— On va leur montrer, Reevie, le conforte Rennie en reniflant.

Quelqu'un me frôle en passant. Une infirmière.

— Excuse-moi, ma belle, dit-elle gaiement en ouvrant grand la porte.

Elle ferme le rideau qui sépare la pièce en deux et disparaît de l'autre côté.

C'est là que j'aperçois Reeve, dans sa chemise d'hôpital défraîchie. Il n'est pas rasé : il a un peu de duvet sur le menton, et des cernes sous les yeux. Une perfusion est reliée à son bras, et sa jambe est emprisonnée dans un énorme plâtre qui remonte du pied jusqu'à la cuisse. Ses orteils, du moins ce que je peux en voir sortir du plâtre, sont violets et tuméfiés. Ses bras sont couverts de coupures et de croûtes, probablement à cause des éclats de verre tombés sur la tête de tous les danseurs cette nuit-là. Quelques plaies plus importantes ont été suturées à l'aide de fins points noirs. Il a l'air étonnamment petit dans son lit d'hôpital, différent de d'habitude.

En me voyant, Rennie plisse ses yeux rougis.

— Salut, Lil.

Je déglutis et tends ma carte à Reeve.

— De la part des filles de l'équipe. Elles… elles t'adressent leurs meilleurs vœux de rétablissement. (Puis, je me souviens des cookies. Je m'avance pour lui apporter le panier, mais je change d'avis et le pose sur une chaise près de la porte.) Je t'ai apporté des cookies. Aux pépites de chocolat. Si je me rappelle bien, tu les as appréciés quand j'en ai préparé pour la vente de gâteaux du groupe de tutorat l'année dernière…

Mais pourquoi est-ce que je continue de parler ?

Reeve s'essuie rapidement les yeux avec son drap. D'un ton bourru, il me lance :

— Merci, mais je ne mange pas de cochonneries pendant la saison de foot.

Je ne peux pas m'empêcher de fixer son plâtre.

— C'est vrai. Désolée.

— Le docteur va revenir d'une minute à l'autre pour signer son bon de sortie, explique Rennie. Tu ferais mieux de partir.

Je sens le rouge me monter aux joues.

— Oui, bien sûr. Remets-toi vite, Reeve.

Peut-être que c'est mon imagination qui me joue des tours, mais lorsqu'il me regarde par-dessus l'épaule de Rennie, j'ai l'impression de lire de la haine dans ses yeux. Il les referme soudain.

— Au revoir, conclut-il.

Je traverse la moitié du couloir avant de m'arrêter et d'expirer enfin. Mes genoux tremblent. Je tiens toujours la carte serrée entre mes mains.

KAT

— C'EST MORT, DIS-JE en laissant ma tête retomber contre le volant. Mort de chez mort.

Pat, mon grand frère, s'essuie les mains sur un chiffon sale.

— Kat, arrête de pleurnicher et tourne cette foutue clé encore une fois.

Je fais ce qu'il me demande et mets le contact de notre décapotable. Il ne se passe rien. Pas un bruit, pas un grondement. Rien.

— Laisse tomber.

Même si Pat s'y connaît très bien en mécanique, il n'y a aucun moyen de sauver ce vieux tacot. Notre famille a besoin d'une nouvelle voiture, ou du moins, d'une sortie de l'usine il y a moins de dix ans. Je descends de mon siège et claque la portière si fort que toute la décapotable tremble. Hors de question pour moi d'aller à l'école à pied en me gelant le cul cet hiver. Ou pire, de prendre le bus. Je suis en dernière année, merde !

Pat me fusille du regard, puis se concentre à nouveau sur le moteur. Il a ouvert le capot et est penché en avant, entre les phares. Quelques potes à lui sont là, ils l'observent en descendant les bières de notre père. C'est leur occupation préférée le lundi après-midi. Pat demande à Skeeter de lui passer une clé à molette, puis se met à taper avec sur une pièce métallique.

Je me faufile derrière mon frère.

— Peut-être que c'est la batterie. Je crois que la radio s'est éteinte avant que le reste commence à merder.

C'est arrivé cet après-midi. J'avais décidé de sécher le dernier cours et de passer chez Mary. Je voulais savoir si elle allait bien, parce que je ne l'avais pas croisée dans les couloirs. Elle était sûrement trop secouée pour retourner à l'école après le bal. La pauvre, elle flippait complètement à l'idée d'avoir fait du mal à Reeve.

Mais je ne suis pas allée bien loin. La voiture m'a lâchée sur le parking du bahut.

Ma première pensée a été *Est-ce que c'est mon karma qui me joue des tours ?*

J'espère franchement que non.

Pat se retourne pour attraper un autre outil et manque de me faire tomber sur le cul.

— Putain, tu vas te calmer ou quoi ? Je sais pas, va fumer une clope, par exemple.

Je suis un peu… euh… nerveuse depuis quelques jours. Je veux dire, qui ne le serait pas après tout ce qui s'est passé au bal des étudiants ?

Jamais, ô grand jamais je ne me serais attendue à voir Reeve quitter le bal sur le brancard d'une ambulance. On voulait que les profs le chopent en plein trip et le virent de l'équipe de foot, pas qu'il finisse à l'hôpital.

Je me répète sans arrêt qu'on n'y est pour rien dans ce qui est arrivé. C'était un incendie d'origine électrique. Même le journal l'a confirmé aujourd'hui. L'incident est clos. Ce sont les explosions qui ont foutu la frousse à Reeve et l'ont fait tomber de la scène, pas la drogue que Lillia a versée dans son verre. Les faits parlent d'eux-mêmes.

Honnêtement, cette histoire est un mal pour un bien. Bien sûr, ça craint que des personnes aient été blessées. Quelques gamins ont eu des points de suture à cause du verre brisé, un première année a eu le bras brûlé par les étincelles et un des profs les plus âgés a été soigné pour intoxication aux fumées. Malgré tout, l'incendie a permis de détourner l'attention de nous. La blessure de Reeve n'est qu'une conséquence dramatique de tout ce chaos. Impossible qu'il se souvienne que Lillia lui a donné une boisson contenant de la drogue au milieu du bordel ambiant.

Du moins, c'est ce que je me tue à dire à Lillia.

Pat soulève la jauge d'huile argentée devant ses potes et tous secouent la tête, comme s'ils assistaient à un spectacle comique.

— Putain, Kat ! C'est quand la dernière fois que tu as contrôlé le niveau d'huile ?

— Je croyais que c'était à toi de le faire.

— Ça fait partie de l'entretien de base d'une bagnole !

Je lève les yeux au ciel.

— Tu as pris mes clopes ?

— Juste une ou deux, répond-il d'un air penaud.

Pat tend le doigt vers son établi. Je file les récupérer, et bien évidemment, le paquet que je viens d'acheter est vide. Je le lui jette à la tête.

— Tu veux que je te dépose à la station-service ? me propose Ricky, le casque à la main. Il faut que je fasse le plein de ma bécane, de toute manière.

— Merci, Ricky.

Lorsque nous sortons du garage, Ricky pose la main au creux de mes reins. Immédiatement, je repense à Alex Kudjak lors du bal, à la façon dont il a galamment escorté Lillia hors de ce champ de bataille pour la mettre en sécurité. J'aurais préféré ne pas assister à cette scène. Non pas que je sois jalouse, c'est juste que le côté mièvre m'a donné mal à l'estomac. Je me demande s'il voulait seulement être gentil, ou s'il en pince pour elle. Quoi qu'il en soit, ça m'est bien égal. En grimpant derrière Ricky sur sa moto, je m'approche au maximum jusqu'à ce que nous nous retrouvions quasiment collés l'un à l'autre.

Il tourne la tête et me confie à voix basse :

— Tu me rends dingue. Tu le sais, n'est-ce pas ?

Puis, il rabat la visière de son casque, dans laquelle j'entrevois mon reflet. J'ai l'air super sexy. Je lui adresse un clin d'œil et un regard innocent.

Quand je lui ordonne de démarrer, il fait rugir le moteur pour moi.

La vérité, c'est que quand je veux un mec, je peux l'avoir. Et ça vaut également pour Alex Kudjak.

Le soleil se couche sur un ciel gris, et les routes sont pratiquement désertes. C'est toujours comme ça sur Jar Island quand l'automne arrive. Plus de la moitié de la population estivale disparaît. Il reste bien quelques touristes venus faire des herbiers et ce genre de trucs, mais dans l'ensemble, il n'y a plus grand monde. Certains restaurants et boutiques sont déjà fermés pour la saison. C'est déprimant. Je suis trop pressée d'être l'année prochaine et de pouvoir déménager autre part. Avec un peu de chance, ce sera dans l'Ohio, dans une jolie chambre de la cité universitaire d'Oberlin. Je suis prête à vivre n'importe où, tant que ce n'est pas à Jar Island.

Alors que Ricky fait le plein de sa moto, j'achète un nouveau paquet de cigarettes à la boutique de la station.

Les clopes sont hyper chères. Je ferais mieux d'arrêter et d'économiser pour la fac. En retournant à la moto, j'aperçois la grande colline qui mène à Middlebury. À la maison de Mary.

— Dis, Ricky, t'es pressé de rentrer ?

Il me sourit.

— On va où ?

Je le guide jusque chez Mary. Personne ne répond quand je sonne à la porte d'entrée, pas même sa sorcière de tante. Une tonne de lettres dépasse de la boîte, et la pelouse est encore plus miteuse que le poil de mon chien Shep. Je contourne la maison et trouve un petit caillou à jeter contre une vitre à l'étage. Les lumières sont éteintes dans la chambre de Mary, et ses rideaux sont tirés. Je guette un signe de vie aux autres fenêtres. Toutes sont plongées dans le noir. La maison a l'air… sinistre. Je lâche le petit caillou que je tenais à la main.

J'aurais aimé parler à Mary juste une seconde pour la rassurer. Elle n'a rien à se reprocher. Elle ne devrait pas se sentir mal pour ce qui est arrivé. Ce connard a eu ce qu'il méritait, purement et simplement. Maintenant que notre vengeance est accomplie, j'espère que Mary va pouvoir reprendre le cours de sa vie et ne plus laisser Reeve Tabatsky la gâcher une seconde de plus.

MARY

Ça fait deux jours d'affilée que je pleure. Je n'arrive pas à manger. Je n'arrive pas à dormir. Je n'arrive à rien faire du tout.

Dans la salle de bain, tante Bette se débarbouille et se brosse les dents. C'est son petit rituel avant la nuit. En allant se coucher, elle s'arrête dans ma chambre. La ceinture de son peignoir est serrée autour de sa taille et elle a un journal sous le bras.

Recroquevillée sur mon lit, je fixe le plafond. Je ne parviens même pas à lui souhaiter bonne nuit.

Tante Bette reste plantée là à m'observer pendant un instant, avant de me dire :

— Il y a un article dans le journal aujourd'hui. (Elle me le tend. L'article au-dessus de la pliure parle du bal, de l'incendie. Il y a une photo du gymnase, avec de la fumée noire qui s'échappe des fenêtres et une marée d'étudiants qui se rue à l'extérieur.) Ils pensent que c'est dû à un problème électrique.

Je lui tourne le dos et fais face au mur, parce que je n'ai pas envie de parler du bal des étudiants. Je ne veux même pas y penser. J'ai déjà tout ressassé plus d'un million de fois dans ma tête, histoire de comprendre comment tout a dérapé.

J'étais enfin prête à ce qu'il me voie cette nuit-là, dans ma belle robe, fière, forte et transformée. Je m'étais imaginé comment ça aurait dû se passer. Reeve, en plein trip à cause de la drogue que nous lui avions administrée, n'aurait pas pu détacher les yeux de moi. Quelque chose chez moi lui aurait semblé familier. Il aurait été attiré. Il m'aurait trouvée magnifique.

À chaque fois que nos regards se seraient croisés, j'aurais touché le pendentif en forme de marguerite qu'il m'avait offert pour mon anniversaire. Je lui aurais souri et j'aurais attendu qu'il devine qui j'étais. Entre-temps, les profs auraient remarqué que Reeve commençait à perdre les pédales. Ils se seraient aperçus que quelque chose clochait. Et lorsqu'il aurait enfin compris qui j'étais, ils l'auraient conduit par la peau des fesses jusqu'au bureau du principal où il aurait reçu la punition qu'il méritait.

Sauf que ça ne s'est pas du tout passé comme ça. Mais alors, vraiment pas.

Reeve a su qui j'étais dès qu'il m'a aperçue. Même si j'ai énormément changé depuis le collège, il a reconnu la petite grosse qui avait été assez bête pour croire qu'il était son ami. Reeve a reconnu Grosse Pomme. L'entendre prononcer mon surnom m'a coupé le souffle, comme ce jour où il m'avait poussée dans l'eau sombre et glacée. Je serai toujours cette fille pour lui. J'étais hors de moi, alors j'ai pété les plombs.

— Apparemment, l'un des élèves qui a été blessé est un footballeur vedette du lycée.

Je confirme à voix basse.

— Il s'appelle Reeve. Reeve Tabatsky.

Tante Bette s'approche.

— Je sais. C'est le garçon qui te faisait des misères, Mary.

Au lieu de lui répondre, je serre les lèvres.

— On a eu cette longue conversation à son sujet autour d'un chocolat chaud lorsque je suis venue à Noël. Tu t'en souviens ?

Oui, je m'en souviens. J'avais espéré que tant Bette me donnerait de bons conseils, un moyen d'inciter Reeve à se comporter avec moi en présence des autres comme il le faisait lors des traversées en ferry. J'aurais souhaité qu'elle me comprenne. Mais au lieu de cela, elle m'avait juste suggéré d'aller trouver un prof et de tout lui rapporter la prochaine fois que Reeve se moquerait de moi en public. « Ça lui apprendra à te laisser tranquille », avait-elle affirmé.

Me laisser tranquille ? C'est la dernière chose que je voulais.

C'est là que je m'étais rendu compte qu'aucun adulte ne pouvait comprendre. Personne ne pouvait comprendre la relation entre Reeve et moi.

À quelques pas de mon lit, tante Bette respire doucement.

— Est-ce que tu as…

Je me retourne vers elle.

— Est-ce que j'ai quoi ?

Mon ton est agressif, mais c'est plus fort que moi. Elle ne voit pas que je ne suis pas d'humeur à discuter, ou quoi ?

Tante Bette écarquille les yeux, éberluée.

— Rien, répond-elle avant de sortir de ma chambre.

Je n'en peux plus. Je me lève, enfile un pull sur ma chemise de nuit, puis chausse mes baskets et file en douce par la porte de derrière.

Je descends Main Street en direction des falaises. Il y en a une très haute d'où j'aimais observer les alentours, parce que je pouvais voir à des kilomètres.

Mais ce soir, il n'y a rien d'autre que l'obscurité au-delà de la falaise. Tout est noir et tranquille, comme si j'étais au bout du monde. Je traîne les pieds jusqu'à ce que la pointe de mes chaussures dépasse de la roche. Des gravillons basculent dans le vide, mais je ne les entends pas heurter l'eau. Leur chute dure une éternité.

Au lieu de cela, j'entends Reeve murmurer dans ma direction lors du bal des étudiants. Grosse Pomme. Comme un écho qui se répète à l'infini.

Je serre les poings pour essayer de refouler le souvenir de ce qui s'est passé ensuite. Mais ça ne marche pas. Ça ne marche jamais.

Il y a eu des précédents, notamment quand Rennie est tombée de la pyramide des cheerleaders.

Et cette fois où toutes les portes des casiers ont claqué à l'unisson. Il y a un truc qui cloche chez moi. Un truc… étrange.

Un nuage s'écarte et dévoile la lune, tel un rideau sur une scène de théâtre. Ses rayons se reflètent sur la roche humide et font tout scintiller.

Un petit sentier formé de rochers inégaux descend en serpentant le long de la falaise. Je l'emprunte jusqu'à ce que je ne puisse plus aller plus loin. Je regarde dans le vide ; les vagues se brisent en dessous de moi. Elles s'écrasent contre la pierre et remplissent l'air d'embruns.

Un pas de plus… Un pas de plus et tout sera terminé. Tout ce que j'ai fait, tout ce qu'on m'a fait, va disparaître, balayé par la houle.

Soudain, une rafale et des projections d'écume

manquent de me faire basculer. Je tombe à genoux et rampe jusqu'au milieu du sentier.

Il y a une chose que je ne peux pas abandonner.

Reeve.

Je l'aime, malgré tout ce qu'il m'a fait endurer. Je l'aime, même si je le déteste. Je ne sais pas comment faire pour que ça s'arrête.

Et le pire dans tout ça, c'est que je ne suis même pas sûre d'en avoir envie.

UNE SEMAINE PLUS TARD

I
MARY

LORSQUE LE SOLEIL du lundi matin perce par ma fenêtre, quelque chose me dit de me lever au lieu de me recroqueviller et de me tourner vers le mur, comme je le fais depuis une semaine. Cela fait un moment que je sais qu'il faudrait que je retourne à l'école, mais jusqu'ici, je n'ai pas trouvé l'énergie nécessaire. Alors, je suis restée dans mon lit.

Mais aujourd'hui, tout m'a l'air différent. Il n'y a pas de raison précise, c'est juste une impression. Comme s'il fallait que j'aille là-bas.

Je tresse mes cheveux et enfile ma robe chasuble en velours côtelé, un chemisier et un gilet. Je suis nerveuse à l'idée de revoir Reeve. Je suis nerveuse à l'idée que ça tourne à nouveau mal. En plus, j'ai manqué plein de cours. Je n'ai même pas essayé de faire mes devoirs. Mes livres, tous mes cahiers, sont restés dans mon sac à dos dans un coin de ma chambre et je n'y ai pas touché. Je le soulève par une bretelle et le hisse sur mon épaule. Je ne vais pas m'inquiéter maintenant de la manière dont je vais pouvoir rattraper mon retard. Je trouverai bien un moyen.

Mais lorsque je pose la main sur la poignée et la tourne pour ouvrir la porte, elle ne bouge pas.

Cela arrive parfois dans notre maison. Surtout en été, lorsque le bois gonfle à cause de l'humidité. Les portes sont d'origine, et les accessoires également. C'est une grosse poignée ronde en verre avec une plaque en laiton et une serrure à l'ancienne. On ne peut même plus acheter ce genre de trucs.

En général, il suffit de la secouer un peu pour qu'elle tourne, mais même en essayant, je n'arrive pas à la décoincer.

— Tante Bette ? Tante Bette ? (J'essaye à nouveau de tourner la poignée et secoue la porte plus fort. Soudain, je me mets à paniquer.) Tante Bette ! Au secours !

Enfin, je l'entends monter l'escalier et lui hurle :

— Il y a un problème avec la porte ! Je ne peux pas l'ouvrir. (Je la secoue à nouveau pour lui montrer. Et comme je n'entends rien de l'autre côté, je me mets à genoux et regarde par le trou de la serrure, pour m'assurer qu'elle est toujours là. Elle l'est. Je peux voir sa longue jupe froissée bordeaux.) Tante Bette ! S'il te plaît !

Finalement, tante Bette passe à l'action. Pendant un instant, je l'entends lutter avec ma porte de son côté, et celle-ci finit par s'ouvrir. Soulagée, je laisse échapper un « Dieu merci ! » Alors que je m'apprête à sortir dans le couloir, je remarque un truc sur le sol. On dirait du sable blanc, ou une espèce de craie. Sur la gauche, je peux voir qu'il forme une fine ligne parfaitement droite, mais juste devant ma porte, il est dispersé, là où tante Bette a marché dessus.

Mais qu'est-ce qui se passe ici ?

J'ai envie de me baisser pour le toucher, mais je suis un peu effrayée.

Tante Bette a toujours été attirée par les choses bizarres, comme les purifications, les cristaux, et tout ce qui transmet différentes énergies. Quand elle revenait de voyage, elle rapportait toujours des colifichets et des porte-bonheur. J'ai beau savoir que tous ces trucs sont inoffensifs, je ne peux m'empêcher de lui montrer la craie et de lui demander :

— C'est quoi, ça ?

Elle m'adresse un regard coupable.

— Ce n'est rien. Je… Je vais tout nettoyer.

En passant devant elle, je hoche la tête comme pour lui dire « Bien sûr, fais donc ».

— On se voit dans quelques heures.

— Attends, me presse-t-elle. Où vas-tu ?

Je pousse un soupir.

— À l'école.

D'une petite voix tendue, elle me suggère :

— Tu ferais mieux de rester à la maison.

Bon, d'accord. La semaine a été difficile, je sais. J'ai vraiment broyé du noir, et j'ai beaucoup pleuré aussi. Mais ce n'est pas comme si tante Bette était en pleine forme, elle. Elle dort peu. La nuit, je l'entends tourner en rond dans sa chambre. Elle ne sort presque jamais de la maison. Et plus inquiétant encore, elle ne peint plus beaucoup. Lorsque tante Bette peint, elle est heureuse, c'est aussi simple que cela. Ce serait bien que je prenne mes distances aujourd'hui. Ça nous donnerait un peu d'air à toutes les deux.

— Je ne peux pas rester ici éternellement. (Je dois suivre mon instinct. Quelque chose en moi me dit qu'il faut que j'y aille.) Je vais à l'école.

Cette fois-ci, je ne souris pas. Je descends l'escalier en trombe sans attendre sa permission.

LORSQUE J'ATTEINS LE hangar à vélos du lycée de Jar Island, le soleil a disparu, et le ciel est gris et voilé. Le parking est désert, mis à part quelques profs et les fourgons des électriciens.

Tout le câblage électrique du lycée doit être refait après l'incident du bal des étudiants. On dirait qu'ils ont embauché tous les électriciens de l'île. Ils travaillent jour et nuit pour terminer au plus vite.

Je suis contente d'être arrivée de bonne heure, avant la plupart des autres élèves. J'ai besoin de reprendre mes marques en douceur.

À ma grande surprise, Lillia court jusqu'à moi. Elle a remonté la fermeture de sa veste jusqu'en haut et a rabattu sa capuche. Il fait plus froid chaque jour.

— Salut, toi, dis-je timidement en cadenassant mon vélo. (C'est la première fois qu'on se revoit depuis le bal.) Tu es matinale.

— Je suis tellement contente de te voir, Mary !

Comme je ne réponds pas immédiatement, elle fronce les sourcils et me demande :

— T'es fâchée ou quoi ? Tu ne m'as pas appelée et tu n'as pas tenté de me contacter. J'ai cherché le numéro de ta tante dans l'annuaire et j'ai essayé de te joindre, mais personne n'a décroché. Kat est passée chez toi plusieurs fois, mais personne n'a répondu quand elle a sonné à la porte.

J'imagine que c'était stupide de ma part de croire que Lillia et Kat ne remarqueraient pas que je les évitais. Mais je ne voulais voir personne de l'école. Ça n'avait rien de personnel.

— Désolée. C'est juste que ça faisait… beaucoup.

— Pas de souci, je comprends. La semaine a été vraiment dingue. C'est sûrement mieux qu'on fasse profil bas toutes les trois. (Je sens de la tristesse dans sa voix.) Eh, je ne sais pas si tu sais, mais Reeve revient à l'école aujourd'hui.

J'ai du mal à déglutir. Est-ce pour cette raison que j'avais l'impression de devoir revenir ici moi aussi ?

— Comment va-t-il ? J'ai lu dans le journal qu'il s'est cassé une jambe.

Lillia serre les lèvres, puis m'explique :

— Il va bien, mais je pense qu'il va manquer le reste de la saison. (Elle doit lire quelque chose sur mon visage, parce qu'elle secoue rapidement la tête.) Ne t'inquiète pas, ça va aller. (Puis, elle s'éloigne de moi à reculons.) On se voit plus tard, O.K. ? Tu m'as manqué.

Reeve est brisé. Je l'ai brisé.

J'ai eu ce que je voulais, non ?

Il va bientôt arriver. J'accélère le pas et entre dans le lycée. Dans presque toutes les salles de cours, de grands trous béants ont été découpés dans les murs pour les travaux électriques. Je dois faire attention où je mets les pieds pour ne pas trébucher sur les faisceaux de fils neufs qui courent le long des murs du couloir.

J'entre dans ma classe principale et m'assois sur le radiateur près de la fenêtre, le bas de ma robe chasuble en velours bien calé sous moi. J'ouvre un livre sur mes genoux. Je ne suis pas en train d'étudier ; je ne regarde pas les pages une seule fois. À travers mes cheveux, j'observe le parking qui se remplit d'élèves.

La température est passée en dessous de zéro pour la première fois ce week-end, et les concierges se sont empressés d'arrêter la fontaine de la cour. Seuls les fumeurs et les coureurs de cross-country affrontent le froid. Tous les autres se bousculent à l'intérieur.

Je perçois le son de basses à travers la vitre. Alex entre dans le parking au volant de son 4x4. Il se gare sur une place handicapés, près de l'accès piétonnier, puis sort, passe devant la voiture et ouvre la portière passager.

Dans la cour, tout le monde se retourne pour le regarder. Eux aussi doivent savoir qu'il revient aujourd'hui.

Reeve plante sa jambe valide sur le sol. Il porte un short de basket en maille et un sweat à capuche aux couleurs de l'équipe de foot de Jar Island. Alex lui tend la main, mais il l'ignore, s'accroche à la portière et sort son autre jambe. Un plâtre blanc court du haut de sa cuisse jusqu'à ses orteils.

Reeve reste en équilibre sur un pied tandis qu'Alex récupère ses béquilles dans le coffre. Rennie bondit de la banquette arrière et attrape le sac à dos de Reeve sur le siège passager. Reeve lui fait signe qu'il veut porter ses affaires lui-même, mais Rennie secoue la tête, et sa queue de cheval bat l'air de gauche à droite. Il abandonne et se dirige vers l'école en boitillant aussi vite qu'il le peut sur ses béquilles. Il avance très vite, d'ailleurs, laissant ses amis derrière lui.

Quelques élèves se précipitent vers Reeve en souriant pour le saluer. Tout le monde fixe sa jambe. Un gars essaye de s'accroupir avec un stylo pour signer le plâtre, mais Reeve ne s'arrête pas. Il baisse la tête, fait mine de ne pas les voir et continue son chemin.

Rien de nouveau. Tous les élèves veulent leur part de Reeve. La plupart n'obtiendront jamais rien de lui.

Moi, j'ai eu droit à quelque chose, autrefois.

II
LILLIA

Alors que je suis concentrée sur mon équation de maths, on frappe à la porte de la classe. C'est Mme Gardner, la secrétaire du lycée. Elle porte un blazer bleu marine qui ne la met pas du tout en valeur. Il est bien trop long et trop droit pour elle, avec d'énormes boutons dorés. On dirait qu'elle l'a piqué dans l'armoire de son mari, en 1980. À mon avis, les femmes de petite taille ne devraient jamais porter de blazer. Sauf s'ils sont bien courts et hyper ajustés, avec des manches trois-quarts, par exemple.

Bref.

Je retourne à mes exercices. On doit résoudre des fonctions dérivées. Rien de compliqué. L'année dernière, tout le monde affirmait que ce type de calcul est le plus difficile qui soit. Sérieux ?

Mais soudain, Mme Gardner dépose une feuille de papier jaune sur mon bureau. La première ligne indique « Lillia Cho », la suivante « Convocation chez le conseiller pédagogique ». Il y a une autre ligne pour l'heure du rendez-vous, qui dit « Maintenant ».

Je sens tout mon corps se contracter. Je dégage mes cheveux derrière mon épaule et ramasse mes affaires. Alex me regarde passer alors que je me dirige vers la porte. Je souris et hausse les épaules en prenant un air insouciant, comme pour dire « Bizarre, qu'est-ce que ça peut bien être ? »

Je ne traîne pas dans le couloir. Si j'avais des ennuis, si quelqu'un avait découvert ce que j'ai fait à Reeve lors du bal, je serais convoquée chez le principal, pas chez le conseiller.

M. Randolph est mon conseiller depuis ma première année. Il n'est pas vieux. La date sur son diplôme de fin d'études indique qu'il l'a obtenu il y a dix ans. J'ai vérifié, une fois. Il devait être canon à l'époque, mais maintenant, il perd ses cheveux. Quel dommage. Ses parents sont propriétaires du centre équestre où je laisse mon cheval Phantom en pension. Il y a des plaques et des médailles partout, du temps où il faisait de la compétition.

Je patiente une seconde devant sa porte. Il est au téléphone, mais me fait signe d'entrer.

Je m'assois et répète dans ma tête ce que je vais lui dire, au cas où il m'interrogerait. Je vais prendre une mine déconfite et lui sortir un truc du genre « Excusez-moi, monsieur Randolph, mais pourquoi est-ce que je ferais une chose pareille ? Reeve est l'un de mes meilleurs amis. Tout ceci est plus que ridicule. Je ne sais même pas quoi dire. »

Ensuite, je vais croiser les bras et arrêter de parler jusqu'à l'arrivée de mon avocat.

M. Randolph a l'air contrarié et frotte son crâne dégarni. Je me demande si c'est pour cette raison qu'il perd prématurément ses cheveux, parce qu'il est si stressé qu'il se gratte la tête toute la journée.

— Oui, d'accord. Oui, merci à vous.

Il raccroche et pousse un long soupir.

— Pourquoi es-tu si nerveuse, Lillia ?

Je me force à sourire.

— Bonjour, monsieur Randolph.

— Je ne t'ai pas vue au centre équestre depuis un bon moment. Tu n'envisages pas de vendre ton cheval, j'espère ?

— Non ! Jamais je ne vendrai Phantom !

M. Randolph se met à rire.

— Je sais, je sais. Mais si tu changes d'avis un jour, tu sais qui appeler en premier, O.K. ?

J'acquiesce, même si ça ne risque pas d'arriver. Je ne passerai jamais ce coup de fil et je ne vendrai jamais Phantom.

— O.K.

— Bon… J'étais en train d'étudier tes bulletins de notes. Ils sont très bons, Lillia, vraiment très bons. Tu pourrais même être major de ta promotion et avoir l'honneur de prononcer le discours d'introduction lors de la remise des diplômes.

D'un seul coup, je me sens soulagée.

— Oh, génial ! Mon père va être content.

M. Randolph ouvre un dossier portant mon nom. Je me demande s'il va me donner mon classement, mais il m'annonce :

— Par contre, j'ai remarqué que tu n'as toujours pas passé ton brevet de natation.

— Oh.

Depuis que Jar Island dispose d'une piscine couverte, tous les étudiants doivent obtenir leur brevet de natation. C'est obligatoire pour être diplômé.

— À moins qu'il ne s'agisse d'une erreur administrative ?

Je me trémousse sur mon siège.

— Non, je ne l'ai pas passé.

Il secoue la tête.

— Tu sais que ce brevet est obligatoire pour obtenir ton diplôme.

— Sauf si je suis dispensée par un médecin, c'est bien ça ?

Il a l'air surpris. Surpris et déçu.

— Exact. Sauf en cas de dispense médicale. (Il referme mon dossier.) Tu n'as pas envie d'apprendre à nager, Lillia ?

— Je me débrouille suffisamment pour ne pas me noyer, monsieur Randolph, mais la natation, c'est pas mon truc.

Il me regarde comme si je me comportais de façon ridicule.

— Ça peut servir, Lillia, surtout pour une fille qui vit sur une île. Ça pourrait te sauver la vie un jour. Ou tu pourrais sauver celle de quelqu'un. Promets-moi d'y réfléchir.

Je vais y réfléchir. Je vais réfléchir à la manière dont je vais demander à mon père de me rédiger une dispense. S'il refuse, je suis sûre que Kat acceptera de le faire en se servant de son papier à en-tête.

Alors que je retourne en classe, j'aperçois quelqu'un en train de punaiser des citrouilles en papier autour d'octobre sur le calendrier du grand panneau d'affichage. Cela fait un petit peu plus d'un mois que Kat, Mary et moi avons engagé la conversation toutes les trois dans les toilettes des filles. Je ne sais pas si c'est la chance, ou le destin, qui nous a réunies. Peu importe ce que c'est, je suis contente que ça soit arrivé.

***

Nous sommes tous à table pour le déjeuner et les autres élèves n'arrêtent pas de venir pour essayer de signer le plâtre de Reeve. Le Reeve que je connais aurait apprécié toute cette attention et en aurait savouré chaque seconde. Mais pas ce type. Celui-là s'en contrefiche. Tout ce qu'il veut, c'est discuter de son programme de rééducation avec Rennie. Ils sont blottis l'un contre l'autre à l'autre bout de la table et Reeve a posé son plâtre sur les genoux de Rennie.

— Tant que je serai plâtré, je vais me concentrer exclusivement sur le haut du corps. Pectoraux, biceps, triceps, dos, abdos. Faut que je me muscle des épaules jusqu'à la taille. Ensuite, dans trois, peut-être quatre semaines, je vais avoir mon attelle. Et là, hop, programme d'hydrothérapie.

Médusée, je le regarde avaler deux filets de poulet à la vapeur, ainsi qu'un énorme sac de congélation rempli de bâtonnets de carottes et de pousses d'épinard. Il engloutit la nourriture à la manière d'un aspirateur.

— Je t'ai commandé une ceinture de flottaison hier soir, l'informe Rennie. Elle devrait arriver d'ici la fin de la semaine.

Alex est penché au-dessus de la table. Il tente de convaincre Reeve de venir au match de foot de vendredi, mais bien évidemment, Reeve l'égoïste s'en moque.

— Allez, Reeve. Tu sais que c'est bon pour le moral. Les gars ont une peur bleue à l'idée que Lee Freddington rejoue quarterback.

— C'est parce que Freddington lance comme une merde, enchaîne Derek, la bouche pleine de pizza.

C'est vrai. Nous avons joué notre premier match sans Reeve vendredi dernier, et ça a été un véritable désastre. On a perdu de beaucoup face à une équipe qui était avant-dernière de notre division.

— Tu nous manques, mec, claironne PJ. Et puis, je sais pas, peut-être que tu pourrais donner des conseils à Freddington ?

— Exactement, confirme Alex. Pas la peine de te mettre en tenue. Reste juste près de la touche. Je suis sûr que ça ferait une sacrée différence.

Reeve descend sa brique de lait vitaminé. En s'essuyant la bouche, il lance :

— Les gars, faut vous débrouiller tout seuls, maintenant. Je ne peux plus vous porter à bout de bras. Je dois m'occuper de moi. Si je ne me requinque pas, je ne jouerai pas à l'automne prochain.

— Tu restes le capitaine de cette équipe, lui rappelle Alex.

— Je dois me concentrer sur ma rééduc, le contre Reeve. Je me couche à vingt et une heures et je me lève à cinq heures et demie pour faire mes exercices. Tu crois franchement que j'ai le temps d'aller à un match de foot ?

— Je te demande juste d'y réfléchir. Inutile de te décider aujourd'hui. On verra comment tu te sens vendredi soir.

Je suis malade de voir Alex faire preuve d'autant de patience avec Reeve le coléreux. À sa place, j'aurais dit à Reeve de laisser tomber.

En secouant la tête, Derek se lamente :

— Putain, mec, je peux pas croire qu'un truc pareil te soit arrivé. Moi qui étais pressé de te regarder enchaîner les touchdowns à la télé à l'automne prochain…

Reeve enfourne une pleine fourchette de salade. En mâchant énergiquement, il réplique :

— Oh, mais tu vas me voir à la télé. Compte là-dessus.

— C'est clair, Derek, siffle Rennie en lui adressant un regard éloquent. À partir de maintenant, fini le pessimisme. Seules les pensées positives sont autorisées.

Reeve se hisse péniblement sur ses béquilles.

— Tu vas où ? lui demande Rennie.

— Aux toilettes.

Il titube, et Rennie le surveille comme le lait sur le feu, prête à bondir et à intervenir au besoin. Dès qu'il s'est éloigné, elle regarde autour d'elle pour s'assurer que personne n'écoute, puis confie à Ash :

— Il est super courageux. Il a pratiquement pleuré dans mes bras l'autre soir lorsqu'il a appris que l'université de l'Alabama ne voulait plus de lui. C'était l'une de ses solutions de repli ! Du coup, il a imploré les coaches de le prendre à l'essai la première saison, quitte à ne pas jouer les matchs officiels. (Elle ferme les yeux et se masse les tempes.) Ils pensent qu'il ne récupérera jamais son niveau de jeu. J'ai trop hâte qu'il leur prouve le contraire, à ces idiots. (Elle prend une gorgée de soda.) Évidemment, il risque de ne pas être pris dans une équipe de première division une fois que tout sera terminé, mais une fac de deuxième ou troisième division serait chanceuse de l'avoir.

— Tu as encore passé la nuit chez lui ? murmure Ash.

Comment ça, « encore » ? Ils dorment l'un chez l'autre, maintenant ? Je suis persuadée que Paige laisserait Rennie passer la nuit chez un garçon, mais les parents de Reeve m'ont toujours donné l'impression d'être hyper conservateurs. Ils vont à la messe tous les dimanches, et Reeve vouvoie son père.

En se passant la main dans les cheveux, Rennie se vante :

— En fait, je suis la seule chose qui l'aide à tenir le coup en ce moment.

— Et au niveau de la CDLR, vous en êtes où ? demande Ash.

Je m'interroge à voix haute :

— Ça veut dire quoi, CDLR ?

— Clarification de la relation, m'explique Rennie en levant les yeux au ciel, comme si seule une débile profonde pouvait l'ignorer. (Mais elle ne me regarde pas.) Non, on n'a rien clarifié. Pas encore. Il a trop de choses en tête pour le moment. Je veux juste être là pour lui. C'est tout ce dont il a besoin. (Elle rassemble ses affaires.) Je vais voir où il est. (Elle fait la bise à Ashlin.) À plus, Ash, à plus, PJ, à plus, Derek.

Sans même un regard dans ma direction, elle décolle. Personne ne semble remarquer que Rennie a salué tout le monde, sauf moi. C'est comme ça depuis le bal des étudiants, et ça empire un peu plus chaque jour. Je suis sûre que Rennie m'en veut. À mort.

Dès qu'elle a franchi la porte, je demande à Ash :

— Est-ce que Rennie t'a dit quelque chose ? À propos de moi ?

Ashlin gigote sur sa chaise et évite de croiser mon regard.

— Comment ça ?

— Elle me traite comme de la merde depuis le bal. C'est parce que j'ai été couronnée reine à sa place ? (Je me mords la lèvre.) Je veux bien lui donner ma tiare si elle en a tellement envie.

Ash finit par lever les yeux vers moi.

— Lil, c'est pas à cause de ça. C'est parce que tu as embrassé Reeve sur la scène.

J'en reste bouche bée.

— Je ne l'ai pas embrassé ! C'est lui qui m'a embrassée !

— Mais tu l'as laissé faire. Devant tout le monde.

Je suis au bord des larmes.

— Ash, je n'ai jamais voulu que ça arrive ! Il m'a carrément forcée. Tu sais que je ne l'apprécie même pas.

D'ailleurs... pourquoi est-ce qu'elle m'en veut à moi et pas à Reeve ?

Ash hausse les épaules d'un air compatissant.

— C'est son premier amour, son Reevie chéri. Elle peut tout lui pardonner.

— Mais c'est pas juste.

— Dis-lui que tu es navrée, me suggère Ashlin. Dis-lui que tu n'as jamais voulu quoi que ce soit avec Reeve.

Je fronce les sourcils et me renfonce dans ma chaise. Peut-être que ça pourrait arranger les choses, mais ça m'étonnerait.

— Le truc, c'est que ça ne devrait pas être à moi de faire le premier pas.

III
MARY

C'EST LA FIN de la semaine, et je m'apprête à sortir de l'école quand j'entends Kat hurler sur le parking. C'est un cri enjoué, pas un cri de terreur ou autre. Je regarde autour de moi et la repère à quelques mètres, la cigarette coincée entre les dents, en train d'essayer d'enlever la chemise en flanelle d'un garçon.

Je reconnais plus ou moins le garçon en question. Je ne connais pas son nom, mais je le vois toujours traîner autour de l'école. Je ne pense pas que ce soit un élève. Ou si c'est le cas, ses profs doivent vraiment prendre leurs listes de présence par-dessus la jambe.

Kat pourrait faire partie de l'équipe de lutte du lycée de Jar Island. Elle est hyper légère sur ses jambes. Elle n'arrête pas de bouger, de sautiller sur la pointe des pieds, de se tortiller à gauche à droite pour faire passer le dos de la chemise par-dessus la tête du garçon. Je parie que c'est son frère, Pat, qui lui a appris à faire ça.

Le garçon titube, et on dirait qu'il ne sait pas trop comment se défendre contre une fille. Kat en tire indéniablement avantage. Elle reste bagarreuse et continue de tirer jusqu'à ce qu'elle lui ait enlevé le plus gros de sa chemise, le distrayant en lui envoyant de petits coups dans les côtes ou en tirant sur l'élastique qui retient ses cheveux mi-longs. Bientôt, il n'agrippe plus sa chemise que par un minuscule bout de manche.

Kat prend appui sur ses pieds, comme si elle se préparait pour une lutte acharnée, puis le met en garde :

— Elle va se déchirer si tu ne la lâches pas, Dan.

— Bon, d'accord, finit par céder le garçon.

Dan, apparemment.

Kat pousse un rugissement de victoire et tourne sur elle-même en agitant la chemise au-dessus de sa tête comme un lasso.

— Tu viens de prendre une bonne leçon, Dan. Quand je veux quelque chose, je l'obtiens. Un point, c'est tout.

Le visage de Dan vire au rose vif. J'éclate de rire, parce qu'elle est vraiment dingue.

Kat doit m'entendre, car elle regarde immédiatement dans ma direction. Elle lève le menton le plus discrètement possible pour me saluer. Je lui souris, et alors que je m'apprête à enfourcher mon vélo pour rentrer chez moi, Kat fait quelque chose d'étonnant.

Elle lève un doigt, comme pour me dire de l'attendre.

Tout se passe si vite que je me demande si je n'ai pas rêvé. Nous n'avons jamais vraiment fait ça jusqu'ici. Nous saluer en public, au grand jour. Nous pouvons probablement le faire désormais, car nos projets de vengeance sont terminés. Toutefois, je sors le livre que je dois lire pour le cours d'anglais et le feuillette par souci de discrétion. Je la regarde écraser sa cigarette.

— Allez, Kat, rends-moi ma chemise !

Kat l'enfile par-dessus son sweat.

— J'ai envie de la porter. Je te promets de te la ramener lundi. En plus, elle aura mon odeur.

Il fait semblant d'être contrarié, mais je vois bien qu'il l'apprécie à la manière dont il cède rapidement et lui propose :

— Je te dépose chez toi ?

— Nan. Je préfère marcher. Je peux te taxer une autre clope ?

Sans attendre sa réponse, elle se sert dans son paquet et colle la cigarette derrière son oreille.

Puis, elle se dirige vers la piste cyclable.

Je range mon livre et m'avance doucement, mon vélo à la main, afin qu'elle puisse me rattraper. Il vaut probablement mieux que nous restions prudentes.

— Tu tiens le coup, Mary ? me demande-t-elle en se rapprochant.

Je soupire.

— Oui, ça peut aller.

— Est-ce que tu as beaucoup vu Reeve cette semaine ?

— Pas vraiment. (Je dégage mes cheveux derrière mes oreilles et fixe le sol.) Je… euh… j'ai entendu dire que Reeve risque de perdre sa bourse d'études à cause de sa blessure. (Dès que j'ai prononcé ces mots, je sens ma lèvre supérieure trembler.) C'est vrai ?

Kat hausse les épaules.

— Peut-être, mais peut-être pas, qui sait ? Ce n'est pas comme s'il avait réellement perdu une jambe. C'est juste une fracture, et pas grave, en plus. Mon frère s'est cassé le fémur une fois, pendant une course de motocross. Maintenant, sa jambe gauche mesure un centimètre de moins que la droite.

Sa voix est étonnamment calme. Je sens son regard s'attarder sur moi. On dirait qu'elle attend de voir si je vais m'effondrer. Je relève le menton et parviens à lui adresser un petit sourire, même si je sais que j'ai les yeux embués de larmes.

Cette fois-ci, c'est Kat qui se détourne. Elle s'écarte de la piste cyclable et arrache d'une branche basse une pleine poignée de feuilles qui commencent à virer au brun.

— Ça va aller, fais-moi confiance. Reeve va trouver une solution. Il y arrive toujours.

Je hoche la tête comme pour répondre « Oui, bien sûr ». Qu'est-ce que je pourrais dire de plus ? Je vais trouver des solutions, moi aussi. J'ai réussi à survivre à cette semaine. C'est déjà bien.

Je préfère changer de sujet.

— C'est qui, ce gars avec qui tu discutais ? Tu l'aimes bien ?

— Attends, Dan ? (Kat lève les yeux au ciel.) Mary, j'ai pas besoin d'une amourette sans lendemain, pas maintenant qu'il me reste, quoi, sept mois avant de quitter cette île. C'est juste un remède temporaire à mon ennui.

Si seulement c'était aussi simple. Trouver un garçon à aimer, qui m'aimerait en retour. Kat a beaucoup d'expérience avec les garçons, et moi, je n'en ai jamais embrassé un. Probablement parce qu'au fond de moi, je suis attachée à Reeve depuis tout ce temps, et que j'espère qu'il va enfin penser que j'étais digne de lui.

Et voilà que je recommence. À penser à Reeve, alors que j'essaye de l'oublier. C'est comme une maladie.

— Qu'est-ce que tu fais ce soir, Mary ?

Avant que je puisse répondre, elle ajoute :

— Je vais sur le continent pour un concert au magasin de musique de ma copine. Un groupe de deathcore qui s'appelle Day of the Dogs. Ils font un truc de dingue, un jeu avec le public où il faut beugler à s'en faire exploser les poumons. Je sais que tu en as une sacrée paire. (Elle le dit en plaisantant, en référence à la manière dont j'ai hurlé le soir du bal, mais aucune de nous ne rit.) Tu devrais venir. Ça te ferait du bien. Histoire d'évacuer toute cette merde que tu gardes en toi.

Je ne sais pas ce qu'est le deathcore, et même si j'apprécie son invitation, je préférerais y aller en douceur pour le moment.

— J'ai encore plein de devoirs à rattraper. Je ne vais probablement pas pouvoir sortir avant longtemps.

Kat me fixe pendant une seconde, et je sens qu'elle essaye de deviner ce que je pense. En tournant le dos à la brise, elle tente d'allumer sa cigarette.

— O.K., Mary, écoute, je sais que tu as le cafard depuis le bal. Les choses ne se sont pas exactement passées comme on le voulait, et ça craint, j'en ai bien conscience. Après la mort de ma mère, j'ai refusé de parler pendant six mois environ. (Elle tire quelques bouffées, puis regarde le bout de sa cigarette pour vérifier si elle est allumée.) Tu es au courant pour ma mère, n'est-ce pas ?

Je hoche la tête. Lillia m'en a parlé rapidement une fois. Elle est morte d'un cancer, mais Kat ne l'a jamais évoquée jusqu'ici. Une petite partie de moi est contente qu'elle se confie, qu'elle se sente prête à partager une chose aussi intime avec moi.

— Il me semblait bien, mais je préférais m'en assurer, poursuit-elle. (Elle prend une longue, longue bouffée et recrache la fumée.) Bref, quoi qu'il en soit, me renfermer comme ça n'était sûrement pas la meilleure chose à faire pour me sentir mieux. On ne peut pas rester éternellement triste, tu vois ce que je veux dire ? Ça n'allait pas me ramener ma mère, c'est clair. À un moment, il faut passer à autre chose.

Je m'arrête de marcher.

— Et comment je fais pour passer à autre chose ?

Elle pince sa cigarette entre ses lèvres et plonge les mains dans ses poches.

— Tu devrais peut-être, je sais pas, t'inscrire à un club ou un truc dans le genre. Essayer de t'impliquer davantage dans la vie du lycée. Passer le temps jusqu'à la remise des diplômes.

— Quel type de club ?

Exaspérée, elle s'exclame :

— J'en sais rien, Mary ! Les clubs, c'est pas mon truc. Choisis une activité qui t'intéresse. Il faut que tu te bouges. Que tu te fasses de nouveaux amis. Que tu te concentres sur les choses qui te rendent heureuse. Je ne dis pas ça pour te blesser, mais il faudrait que tu vives enfin ta vie, parce qu'il te reste plus d'une année à tirer avant la quille.

Tout a l'air si simple avec elle. Peut-être que c'est le cas.

— Je sais que tu as raison, mais c'est… c'est vraiment dur.

— Ça n'a pas besoin de l'être, pourtant. (Kat s'adosse à un arbre.) Tu le fais, et tu ne laisses pas tes sentiments se mettre en travers de ton chemin. (Elle tapote sa poitrine.) Je ne m'attarde presque jamais sur mes sentiments. Tu sais pourquoi ? Parce que si je devais rester assise là à pleurer en pensant à tous les coups durs qui me sont arrivés, je ne sortirais jamais de mon lit. (Elle plonge son regard dans le mien.) Je te jure que tu vas aller mieux. Il faut juste que tu remontes la pente.

Je serre mon manteau autour de moi. Kat a raison, et je le sais. Je ne devrais pas me morfondre de cette manière. J'ai perdu une année entière de ma vie après avoir tenté de me suicider à cause de Reeve. Ça ne doit pas se reproduire.

— Merci, lui dis-je du fond du cœur, parce que je le pense vraiment.

Il y a une grande différence entre cette époque et maintenant. Désormais, j'ai des amies qui veillent sur moi.

Je me plonge dans mes devoirs jusqu'à ne plus supporter la vue de mes cahiers, puis je sors me promener sur Main Street. Un ferry s'arrête sur le quai, et le premier véhicule à débarquer est un car scolaire rempli de joueurs de foot. Sur les vitres, différentes inscriptions sont peintes : des numéros de joueurs et des bêtises du style « Les mouettes vont boire la tasse ! »

Purée.

On dirait bien qu'il y a un match ce soir.

Je me dirige vers le stade. Je ne pense pas rester longtemps, mais je trouve facilement une place dans les gradins. La foule des supporters est moitié moins nombreuse, voire pire, que pour le match qui a précédé le bal des étudiants. Cela s'explique sans doute par la perte de notre meilleur joueur. Le premier match après le week-end du bal, après la blessure de Reeve, nous avons perdu. Largement. Notre quarterback remplaçant, Lee Freddington, n'a pas réussi une seule passe.

Un petit groupe de cheerleaders est agglutiné et répète un de ses cris d'encouragement : « Dé-fense ! Dé-fense ! Dé-fense ! » On risque de l'entendre bien plus souvent qu'avant, maintenant que notre équipe n'a plus personne pour mener l'attaque. Les autres cheerleaders s'échauffent tranquillement le long des lignes de touche, comme si c'était un entraînement et non un soir de match. Assise en tailleur dans l'herbe, Rennie consulte son téléphone. Lillia et Ashlin discutent près du banc des joueurs. Lillia m'aperçoit et me sourit. Je fais de même.

Le présentateur salue nos adversaires, puis nos cheerleaders s'alignent et s'avancent vers la porte des vestiaires pour accueillir nos joueurs dès leur entrée sur le terrain. Teresa Cruz vient se placer devant le groupe. Comme elle encourage Lee Freddington, elle a pris du galon.

Rennie la voit faire et se plante juste devant elle.

Reeve est le premier à sortir. Il porte son maillot et un bas de survêtement, comme à l'école aujourd'hui. Dès qu'il apparaît, tous les supporters massés dans les tribunes se lèvent et l'acclament. Ils sont moins enthousiastes qu'ils ne l'étaient en début de saison. Ils applaudissent moins fort. On sent plutôt du respect, de la politesse.

Reeve tente d'aller aussi vite qu'il le peut sur ses béquilles, mais le terrain est meuble après la pluie qui est tombée cette semaine et ses béquilles s'enfoncent dans la pelouse. Plus il se démène, plus il s'enlise, ce qui le ralentit.

Les autres joueurs jaillissent hors des vestiaires. Ils essayent de rester derrière Reeve, de le laisser mener le groupe, mais il est si lent qu'un embouteillage se forme.

Voici que Lee Freddington se présente; remontant par les côtés, il passe à droite de Reeve en l'ignorant et prend la tête de l'équipe. Comme si Lee Freddington venait de leur en donner l'autorisation, les autres joueurs doublent également Reeve, qui se retrouve en queue de peloton, avec Alex, PJ, l'entraîneur et les porteurs d'eau qui doivent traîner les glacières. Reeve semble de plus en plus frustré. À un moment, le bout de son plâtre gratte le sol, remplissant l'espace entre ses orteils de brins d'herbe et de terre. Il vire au rouge vif, prêt à exploser.

J'arrête d'applaudir et m'assois sur mes mains. C'est stupide, et ça fait probablement de moi une fille faible, mais c'est juste que Reeve n'est absolument pas préparé à ça. Il ne sait pas comment gérer le fait d'être tenu à l'écart, parce qu'il est habitué à être au centre de tout. Ça fait peine à voir, comme si la lune et les étoiles avaient été bannies des cieux et contraintes à une existence mortelle comme chacun d'entre nous.

Je voulais que Reeve ait de gros ennuis, qu'il perde ce qui le faisait se sentir si sûr de lui, si supérieur à quiconque. Il a mérité ce qui lui arrive, je le sais pertinemment. Pourtant, une partie de moi souhaiterait que nous n'ayons pas été aussi loin. Nous n'avions pas besoin de le briser pour lui faire la leçon.

Le premier quart-temps du match, nous jouons aussi mal que prévu. Lee Freddington récupère la balle au début du deuxième quart-temps. À sa première occasion de passe, il manque de se faire plaquer par l'autre équipe. Notre coach demande un temps mort et commence à engueuler les défenseurs.

Reeve essaie de communiquer avec Lee Freddington depuis la touche et lui donne quelques conseils. Il le fait depuis le début du match. Mais Lee l'ignore la plupart du temps. C'est tout juste s'il croise son regard. Et pas parce qu'il est embarrassé, non. Parce qu'il pense qu'il n'a pas besoin de son aide.

Juste avant la fin du temps mort, Lee Freddington se dirige vers Alex Kudjak. Il passe le bras sur son épaule et semble lui murmurer quelque chose. Reeve l'observe, la mâchoire serrée.

Un instant plus tard, notre équipe revient en trombe sur le terrain. Lee mène la mêlée, et lorsque la balle fuse, il tend le bras en arrière comme s'il était vraiment prêt à l'intercepter. À l'autre bout du terrain, Alex Kudjak dépasse un autre joueur. Lee lui lance la balle, qui décrit une vrille serrée et atterrit pile dans les bras d'Alex.

Touchdown.

Je me lève pour partir quand PJ transforme et marque un point supplémentaire. Alors que je passe près de la ligne de touche, les cheerleaders s'alignent pour encourager chacune leur joueur. Teresa fait un pas en avant ; Rennie monte à la charge et l'attrape par le sweat.

— Qu'est-ce que tu fais ?

— Lee a fait une passe décisive. Il a droit à des encouragements personnels.

Rennie la regarde comme si elle était demeurée.

— Mais c'est Alex qui a marqué. C'est lui qui a mis les points.

Teresa prend la mouche.

— Sauf que dans ce cas, on encourage toujours le quarterback.

— Notre quarterback, c'est Reeve. Lee n'est qu'un remplaçant à deux balles.

Rennie s'avance et encourage Reeve si fort que je le vois se recroqueviller sur son banc.

Rennie pense savoir ce dont Reeve a besoin, mais elle se trompe sur toute la ligne. Il ne veut plus qu'on le regarde. Tout ce qu'il souhaite maintenant, c'est qu'on le laisse tranquille.

Je prends le chemin du retour. C'est exactement ce que je compte faire. Laisser Reeve tranquille. En plus, je vais reprogrammer mon cerveau pour ne plus penser à lui et ne plus rien ressentir pour lui. C'est la seule chose à faire.

***

De retour chez moi, je découvre tante Bette dans le salon. Elle est assise par terre dans le noir, entourée de bougies allumées. La cire forme de petites flaques sur le parquet. Mon père piquerait une crise s'il voyait ça. Il répète toujours que les sols sont ce qu'il préfère dans la maison ; ils sont en cèdre blond doré du plus bel effet.

— Je suis rentrée, dis-je en entrant dans la pièce.

Tante Bette sursaute. Je m'approche ; un morceau de drap est étalé devant elle. Il est couvert de piles d'herbes et de feuilles sèches, dont elle fait de petits paquets qu'elle attache avec de la ficelle.

Elle finit de serrer un nœud, puis m'annonce d'un air contrarié, comme si j'avais interrompu quelque chose d'important :

— Je ne savais pas que tu étais sortie.

— Je suis allée me promener.

J'ajoute que je suis désolée, même si je n'ai rien à me reprocher. En désignant les paquets, je l'interroge :

— C'est quoi, ça ?

D'une main, tante Bette attrape un brin de quelque chose et frotte une feuille entre ses doigts.

— Des herbes anciennes.

On dirait du romarin, ou peut-être du thym, je ne saurais dire.

— O.K. Eh bien, bonne nuit.

Au pied de l'escalier, je remarque une théière posée à même le sol. À l'intérieur, un des paquets est en train de se consumer. Il brûle en formant des braises incandescentes et des volutes de fumée qui montent jusqu'au plafond du couloir.

Mais qu'est-ce qui se passe ici ?

Mon cœur commence à palpiter. En toussant, j'appelle :

— Euh, tante Bette, est-ce que c'est prudent de laisser ce truc dans l'entrée ?

J'ai peur de paraître condescendante, mais franchement, c'est plutôt troublant. Et ça me donne la nausée.

Tante Bette ne répond pas. Peu importe. Je contourne la théière en veillant à ne pas inhaler la fumée, puis monte dans ma chambre.

IV
KAT

Après le lycée et ma discussion avec Mary, je rentre à la maison, prépare un dîner au micro-ondes pour mon père, engloutis un bol de céréales, puis me dirige vers le ferry. Le soleil s'est couché et le vent est glacial. Je remonte la fermeture Éclair de mon sweat-shirt jusqu'au cou et serre la capuche autour de ma tête. J'aurais dû commencer à porter un manteau il y a déjà plusieurs semaines, mais je déteste celui que j'ai acheté l'année dernière. C'est un caban gris anthracite, un authentique en provenance du surplus de l'armée. Je l'ai dégoté à la friperie, mais il n'est pas doublé et la laine me gratte la peau. Peut-être qu'en me rendant sur le continent de bonne heure, je pourrai m'arrêter à la friperie pour voir s'ils ont autre chose.

Sur l'embarcadère du ferry, c'est tout le contraire de l'été, lorsque le parking est plein et que des files entières de gens font la queue pour monter à bord. L'endroit est complètement désert, à l'exception de quelques camions de livraison et voitures. La plupart des employés que je connais sont partis pour la saison, alors je vais probablement devoir payer mon billet. Je m'approche du guichet, mais le vendeur est un ami de mon père, et il refuse de prendre mon argent. Ce qui est génial. Ça m'arrive souvent, mais j'en suis reconnaissante à chaque fois.

Comme je risque de me geler le cul en m'asseyant sur le pont passager, je trouve un siège à l'intérieur, dans le café. À une table, quatre petits vieux boivent du thé et feuillettent un livre sur les oiseaux en cochant ceux qu'ils ont vus aujourd'hui. J'allume mon MP3 et ferme les yeux. Je jure devant Dieu que je préférerais mourir jeune, parce que je ne peux pas m'imaginer en train de faire ce genre de conneries.

Je sens mon estomac se nouer (de culpabilité, sans doute), sachant que ça fait des semaines que je ne suis pas passée au magasin voir Kim. Pas depuis notre petite dispute, lorsque j'avais besoin d'utiliser la photocopieuse afin d'imprimer les poèmes débiles d'Alex pour notre plan de vengeance. J'étais tellement absorbée par ma tâche que je n'ai pas accordé à Kim l'attention qu'elle méritait, alors qu'elle avait manifestement besoin d'une amie à qui parler.

Avec un peu de chance, elle me pardonnera.

Malheureusement, la friperie n'a pas de manteaux d'hiver, uniquement des fringues d'été que les gens ont laissé après avoir fait le tri dans leurs armoires. Je parcours le kilomètre et demi qui me sépare de *Paul's Boutique*. Les Day of the Dogs ne vont pas se pointer avant tard dans la soirée, mais c'est mieux comme ça, parce que Kim et moi allons pouvoir rattraper le temps perdu. Je décide à l'avance de ne pas lui parler de mes histoires. Aujourd'hui, c'est elle qui doit pouvoir se décharger sur moi. Peut-être que les choses se sont arrangées entre Paul et elle. Peut-être que sa femme ne savait pas vraiment qu'ils couchaient ensemble. Je l'espère, en tout cas.

En entrant dans la boutique, j'aperçois quelqu'un que je ne connais pas derrière le comptoir, un type très maigre avec une coupe mulet. Je me dirige donc tout droit vers l'arrière du magasin où les concerts ont lieu, et tente de franchir la porte. Il fait beaucoup plus sombre dans le garage, et quelques personnes sont déjà massées devant la scène pour être sûres d'être bien placées. Quelqu'un m'attrape par le bras.

— C'est dix dollars l'entrée.

Je me retourne face à Paul en personne. Ses cheveux coupés très courts sont beaucoup plus gris que dans mes souvenirs. Il a enfilé un vieux tee-shirt des Sex Pistols, un jean slim déchiré et des tennis en toile. Il est petit pour un mec, mais bien foutu. Kim dit qu'il va régulièrement à la salle de sports depuis qu'il est *clean*. Apparemment, il y a des années de cela, il était accro aux drogues dures, notamment celles qui s'injectent.

Bref, je lui souris, parce que je l'ai déjà rencontré auparavant.

— Salut, Paul.

Sans même me lâcher le bras, il répète :

— C'est dix dollars l'entrée.

Je me libère d'un coup sec et jette un coup d'œil vers la régie son, me demandant si Kim est là-bas. Mais elle est vide.

— T'es sourde ou quoi ?

D'un ton ennuyé, je l'interroge :

— Où est Kim ?

Paul semble surpris.

— Tu la connais ?
— On est copines.
Il croise les bras.
— Elle ne bosse plus ici.
— Hein ? Mais pourquoi ?
— Elle a volé dans la boutique, alors je l'ai virée.
Je plisse les yeux et crache :
— Vous mentez.
— Pardon ?
— Vous m'avez bien entendue. (Je suis tellement énervée que j'en tremble.) Vous mentez. Kim ne vous aurait jamais volé.
J'en suis convaincue. Jamais Kim n'aurait volé un truc à Paul. Elle bossait comme une malade. Parce qu'elle aime la musique, mais aussi parce qu'elle l'aimait, lui.
Il me pointe rageusement du doigt.
— Parce que laisser les gens assister gratuitement aux concerts, tu appelles ça comment, hein ? C'est quand, la dernière fois que tu as payé pour voir un groupe ?
— Vous êtes un lâche doublé d'un gros connard, dis-je suffisamment fort pour que les personnes qui nous entourent se retournent. Vous baisez vos employées, et lorsque vous vous faites choper, vous les virez.
Il renifle comme s'il n'en avait rien à foutre, mais je vois bien qu'il est furieux.
— Très bien, gamine. Tu vas dégager de là fissa.
Il lève un bras tatoué en l'air et fait signe à Frank, le videur, qui est appuyé contre un gros ampli. Frank s'avance et ne semble vraiment pas emballé à l'idée de me jeter dehors.
De toutes mes forces, je hurle :
— J'espère que votre femme sait quel gros queutard vous êtes ! Je serais ravie de le lui apprendre moi-même !

— Viens, Kat, me dit Frank en passant son bras autour de moi.

Je me débats en proférant tous les jurons que je connais.

Frank me conduit jusqu'à l'arrière du garage, près de la minuscule pièce où le groupe patiente avant de monter sur scène. Je les entends accorder leurs instruments, rire et discuter.

— Tu vas bien ? me questionne Frank.

Pour retenir mes larmes, je donne un coup de poing dans le mur.

— Elle est partie où ?

Frank hausse les épaules.

— Ils ont eu une grosse engueulade il y a quelques semaines de ça et Paul lui a laissé vingt-quatre heures pour récupérer ses affaires dans l'appart au premier. Elle l'a fait en trois heures, et avant de mettre les voiles, elle a vidé tout le liquide qui se trouvait dans le coffre.

Alors comme ça, Kim a réellement volé Paul ? Frank remarque sans doute que je suis choquée, parce qu'il secoue la tête, comme si je me méprenais sur ce qui s'était passé.

— Considère plutôt ça comme le dédommagement qu'elle aurait forcément obtenu s'il y avait eu un procès.

— Comme si la boutique faisait beaucoup de fric ! Il devait y avoir quoi, dans les mille dollars maximum ? Elle ne va pas aller bien loin avec ça. Elle ne risque pas de s'acheter un château. Elle n'a pas parlé à ses parents depuis des années. Peut-être qu'elle est… devenue SDF.

— Ça va aller pour elle, m'assure Frank, même s'il a l'air d'en douter.

Les larmes me montent aux yeux. Je ne peux pas m'arrêter de pleurer et Frank a l'air hyper mal à l'aise. En m'essuyant le nez sur ma manche, je lui demande :

— Si elle appelle, tu lui diras que je suis venue la voir ?

Frank hoche la tête, mais nous savons tous les deux que ça n'arrivera jamais. Kim est partie pour de bon.

Je chiale comme un bébé tandis que Frank me fait sortir dans l'allée par une porte latérale. Il me dit au revoir, puis me claque la porte à la tronche. J'essaye d'appeler Kim sur son portable, mais le numéro n'est plus attribué. Évidemment.

Je pense à Kim qui doit surmonter tout ce bordel toute seule. Je me demande si elle a envisagé de m'appeler. Pour me demander de l'aider. Probablement que non, parce que je ne suis qu'une pauvre lycéenne débile. Parce que la seule fois où elle a essayé de se confier à moi, je me suis juste souciée de ma propre vie.

Je ne suis vraiment qu'une merde. J'ai laissé tomber celle que je considérais comme ma meilleure amie au moment où elle avait le plus besoin de moi. J'encaisse comme je peux, mais je me fais la promesse de ne plus jamais être une amie aussi minable.

V
LILLIA

Le lundi, Rennie m'ignore totalement pendant l'entraînement des cheerleaders. Elle ne me regarde pas, ne m'adresse pas la parole. Même lorsque je me retrouve avec elle et Ashlin à discuter des encouragements que nous devrions travailler ensuite. Rennie garde les yeux fixés sur Ashlin et ne parle qu'avec elle.

C'est comme si j'étais invisible.

J'essaye d'en faire abstraction. Rennie adore punir par le silence. C'est typique de sa façon d'agir. Ce qui me rend dingue, c'est que je n'ai rien fait pour mériter ça.

Rien dont elle a connaissance, en tout cas.

Alors même si elle se conduit en garce avec moi, je continue de lui parler. Enfin, plus ou moins. Par exemple, je lui dis :

— Je pense que Melanie est un peu en retard sur sa deuxième rondade.

Évidemment, Rennie ne me répond pas. En revanche, elle va trouver Melanie et lui conseille de travailler son tempo.

Dans le vestiaire, alors que nous nous changeons, Rennie invite Ashlin à venir dîner chez elle, juste sous mon nez. Ashlin répond qu'elle est partante, puis, lorsqu'elle se souvient que je suis là, elle fronce les sourcils et me demande :

— Et toi, Lil ? Tu viens ?

Rennie me tourne immédiatement le dos et fait face à son casier pour me faire comprendre que je ne suis pas la bienvenue.

— Je peux pas, faut que j'aille au centre équestre.

Ce n'est pas tout à fait vrai, mais j'ai prévu d'y aller depuis des semaines. Nadia monte Phantom bien plus que moi ces derniers temps. Je ne veux pas qu'il m'oublie. En plus, je ne veux pas donner l'impression que ça me touche. Le lundi, c'est pizza chez Rennie, et je n'aime pas le vendeur chez qui elle commande. Il met bien trop de sauce à mon goût.

Rennie pouffe de rire en entendant mon excuse. Elle n'a jamais aimé Phantom. Une fois, elle a essayé de le monter, mais dès qu'elle s'est retrouvée en selle, il a commencé à trotter sur le côté, parce qu'elle lui avait donné du pied en tirant la bride vers la gauche. Je lui ai dit de lever les rênes, mais au lieu de m'écouter, elle a paniqué et sauté sur la droite alors qu'il était en mouvement. Elle a chuté lourdement et s'est égratigné les genoux. Les lads du centre équestre ont accouru pour l'aider à se relever, mais aussi pour l'engueuler parce que c'est dangereux de descendre de cheval de cette manière. Rennie était hyper embarrassée. Elle a filé vers le parking où elle est restée à bouder tandis que je ramenais Phantom à son box pour le desseller.

Je dépose Nadia chez nous. En chemin, à chaque stop, j'attends de voir si elle va dire quelque chose à propos du comportement de Rennie, si elle a remarqué qu'elle me faisait la tête, mais Nadia passe tout le trajet à envoyer des SMS à ses amis.

Alors que je file vers le centre équestre, je ne peux pas m'empêcher de penser que Kat et Mary ne me feraient jamais un truc pareil. M'exclure du groupe sans raison. Je décide d'appeler Mary et d'envoyer un SMS à Kat, pour leur demander si elles veulent qu'on se retrouve au centre pour y traîner un peu. Je parie que Mary va adorer Phantom. Je vais même lui montrer comment le brosser.

Kat me répond aussitôt.

J'adore le crottin de cheval, j'arrive !

Je ris à gorge déployée et me sens déjà mieux.

J'appelle chez Mary, et c'est sa tante qui décroche. Elle a l'air groggy, comme si elle était en train de dormir.

— Allô ?

— Bonjour, est-ce que Mary est à la maison ?

Silence à l'autre bout du fil. Je poursuis :

— C'est Lillia, je suis une amie de Mary. J'appelle pour l'inviter à venir faire du cheval au centre équestre avec moi cet après-midi. (Silence radio.) Alors euh… si vous pouviez lui transmettre le message, ce serait génial.

J'entends une respiration lourde, puis un *clic* et la tonalité.

Elle m'a raccroché au nez ! Mary a bien dit que sa tante était un peu spéciale, mais quand même ! C'était trop bizarre. Je jure que je vais lui offrir un portable à Noël.

J'arrive au centre équestre trop tard pour monter, alors je me dirige vers le box de Phantom pour le panser. Il reste parfaitement calme pendant que je le brosse. Je lui murmure à l'oreille en lui lustrant le poil, qui brille comme du velours noir. Lorsque j'atteins son encolure, il n'arrête pas d'essayer de tourner la tête et de se blottir contre moi.

Quand Nadia vient monter Phantom, elle demande toujours aux lads de le bouchonner et de lui curer les pieds pour elle. Moi, c'est ce que je préfère. Il faut établir un lien avec son cheval. Et je fais totalement confiance à mon Phantom. Je sais qu'il ne me ferait jamais de mal. Même si je ne suis pas passée le voir depuis des semaines, il me salue comme s'il m'avait vue la veille. Avant, j'étais tellement amoureuse de Phantom que j'aurais pu dormir dans son box si Maman m'y avait autorisée. Quand est-ce que ce sentiment s'est dissipé ? Quand j'ai rejoint les cheerleaders ? Je me demande si Phantom a remarqué quelque chose, si ça l'a rendu triste que je ne vienne plus aussi souvent. Rien que d'y penser, j'ai envie de pleurer.

Un des lads frappe à la porte.

— Tu as de la visite, Lillia.

— Super !

Je jette un coup d'œil hors du box, dans l'allée. J'aperçois Kat, qui se pince le nez. Je lui fais signe.

— Ici, Kat !

Kat s'avance directement jusqu'au centre de l'écurie en veillant à ne pas trop s'approcher des box.

— Dis, on pourrait aller ailleurs ? Ça pue là-dedans !

Je prends une profonde inspiration.

— Tu rigoles ? J'adore l'odeur du fumier.

Sceptique, Kat arrête de se pincer le nez et respire un bon coup, ce qui lui donne un haut-le-cœur.

— À ta place, j'éviterais de le dire.

— D'accord. Il y a un joli sentier qui mène jusqu'à la côte. Personne ne monte en ce moment. On peut aller marcher là-bas.

— O.K., tant que je sors de là, rétorque Kat en cherchant à reprendre son souffle.

Elle se retourne et court jusqu'à l'entrée de l'écurie.

Je range la brosse douce de Phantom et l'embrasse avant de partir. Dehors, il fait presque nuit, et un peu froid, mais Kat et moi décidons tout de même de nous promener.

— J'ai appelé Mary, dis-je à Kat, mais je ne suis pas sûre qu'elle ait...

— Eh, les filles ! Attendez-moi ! (Nous nous retournons et voyons Mary qui court vers nous.) Désolée, j'ai manqué ton appel, Lillia. Je m'étais endormie. Je fais toujours une sieste après les cours.

— Oh, répond Kat.

Subtilement, je lui demande :

— Tout va bien chez toi ? Ta tante était un peu bizarre au téléphone. Je pensais qu'elle ne te transmettrait pas le message.

Mary soupire.

— Tante Bette est dans sa phase New Age en ce moment. Elle s'intéresse plus aux bouquins et aux cristaux qu'aux personnes. (Elle secoue la tête.) Alors, quoi de neuf ?

Jusqu'ici, nous n'avons traîné ensemble que pour planifier notre vengeance, ou lorsque nous avions des détails urgents à régler. Sauf que tout ça, c'est du passé maintenant.

Je prends la parole :

— Pas grand-chose. Vous m'avez manqué, les filles.

Kat me dévisage.

— Comment ça va avec Ren ?

Je me contente de lui avouer :

— C'est pas le top.

Je veux dire, j'ai envie de vider mon sac, de leur confier à quel point ça craint maintenant, mais je ne peux pas. Kat a vécu exactement la même chose. En pire. Dans ce cas, de quel droit je pourrais me plaindre ?

Mais Kat se montre étonnamment compatissante. Elle me tapote le dos et me rassure :

— T'inquiète. Quelqu'un d'autre va la mettre en rogne et elle oubliera tout ça. Hé, ça pourrait même être moi !

— Et puis, tu nous auras toujours, nous, ajoute Mary.

Je leur souris.

— Merci, les filles.

Après ça, nous nous taisons plus ou moins. Ce n'est pas vraiment un silence gêné. On n'a juste pas grand-chose de plus à se dire pour le moment. Mais c'est tout de même agréable d'être avec elles.

VI
KAT

LORSQUE LA SONNERIE retentit à la fin de la troisième heure, je file à la bibliothèque au lieu d'aller au cours de maths, parce que les conseillers pédagogiques proposent un atelier pour aider les dernière année à remplir leurs dossiers de candidature à l'université.

Je suis presque sûre que ça va être une perte de temps. J'ai déjà opté pour l'université d'Oberlin, et les documents sont très simples. Un formulaire basique et une lettre de motivation expliquant qui je suis et pourquoi je veux aller là-bas. Ça devrait être du gâteau.

Mais après mes résultats plus que moyens aux tests d'évaluation de niveau cet été, je dois mettre les bouchées doubles. Ce système est hyper mal foutu, il faut connaître des tas d'astuces pour répondre aux questions qui peuvent booster vos notes. C'est pour ça que les gosses de riches se débrouillent beaucoup mieux que ceux des pauvres ; ils peuvent se payer des cours privés où on leur apprend toutes les ficelles.

Comme je ne pourrai jamais prendre de cours particuliers, j'ai emprunté une pile de livres à la bibliothèque.

Certains étaient totalement obsolètes, et des abrutis avaient noté les réponses au stylo. J'ai fait de mon mieux, mais ce n'était manifestement pas assez. D'ailleurs, j'envisage de l'évoquer dans ma lettre de motivation. L'université d'Oberlin est ultralibérale et progressiste. Quelque chose me dit qu'ils vont adorer mon complexe d'infériorité de gosse issue de la classe populaire. Néanmoins, je vais devoir repasser les tests le mois prochain, et avec un peu de chance, j'arriverai à augmenter mon score de quelques centaines de points.

Si les conseillers pédagogiques connaissent des astuces secrètes qui pourraient m'aider à avoir une candidature en béton, il faut que je les découvre, histoire de me démarquer des autres. Je ferai tout ce qu'il faut pour me barrer de Jar Island une fois pour toutes. Peut-être que l'Ohio n'est pas un endroit rêvé à première vue, mais c'est vraiment là-bas que je veux aller.

La bibliothèque est déserte, si déserte que je me demande si ce truc ne se déroulerait pas plutôt au bureau des conseillers. Je m'avance jusqu'à l'accueil. La bibliothécaire est concentrée sur son ordinateur. Je lève mon passe jaune et demande :

— Savez-vous où se…

Mais elle m'interrompt avec un gros « Chuuuuuut ! », même s'il n'y a personne à part elle. Ensuite, elle désigne la salle de conférences près des ordinateurs.

Il n'y a pas beaucoup d'élèves dans la pièce. Peut-être cinq autres dernière année ; j'en reconnais certains, mais pas tous. Je m'assois dans le fond, ouvre mon sac et en sors le formulaire de candidature à l'université d'Oberlin. Il faut le remplir en ligne, mais j'ai imprimé une copie pour pouvoir réfléchir à toutes les réponses à l'avance.

Mme Chirazo, la conseillère principale, entre quand la sonnerie retentit, habillée du pantalon noir ample et de l'écharpe ajourée qui semblent constituer son uniforme non officiel. Je suis prête à parier que cette femme n'a rien d'autre que ces merdes dans son armoire.

Elle fronce les sourcils, sûrement parce qu'elle est déçue du manque de participants. Mais quand elle me voit, son visage s'illumine.

— Katherine DeBrassio ! Comment vas-tu ?

Je grommelle un « Bien » avant de baisser les yeux sur mes papiers.

— On devrait convenir d'un rendez-vous afin que je prenne tranquillement de tes nouvelles !

Elle le dit sur un ton si enjoué qu'il confirme mes pires suspicions.

J'ai dû parler à Mme Chirazo après la mort de ma mère. Je n'en avais pas besoin, pourtant. Je ne faisais pas de drame en classe et je ne pleurais pas en public ou quoi que ce soit. Mais Mme Chirazo avait lu l'avis de décès dans le journal. Elle s'est pointée à l'un de mes cours avec la coupure et m'a demandé d'une voix étrangement calme si j'avais envie de parler. Elle n'était même pas ma conseillère pédagogique au collège ; elle travaillait au lycée. Toutefois, l'accompagnement du deuil devait être sa spécialité.

Je lui ai répondu :

— Non, pas la peine.

Du coup, cette peau de vache m'a obligée à venir à cinq rendez-vous !

Elle adorait ça, guider une gamine après la mort d'un de ses parents. Lorsque j'entrais dans son bureau, elle souriait comme un gosse le matin de Noël. Le décès d'un parent, c'est du pain béni pour les gens comme elle. Ça, et les relations abusives, les grossesses d'adolescentes et les troubles alimentaires. Je ne lui disais guère plus qu'un mot ou deux à chaque rendez-vous. Lors du dernier, elle m'a remis plein de livres sur le deuil et d'autres conneries que j'ai balancées à la poubelle dès que je n'ai plus été forcée d'aller la voir.

— Bon, eh bien, je pense que nous sommes au complet pour aujourd'hui, annonce-t-elle à son auditoire. Avec un peu de chance, vous direz à vos amis et camarades à quel point cet atelier est utile.

Alors qu'elle est sur le point de refermer la porte, quelqu'un la pousse.

Alex Kudjak.

Il porte un jean sombre et une chemise à carreaux blancs et noirs sous un pull vert bouteille.

— Désolé, je suis en retard.

Même s'il y a plein de chaises vides, il s'installe sur celle qui est juste à côté de moi.

— On dirait qu'on est officiellement des *losers*, murmure-t-il avant de rigoler.

Je rétorque :

— Parle pour toi !

Mon ton est un peu vache, alors je lui adresse un petit sourire.

Même si je me fous pas mal qu'il me trouve vache. Je suis passée à autre chose. L'été est déjà loin derrière nous.

Mme Chirazo commence son laïus en divisant le processus de candidature à la fac en trois parties : le questionnaire, les recommandations et la lettre de motivation.

— La lettre de motivation est la partie la plus importante. C'est votre seule occasion de montrer au conseil d'admission qui vous êtes et de lui exposer vos projets. Elle vous offre une chance de vous démarquer, de vous présenter et de clarifier à l'avance tous les éléments de votre dossier scolaire qui ne sont pas au top. Nous allons principalement nous concentrer sur ce point. Comme nous sommes en petit comité, je vous propose de constituer des binômes.

Je sens le regard d'Alex sur moi. Je me tourne immédiatement de l'autre côté, face à Gary Rotini, qui est assis à ma droite. Malheureusement, il s'est déjà mis avec une fille de mon cours de sport. Je suis surprise de la voir ici. Allez savoir, peut-être qu'il faut remplir un formulaire d'inscription pour entrer à l'école d'esthétique.

Alex pose la main sur mon épaule et la serre gentiment.

— À ton tour, Kat. Raconte-moi tes secrets les plus sombres et les plus enfouis.

Je me force à déglutir. Si seulement Alex savait ce que j'ai fait cette année, il ne m'adresserait plus jamais la parole. Mais bon, encore une fois, ça m'est bien égal.

— Tu ne pourrais pas supporter de les entendre.

— Dans ce cas, je commence.

— Tu es un enfant de chœur. Tes secrets doivent être si ennuyeux que je risque de m'endormir.

Je cherche un autre binôme autour de moi.

Alex retourne sa chaise face à moi.

— Tu sais, j'ai mon côté sombre, moi aussi. Je ne suis pas un enfant de chœur, loin de là.

Je lève les yeux au ciel.

— Prouve-le, dans ce cas.

Il s'assure que personne ne nous écoute.

— Une fois, quand j'avais sept ans, j'ai essayé de rouler une pelle à ma baby-sitter alors qu'elle me mettait au lit.

— Oh, mon Dieu !

— Bah quoi ? Elle était super mignonne ! Ses cheveux sentaient le granité à la cerise.

Je me renfonce dans ma chaise.

— Dis-moi tout de suite que c'est faux, espèce de pervers, où je ne te parlerai plus jamais !

Il pose sa tête sur la table, embarrassé.

Je tends le bras pour lui ébouriffer les cheveux, mais je me dis qu'il vaut mieux éviter, alors je retire ma main. Je veux que les choses soient bien claires entre nous. Je n'ai pas besoin de flirter avec Alex Kudjak, même si c'est plutôt sympa. Je ne peux pas me permettre de me laisser distraire de mon objectif ultime : me casser de Jar Island une bonne fois pour toutes.

VII
LILLIA

Après le lycée, Ash m'a appelée et m'a fait culpabiliser pour m'inciter à venir chez elle. Elle n'a pas arrêté de dire que nous n'avions pas passé de temps rien que nous deux depuis une éternité. Ce qui est vrai, au passage. Je l'ai à peine vue en dehors des entraînements de cheerleaders.

Imaginez donc ma surprise quand je me suis garée dans son allée et que j'ai vu la Jeep de Rennie. J'ai presque fait demi-tour pour rentrer chez moi, mais je ne voulais pas faire de la peine à Ashlin. Sans compter qu'au fond de moi, j'espérais que Rennie y était peut-être pour quelque chose et qu'elle voulait qu'on se réconcilie.

Mais lorsque j'ai sonné à la porte et que Rennie a ouvert, j'ai cru qu'elle allait me la claquer à la figure. Elle ne l'a pas fait, mais j'ai bien vu que ça la démangeait.

Nous voilà donc dans le salon d'Ash à regarder la télé et à nous faire les ongles sur les poufs qu'elle interdit à sa mère de jeter. Nous nous sommes réfugiées ici parce que sa mère n'aime pas les vapeurs de vernis; elle dit que ça lui donne la migraine.

Ashlin essaye de démarrer une conversation, mais personne ne parle vraiment. Nous sommes toutes concentrées sur nos ongles.

— Passe-moi le dissolvant, ordonne Rennie.

Ashlin le lui tend avec dévouement.

Je me vernis les ongles de pied en vert menthe. Ash a les plus belles couleurs de nous toutes. J'en suis à la deuxième couche quand Ash nous demande :

— Les filles, vous avez commencé à remplir les papiers de candidature à la fac ?

En déchirant l'emballage d'un mini-Snickers que j'ai trouvé dans mon sac à main, je lui réponds :

— À peine.

Ash a beau avoir les vernis les plus classes, elle n'a jamais de friandises à nous proposer. Sa mère fait un régime sans gluten.

Puis, j'ajoute :

— Je vais sans doute passer tous mes week-ends jusqu'au premier janvier à travailler sur ma lettre de motivation.

Ash se retourne vers moi et me questionne :

— Tu as toujours l'intention de t'inscrire à l'université de Boston, Lil ? Parce que j'y pense moi aussi, en prépa. Si je suis prise, tu veux bien être ma coloc ?

— Ouais ! On pourrait avoir des couettes assorties, tout ça !

Ash est une vraie bordélique, alors aucune chance que j'accepte de partager ma chambre avec elle. En plus, ça m'étonnerait qu'elle soit admise. Mais je m'en fous, parce que Rennie nous observe, les yeux plissés.

Ce n'est pas agréable d'être exclue, n'est-ce pas, Ren ?

Ashlin glapit et applaudit.

— Génial ! Tu préférerais vivre sur le campus ou dans un appart à l'extérieur ?

C'est trop facile.

— Je préfère le campus, au moins pour la première année. Comme ça, on ne risque pas de manquer tous les trucs sympas. Tu vois bien, étudier tard le soir, flirter avec les garçons de notre couloir et commander des pizzas à quatre heures du mat. Ce serait bien de vivre ces expériences ensemble, non ? Ensuite, on pourra toujours déménager du campus.

Immédiatement, je me sens mesquine de tout faire pour rendre Rennie malheureuse. J'ai l'impression d'être... Rennie.

— Et toi, Ren ? demande Ashlin. Tu as terminé ta demande d'inscription ?

— Ouais. Ça m'a pris deux secondes maximum.

J'imagine que les procédures d'inscription à la faculté de Jar Island sont hyper simples. Je me demande même si elle a dû rédiger une lettre de motivation. Lorsque Rennie parlait d'aller à la fac du coin, elle était dépitée. Elle disait qu'elle serait la seule à être coincée ici. Mais aujourd'hui, elle n'a pas l'air amère du tout. En fait, elle jubile carrément.

Alors qu'elle applique la dernière couche, les cheveux dans les yeux, elle annonce :

— En ce moment, je ne vois pas l'intérêt pour moi de m'inscrire à la fac pour quatre ans. Reeve et moi, on ne saura pas où il va jouer tant que sa jambe ne sera pas guérie, et il a repris les pourparlers avec les recruteurs. (J'ai envie de dire « *Sans parler du fait que tes notes sont pourries et que tu n'as pas d'argent pour aller à l'université* », mais je me mords la langue.) Je vais faire un semestre à

Jar Island, obtenir seulement des A, puis me faire transférer là où il se retrouvera.

Ashlin claironne :

— Reeve et toi, vous allez vous marier. Tu lui as sauvé la vie en l'aidant à surmonter toute cette tragédie.

Une tragédie ? Un tsunami qui dévaste un village entier, ça, c'est une tragédie. Reeve n'est qu'un athlète sans cervelle qui s'est cassé la jambe. Il s'en remettra.

— Il ferait la même chose pour moi, fanfaronne Rennie. (Je suis stupéfaite qu'elle arrive à garder son sérieux en disant ça. Comme si Reeve pouvait lever le petit doigt pour quelqu'un d'autre que lui !) Oh, maintenant qu'on en parle, je vais sécher l'entraînement le reste de la semaine. Reeve a quelques rendez-vous sur le continent avec un médecin du sport. (Elle se sourit à elle-même, ravie.) Il va se faire enlever son plâtre demain, pile comme prévu.

Je redresse la tête.

— Mais pourquoi tu devrais manquer l'entraînement pour ça ?

Rennie m'ignore et demande :

— Ash, tu peux t'en charger ?

Ashlin jette un regard gêné dans ma direction.

— Bien sûr. Je peux le faire avec Lil. N'est-ce pas, Lil ?

Incrédule, je la questionne :

— Tu vas quitter l'équipe ou quoi ?

— Non, je ne vais pas quitter l'équipe, crache Rennie. Ce n'est pas ce que j'ai dit.

— Sauf que tu as déjà manqué trois entraînements au moins.

Ma voix tremble un peu, parce que j'ai peur. Je suis en train de lui démontrer qu'elle ne raconte que des conneries, pour une fois.

Les joues de Rennie s'enflamment.

— Lorsque j'ai accepté de soutenir Reeve, je me suis engagée pour toute la saison. Je ne vais pas l'abandonner maintenant.

C'est ridicule. Je me lève brusquement.

— Je vais me chercher un soda.

Sans me regarder, Rennie annonce :

— Pour moi, ce sera un Coca light sans glaçons.

Comme si j'étais serveuse et qu'elle passait commande.

Ash se redresse également.

— Je vais t'aider, Lil. J'ai planqué de la crème glacée derrière les esquimaux au lait de soja de ma mère. Elle doit encore y être, si mon père ne l'a pas déjà trouvée.

Dès que nous sommes dans la cuisine, à l'abri des oreilles indiscrètes, je me dirige vers le frigo, en sors deux canettes de Coca light, puis lance à Ash :

— J'aurais aimé que tu me dises que Rennie serait là, elle aussi.

— Mais tu ne serais pas venue, pleurniche-t-elle.

— Exact.

Ash s'assoit d'un bond sur l'îlot central.

— Je déteste quand vous vous faites la gueule. C'est pour ça que je vous ai invitées toutes les deux ici ce soir.

Je sais qu'elle ne le pense pas. Ash adore plus que tout jouer les entremetteuses.

— On ne se fait même pas la gueule. C'est Rennie qui m'en veut à mort et me fait payer pour un truc dont je ne suis pas responsable.

— Je sais que tu lui manques, argumente Ashlin.

Une lueur d'espoir jaillit en moi.

— Elle te l'a dit ?

— Pas en ces termes, mais j'en suis sûre.

Mouais. Je prends une gorgée de soda.

— Reeve et elle, ils sont ensemble maintenant ?

— On peut dire ça. Elle l'aime à la vie à la mort, tu vois ce que je veux dire ? Je pense que c'est l'accident qui a fait comprendre à Reeve qu'elle a toujours été là pour lui toutes ces années.

— Je suis contente pour elle.

Et je le pense vraiment. Si Rennie et Reeve sont officiellement en couple désormais, peut-être qu'elle va finir par oublier ce qui s'est passé le soir du bal et que les choses vont redevenir comme avant. Le moins qu'on puisse dire, c'est qu'ils se méritent l'un l'autre.

VIII
MARY

On est lundi après-midi et je suis en cours de chimie, en train de travailler sur une expérience avec mon groupe. Les deux garçons font le plus gros du boulot, tandis que l'autre fille et moi prenons note des résultats dans nos cahiers. Cet arrangement me convient; je n'ai jamais été très bonne en sciences. Nous sommes debout autour d'une table à attendre que le mélange arrive à ébullition, lorsque j'intercepte la conversation de deux filles derrière moi.

L'une d'elles se plaint :

— Je suis à ça de laisser tomber l'album du lycée. Tout ce qu'on nous a donné à faire, c'est des photomontages des première année. Je ne pensais pas du tout qu'on serait cantonnées à ça.

Immédiatement, je me dis que l'album est le genre de choses dont Kat m'a parlé. Il faut que je me bouge et que je contribue à mon propre bonheur. J'ai passé de nombreuses journées, des journées entières à l'école en présence de Reeve sans en être affectée. Et je n'ai eu aucun problème avec mes... euh... problèmes.

En plus, j'adore les photomontages.

J'en faisais tout le temps quand j'étais gamine. Je ne jetais jamais un magazine sans avoir découpé les plus belles images au préalable. Je passais des heures à les arranger comme des pièces de puzzle; ensuite, je les collais sur un morceau de carton que j'accrochais dans ma chambre. Nous ne les avons pas emmenés en quittant Jar Island. Je n'étais pas d'humeur à faire mes valises, évidemment, alors j'ai laissé Maman et Papa s'en occuper. Je me demande s'ils les ont jetés ou s'ils sont encore dans le garage, quelque part.

Je dessine des cercles sur mon cahier et continue d'écouter.

— Je sais, dit l'autre fille avec un soupir qui fait vaciller la flamme de son bec Bunsen. Mais il faut qu'on aille jusqu'au bout si on veut avoir une chance d'être rédac-chef un jour. Tu sais comment ça marche. C'est juste politique.

Le comité de l'album du lycée. Voilà. Je vais rejoindre le comité de l'album du lycée.

Après les cours, je range mes cahiers dans mon sac et me dirige vers le bureau des conseillers pédagogiques pour demander où et quand ont lieu les réunions du comité. Je me retrouve à déchiffrer un prospectus placardé sur le panneau d'affichage, en dehors des bureaux. Sous l'image d'un appareil photo s'étalent les mots « L'album du lycée, ça flashe ! Rendez-vous tous les lundis à la bibliothèque ! »

Justement, on est lundi. J'ai de la chance, comme s'il s'agissait d'un heureux hasard. Ce serait bien, me dis-je, d'avoir un club à citer sur mes candidatures à l'université l'année prochaine. Lillia et Kat n'arrêtent pas de parler des inscriptions ces derniers temps, et elles m'ont carrément incitée à me préoccuper de mon avenir. Ce n'est pas si loin, franchement. J'ai déjà fait presque la moitié de ma troisième année.

Il faut que je commence à réfléchir à ce que je voudrais faire dans la vie. Ma mère m'a dit qu'elle avait voulu être archiviste le jour où, petite fille, elle avait découvert une vieille pile de documents sur la famille Zane planqués dans le grenier. Elle les avait triés et rangés dans un classeur spécial entre des feuilles de papier de soie, et elle n'avait que sept ans à l'époque.

Selon cette logique, je suis sans doute destinée à devenir vétérinaire. C'est ce que j'ai toujours voulu être. Un jour, l'école Montessori a organisé une sortie au zoo et j'ai pu regarder un vétérinaire administrer des antibiotiques à un bébé pingouin malade. C'était génial. Après ça, j'ai joué au véto avec mes peluches, leur faisant des piqûres et entourant leurs pattes avec des bandages que j'avais trouvés dans notre armoire à pharmacie.

J'hésite à appeler tante Bette pour lui dire que je vais rentrer tard, mais finalement, je me ravise. Je n'ai pas besoin qu'elle me demande où je suis et ce que je fais. Sans rire, elle commence dès que j'arrive de l'école.

Alors que j'ai traversé la moitié de la cour, quelqu'un manque de me faire tomber à la renverse.

Reeve.

Je parviens à m'écarter de son chemin au dernier moment. Heureusement, il ne me voit pas. En fait, il ne semble même pas remarquer les gens qui l'évitent tandis qu'il se hâte sur ses béquilles. Le front plissé, il est trop occupé à brailler dans son portable, qu'il a calé entre son oreille et son épaule parce qu'il ne peut pas se servir de ses mains. Pas avec ses béquilles.

Une seule chose s'est améliorée : son gros plâtre blanc a disparu. Désormais, il porte un truc noir avec des bandes en Velcro. Je crois que ça s'appelle une attelle.

Je finis par le suivre. Involontairement. Il marche juste dans la même direction que moi. Même s'il est loin devant, j'entends ce qu'il dit.

— Je n'arrête pas de répéter à ce mec que je peux en faire plus, Ren, lui jette-t-il avec rage. Ouais, eh bien, s'il ne peut pas s'adapter à notre programme dès aujourd'hui, il est viré. Je m'occuperai de ma rééduc moi-même. J'ai presque une semaine de retard par rapport à notre planning.

Reeve s'immobilise brusquement devant le grillage qui court le long du terrain de foot. L'entraînement est en cours. L'équipe forme un grand cercle au centre du terrain. Les joueurs s'échauffent ensemble en frappant en rythme dans leurs mains à chaque fois qu'ils changent de position. Alex est au milieu. Je me demande s'il est le capitaine désormais.

Aucun des gars ne remarque que Reeve les observe. Ils ne le voient pas non plus repartir.

Je me répète : *N'aie pas pitié de lui. N'éprouve rien pour lui.*

Reeve quitte l'allée et se dirige vers la piscine. Un homme se tient près de la porte, un type plus âgé en coupe-vent. Je ne pense pas qu'il s'agisse d'un prof du lycée ; je ne l'ai jamais vu jusqu'ici. Il porte un bloc-notes et un sac de sport en bandoulière.

— Salut, Reeve ! Alors, prêt à bosser ?

Après lui avoir tapé dans le dos, l'homme tente d'attraper la poignée de la porte et de la tenir ouverte pour Reeve. Ce dernier lui adresse un regard glacial.

— Je suis toujours prêt à bosser. Et vous ?

***

Le comité de l'album du lycée est un club très populaire, surtout auprès des filles. Sans doute parce qu'en faisant partie du comité, on peut éviter la publication de photos sur lesquelles on se trouve moche. C'est un avantage. La bibliothèque est remplie d'élèves assis en petits groupes, qui vaquent à leurs occupations. Certains trient les fiches de contact, d'autres se chargent de la mise en page. D'autres encore étudient les possibilités de couverture et calculent les coûts par personne.

Il y a quelques garçons également. J'ai comme l'impression qu'ils s'intéressent surtout à l'aspect technologique, parce qu'ils ont déjà réquisitionné les ordinateurs. La plupart des filles sont debout derrière eux et indiquent à quel endroit elles veulent insérer les éléments.

J'aperçois les filles de mon cours de chimie qui partagent une chaise, les sourcils froncés, occupées à trier des piles de photos couleur. Elles pointent le doigt sur certaines, se moquent et font des grimaces.

— On n'a qu'à garder celle-ci de Carrie en train d'éternuer, propose l'une d'elles.

J'espère que ces filles vont quitter le comité. Elles sont vraiment méchantes. Si j'ai la chance de travailler sur des montages, je m'assurerai de ne laisser passer aucune photo peu flatteuse de qui que ce soit. Même des personnes que je n'aime pas.

Toutefois, je trouve intimidant que chacun ait déjà une tâche attitrée. Qu'est-ce qu'une nouvelle venue comme moi est censée faire ? Je m'appuie contre un rayonnage près du fond de la salle et essaye de réfléchir à ce que je pourrais bien dire quand M. Kraus, le conseiller, arrivera et commencera officiellement la réunion. Je devrais probablement me présenter, peut-être lui parler de mon expérience en matière de photomontages, si on peut appeler ça comme ça. Si seulement je savais utiliser les appareils photo numériques sophistiqués de l'école que mes camarades se passent à travers la salle, je pourrais aider avec ça également. Peut-être qu'il propose des cours à ce sujet.

Après moi, d'autres élèves arrivent au compte-gouttes dans la bibliothèque, notamment Nadia Cho. Elle porte sa tenue d'entraînement de cheerleader et se poste près de la porte, comme si elle n'était pas en mesure de rester bien longtemps.

J'aime bien Nadia. Elle a l'air douce, comme une Lillia en plus jeune, mais avec de plus grands yeux et des taches de rousseur.

J'envisage de m'approcher d'elle pour la saluer, car nous n'avons jamais été officiellement présentées. Mais Rennie entre derrière elle. Elle ne porte pas sa tenue d'entraînement. Oh, mon Dieu ! Aurait-elle quitté l'équipe maintenant que Reeve ne joue plus ? Je peux très bien me l'imaginer faire ça.

Rennie serre Nadia dans ses bras. Le geste est affectueux et dure quelques longues secondes, alors qu'habituellement, les filles du lycée ne s'étreignent pas aussi longtemps. Rennie recule un peu et ébouriffe la frange de Nadia en lui disant quelque chose que je ne peux pas entendre. Nadia sourit à Rennie et hoche malicieusement la tête. Puis, elle lui tend une carte mémoire et bondit hors de la pièce.

Au centre équestre, Lillia nous a expliqué, à Kat et moi, à quel point ses relations avec Rennie étaient étranges et tendues depuis le bal des étudiants. Je me mords la lèvre inférieure. Je suis contrariée de voir Nadia si proche de

Rennie. Elle n'a pas une bonne influence. Vraiment pas. En plus, Lillia est la grande sœur de Nadia ; elle devrait lui être loyale plutôt qu'à Rennie.

M. Kraus entre dans la pièce. Il est prof d'arts plastiques, et il est donc logique que l'album du lycée soit placé sous sa responsabilité.

— Très bien, écoutez-moi, vous tous ! (Le calme s'installe, mais seulement partiellement. La plupart des élèves continuent de discuter.) Nous avons besoin de la page sur le bal des étudiants cette semaine, ainsi que de celles sur les clubs de langues et les activités sportives d'automne. (Il scrute brièvement la pièce.) Si vous êtes nouveau ou nouvelle, trouvez quelqu'un que vous pourrez aider sur son projet.

Ensuite, il disparaît dans son bureau et ferme la porte.

Bon, d'accord. On dirait bien que la réalisation de l'album du lycée est l'affaire des élèves plus que des profs.

Je me faufile jusqu'à quelques filles qui téléchargent directement des photos depuis leurs appareils, en espérant pouvoir glaner quelques infos. Je me retrouve à un endroit d'où je peux entendre Rennie, qui travaille sur l'article du bal des étudiants avec une autre fille.

— On a récupéré d'autres photos du bal des étudiants aujourd'hui, annonce Rennie en lui tendant sa carte mémoire.

L'autre fille garde les yeux rivés sur l'écran de l'ordinateur.

— Ça m'étonnerait qu'on en ait besoin. Tu as rassemblé plus de photos du bal que des élèves de dernière année. L'article ne fait qu'une page.

— On doit veiller à sélectionner l'image parfaite, insiste sèchement Rennie.

— Je pense que c'est déjà le cas, dit la fille en souriant.

Elle clique sur la souris et affiche une photo de Lillia et Reeve dansant sur la scène. Il la tient serrée contre lui et la contemple avec un grand sourire.

Ça, c'était avant qu'il me voie. Avant que je devienne… folle.

Je me force à détourner le regard.

La fille tapote sur l'écran avec la pointe de son crayon et déclare :

— Je propose de bâtir toute la page autour de cette photo.

Rennie secoue la tête, saisit la souris et clique sur une autre image, qui représente tous les participants à l'élection.

— Celle-ci est meilleure. Mais franchement, nous devrions attendre d'avoir récupéré toutes les photos avant de faire notre choix définitif. On doit tout éplucher.

— Mais la photo que tu veux ne montre pas le roi et la reine du bal !

Rennie se retourne pour faire face à la fille.

— Tu te fiches de moi ? Ta photo va rappeler l'accident à tout le monde, O.K. ? Ça va réveiller de mauvais souvenirs. (Pour la première fois, je suis d'accord avec Rennie. En fait, je préférerais qu'elles suppriment carrément cette page.) Sans compter que ce serait manquer de respect à Reeve.

D'un air de défi, l'autre fille rétorque :

— Jusqu'ici, on a toujours présenté au moins une photo du roi et de la reine dans l'album.

Rennie la fusille du regard, puis prend une voix douce, en lui faisant signe de se rapprocher.

— Écoute, je ne voulais pas en parler parce que ce n'est pas encore officiel, mais le titre de reine du bal des étudiants est en quelque sorte contesté. La coach Christy envisage de recompter les voix. Dans ce cas, autant ne pas choisir de photo avant d'en être sûres, tu ne crois pas ?

La fille hoche la tête, les yeux écarquillés.

— O.K., murmure-t-elle. Là, c'est une tout autre histoire.

Je sens mon cœur se serrer. La coach Christy aurait-elle découvert que Kat et moi sommes entrées en douce dans son bureau pour fausser les résultats de l'élection ? Non. Impossible. On a fait attention. Nous n'avons laissé aucune trace.

Je m'assois près d'un groupe d'élèves qui votent pour choisir les prix spéciaux à décerner cette année. Le plus beau ou la plus belle, le ou la plus populaire, le plus ou la plus athlétique. Je me force à penser à un autre garçon que Reeve pour chaque catégorie.

Après la réunion, alors que je suis sur le chemin du retour, j'entends un coup de sifflet strident provenant de la piscine. Reeve est-il encore là-bas ? Même si je sais que ce n'est probablement pas une bonne idée, je ne peux pas m'empêcher de faire ma curieuse. Reeve se remet-il rapidement ? A-t-il une chance de décrocher une bourse après tout ?

Je me glisse furtivement à l'intérieur et l'observe. Reeve est dans le bassin, en caleçon de bain. Sa grosse attelle noire est posée dans les gradins. L'homme est assis à côté de la piscine, les jambes dans l'eau. Il n'est pas en maillot. Il porte un pantalon de jogging roulé jusqu'aux genoux.

— Très bien, Reeve, maintenant je veux que tu te tiennes au bord et que tu plies les jambes comme une grenouille par séries de quinze secondes pendant les trois prochaines minutes. (Il a son sifflet à la bouche.) Prêt... (Reeve pousse un grognement.) Sauf si tu ne te sens pas capable de le faire, le taquine-t-il.

Reeve prend la mouche et réplique sèchement :

— Évidemment que je peux le faire, c'est pas ça, le problème.

— C'est quoi, dans ce cas ?

Reeve bout intérieurement.

— Le problème, c'est que je peux faire des séries de soixante secondes.

— Et alors ?

— Et alors, pourquoi est-ce qu'on n'est pas à la salle de muscu à me faire courir sur un tapis ?

L'homme cligne des yeux plusieurs fois.

— Tu n'es pas encore prêt pour la salle, mon gars. C'est pour ça que tu portes encore une attelle. Tu forces trop en ce moment.

— Vous n'en savez rien. Vous n'avez même pas essayé de me pousser. Faites-moi confiance. Je peux en faire beaucoup plus.

— Fiston, tu dois accepter ta blessure et non lutter contre elle. Il va te falloir un moment pour guérir.

Reeve se redresse et sort le torse du bassin. Même s'il dégouline et frissonne, ses joues sont écarlates.

— J'ai trouvé un article en ligne à propos d'un type qui s'est cassé le péroné, et cinq semaines plus tard, il courait comme un lapin. C'est ce mental de guerrier que j'attends de vous. Il faut vraiment que vous me poussiez au maximum.

L'homme soupire.

— Écoute, Reeve. Il n'y a aucune chance que tu retournes sur le terrain cette saison. Je veux que tu te sortes ça de la tête.

Reeve se raidit entièrement.

— Je sais que je ne vais pas jouer cette saison ! Mais les stages de recrutement pour l'université commencent en février, mec. Il faut absolument que j'y participe. Si je ne joue pas au foot, je ne pourrai pas faire d'études. Fin de l'histoire.

Le type pose calmement son bloc-notes et croise les mains sur ses genoux.

— Il y a tout un processus à suivre, Reeve. Une étape à la fois. Si tu peux y aller, tant mieux. Mais tu dois aussi te préparer à l'éventualité de ne pas y arriver.

Reeve recule, puis secoue la tête, comme pour essayer d'oublier ce qu'il vient d'entendre.

— Vous savez quoi ? Je vais me débrouiller tout seul.

— Reeve…

— Vous êtes sourd, ou quoi ? Vous êtes viré. Je n'ai pas besoin de vos services.

Reeve se hisse hors de l'eau. Il tente de s'appuyer sur sa jambe, mais n'y arrive pas et se retrouve donc à sautiller à cloche-pied jusqu'à sa serviette, en jurant dans sa barbe.

Navré, le kiné ramasse ses affaires, sort de la piscine et passe devant moi dans le couloir.

Reeve reste assis sur le banc encore un moment ; des flaques d'eau se forment sur le sol en béton. Je me dis qu'il va baisser les bras et rentrer chez lui, mais au lieu de cela, il retourne dans l'eau et se met en position dans le petit bain. Il fait la grenouille comme le kiné le lui a demandé, mais sans s'arrêter pendant une minute. Ensuite, il enchaîne cinq séries supplémentaires.

C'est dingue comme on se ressemble. Tous les deux, on fait notre possible pour tirer du positif de quelque chose de très négatif.

IX
LILLIA

Le soir d'Halloween, la chasse aux bonbons se résume à peu de choses à Jar Island. Il y a trop de coins déserts sur l'île, de maisons de vacances vides dès la fin de l'été. Pour y pallier, l'école primaire organise un « Halloween alternatif » baptisé la Fête de l'automne. Après les cours, les enfants rentrent chez eux, enfilent leurs costumes, puis regagnent l'école qui a été entièrement parée de décorations effrayantes pour l'occasion. On peut y faire tout un tas d'activités rigolotes, comme attraper une pomme avec les dents dans un seau d'eau, se maquiller le visage et se lancer dans une chasse au trésor, avec des friandises à la clé. Officiellement, c'est l'association parents-professeurs de l'école élémentaire qui s'occupe de tout, mais elle est toujours en relation avec un dernière année du lycée qui se charge de trouver des élèves pour tenir les stands et filer un coup de main. Cette année, c'est moi qui m'y colle. Rennie était supposée le faire avec moi, mais une fois que les réunions de préparation ont commencé, elle a mis les voiles.

On est vendredi, et nous sommes assis à notre table pour le déjeuner. Ashlin supplie Rennie de lui dire en quoi elle sera déguisée.

— Allez, Rennie, tu connais déjà mon costume !

Rennie secoue la tête d'un air suffisant.

— Il va falloir que tu patientes !

Je remue mon yaourt à l'aide d'une cuillère. Je suis trop stressée par l'organisation de la Fête de l'automne pour avoir faim. J'ai établi ma liste de choses à faire et j'ai encore tout un tas de trucs à finaliser. Il me reste aujourd'hui, ce week-end, et deux jours la semaine prochaine pour tout mettre en place. J'attends toujours de savoir combien de cupcakes le *Milky Morning* a prévu de nous donner. En plus, *Sutton's* risque de ne pas offrir autant de bonbons que d'habitude cette année, alors il me faut un plan B s'ils ne répondent pas à mes attentes.

Mais pour le moment, mon plus gros problème, c'est que je n'ai pas assez de volontaires pour tenir les stands. Nadia et ses amis s'occupent de la chasse au trésor, et les élèves du cours de théâtre vont lire des histoires d'épouvante, mais j'ai encore besoin de jurés pour le concours de costumes.

Et puis, il y a le stand de maquillage.

Depuis notre première année, Rennie et moi le tenons à chaque Fête de l'automne. On peint des papillons, des étoiles et des rayures de tigre sur le visage des petits. Ça a toujours été notre truc. Ça devrait nous donner une occasion idéale de discuter, loin d'Ashlin, de Reeve et de tous les autres. Juste Rennie et moi, comme au bon vieux temps.

Je prends une profonde inspiration et lui demande :

— On s'occupe toujours du stand de maquillage, pas vrai ?

Rennie fait la grimace.

— Je pense que je ne vais pas pouvoir le faire, désolée.

Sauf qu'elle n'a pas l'air désolée du tout.

— Pas de souci, dis-je en essayant de masquer ma déception.

Je n'aurais pas dû compter sur elle.

— J'ai besoin de temps pour enfiler mon costume, se justifie Rennie. La Fête de l'automne commence à quoi, dix-sept heures ? Et elle termine à vingt heures ? Je n'aurai pas assez de temps, même en me dépêchant de rentrer à la maison après les cours. (Elle hausse les épaules.) En plus, on est plusieurs à passer boire quelques verres chez Ash avant le labyrinthe hanté.

Quoi ? Tout le monde se retrouve pour picoler chez Ashlin, et personne ne m'a avertie ? Je tourne brusquement la tête pour regarder Ash, qui est soudain concentrée sur sa salade.

— Est-ce que ça veut dire que tu ne vas pas tenir le stand de plouf[1] avec Derek ?

Cachée derrière ses cheveux, elle me répond doucement :

— Non... Désolée, Lil. Ren a piqué du rhum épicé au boulot, et elle a trouvé une super recette de cocktail qu'on peut préparer en y ajoutant du cidre. Tu devrais venir, toi aussi !

Excédée, je m'écrie :

— Et comment je pourrais ? Je suis censée superviser la fête, et vous aviez dit que vous m'aideriez !

— Je suis vraiment, vraiment désolée, s'excuse Ashlin en battant des cils, l'air contrite.

À l'autre bout de la table, Alex me lance :

— Lil, je serai là, moi.

---

[1] Attraction de foire constituée d'une cuve d'eau surmontée d'une trappe dont l'ouverture s'actionne lorsqu'un tireur atteint la cible. Appelé *dunk booth* ou *dunk tank* en anglais (NdT).

— Merci Alex.

Puis, en haussant la voix, j'ajoute :

— Ça fait du bien de savoir que je peux compter sur quelqu'un.

— Pardonne-moi, Lil, insiste Ashlin en faisant la moue.

Dans sa barbe, Reeve marmonne :

— Pourquoi est-ce que tu t'excuses ? Si tu ne peux pas, tu ne peux pas, c'est tout.

Je jette un regard noir à Reeve. Ces trois dernières années, il s'est pointé déguisé en Jason dans *vendredi 13*. Lorsque nous étions en première année, les filles de dernière année lui avaient demandé de le faire, et c'est devenu une sorte de tradition à Jar Island. Reeve porte un masque de hockey blanc et poursuit les enfants partout, armé d'une tronçonneuse. Les enfants adorent ça. En fait, ils l'adorent lui. Je lui ai demandé de recommencer à plusieurs reprises, mais il a refusé. Bon, d'accord, il a des béquilles, mais il pourrait au moins faire une apparition avec son déguisement.

Je les mets en garde :

— Si la Fête de l'automne est un fiasco cette année, ce sera de notre faute.

— Tu veux dire que ce sera de la tienne, me corrige Reeve.

Je le fusille du regard.

— Non, de nous tous. Et plus particulièrement de la tienne. Tu sais que les gamins adorent te voir en Jason. Je ne pige pas pourquoi tu ne...

— Qu'est-ce que tu ne piges pas ? enrage Reeve en pointant ses béquilles du doigt.

— Et comment il est censé courir après les gosses autour du gymnase avec ses béquilles ? me demande Rennie avant de pousser un grognement. Eh oh, allô la Terre !

D'une voix tremblante, je proteste :

— Il s'entraîne tous les jours !

Rennie se penche vers Reeve pour dire :

— Ouais, à la piscine et à la salle de muscu ! Il ne peut pas poser le pied par terre, Lillia. Ne parle pas de ce que tu ne comprends pas.

Reeve pose la main sur l'épaule de Rennie. Elle se détend et se rassoit au fond de sa chaise en secouant la tête, dégoûtée. Ensuite, elle me tourne le dos et se remet à parler de son déguisement.

C'est là que je comprends. Rennie l'a fait exprès. Elle s'est débrouillée pour que tout le monde me laisse en plan. Elle a convaincu Ashlin d'inviter du monde chez elle, parce qu'elle savait que je ne pourrais pas venir.

Je comprends enfin ce qui se tramait juste sous mon nez. Rennie n'est pas en colère contre moi. C'est juste qu'elle ne veut plus être mon amie. Elle en a officiellement terminé avec moi, et par conséquent, elle va s'assurer que tous les autres fassent comme elle. Combien de fois l'ai-je déjà vue se comporter ainsi et exclure quelqu'un du groupe parce qu'elle lui en voulait pour une raison ou une autre ? J'ai déjà assisté à ce genre de scènes sans rien dire, parce que j'avais peur, et que c'était plus simple comme ça. Je n'aurais jamais pensé que j'allais y passer un jour, moi aussi.

Alex balaye le groupe du regard, incrédule.

— Vous êtes sérieux ? Vous n'allez pas aider Lil le soir de la fête ? (Comme personne ne répond, il jette sa fourchette sur son plateau.) Franchement, vous craignez. Lil, qu'est-ce que je peux faire ? Dis-moi en quoi je peux t'aider.

La tête baissée, je rassemble mes affaires aussi vite que possible.

D'une voix calme, je propose à Alex :

— Si tu as du temps ce week-end, tu pourrais passer chez moi et m'aider à préparer les sachets de bonbons pour les récompenses ?

— Je passerai ce soir, directement après l'entraînement, annonce-t-il d'une voix très forte en fixant tous les autres.

Puis, il se retourne et plaisante :

— Mais ne t'inquiète pas, je prendrai une douche avant.

Sa vanne m'arrache un sourire.

— Tu as intérêt.

Ensuite, je file jusqu'au parking et pleure dans ma voiture. Alors, c'est comme ça que notre histoire se termine, après tout ce que Rennie et moi avons vécu ensemble.

Nadia, Alex et moi travaillons à la chaîne dans la salle à manger. Nadia s'occupe des M&M's, des frites et des Snickers, Alex des boules de chewing-gum, des bouteilles de coca acidulées et des Mentos, et moi des Dragibus et des sucettes. En plus, je ferme les sachets avec un beau ruban. C'est le vendredi soir le plus ennuyeux de toute ma vie, mais je suis ravie de me débarrasser de cette corvée.

J'en soulève un pour l'inspecter :

— Vous n'avez pas l'impression qu'il manque un peu de bonbons dans celui-ci ?

— Alex n'a pas mis assez de boules de chewing-gum, le dénonce Nadia.

— Sale cafteuse, plaisante-t-il en lui envoyant un petit coup de coude dans les côtes. Il est très bien comme ça. Je rends service au gamin qui le récupérera, il aura moins de caries. En plus, tu as déjà fermé le sachet, Lil.

— Ouais, je sais. (Je me mords la lèvre en soupesant le sachet au creux de ma main.) Je ne voudrais pas que les gamins se sentent lésés.

— Peut-être qu'on devrait ouvrir les rouleaux de Mentos pour donner plus de volume, suggère Nadia.

J'applaudis.

— Super idée !

Alex me tape dans la main et Nadia nous sourit.

— Alex, tu t'en occupes.

Il confirme mes ordres d'un salut militaire.

— Au fait, j'ai parlé à ma mère, et elle a dit qu'elle allait appeler Joy ce soir, annonce-t-il en ouvrant délicatement un sachet de bonbons.

Ses cheveux sont encore humides après sa douche. Il est vraiment venu directement.

— C'est qui, Joy ? se renseigne Nadia.

— L'une des propriétaires du *Milky Morning*, précise Alex. Ma mère la connaît, elles fréquentent le même club de lecture. Elle dit qu'elle peut la convaincre de t'offrir autant de cupcakes que nécessaire.

Il me tend un autre paquet.

Soudain, je ressens tellement de reconnaissance, d'amour et d'amitié pour Alex que je n'en reviens pas moi-même. Je ne sais pas ce que j'aurais fait sans lui aujourd'hui.

— T'es le meilleur, Skud.

Alex hausse les épaules d'un air gêné.

— C'est rien. (Puis, il pointe le doigt vers moi.) Eh, tu ralentis la chaîne !

Après son départ, Nadia m'aide à tout nettoyer et à ranger le reste de bonbons. Sans me regarder, elle me confie :

— Alex t'aime beaucoup, tu sais.

J'ouvre la bouche pour prétendre le contraire, mais je m'arrête. Je ne peux pas mentir à Nadia. Alors, je me contente de répliquer :

— On est amis.

Nadia lève les yeux au ciel de manière théâtrale.

— Et toi ?

— Quoi, moi ?

— Tu l'aimes aussi ?

Je vois bien qu'elle est un peu peinée, mais elle essaye surtout de se donner un air détaché. J'en ai le cœur brisé.

Je l'interroge :

— Et toi, tu l'aimes ?

Un silence s'ensuit, pendant qu'elle réfléchit à ce qu'elle va dire.

— Non, me répond-elle. Il est gentil, très gentil même. Mais je ne l'aime plus autant qu'avant. J'ai été amoureuse de lui, l'espace d'une seconde.

Je tends le bras et caresse les cheveux de Nadia. Ils sont doux, comme ceux d'un bébé. Elle me laisse faire un instant avant de se dégager en me demandant :

— Sois sympa avec lui, tu veux ? Ne lui fais pas de mal.

— Bien sûr, Nadi.

Dans ma tête, j'ajoute *Plus jamais*. Je m'en fais la promesse.

X
MARY

Aujourd'hui, dans le hall du lycée, Lillia m'a expliqué qu'elle avait demandé à quelques-uns de ses amis de l'aider à déménager la sono et à la transporter en voiture jusqu'à l'école primaire. Ce soir a lieu la Fête de l'automne, l'événement qu'elle organise pour les petits. Mais ils avaient tous entraînement.

— Et bien sûr, Reeve a fait mine de ne pas m'entendre.

J'ai secoué la tête.

— Bien sûr qu'il t'a entendu.

Lillia était au bord des larmes.

— Ça va me prendre des plombes de charger mon Audi toute seule.

— Mais non, Lil, je vais t'aider !

Le visage de Lillia s'est illuminé.

— Merci beaucoup, Mary.

Je me retrouve donc à courir jusqu'à l'entrée de service, près du théâtre. Je ne suis pas très forte, mais à deux, ça devrait déjà être un peu plus rapide.

Au lieu de me frayer un chemin au milieu des élèves qui sortent de l'école, je coupe à travers le parking de derrière. C'est là que je vois le 4x4 d'Alex garé à côté de l'entrée de service, juste derrière l'Audi de Lillia. Il est en train de sortir des cartons du coffre de la voiture de Lillia pour les charger dans la sienne. La porte est ouverte, et Lillia sort du bâtiment, vêtue d'un manteau ivoire, une longue écharpe enroulée autour du cou, avec un gros carton qui la déséquilibre. Alex se précipite pour l'aider.

— Alex, dit-elle en levant les yeux. Oh, mon Dieu.

J'hésite à avancer et observe la scène.

Alex lui prend le carton des mains.

— Attends Lil, tu ne voudrais pas salir ton manteau, quand même.

— Je le tiens, insiste-t-elle, et alors qu'il essaye de l'attraper, ils rient tous les deux parce qu'elle manque de le laisser tomber. Il faut que tu files à l'entraînement.

— Donne-le-moi, dit-il d'une voix douce.

Lillia finit par lâcher son carton. Alex semble surpris par son poids. Il lui échappe presque des mains, mais il resserre sa prise au dernier moment.

Pendant ce temps, Lillia scrute le parking.

Je m'avance et lui souris, mais elle agite la main, comme si je n'avais pas besoin d'intervenir.

— Merci, dit-elle, le souffle court, quand Alex lève la tête. Il n'en reste plus que trois à l'intérieur.

Elle s'apprête à entrer dans le théâtre, mais Alex l'arrête.

— Attends-moi ici, je vais les chercher.

Lillia s'adosse à sa voiture. Le vent s'est levé, et ses cheveux lui balayent le visage.

— Je te revaudrai ça, Skud ! lance-t-elle. Merci beaucoup !

Je suis sur le point de repartir, quand je le repère soudain : à environ quatre ou cinq mètres de moi, Reeve est au volant de sa camionnette. Il les a vus, lui aussi. Avec un air renfrogné, il passe la marche arrière. Il est parti avant même qu'ils l'aient remarqué.

Lorsque je rentre chez moi, la Volvo de tante Bette n'est plus dans l'allée. Même si je rechigne à l'avouer, je me sens soulagée.

J'aimerais pouvoir raconter à quelqu'un à quel point le comportement de tante Bette est étrange en ce moment. J'ai l'intention d'en discuter avec mes parents, mais l'idée me fait peur. Tante Bette est la sœur de ma mère, après tout. Je ne veux pas que Maman se mette en colère, ni qu'elle soumette tante Bette à un interrogatoire pour tirer cette histoire au clair. Je… Je me fais juste du souci pour elle.

Je dépose mon sac dans la cuisine et monte l'escalier en appelant son nom plusieurs fois pour m'assurer qu'elle n'est pas à la maison. Elle sursaute facilement ces derniers temps. J'essaye d'être attentionnée avec elle, de la laisser respirer. Je ne veux pas aggraver la situation.

En haut des marches, je remarque que la porte de la chambre de tante Bette est légèrement entrouverte. D'habitude, elle la ferme à clé. Je m'avance doucement et jette un coup d'œil à l'intérieur.

Des livres sont éparpillés partout sur le sol. Il y en a au moins une centaine, empilés dans un équilibre précaire sur le tapis marocain de tante Bette. Ils sont moisis et couverts de tissu. Le genre qui prend la poussière à la bibliothèque. Le genre qu'on trouve dans les vide-greniers.

J'entre dans la pièce en veillant à ne rien toucher, parce que je suis convaincue que tante Bette piquerait une crise si elle découvrait que j'ai fouillé sa chambre. Je m'accroupis et tente de déchiffrer les titres sur quelques dos, mais la plupart sont écrits en langues étrangères. On dirait du latin, peut-être. D'autres sont en espagnol, et ça me fait penser que je suis tellement à la traîne dans le cours de *señor* Tremont que c'en est désespérant. Quelques ouvrages sont ouverts, mais sur des pages qui ne contiennent aucun mot, uniquement des hiéroglyphes, enfin, je crois. Des symboles et des nombres qui n'ont aucun sens pour moi.

La Volvo de tante Bette se traîne dans l'allée. Je me lève d'un bond et me dirige vers la porte. C'est là que je remarque la cloison qui sépare la chambre de tante Bette de la mienne. Celle à droite de son lit.

Avant, elle était couverte de ses productions artistiques. Des photos, des peintures, des portraits. Mais tout a été enlevé, à l'exception de minuscules clous fichés dans le mur. Même la commode de tante Bette, celle avec quatre tiroirs qui était adossée au mur, a été poussée sur le côté.

La cloison est entièrement nue.

Du moins, c'est ce que j'ai pensé au début. Mais à y regarder de plus près, tante Bette a entortillé une cordelette coquille d'œuf, de la même couleur que le mur, autour des clous. Peut-être même qu'il s'agit du fil qu'elle a utilisé pour nouer ses paquets d'herbes. Elle a formé une sorte de motif. On dirait une étoile biscornue.

La même que celle que j'aperçois dans l'un des livres ouverts.

Oh mon Dieu, mais qu'est-ce qui se passe ici ?

Je sors en trombe de sa chambre et file dans la mienne. Tante Bette ouvre la porte de la cuisine et m'appelle.

— Je suis en haut !

J'espère que ma voix a l'air normale. Puis, je prie pour qu'elle ne monte pas. Heureusement, elle ne le fait pas. Je l'entends ouvrir le robinet, probablement pour remplir sa bouilloire.

J'avance à pas de loup jusqu'à mon lit et m'assois sur le matelas, qui est collé à la cloison. Je tends le bras pour la toucher, histoire de capter je ne sais quoi. De l'énergie. De la chaleur. Quelque chose provenant de l'autre côté.

Tante Bette m'aurait-elle jeté des sorts ?

Je ne pense pas qu'elle tenterait de me faire du mal, mais je dois dire que je ne me sens pas tout à fait en sécurité. D'autant plus que je ne sais pas depuis combien de temps dure tout ce cirque dans sa chambre. Et ce qu'il peut bien me faire.

Toutefois, je ne perçois rien, à part un mur. Un vieux mur tout ce qu'il y a de plus ordinaire.

Évidemment. À quoi je m'attendais ?

J'imagine que quand on vit avec une dingo, c'est difficile de ne pas perdre la tête de temps en temps.

XI
LILLIA

La nuit d'Halloween, le temps est magnifique. Le ciel est dégagé, il ne fait pas trop froid et la pleine lune est de sortie.

Les enfants commencent à entrer les uns derrière les autres avec leurs parents, et mon cœur bat la chamade. Je me tiens près de la porte dans mon costume de ballerine, pour accueillir les gens et leur distribuer des billets de tombola. Je porte un justaucorps rose croisé dans le dos et un tutu par-dessus, avec des collants roses et des pointes assorties dont les rubans s'enroulent autour de mes jambes. Mon chignon est tellement haut et serré qu'il me tire la peau, mais je n'ose pas y toucher, parce qu'il m'a fallu un temps fou pour le réussir.

Alex débarque, vêtu d'une chemise et d'un pantalon en toile, complétés par des lunettes à monture noire.

— Tu es déguisé en quoi ? En geek ?

Alex me fait non du doigt, puis ouvre sa chemise d'un geste théâtral. En dessous, il porte un tee-shirt de Superman.

— Clark Kent, à votre service !

Je ris et l'applaudis. Avant, Alex portait des lunettes, mais plus maintenant. J'aime quand il est habillé en geek chic comme ce soir.

— Alex, tu es mon héros.

Puis, je lui montre la direction du jeu de la pomme dans l'eau et il y va.

Les enfants sont mignons dans leurs costumes. Il y a quelques Iron Man, un Harry Potter, un petit garçon en chef cuisinier, une fille en bouteille de ketchup. Mes préférés sont trois petits garçons déguisés en Riri, Fifi et Loulou. S'il n'en tenait qu'à moi, je leur décernerais le prix du meilleur costume haut la main.

Ma sœur et ses amis mettent en place la chasse au trésor et cachent des indices dans le gymnase. Ils sont costumés en rennes du Père Noël. Nadia est Fringant ; elle porte des bois sur la tête, une étole en fourrure appartenant à notre mère qui ne la met jamais, ainsi que du rouge à lèvres pourpre. Alex jette d'autres pommes dans le seau qui va servir pour son stand.

Alors que je dispose des cupcakes aux bonbons sur un grand plateau noir, j'aperçois Reeve, avec ses béquilles et son attelle. Il porte une chemise en flanelle, son masque de Jason, et une tronçonneuse sanglée dans le dos.

Je suis sidérée. Je n'arrive pas à croire qu'il se soit pointé.

Reeve installe une chaise pliante pour lui sous le panier de basket. Il traîne une autre chaise, la déplie et pose sa jambe dessus. Un groupe d'enfants accourt vers lui.

— Reeve ! hurlent-ils. Cours-nous après !

Reeve secoue sa tronçonneuse d'un air menaçant dans leur direction. Mais il ne se lance pas à leurs trousses. Et pour cause : il ne le peut pas. L'enthousiasme des enfants retombe lorsqu'ils s'en rendent compte, et ils s'éloignent vers les autres stands, laissant Reeve assis tout seul dans son coin. Il a l'air déprimé, coincé sur sa chaise. Abandonné.

Je sens une petite boule dans ma gorge. Je l'ai carrément harcelé pour qu'il vienne, et maintenant, il n'a rien à faire. Je m'approche de lui, en m'arrêtant en chemin pour contrôler la sono, histoire de ne pas donner l'impression que je viens juste lui dire bonjour.

Je m'arrête face à lui.

— Salut, Reeve !

— Salut, grommelle-t-il derrière son masque.

Je m'éclaircis la gorge.

— Je... euh... Je m'en veux de t'avoir fait venir alors que tu ne peux pas faire grand-chose.

— C'est ce que j'ai tenté de t'expliquer la première fois, souligne-t-il en relevant son masque sur son crâne.

— Je sais.

— Comment est-ce que je pourrais courir après les enfants et me promener ensuite dans un labyrinthe avec la bande ? (Il soupire.) Je dois garder ma jambe surélevée la plupart du temps.

Je ne peux que répéter :

— Je sais.

Nos regards se croisent un instant, puis il remarque :

— Joli déguisement.

Je m'attends à ce qu'il sorte une vanne, qu'il me demande où j'ai mis ma tiare, par exemple, mais il ne le fait pas. Il tend le bras et touche mon tutu. Je sens une vague de chaleur m'envahir.

Ensuite, Alex arrive derrière moi et le bras de Reeve retombe.

— Salut mec ! lui lance Alex.

— Salut, répond Reeve.

— C'est sympa de ta part d'être venu, ajoute Alex en hochant la tête. Lil, si tu veux, je peux échanger avec Reeve, comme il ne peut pas courir. Ça m'est égal. Reeve, pour le jeu de la pomme dans l'eau, il faut seulement rester assis.

Reeve le dévisage, incrédule.

— Jason, c'est mon rôle.

— Je sais, vieux, mais les enfants veulent que tu leur coures après. Ça ne leur fait pas peur si tu agites ta tronçonneuse depuis ta chaise…

Alex s'interrompt et me regarde comme s'il espérait que je vienne à la rescousse.

Avant que je puisse ajouter quoi que ce soit, Reeve arrache son masque de sa tête et le jette à Alex.

— Bon, prends-le, dans ce cas. Tu seras moins doué que moi, mais peu importe. (Il se redresse maladroitement sur ses béquilles.) Va te faire mousser devant ta chérie.

Le visage d'Alex vire au rouge et je regarde ailleurs, comme si je n'avais rien entendu.

Reeve clopine vers la sortie ; au début, je me dis qu'il va partir, mais non. Il se dirige vers le stand de la pomme dans l'eau. Alex se penche vers moi et murmure :

— Peut-être que Jason a pris possession du corps de Reeve.

Je glousse d'un air coupable.

— Merci pour tout, Skud.

Alex enfile le masque de Jason.

— Je t'en prie, me répond-il avec une voix de serial killer.

Je ris à nouveau, pour de vrai cette fois-ci. Puis, je retourne à la table des rafraîchissements et dispose les cookies en forme d'araignées que j'ai préparés la veille. Je m'arrange pour que les plus beaux se retrouvent en haut, et les cassés tout en bas.

Tout se passe bien, finalement. Les enfants s'amusent, participent aux différentes activités des stands et quelques parents restent dans les parages pour surveiller tout ce petit monde. Je ne suis donc pas la seule responsable. Je vais pouvoir mentionner cet événement avec fierté dans mon formulaire de candidature à l'université. Et le mieux dans tout ça, c'est que j'y suis arrivée sans Rennie.

Je regarde Alex pourchasser un groupe de filles avec la tronçonneuse. Il manque de trébucher, mais se rattrape. À l'autre bout de la pièce, Reeve s'esclaffe. Son rire résonne dans tout le gymnase.

Je croque un morceau de mon bracelet en bonbons. Dans une heure et demie, tout sera terminé. Je n'avais pas prévu d'aller au labyrinthe hanté, parce que je ne voulais pas voir Rennie, mais maintenant, je pense que je vais m'y rendre. J'ai tout autant le droit d'y être qu'elle. Ce sont aussi mes amis. Après tout, Reeve et Alex sont venus m'aider ce soir. Ils ne sont pas autant à sa botte qu'elle le croit.

XII
MARY

Je n'ai jamais compris l'intérêt d'un déguisement d'Halloween avant ce soir. Probablement parce que je n'en ai jamais porté de très beau.

Lorsque j'étais gamine, ma mère faisait elle-même mes costumes. Les autres enfants achetaient les leurs au drugstore ; c'était ceux avec un masque et une combinaison en plastique à enfiler sur ses vêtements. Ces mômes couraient dans tous les sens en brisant des bâtons comme s'ils étaient Superman ou faisaient semblant que des toiles d'araignée jaillissaient de leurs poignets comme Spiderman.

Maman était contre. Elle disait que tout ça manquait de créativité.

En fait, elle voulait les confectionner elle-même parce que ma grand-mère avait fait la même chose pour elle et tante Bette quand elles étaient petites. Ma grand-mère était une couturière hors pair. Nous avons encore quelques-uns de ses dessus-de-lit en patchwork au grenier, dans une malle en cèdre. C'est dingue d'imaginer que des choses aussi parfaites ont été réalisées à la main. Maman aimait cette tradition.

Au bord des larmes, elle m'affirmait: « Lorsque tu seras grande et que tu auras un petit garçon ou une petite fille, tu feras la même chose pour eux. »

Difficile de lutter contre ça.

Alors, au début de chaque mois d'octobre, j'expliquais à Maman ce que je voulais être pour Halloween cette année-là: une princesse, une gitane, une chauve-souris. On dessinait les patrons ensemble avec des crayons de couleur, puis on allait chez le marchand de tissus pour acheter les fournitures.

Le seul problème, c'était que Maman n'était pas très douée pour la couture. D'ailleurs, Halloween était l'unique période de l'année où elle sortait sa machine à coudre. Elle avait suivi des cours au lycée, mais c'est tout. Et même si au début elle s'amusait, une semaine avant Halloween, elle se retrouvait en haut dans le grenier à travailler toute la nuit. En général, elle devait retourner à la boutique à plusieurs reprises parce qu'elle avait mal coupé le tissu ou qu'il ne lui en restait plus à force de toujours recommencer.

Le résultat final n'était jamais conforme à l'idée que je m'en étais faite. Les coutures se défaisaient toujours. À certains endroits, le tissu était trop serré; à d'autres, il était trop lâche. Bien souvent, on avait du mal à deviner ce que j'étais supposée être. Notamment pour mon déguisement de dragon. Les gens pensaient que j'étais une sorte de haricot magique, comme dans le conte pour enfants. Je n'avais jamais eu l'impression de me transformer en quelqu'un d'autre.

Jusqu'à ce soir.

J'étais super contente que Kat m'ait invitée à sortir avec elle. Je faisais déjà des cauchemars à l'idée de devoir rester enfermée toute la nuit dans l'obscurité sans répondre à la porte, parce que tante Bette n'avait pas acheté de bonbons pour les enfants qui faisaient le tour du quartier.

Je suis dans la salle de bain et je mets la dernière touche à mon costume, qui consiste à ajouter autant d'épingles à nourrice que possible avant que Kat s'arrête devant chez moi et klaxonne pour s'annoncer.

J'ai fouillé dans une vieille malle du grenier remplie d'affaires appartenant à tante Bette. À l'intérieur, j'ai trouvé un pantalon en cuir moulant. L'étiquette indiquait qu'il provenait d'une boutique italienne ; elle l'avait probablement acheté quand elle habitait à Milan, l'année de ses vingt et un ans. J'ai également découvert une superbe paire de talons aiguilles noirs, et un haut noir en dentelle. Tout m'allait comme un gant. Une fois habillée, j'avais l'air d'une motarde hyper sexy.

Je me suis crêpé les cheveux pour me donner un côté sauvage, et j'ai utilisé un fer à friser déniché sous le lavabo de la salle de bain de la chambre d'amis pour ajouter quelques ondulations. J'ai également tressé quelques mèches et clipsé quelques postiches roses.

Il ne me reste plus qu'à appliquer le maquillage que j'ai trouvé dans le vanity de tante Bette. Eyeliner noir, ombre à paupières pailletée, et des couches et des couches de mascara. Je vais sans doute devoir emprunter de la térébenthine à tante Bette pour enlever tout ça.

Je me tiens devant le miroir. Je ne ressemble pas à Mary ce soir. Je n'ai même pas l'impression d'être elle, si ça veut dire quoi que ce soit. Tout m'a l'air totalement différent. Je me sens comme éclairée de l'intérieur. Je me sens… vivante.

Lorsque je me retourne, tante Bette est derrière moi.

Je retiens mon souffle.

— Ça fait longtemps que tu es là ?

— Pas plus d'une minute, me rassure tante Bette. Je ne voulais pas te faire peur.

Elle dresse la tête et s'approche, puis tend le bras et touche le cuir d'une main tremblante.

— Mon pantalon.

Je baisse les yeux en me rendant compte que je ne lui ai pas demandé son autorisation avant d'emprunter ses vêtements.

— Je suis désolée, j'aurais dû te demander avant. Je peux tout enlever si ça t'embête.

— Non, non, c'est juste que…

— Ne t'inquiète pas, je n'accepterai pas de friandises de la part d'étrangers. Sauf si c'est des Kit Kat.

Tante Bette ne sourit même pas à ma plaisanterie. Au lieu de cela, elle déclare d'un air mystérieux :

— Le soir d'Halloween, la frontière entre les vivants et les morts s'efface.

Je hoche la tête, comme si je la prenais au sérieux, sauf que je pense vraiment que tante Bette devrait arrêter de lire ces bouquins bizarres. À l'entendre, on dirait une sorcière ! D'ailleurs, elle ressemble de plus en plus à l'image qu'on peut s'en faire. Ses cheveux drus sont en bataille, ses yeux sont creusés et sombres. Si j'étais un gamin venu sonner à sa porte pour demander des bonbons, je me serais probablement enfuie en courant. Dire qu'autrefois, c'était une fille cool et joyeuse qui portait des pantalons en cuir italiens.

Je m'en veux immédiatement d'avoir eu une pensée aussi méchante. Tante Bette est tellement seule; sa vie est si triste. Elle ne rend jamais visite à personne et ne passe jamais une nuit hors de chez elle.

Elle est comme moi, avant.

Je me demande alors… Est-ce qu'il est arrivé quelque chose à tante Bette ? Un événement traumatisant dont je n'ai pas connaissance qui l'a rendue comme ça ? Peut-être une dispute avec ma mère ? Peut-être qu'elle n'a jamais souhaité que mes parents et moi quittions Jar Island ?

Je ne sais pas pourquoi, mais je m'avance et la serre dans mes bras. Je ne l'ai pas fait une seule fois depuis mon retour ici. Tante Bette n'a jamais été très démonstrative, mais ça ne veut pas dire pour autant qu'elle n'a pas besoin d'affection de temps à autre.

Tout son corps se raidit. Elle est si seule, qui sait à quand remonte son dernier câlin ?

— Tout va bien, tante Bette.

Tante Bette se détend, penche la tête, et je la sens qui me serre tendrement. Dans le miroir, je vois que ses yeux sont fermés.

Kat klaxonne à l'extérieur. Je me détache de tante Bette et lui lance « Je t'aime, ne m'attends pas ! », avant de dévaler l'escalier.

— La vache, regarde-toi ! s'extasie Kat en jetant son mégot de cigarette par la vitre ouverte.

Je m'esclaffe en montant dans sa voiture et en découvrant son costume de nonne.

— Ma foi, je pense que nous sommes le contraire l'une de l'autre ce soir !

C'est une tenue complète qui lui couvre tout le corps en dehors des mains et du visage, assortie d'une lourde croix en bois suspendue à son cou. Kat ne porte pas de maquillage. Je n'y ai jamais fait attention auparavant, mais elle a une peau magnifique et quelques minuscules taches de rousseur.

— Je suis une nonne maléfique, précise-t-elle. (Elle se tourne sur son siège et me détaille de la tête aux pieds.) T'es super sexy, ma belle.

— Vraiment ?

J'ai envie d'applaudir comme une petite fille, mais je me retiens.

Kat me regarde comme si j'avais perdu la tête.

— Bah oui, évidemment ! Heureusement, sœur DeBrassio a pensé à t'apporter une ceinture de chasteté.

Je lui tire la langue, boucle ma ceinture de sécurité et pousse l'autoradio à plein volume. Sur un air de rock endiablé, je commence à agiter la tête en me trémoussant sur mon siège.

— Mon Dieu, ayez l'obligeance d'accorder vos lumières à ce tas de ferraille afin qu'il nous mène à bon port ce soir. (Kat fait un signe de croix, allume une cigarette, puis démarre si vite que les pneus crissent et se mettent à fumer.) Il est encore tôt, beugle-t-elle par-dessus la musique. On n'a qu'à s'arrêter chez mon pote Ricky pour lui taxer une bière avant d'aller au labyrinthe.

Je hoche la tête et continue de danser. Je n'ai jamais traîné avec personne en dehors de Kat et Lillia depuis mon retour sur l'île. Et je n'ai jamais bu d'alcool, pas même une petite gorgée. Je sens que ça va être une nuit de folie. Dans le bon sens du terme, Dieu merci !

JE SUIS ASSISE sur le canapé, dans le sous-sol de ce type, Ricky. L'endroit est sombre et enfumé. La télé est allumée et diffuse un film d'horreur. J'ai une bière à la main, mais je ne la bois pas. Je sens une drôle d'odeur : on dirait des champignons fermentés.

À côté de moi, à califourchon sur l'accoudoir du canapé, Kat descend sa bière jusqu'à la dernière goutte.

— Je suis à sec, annonce-t-elle. Ricky, aide-moi à rapporter d'autres bières.

Puis, elle se penche vers moi et murmure :

— Il est mignon, n'est-ce pas ?

J'acquiesce. Ricky a des yeux marron pétillants et de longs cils noirs.

— Très.

— Mais pourquoi est-ce que j'ai perdu mon temps avec un mec comme Alex Kudjak ?

Je ne sais pas trop si elle attend une réponse de ma part. Alex et Ricky sont très différents. Je m'apprête à dire qu'Alex est gentil, mais avant de m'en laisser l'occasion, Kat et Ricky remontent au rez-de-chaussée. Je les regarde partir, puis me retourne vers Pat, le frère de Kat, qui les observe également. Déguisé en Grande Faucheuse, il est affalé sur un fauteuil inclinable, un bang coincé entre les jambes.

J'espère que Kat va bientôt revenir. Je ne me sens pas à ma place et je suis un peu mal à l'aise. L'excitation du début de soirée commence à se dissiper. À côté de moi, sur le canapé, un type respire lourdement à travers un masque de monstre en caoutchouc.

Je me retourne pour regarder la télé. Un gars poursuit une fille avec une hache, et lorsqu'il la rattrape enfin, je ne peux pas m'empêcher de crier. Le frère de Kat finit par détourner les yeux de l'escalier et se met à rire.

— T'as la frousse ? me demande-t-il.

— Je n'aime pas les films d'horreur.

Je porte ma bière à mes lèvres, mais ne bois pas.

— Où est-ce que tu as connu Kat ? m'interroge Pat.

— Euh, au lycée.

— Je croyais que Kat n'avait pas de copines au lycée, marmonne le type au masque de monstre, ce qui fait ricaner Pat.

Vexée, je lui lance :

— Si si, elle m'a, moi.

Le sourire de Pat s'évanouit et il me regarde d'un air respectueux en levant son bang.

— Ça te dit, Mary ?

Je secoue la tête.

— Oh, non merci.

Le type au masque renifle d'un air moqueur. Sur le coup, j'ai peur qu'il se foute de moi parce que ma réponse était bien trop polie et collet monté pour une invitation à fumer de l'herbe.

Mais je me rends compte qu'il regarde juste le film et que la fille vient de se faire découper en deux. Alors que je m'apprête à me couvrir les yeux, je remarque que tout a l'air hyper faux. Le sang ressemble à du ketchup, les boyaux à des spaghettis. Je ris également.

Il n'y avait pas de labyrinthe hanté quand j'habitais sur l'île. Tout a commencé après mon déménagement. La société qui l'exploite est la même que celle qui organise la fête foraine en été. Ils ont loué un grand champ dans la partie rurale de T-Town, là où on trouve encore des fermes.

— Ça commence bien, grogne Kat lorsque le responsable du parking nous empêche d'entrer parce que c'est plein.

Nous devons longer six pâtés de maisons avant de trouver une place libre. Le labyrinthe ouvre deux semaines avant Halloween, mais d'après Kat, la plupart des gens attendent ce soir pour s'y rendre.

Kat et moi marchons côte à côte. Il y a des tas de gens dehors, qui se dirigent vers le labyrinthe ou qui retournent à leurs voitures. Tout le monde est déguisé. Il y a une énergie incroyable. Plus on s'approche du labyrinthe, et plus on entend les cris qui en montent.

Le labyrinthe est aussi grand qu'un terrain de foot. Il est constitué de bottes de paille empilées sur trois mètres de haut de manière à ce qu'on ne puisse pas voir par-dessus. La société a installé quelques gros projecteurs pour que les visiteurs ne se marchent pas les uns sur les autres, mais il n'y en a pas assez pour éclairer tout le parcours. Une sono diffuse des morceaux d'orgue sinistres. Nous ne sommes pas encore entrées que, déjà, des personnes en costumes effrayants se baladent autour des visiteurs pour leur ficher la frousse.

Je passe mon bras sous celui de Kat. Elle est forte et sûre d'elle à côté de moi.

— J'ai peur !

Kat me regarde avec un sourire surpris.

— Reste bien à côté de moi, ma petite, dit-elle en me caressant la tête.

Nous rejoignons la file d'attente. Avant de pénétrer dans le labyrinthe, nous devons signer une décharge nous engageant à ne pas poursuivre la société en cas de crise cardiaque.

— Je me demande en quoi Alex peut bien être déguisé, déclare Kat de but en blanc. (Je hausse les épaules.) Probablement un truc bidon.

— J'espère que la soirée de Lillia avec les enfants s'est bien passée.

— Je suis sûre que oui. Cho est du genre hyper organisée. Je peux te garantir qu'elle n'a rien laissé au hasard.

— Peut-être que nous la verrons ce soir. Peut-être qu'elle voudra traîner avec nous. Tu sais, si Rennie est toujours vache avec elle.

— Peut-être, répond Kat ; mais à sa voix, je peux dire qu'elle en doute.

Je ne sais pas pourquoi. J'ai l'impression que Lillia a vraiment fait des efforts pour rester amie avec nous. Bien plus que je ne l'aurais cru en septembre. Je la bouscule gentiment.

— Je suis sûre qu'elle nous dira au moins bonjour si on la croise !

Soudain, je sens une tape sur mon épaule. Je me retourne et me retrouve nez à nez avec un beau garçon. Du moins, d'après ce que je peux entrevoir entre ses bandages de momie.

— Salut ! me dit-il, tu ne serais pas dans mon cours d'anglais ?

— Je ne crois pas.

Il se frotte le menton et me fixe d'un air sceptique, comme si je lui mentais.

— Tu en es sûre ? Je l'aurais juré, pourtant.

Je secoue la tête.

— Je suis avec Mme Dockerty, en troisième heure.

Il fronce les sourcils.

— Oh. Moi, je suis avec M. Frissel.

Je lui réponds gaiement « Tout le monde peut se tromper ! », avant de lui tourner le dos. Kat a avancé de quelques pas dans la file et je me dépêche de revenir à sa hauteur.

Elle s'approche de moi.

— Pourquoi tu n'as pas continué à lui parler? Retourne là-bas et donne-lui ton numéro de téléphone!

— Il m'a prise pour une autre.

Kat me regarde, bouche bée.

— Il flirtait avec toi, bêtasse! Ce truc à propos du cours d'anglais, c'était pour briser la glace et te faire la conversation. T'es aveugle, ou quoi?

— Vraiment?

Je me retourne, et le gars en momie est debout au milieu de son cercle d'amis. Il me regarde, puis baisse rapidement les yeux vers le sol. Je murmure à Kat:

— Oh, mon Dieu!

Elle rit.

— Ce que tu peux être innocente, Mary! Tu comprends ce que je voulais dire, maintenant? Tu devrais te mettre un peu plus en avant. Qui sait? Peut-être que tu auras un petit copain avant Noël.

Cette pensée me réchauffe de l'intérieur. Moi? Un petit ami?

— Il faut que tu arrêtes de jouer les humbles et de faire ta timide. Tu n'as plus douze ans. Tu en as dix-sept! (Son regard se pose sur ma poitrine.) Regarde. Tu as de beaux seins, et les gars adorent ça!

— Arrête avec ça! lui dis-je en riant et en serrant mes bras autour de moi.

— Non, je ne compte pas m'arrêter là. Faut que tu comprennes que tu es une fille super sexy dont tous les gars ont envie.

J'ouvre la bouche pour dire «*Aucun gars n'a envie de moi!*», mais Kat me décoche un regard, alors je reste silencieuse.

Franchement, c'est la vérité. Ils n'ont jamais eu envie de moi. Du moins, jusqu'ici.

Ou peut-être est-ce parce que je n'ai jamais rien fait pour qu'un garçon me remarque. Un garçon autre que Reeve Tabatsky.

Je dois attendre d'être arrivée au début de la file pour trouver le cran de jeter un nouveau coup d'œil au garçon en momie. Il m'observe toujours, et cette fois-ci, il ne fait pas semblant du contraire. Il me sourit gentiment.

Je parvins à lui rendre son sourire avant que mon courage m'abandonne.

Mais c'est déjà ça !

À l'entrée du labyrinthe, deux immenses stroboscopes clignotent si vite qu'il est presque impossible de voir ce qui se trouve juste derrière les premières bottes de paille. Nous avançons de quelques pas à l'intérieur, jusqu'à la première grande intersection. On peut aller à gauche ou à droite, ou continuer tout droit.

Kat me prend la main.

— Tu es glacée ! (Elle me tire avec elle vers la gauche.) Reste à côté de moi maintenant, les neuneus vont bientôt nous bondir…

À ce moment précis, deux goules surgissent hors de l'obscurité. Je hurle et me mets à rire, tandis que Kat me saute pratiquement dans les bras.

— Gardez vos distances, bande de trouducs ! leur crie-t-elle.

Je lui demande :

— Ça va ? Tu veux qu'on fasse demi-tour ?

Elle me dévisage comme si j'étais débile.

— Ils m'ont eue par surprise, c'est tout. Viens. Ce truc va rapidement me saouler. Plus vite nous arriverons à la fin, plus vite nous pourrons retrouver Ricky et les autres.

Je lui donne une petite tape dans le dos.

— Entendu, sœur Katherine.

Nous ne progressons que de quelques pas avant que je sente une présence derrière nous. Kat la remarque également, et nous nous retournons toutes les deux pour la regarder. C'est une vieille femme, habillée en petite fille avec une robe bleue, des chaussettes blanches en dentelle et des souliers à boucle en velours noir. Elle se promène avec une poupée couverte de faux sang qu'elle nous tend.

— Ma poupée est malade ! pleurniche-t-elle d'une étrange petite voix. Aidez-la !

Kat pousse un cri perçant et bestial dont je ne l'aurais pas crue capable. Elle me lâche la main et prend ses jambes à son cou.

Je suis pliée de rire.

— Kat ! Reviens !

Je me fraye un chemin dans la direction empruntée par Kat, mais j'ai du mal à avancer avec toutes les personnes présentes dans le labyrinthe. Je tourne à gauche, puis à droite, et me retrouve face à un mur. Je reviens sur mes pas, et quelqu'un me tape sur l'épaule.

J'appelle doucement « Kat ? », mais c'est juste un fermier fou portant une salopette tachée de sang et une fourche. J'entends par là que c'est un autre employé.

Il me fait tournoyer, et lorsque j'avance, je me rends compte que je ne sais absolument pas d'où je viens et où je dois aller ensuite.

— Par ici, les gars ! lance une fille.

Ce n'est pas Kat. C'est Lillia.

Je titube en direction de sa voix, mais j'ai du mal à la localiser précisément avec la musique, les cris et les rires des autres visiteurs.

Je bifurque à plusieurs reprises, mais je n'entends plus Lillia. J'ai le vertige, et les flashes des stroboscopes commencent à me donner mal à la tête. Je crie :

— Kat ? Kat ?

Une autre goule me saute dessus, et cette fois-ci, je hurle. Elle m'attrape le bras et essaye de m'empêcher de partir. Je le secoue pour me libérer et accélère le pas dans une longue allée. Il faut que je trouve Kat. Je ne veux pas traverser ce truc toute seule. C'est carrément plus flippant sans compagnie. En plus, Kat est peut-être en train de faire une crise cardiaque, pour autant que je sache.

Je prends à nouveau à gauche et avance un peu jusqu'à un cul-de-sac. Je secoue les mains et tente de me calmer. Est-ce que je vais réussir à sortir d'ici un jour ?

Là, je me retourne et tombe sur Reeve Tabatsky.

Au sens propre du terme. Je le percute au niveau de la poitrine. La force de l'impact me fait reculer d'un pas. Les béquilles de Reeve glissent au sol et il perd l'équilibre à cause de sa jambe blessée. Heureusement, l'allée dans laquelle nous nous trouvons est étroite, et le mur de bottes de paille interrompt sa chute et lui évite de finir par terre.

— Eh merde ! dit-il.

— Je… je ne t'avais pas vu.

— Ça va ?

Sa question me prend totalement au dépourvu. Mes joues s'empourprent aussitôt, mais je me penche et ramasse ses béquilles pour qu'il ne le remarque pas.

— Ne t'inquiète pas pour moi, ça va.

Je suis tellement nerveuse que les mots ont fusé de ma bouche. Je n'arrive pas à croire que je suis enfin face à Reeve, à discuter normalement avec lui. Après toutes ces années, on est enfin réunis. Je me redresse et lui demande :

— Comment va ta jambe ?

Comme Reeve ne me reprend pas les béquilles, je les pose contre le mur de bottes pour plus tard.

— Elle va bien, me rassure-t-il.

Sauf que je ne le crois pas. Il a l'air d'avoir vraiment mal. Je peux le lire sur son visage. Les dents serrées, il s'incline pour vérifier son attelle et repositionner les scratchs.

— Est-ce qu'il faut que j'aille chercher de l'aide ?

Je recule d'un pas pour lui laisser de l'espace. J'espère que tout ça ne va pas retarder les progrès qu'il fait dans la piscine.

— Non, pas la peine, répond-il doucement, en se passant la main dans les cheveux pour se calmer. C'est de ma faute, je n'aurais pas dû venir dans ce stupide labyrinthe, grogne-t-il.

Il attrape ses béquilles et cale ses avant-bras.

Je vois bien qu'il est sur le point de s'éloigner de moi, mais je n'en ai pas envie. Je ne suis pas prête à laisser cet instant m'échapper. Pas encore. C'est comme lorsqu'on prenait le ferry ensemble. J'espérais toujours que la traversée durerait encore un peu, ne serait-ce qu'une minute.

Je tends la main et lui touche le bras. Sa chemise est incroyablement douce et je sens son biceps en dessous. Il est ferme et bien dessiné, probablement à cause des semaines qu'il vient de passer sur ses béquilles.

— Je suis désolée que tu te sois blessé lors du bal.

Malgré tout ce que Reeve m'a fait endurer, je suis contente de pouvoir m'excuser. Parce que je n'avais vraiment pas l'intention de lui nuire au point de risquer de foutre toute sa vie en l'air.

Il hausse les épaules.

— Ce genre de merdes, ça arrive, tu sais.

— Ouais.

Je hoche la tête, parce que c'est vrai. Ça peut nous arriver à tous.

Un ange passe; aucun de nous ne sait quoi dire. Reeve passe rapidement la main dans ses cheveux.

— Il faut que je rejoigne mes amis. Je te souhaite de sortir de là vivante.

Il positionne ses béquilles et s'apprête à faire un pas, mais je me décale de manière à lui bloquer le passage. Je ressens une poussée d'adrénaline.

— Ça fait euh… un bail, hein ? dis-je, la gorge serrée.

Reeve incline légèrement la tête.

— Ouais.

Le vent se lève et balaye mes cheveux. Je les plaque du mieux possible derrière mes oreilles.

— Je me suis toujours demandé si tu avais repensé à ce qui s'est passé. (Reeve laisse échapper un rire gêné, puis cligne plusieurs fois des yeux. Je ne peux pas dire s'il est embarrassé ou pris de court.) Si tu t'en voulais de ce que tu as fait.

Ensuite, j'attends, parce que je viens de lui tendre la perche. Je lui donne une occasion idéale de s'excuser, d'assumer enfin la responsabilité de ses actes. D'arranger les choses entre nous, une bonne fois pour toutes.

Reeve plisse les yeux, perplexe. Il essaye de me resituer, ce qui me déstabilise complètement. Évidemment, je porte un costume d'Halloween, mais c'est bizarre. Il ne lui a pas fallu plus de cinq secondes pour m'appeler Grosse Pomme lors du bal. Est-ce qu'il ne me reconnaît vraiment pas ce soir ?

— Traiter une fille de Grosse Pomme parce qu'elle est ronde, tu sais ce que ça peut lui faire ? (Tout le corps de Reeve se raidit et il me fixe avec un regard dur et froid. Je le sens ôter une à une toutes les couches que j'ai sur moi. Le maquillage, le pantalon en cuir, la coiffure déjantée, jusqu'à me mettre totalement à nu. Je tremble comme une feuille dans le vent.) Tu étais une vraie brute à l'époque. Tu n'es pas désolé ? Même pas un peu ?

Il s'humecte les lèvres et grommelle :

— Va te faire foutre.

Je commence à me décomposer; j'ai peur que mes jambes se dérobent. Reeve passe devant moi en me bousculant et remonte la longue allée.

Je lui crie que je suis désolée. Je ne sais même pas pourquoi. Mais je me déteste immédiatement de l'avoir fait. Parce que ces mots, c'est moi qui mérite de les entendre, pas lui. Seulement, je n'obtiendrai jamais d'excuses de la part de Reeve, parce qu'il n'est pas désolé.

Pas le moins du monde.

Soudain, une vague dévastatrice déferle en moi et me submerge, tel un tsunami de colère et de tristesse. Comme le soir du bal des étudiants. Je ferme les yeux, mais je ne vois pas l'obscurité. J'aperçois le labyrinthe de paille s'embraser, des murs de feu encercler toutes ces personnes.

Oh, mon Dieu... Oh, mon Dieu !

Il faut que je sorte d'ici avant d'exploser.

XIII
KAT

Adossée à un mur de bottes de paille, je sens les brins qui me piquent à travers ma tenue de nonne. Je suis dans un cul-de-sac du labyrinthe, mais je m'en fous. Je me cache pour que les zombies, les goules et autres créatures ne puissent pas me surprendre par-derrière. De temps à autre, je tends le cou et essaye de repérer Mary.

Évidemment, je la trouverais plus vite si je la cherchais vraiment, mais je ne compte pas bouger d'ici. Mary peut bien venir à ma rencontre. Je n'ai pas payé trente dollars pour mourir d'une crise cardiaque dans ce foutu labyrinthe.

J'espère qu'elle s'amuse bien. Elle mérite de se changer les idées. Je suis contente que le crétin déguisé en momie ait essayé de lui parler quand nous faisions la queue. Booster son ego ne pourrait que lui être bénéfique, c'est le moins qu'on puisse dire. Inutile d'être conseillère d'éducation pour savoir que Mary a besoin de prendre conscience qu'elle n'est plus la même fille qu'avant.

Un petit groupe passe dans l'allée où je suis cachée. Une fille déguisée en ballerine sort du rang et s'avance vers moi en marchant prudemment sur la pointe des pieds. Elle porte un justaucorps rose, un tutu rose, bref, elle est habillée en rose de la tête aux pieds. Bien entendu, c'est Lillia.

Je l'appelle en sortant de l'ombre.

Elle sursaute et hurle comme dans un film d'horreur, mais sourit également. Lillia la froussarde adore ce truc. Qui l'aurait cru ? Elle doit penser que je suis l'un des employés, parce qu'elle s'apprête à rejoindre ses amis en courant. Mais lorsque je répète son prénom, elle s'arrête net. Il lui faut une seconde supplémentaire pour me reconnaître, à cause du costume, j'imagine.

— Oh, mon Dieu, Kat, c'est bien toi sous ce truc ?

— N'invoque pas le nom du Seigneur en vain ! dis-je d'une voix caverneuse.

Elle glousse.

— Où est Mary ? Elle devait venir avec toi, non ?

Je hoche la tête.

— Attends de voir son déguisement. Elle est à tomber avec son pantalon en cuir.

En le disant, je me rends compte que j'aurais aimé passer cette soirée avec elles deux. Mais je refoule cette pensée, parce que ça ne sert à rien de se lamenter. Elle est là avec ses autres amis. Je change rapidement de sujet.

— Tout s'est bien passé à l'école primaire ce soir ?

— Oui, impeccable. Je pense que les enfants se sont bien amusés. Et les parents étaient contents.

— Cool. (Je me suis sentie mal en voyant Lillia si stressée toute cette semaine.) Tu sais, j'aurais pu venir t'aider. Mais comme tu n'as rien dit… (Ses joues virent au rouge, alors je me radoucis.) Je ne suis pas fâchée, t'inquiète. C'est juste que...

Je ne sais pas quoi ajouter. Je m'embrouille.

— Pas de souci. Tout s'est bien déroulé. Je n'ai pas pensé à te demander, par contre. Je sais que ce n'est pas ton truc. Mais merci de me proposer ton aide. (Elle m'adresse un petit sourire suffisant.) Même s'il est trop tard pour ça.

Je lui donne un petit coup d'épaule pour la taquiner.

— Super vanne, Lil. J'aime la manière dont je déteins sur toi.

Alors qu'elle semble sur le point de faire une autre blague à mes dépens, nous entendons Reeve s'exclamer :

— Eh merde !

On dirait qu'il est de l'autre côté du mur de paille. Nous levons toutes les deux les yeux au ciel parce que Reeve est un gros crétin, mais aussitôt, la petite voix de Mary retentit.

— Je... je ne t'avais pas vu.

En moins d'une seconde, Lillia et moi collons l'oreille au mur pour écouter.

Lillia me chuchote :

— Mary est en train de lui parler.

Je lui réponds :

— On s'en fout de la conversation, qu'elle lui balance son pied dans les couilles, plutôt !

Ma remarque fait glousser Lillia.

Nous restons toutes les deux bouche bée quand Mary dit :

— Traiter une fille de Grosse Pomme parce qu'elle est ronde, tu sais ce que ça peut lui faire ?

Lillia m'attrape par le bras et nous commençons à sautiller sous l'effet de l'excitation. Je n'arrive pas à y croire. Elle est vraiment en train de le faire !

Ensuite, Reeve rétorque :

— Va te faire foutre.

Lillia se cache la bouche des deux mains. Ce Reeve Tabatsky, quel enfoiré. Il est aussi con qu'il l'était avant son accident, si ce n'est plus.

Lillia et moi attendons d'entendre ce que Mary va répliquer.

— Je suis désolée.

Lillia ferme les yeux et laisse sa tête retomber contre sa poitrine.

Putain.

Mary passe en courant devant notre allée.

Je me lance à sa poursuite et Lillia s'apprête à en faire autant quand je secoue la tête.

— Non. Reste avec tes amis. Nous ne devrions laisser personne nous voir ensemble.

Mais elle ne m'écoute pas et se met à courir à côté de moi.

— Mary !

Nous crions toutes les deux son nom en poussant les gens hors de notre chemin. Je vois ses mèches roses à une trentaine de mètres devant nous.

Nous réussissons enfin à remonter à sa hauteur. Lillia l'attrape par son haut.

— Mary !

Mary se retourne. Elle pleure. Elle essaye de nous raconter ce qui s'est passé, mais les mots ne sortent pas.

— On a tout entendu. (Lillia dégage doucement les cheveux de Mary de son visage.) Tu es superbe, au fait.

Mary ne réagit même pas au compliment. Elle reste impassible. On dirait qu'elle souffre de stress post-traumatique ou un truc dans le genre.

Je la saisis par les épaules pour l'obliger à se retourner et à me regarder dans les yeux, puis je lui demande :

— Qu'est-ce que tu veux qu'on fasse ? Dis-le-nous, tout simplement.

Je pense qu'elle va me répondre, mais au lieu de cela, elle se libère et s'enfuit.

Nous la laissons partir.

— Ça s'annonce mal, dis-je en me rongeant un ongle.

Le chignon de ballerine impeccable de Lil est défait. Des mèches s'en échappent, mais elle ne semble pas le remarquer.

— Faut qu'on la laisse respirer si c'est ce qu'elle veut.

— J'imagine… Mais si elle se faisait du mal ?

Lillia semble hésitante, maintenant.

— Oh, mon Dieu ! Tu crois qu'elle le ferait ? (Elle prend une profonde inspiration et soupire.) Pauvre Mary.

Sans trop savoir ce que je fais, je me penche comme pour serrer Lillia Cho dans mes bras. Elle s'incline également, on dirait qu'elle va m'étreindre elle aussi.

— Lillia ! Lil ! On s'en va !

C'est Ashlin.

Je murmure :

— Vas-y, je vais voir si je peux la trouver.

Lillia fronce les sourcils et s'éloigne de moi à reculons.

— On ira chez elle demain pour vérifier que tout va bien.

Je hoche la tête.

Alors que je me dirige vers la sortie du labyrinthe, un fantôme se jette sur moi. J'ai tellement de colère en moi que je le pousse en lui balançant :

— J'en ai assez.

Quelques personnes me regardent comme si j'étais folle. Et c'est exactement ce que je ressens. Je suis folle d'inquiétude pour mon amie.

XIV
LILLIA

En me dirigeant vers la voix d'Ash, je tombe sur elle et quelques filles de l'équipe. Éméchée et guillerette, elle hurle mon nom en prenant mon bras sous le sien, sans doute parce que Rennie ne l'a pas encore rattrapée. Elle peut donc se montrer aussi sympathique qu'elle le veut et se comporter comme si de rien n'était. Je me fous totalement de tout ça pour le moment. Mon seul souci, c'est de m'assurer que Mary va bien. J'aurais aimé aider Kat à la chercher, mais je ne suis pas venue avec ma voiture. Elle est restée près de l'école élémentaire.

Tout le monde se dirige vers le parking afin d'aller faire la fête dans le grand cimetière de Canobie Bluffs. Les gens commencent à s'entasser dans les voitures et je remarque Reeve seul, adossé au 4x4 d'Alex, le regard dans le vide. Je suis malade rien que de le voir.

Je ne peux pas m'en empêcher.

Je me sépare des filles et fonce droit sur lui.

— Salut, Reeve.

Il se retourne et me sourit. Ce sale bâtard ose sourire.

— Salut, Cho. Tu vas au cimetière ?

D'une voix tremblante, je lui réponds :

— Tu es cruel. Je savais que tu pouvais être vache parfois, mais je n'aurais jamais cru que tu pouvais être aussi cruel.

Dérouté, il me demande :

— De quoi tu parles ?

— Je t'ai entendu. Je t'ai entendu dans le labyrinthe dire à cette fille d'aller se faire foutre. Franchement, tu te prends pour qui ?

— Attends...

— Qu'est-ce qu'elle t'a fait pour mériter ça ?

Je hausse le ton de plus en plus.

Ses traits se durcissent.

— Depuis quand tu te préoccupes des filles à qui je parle ?

— Oh, mais je ne suis pas du tout préoccupée !

— Dans ce cas, occupe-toi de tes oignons.

J'ai envie de hurler que justement, ce sont mes oignons. Mais je ne peux pas le faire sans risquer de mettre Mary en danger. Alors, j'ajoute simplement :

— Tu sais quoi ? Je suis contente que tu te sois cassé la jambe. Je suis contente que tu ne puisses plus jouer au foot et qu'aucune équipe universitaire ne veuille plus de toi. Tu mérites tout ce qui t'arrive, parce que tu as un mauvais fond.

Reeve blêmit, mais je me refuse à avoir de la peine pour lui. Je lui adresse un regard assassin, puis tourne les talons et cours vers la voiture d'Ash.

XV
MARY

Je fonce en slalomant entre les rangées de voitures garées et les groupes de visiteurs, pour essayer de mettre autant de distance que possible entre le labyrinthe et moi.

Perchée sur mes talons, je trébuche contre les pierres et m'enfonce dans la terre meuble, puis finis par tomber entre deux voitures.

Je veux me relever et continuer à avancer, parce que les bois ne sont qu'à quelques mètres, mais je suis à bout de forces. Heureusement, il n'y a personne pour me voir. Alors, je me redresse sur les genoux et me mets à pleurer.

Va te faire foutre.

C'est pour m'entendre dire ça que je suis revenue ?

C'est ce que je mérite, après tout ce que j'ai enduré ?

Je sanglote depuis quelques minutes quand j'entends la voix de Lillia. Au début, je crois qu'elle m'appelle. Mais soudain, je me rends compte qu'elle crie sur Reeve.

Tapie derrière la voiture, je regarde à travers les vitres. Je les repère à quelques files de véhicules de là. Lillia et Reeve, face à face. Je ne parviens pas à distinguer ce qu'elle dit, alors je reste accroupie et passe de voiture en voiture pour tenter de m'approcher.

— Tu sais quoi ? Je suis contente que tu te sois cassé la jambe. Je suis contente que tu ne puisses plus jouer au foot et qu'aucune équipe universitaire ne veuille plus de toi. Tu mérites tout ce qui t'arrive, parce que tu as un mauvais fond.

Oh, Lillia. Toi, tu es une véritable amie.

Elle s'éloigne et je guette la réaction de Reeve. Je veux l'entendre se défendre. Je veux entendre les insultes qu'il va hurler à Lillia.

Mais il ne fait rien. Immobile, il la regarde partir.

Ce qui me choque le plus, c'est de le voir s'essuyer les yeux avec sa manche.

Je me prends un autre coup dans l'estomac. Je suis insignifiante pour Reeve, alors pourquoi s'excuserait-il des horreurs qu'il m'a dites. Il n'a même pas essayé de s'excuser. Mais il suffit que Lillia Cho lui reproche d'avoir un mauvais fond pour qu'il se mette à pleurer.

Je sais pourquoi. Reeve l'apprécie beaucoup.

Peut-être même qu'il est amoureux d'elle.

Je répugne à le dire, mais je suis jalouse. Folle de jalousie, même. Tout cela est malsain, et j'en ai la nausée.

J'ai envie de rentrer chez moi, mais je ne peux pas. Je suis trop bouleversée pour ça. Je me sens tellement mal que j'ai l'impression que je vais exploser d'une seconde à l'autre. Je me redresse, époussette mes vêtements, puis file vers les bois.

XVI
LILLIA

Le cimetière de Canobie Bluffs est le plus ancien de l'île. Certaines des tombes remontent au XVIIIe siècle. Toutes les familles de Jar Island y ont une concession. On y trouve plein de noms bizarres, comme Ebenezer, Deliverance et Jedidah.

Les garçons se jettent un ballon de foot en se servant des tombes comme poteaux. Quelqu'un passe *Thriller* de Michael Jackson ; Rennie, Ash et d'autres filles se donnent en spectacle en faisant la danse des zombies. Rennie porte un déguisement d'infirmière sexy avec des bas blancs à coutures rouges. Il y a quelques semaines encore, j'aurais été sur le devant de la scène, à côté de Rennie. Mais aujourd'hui, je suis assise seule sur une couverture à siroter le « breuvage de sorcière » d'Ash, du punch avec des bâtons de cannelle, des quartiers d'orange et du cidre. Il est tellement sucré que je le bois comme du petit-lait. En plus, je n'ai rien d'autre à faire que picoler. Il n'y a pas école demain, ni après-demain, à cause des réunions parents-professeurs, alors je peux bien me laisser aller.

Reeve est affalé sur une autre couverture, sa jambe allongée devant lui. Il est entouré de filles de troisième année, habillées comme des putes. J'aperçois une salope des cavernes, une souris libidineuse et une Pocahontas trash. Elles le nourrissent de grains de raisin. Je n'arrive pas à croire que j'ai eu de la peine pour lui. C'est vraiment un monstre. Parler à Mary de cette manière, après tout ce qu'il lui a fait… ça me donne envie de gerber. Je suis contente, et même soulagée, de lui avoir dit le fond de ma pensée sur le parking.

Un nouveau morceau commence et Rennie accourt vers Reeve. Elle se fait une place sur la couverture et vire les autres filles.

— Tu as besoin de quelque chose? lui demande-t-elle. On a des trucs à grignoter.

— Est-ce qu'on a de la bière?

Rennie hoche la tête et se précipite vers la glacière. Beurk. Ça me rend malade de la voir à ses petits soins. C'est à vomir.

Elle lui rapporte une bière, qu'il regarde avant d'ajouter:

— Y'aurait pas de la Bud Light, plutôt?

En mon for intérieur, je ne peux m'empêcher de le singer en me répétant: « *Y'aurait pas de la Bud Light, plutôt?* »

J'interviens:

— Reeve, et si tu bougeais un peu ton cul pour aller vérifier par toi-même? Tu n'es pas paraplégique, aux dernières nouvelles! C'est juste une fracture du péroné!

Reeve tourne brusquement la tête et me jette son regard le plus noir possible. Comme si ça pouvait m'impressionner.

— Ferme-la, Cho, m'avertit-il.

Je suis sur le point de reprendre une gorgée de mon breuvage de sorcière, mais avant de le faire, je rétorque:

— Ferme-la toi, plutôt.

Il pense pouvoir s'en prendre à qui il veut. Eh bien, pas à moi. Il devrait être au courant désormais.

Soudain, Alex se laisse tomber près de moi, essoufflé par sa course.

— Tu as vu ce match ? me demande-t-il en masquant Reeve. J'ai quasiment traversé tout le terrain jusqu'à la zone d'en-but. J'ai esquivé trois défenseurs avant de me faire tacler.

Je soupire. Alex est vraiment adorable. Il a fait en sorte que les enfants ne manquent pas de cupcakes, et il n'a jamais rien fait qui puisse me blesser. Il est toujours là pour moi. Je soupire à nouveau et pose la tête sur son épaule en murmurant :

— Tu es si gentil, Alex.

— T'es bourrée ou quoi ? me demande-t-il, mi-amusé, mi-inquiet, et surtout surpris.

— Oui. Non. Bon, d'accord, oui.

— Tu ne bois jamais, d'habitude.

— Ça m'est déjà arrivé. (Je m'assois et le regarde. Il me faut quelques secondes pour le distinguer clairement.) J'ai picolé une fois et ça a été la pire erreur de toute ma vie. Parfois, je me dis… je me dis que je ne serai plus jamais la même. (Mes yeux se ferment tout seuls). Bref, oublie, je n'aurais jamais dû dire ça. Je tombe de sommeil.

Alex me prend la Thermos des mains et repose ma tête sur son épaule.

— Tu as froid, Lil ?

Je secoue la tête pour lui signifier que non. Le punch me tient chaud. En plus, j'ai enfilé sur mon justaucorps un sweat-shirt à large encolure qui me retombe sur l'épaule. Il va bien avec ma tenue de ballerine ; on dirait que je rentre d'une répétition.

— Le punch te tient chaud ? me demande Alex.

Je me cache la bouche derrière ma main.

— Je l'ai dit à voix haute ?

— Ouais, confirme-t-il en riant.

Je redresse la tête et le dévisage. Ses yeux sont magnifiques.

— Magnifiques, dis-je en touchant ses lunettes.

— Merci, répond-il solennellement.

Je frissonne, et Alex enlève la veste de son costume pour la poser sur mes épaules.

— Tu peux t'appuyer contre moi, pas de souci, me propose-t-il.

Je m'exécute. Je me laisse aller contre lui, parfaitement détendue. Je m'affale presque. Il passe ses bras autour de moi et je me sens plus en sécurité que jamais. Tout le contraire de ce mauvais souvenir.

D'un coup de pied, PJ envoie la balle voler dans les airs.

— Buuuuut ! braille-t-il.

— Non, mec, la zone d'en-but, c'est la concession des Zane, le contredit Derek en désignant un ensemble de croix en pierre blanche couvertes de mousse, au centre du cimetière.

Les Zane. Ça doit être la famille de Mary. Je ne savais pas que c'était une vieille famille de Jar Island.

PJ et Derek se disputent, et je dis à Alex :

— J'ai du mal à croire que le dernier match de foot aura lieu vendredi prochain. Vous n'êtes pas dégoûtés de ne pas jouer les play-offs ?

— Non, du tout. La saison aurait pu tourner court quand Reeve s'est blessé, mais on a tenu le choc. Je suis fier de ce que nous avons fait. Et tu sais quoi ? C'est génial que Lee ait pu autant jouer cette saison. Il a vraiment réussi à se distinguer. Je parie que l'année prochaine, les Mouettes iront jusqu'en nationale.

— Tu es tellement gentil, dis-je en hochant la tête.

Je jette un coup d'œil à Reeve. Il se met péniblement debout, en équilibre sur une béquille. Rennie lui demande :

— Tu vas où ?

Le visage de Reeve est rouge.

— Je rentre chez moi. Ça craint ici.

Rennie fait la moue, mais il ne la regarde même pas. Il s'est déjà mis en route et claudique sur ses béquilles.

— Reevie, reste encore un peu, s'il te plaît, le supplie Rennie. Je te reconduirai chez toi juste après.

Je lui lance :

— *Byyyye !* Fais gaffe à ce que la grille du cimetière ne se referme pas sur toi en sortant !

Puis, je pars dans un rire hystérique.

Il m'ignore et s'enfonce en titubant dans la nuit. Dès qu'il est parti, Rennie s'approche et se plante face à moi.

— Non mais tu déconnes ou quoi ? siffle-t-elle.

Avant que je puisse lui répondre que je ne déconne pas du tout, Alex lance :

— Elle est bourrée, elle ne sait pas ce qu'elle raconte.

— Oh que si !

J'envoie un coup de coude dans la poitrine d'Alex, puis me redresse et dis à Rennie :

— Tu m'as plantée pour la Fête de l'automne et tu t'es débrouillée pour que personne ne m'aide.

Rennie ferme les yeux et secoue la tête.

— J'en ai plus que marre de t'entendre pleurnicher et te plaindre. La pauvre petite Lillia a besoin qu'on l'aide. Elle est incapable de quoi que ce soit toute seule, elle a besoin que tout le monde vienne à son secours. Ton petit numéro de demoiselle en détresse commence à nous saouler, Lil.

J'ai l'impression que je viens de me prendre une grosse gifle. Tout ce que j'arrive à faire, c'est la fixer, sidérée.

Alex se relève.

— Pourquoi tu te sens obligée de faire ta garce ?

Rennie sourit et agite le doigt dans sa direction.

— À point nommé, Alex, en brave toutou.

Les garçons ont interrompu leur match. Quelqu'un a baissé la musique. Tous les yeux sont braqués sur nous. Mais je m'en fous.

— Oh, alors comme ça, je suis une demoiselle en détresse ? Comme le soir où je t'ai appelée à l'aide à la fête ? (À son expression, je vois qu'elle vient de comprendre. Nous voilà de retour ce fameux soir dans la maison de location, avec Mike et Ian. Le truc dont nous étions supposées ne jamais, jamais parler.) Attends, tu as dit que tu ne m'avais pas entendue, c'est bien ça ? Ou alors, tu m'as entendue, mais tu étais trop occupée avec ton mec ?

Dès que j'ai prononcé ces mots, je m'aperçois que je tremble.

Le visage de Rennie est complètement fermé.

— Tu délires complètement et je ne sais pas de quoi tu parles. Ça suffit, j'en ai terminé avec toi, souffle-t-elle.

Puis, elle tourne les talons et avance d'un pas raide dans la direction que Reeve vient d'emprunter.

Alex pose la main sur mon épaule. J'avais oublié sa présence.

— De quoi est-ce que tu parlais, là ?

Je ne lui réponds pas et me contente de lui demander s'il peut me ramener chez moi.

XVII
MARY

Au bout d'un moment qui me semble durer des heures, je sors en titubant des bois et débouche sur une rue résidentielle. Je ne sais pas trop quelle heure il est, ni combien de temps j'ai marché. La lune est toujours haute dans le ciel et l'aube ne pointe pas encore.

À en croire l'apparence des maisons, des cottages pittoresques trônant au centre de minuscules îlots de pelouse, j'ai probablement marché jusqu'à Canobie Bluffs, ce qui veut dire que je me trouve complètement à l'opposé de mon quartier. Le retour jusqu'à Middlebury va me prendre une éternité. Rien qu'à l'idée de devoir franchir la colline avec mes talons, j'ai de nouveau envie de pleurer. Mais je n'y arrive pas. Je n'ai plus de larmes.

La seule chose qui peut me réconforter, c'est que je n'ai blessé personne. Je... je ne pourrais plus me regarder en face si ça s'était produit. L'énergie que j'ai perçue aujourd'hui, c'était la même que le soir du bal, multipliée par cent. Même maintenant, elle n'a pas totalement disparu. Je peux encore la sentir un peu en moi qui bouillonne, comme l'océan à marée basse.

Je marche au milieu de la rue en regrettant de ne pas pouvoir fermer les yeux, claquer des doigts et me retrouver directement dans mon lit. Tout est calme ici. Les chasseurs de bonbons sont rentrés depuis longtemps. Je n'entends rien, à part les dernières sauterelles de l'été qui ne sont pas encore mortes et une voiture qui passe de temps à autre à quelques rues de là. Presque toutes les maisons sont éteintes. On reconnaît facilement les locations vides ; elles n'ont ni citrouilles, ni chrysanthèmes, ni aucune autre décoration d'automne. Tout le monde est endormi ; il doit être tard.

Je remonte quelques pâtés de maisons. Soudain, une voiture débouche dans la rue et m'éblouit avec ses phares. Elle ralentit en me croisant, puis s'arrête.

Je ne peux pas voir qui est à l'intérieur ; les vitres sont teintées. J'aperçois mon reflet, une version punk de moi-même baignée de larmes. Heureusement, elles n'ont pas trop ravagé mon maquillage. Au pire, elles me donnent l'air plus endurcie. Mais ce n'est qu'apparence ; je ne le suis vraiment pas. Au contraire, je suis totalement dévastée.

La vitre côté conducteur s'abaisse.

— Salut, reine des bikers.

C'est ce garçon, celui de la file d'attente du labyrinthe. Il a retiré ses bandelettes de momie, qui sont empilées sur le siège passager. Il porte à présent un jean et un tee-shirt à manches longues avec l'inscription « Équipe de cross-country du lycée de Jar Island ». Sans les bandelettes, je peux affirmer qu'il est mignon. Il a un magnifique teint café au lait, des yeux clairs et de jolies fossettes. Il est mince et très grand, bien trop pour sa voiture. Ses genoux touchent presque le volant, même s'il a entièrement reculé son siège.

Il est peut-être plus grand que Reeve.

— Je peux te déposer quelque part ?

Je passe devant la voiture, occultant un phare, puis l'autre. Il tend le bras et m'ouvre la portière, comme un gentleman.

— Moi, c'est David, annonce-t-il en s'éclaircissant la gorge. David Washington.

— Ça ne me dit rien.

— Et toi, c'est quoi, ton nom ?

Je me tourne vers la vitre afin de ne pas avoir à le regarder.

— Elizabeth.

Ce nom est sorti tout seul, et tant mieux. Je ne veux rien raconter sur moi à ce type.

En plaisantant, il me demande :

— Alors, Elizabeth, est-ce que tu as récolté beaucoup de douceurs ce soir ?

— Non. (Je soupire.) À vrai dire, ma soirée d'Halloween a été tout sauf douce.

— Dans ce cas, on va arranger ça. (Il montre du doigt le porte-gobelets sur le tableau de bord, qui est rempli de sucreries.) Prends tout ce qui te fait plaisir.

Je ne me souviens même pas de la dernière fois où j'ai mangé des bonbons. Mais pourquoi est-ce que je devrais me soucier de ma ligne ? Ce n'est pas comme si Reeve risquait de me regarder.

Je choisis une sucette dont j'ôte doucement l'emballage. Elle est rose vif. Je la glisse dans ma bouche et son goût est très sucré, presque acide. David me jette un drôle de regard, alors je lui explique :

— Ça fait une éternité que je n'ai pas mangé de bonbons.

Ensuite, comme ça n'a pas beaucoup de sens, j'ajoute :

— Avant, j'étais grosse. (Il rit, comme si je venais de sortir une blague. Je tourne la sucette dans ma bouche pour la faire fondre.) C'est vrai, et on se moquait tout le temps de moi. Je me faisais même harceler.

David a l'air un peu mal à l'aise face à cette confidence. Je me demande s'il a déjà harcelé des personnes dans sa vie. Je me retourne face à lui et le questionne :

— Tu me trouves belle ? Ma copine prétend que tu me draguais dans le labyrinthe.

David semble décontenancé.

— Oui. Tu es belle. Très belle, même.

— En fait, ce soir, je n'ai pas le même look que d'habitude, dis-je sur un ton plus pressant que je ne l'aurais voulu. Normalement, je ne porte pas autant de maquillage.

Il secoue la tête.

— Mais c'est le but d'Halloween de se déguiser, non ?

Je me rends compte que je porte un déguisement en permanence. Je n'ai peut-être plus l'air d'une pauvre petite grosse, mais c'est pourtant elle que je suis à l'intérieur.

Il paraît nerveux et je vois bien qu'il cherche ses mots.

— Tu sais quoi ? Avant, j'avais un œil paresseux. J'ai dû porter un cache pendant trois ans pour renforcer le muscle. (Il me sourit en me faisant cette confidence.) Tu peux dire quel œil c'était ? Je parie que non.

Je le dévisage. Il est vraiment beau. En effet, impossible à dire. Je n'essaye même pas de deviner. Au lieu de cela, je lui demande :

— Tu peux me ramener chez moi ?

David me fait la conversation tout le long du chemin. Il a quitté la Californie il y a deux ans pour emménager sur l'île avec sa mère, après le divorce de ses parents. Nous discutons surtout du fait que c'est vraiment bizarre de vivre ici. J'apprécie que David ne dénigre pas mon île. Il n'est pas comme Kat, qui est plus que pressée de partir ailleurs, parce que tout l'agace à Jar Island. David est très modéré. Par exemple, il déplore l'absence d'un bon restaurant mexicain, un truc typiquement californien, j'imagine. Mais il adore surfer ici, comme là-bas.

Il me propose de me donner un cours.

À un feu rouge, il lève une main du volant et la glisse dans la mienne.

— Tes mains sont gelées.

Il a l'air gêné ; nous nous taisons. Je résiste à l'envie de retirer ma main. Je me dis *C'est comme ça que tu devrais être ; une fille qui n'a pas peur de flirter avec les garçons, une fille qui a confiance en elle, qui est drôle et qui veut passer du bon temps.* Honnêtement, je n'étais pas timide, avant. Jusqu'à ce que Reeve me brise.

Je lui demande de me déposer devant chez moi. Il s'arrête le long du trottoir, serre le frein à main, puis se penche vers moi.

Et là, il m'embrasse.

Je lui rends son baiser.

C'est mon tout, tout premier. David passe une main dans mes cheveux et m'attrape doucement par la nuque. Sa bouche a un goût de bonbon sucré.

Je l'embrasse, parce que c'est comme ça que je devrais vivre.

Sauf que le seul point positif, c'est le fait qu'il ait envie de moi. Si seulement je pouvais ressentir la même chose pour lui.

Il s'écarte de moi et me propose doucement :

— Je te chercherai à l'école lundi, Elizabeth.

Je ne dis rien, les yeux rivés sur l'horloge. Il est presque minuit. David ferme les yeux et se penche pour un autre baiser. Au ralenti, comme dans les films.

Cette fois-ci, je tourne la tête.

Sa déception se lit immédiatement sur son visage.

— Faut que j'y aille, David.

— Attends, donne-moi ton numéro.

Il se retourne vers la banquette arrière, à la recherche de son téléphone.

Pendant ces quelques secondes, je me précipite hors de la voiture et cours jusque chez moi. Je n'aime pas David. Je n'ai pas envie de l'embrasser. Ce n'est pas ma vie. Ce n'est pas moi. Je ne suis pas... normale. Je ne peux pas faire semblant de l'être, même pour une nuit.

Je me faufile à l'intérieur par la porte de derrière. Tante Bette devrait être endormie, mais je l'aperçois dans le salon, qui guette à travers les rideaux.

— Tu étais en train de m'espionner ?

Tante Bette inspire brusquement, comme si elle venait de sortir la tête de l'eau. Elle se retourne et me dévisage.

— Qui est ce garçon ?

Je suis contrariée qu'elle m'ait vue. C'est embarrassant ! Je mérite un peu d'intimité, après tout. Comme Kat l'a dit, je suis une adolescente, désormais. Je ne suis plus une petite fille.

— Personne. Je monte me coucher.

Tante Bette me suit à l'étage.

— Je sais que tu attendais de connaître ce genre d'expériences, et même si ça me fend le cœur, je dois te dire d'arrêter.

— Qu'est-ce que je dois arrêter ? Pourquoi est-ce que je ne peux pas embrasser un garçon si j'en ai envie ? Ou traîner avec mes amis ? J'ai fait une erreur il y a bien longtemps et tu m'empêches de l'oublier !

Tante Bette tend la main pour me toucher le bras, mais la retire rapidement, comme si j'étais brûlante de rage.

— Tu as tellement de colère en toi qu'elle... irradie.

Je la fixe jusqu'à ce qu'elle baisse les yeux.

— Tu sais quoi ? Je suis en colère. Contre toi. (Je croise les bras.) C'est quoi, tous ces livres dans ta chambre ? Tu me jettes des sorts ?

— Mary, je...

— Tous ces trucs flippants que tu accroches au mur de ta chambre, ils servent à quoi ?

Tante Bette tremble.

— Mary, c'est pour te protéger.

— Comment ça, me protéger ?

Elle n'a pas l'air de vouloir me le dire, ce qui me donne envie d'en savoir encore plus. Elle commence à reculer dans le couloir, mais je la rattrape.

— C'est quoi, au juste ?

Tante Bette lève les mains.

— Ça ne fonctionne pas, de toute manière.

De toutes mes forces, je hurle :

— C'est quoi exactement, ces trucs ?

— Ce sont des sorts de contrainte, murmure-t-elle en se laissant tomber sur le sol.

Des sorts de contrainte ? Je songe immédiatement à ce matin où je n'arrivais pas à ouvrir la porte de ma chambre. Et à la manière dont la fumée me rendait malade.

Ses sorts auraient-ils fonctionné ?

Je chasse ces pensées insensées de mon esprit. Comment ai-je pu croire à ces balivernes ne serait-ce qu'une seconde ? Tante Bette n'est pas une sorcière. Il ne s'agit pas de vrais sorts. Elle est juste... tarée.

Je m'accroupis pour pouvoir la regarder dans les yeux.

— Tante Bette, il faut que tu sortes de cette maison. Il faut que tu te remettes à peindre. Tu dois sortir et vivre ta vie, au lieu d'essayer de me garder enfermée avec toi. (Tante Bette s'enfouit le visage dans les mains. Elle refuse de me regarder. Il n'y a aucun moyen de lui faire entendre raison. Je ne sais même pas pourquoi j'essaye de discuter avec une folle.) Je veux que tu décroches toutes ces ficelles. Ce soir. Je veux aussi que tu arrêtes de brûler le contenu de tes petits paquets, et ce truc avec la craie... Soit tu arrêtes, soit j'appelle Maman et Papa pour leur raconter tous les trucs bizarres que tu me fais.

Elle fond en larmes. Peut-être que ça fait de moi la méchante de l'histoire, mais je ne veux pas entendre ses sanglots. Pas ce soir, alors que mon cœur est déjà brisé.

En fait, non, ce n'est pas seulement mon cœur. C'est toute ma vie qui est en morceaux.

XVIII
KAT

La délicieuse odeur sucrée des gaufres me tire du sommeil. D'habitude, je dois attendre le samedi pour pouvoir prendre le petit-déjeuner avec mon père, mais je n'ai pas cours jeudi et vendredi à cause d'une réunion de professeurs. J'ai traîné en voiture la nuit dernière, à la recherche de Mary. Je suis même allée jusque chez elle, mais toutes les lumières étaient éteintes. J'espère juste qu'elle est bien rentrée. J'attrape mon téléphone et envoie un SMS rapide à Lillia pour lui proposer de passer chez Mary plus tard, puis je descends l'escalier en chaussettes, dans le grand tee-shirt qui me sert de pyjama.

— Tu t'es bien amusée hier soir ? me demande mon père quand j'entre dans la cuisine.

Bien évidemment, Pat dort encore. Il ne se lève pas avant midi, week-end ou pas.

Je serre chaleureusement mon père dans mes bras. Il a toujours été du genre costaud, comme le sont les papas, et j'aime passer mes bras autour de lui.

— Pas vraiment.

Honnêtement, la nuit dernière a été un fiasco. Je sais que ce n'est pas totalement ma faute, mais je me sens coupable d'avoir laissé Mary seule dans le labyrinthe. Si j'étais restée avec elle, à ses côtés, cette conversation de merde avec Reeve n'aurait jamais eu lieu. Pas sans que je lui casse son autre jambe.

Je nous verse chacun une tasse de café. Je prends le mien avec du lait ; Papa le boit noir avec deux cuillerées de sucre. En secret, je ne lui en donne qu'une, parce que son médecin veut qu'il limite sa consommation. Papa pose nos assiettes sur la table, avec le beurrier et un pot de gelée de framboise. Je préfère mes gaufres avec de la gelée plutôt que du sirop d'érable, et je l'ai converti.

— Est-ce que des gamins sont venus te réclamer des bonbons hier soir ?

— Juste les deux filles qui habitent plus loin dans la rue.

Je me laisse tomber sur ma chaise.

— Elles étaient déguisées en quoi ?

Papa se voûte au-dessus de son assiette, sa position habituelle pour manger.

— Des princesses, peut-être ? Je ne sais pas. On aurait dit des boules à facettes roses.

— Je déteste tout ce rose. C'est une offense à la féministe qui sommeille en moi. Est-ce qu'il reste sur cette planète des petites filles qui ont envie de se déguiser en pilotes de course ou en docteurs ?

Je soulève le couvercle du beurrier et fronce les sourcils. Le beurre est constellé des miettes de quelqu'un d'autre. En plus, il reste de vieilles traces de beurre figées au fond, parce qu'il n'a pas été lavé depuis longtemps. Avec mon couteau, je décolle ce qui reste du beurre et le jette dans la poubelle, pose le beurrier sur la pile de vaisselle sale qui attend déjà dans l'évier, puis sors une nouvelle plaquette du frigo. Elle peut rester dans son emballage pour le moment.

Papa lève les yeux.

— Tu vas bien ?

— Très bien.

J'attrape le pot de gelée. Il est poisseux et le couvercle est mal vissé. C'est tout Pat, ça. Il fait tout de travers quand il est en plein trip. Je le pose lourdement sur la table.

— Quel est le problème, ma fille ?

Même si je suis manifestement à cran, je lui réponds :

— Rien. Alors, ça avance, ton canoë ? Tu penses le terminer cette semaine ?

Papa hoche la tête.

— Le gars qui l'a acheté ne veut même pas le mettre à l'eau. Il préfère l'accrocher au mur de sa villa sur la plage. Tu ne trouves pas ça dingue ? Tout ce fric pour de la déco. Il peut naviguer, pourtant.

Je n'écoute pas et examine notre cuisine. Elle est hyper crade. Une pile de vaisselle sale s'entasse dans l'évier, de vieux journaux et du courrier envahissent le comptoir, et la porte du four est maculée de chili.

Papa descend le reste de son café.

— Tu m'as grugé sur la quantité de sucre, Katherine.

Il recule de la table et c'est là que je remarque ce qu'il a aux pieds.

— Papaaa, c'est quoi ce bordel ? (Je me mets à rire.) Tu ferais mieux de ne pas sortir comme ça.

Il me regarde, perplexe. Je pointe ses pieds du doigt. Il a une socquette de sport noire et une chaussette bleu clair censée être portée avec un costume.

Papa hausse les épaules et attrape le sucrier.

— Je n'ai pas trouvé de chaussettes assorties. Et alors ? Qu'est-ce que ça peut me faire ? Je ne cherche pas à impressionner qui que ce soit.

Mon pauvre Papa. C'est bien vrai. Il ne cherche pas à impressionner qui que ce soit. Il n'a pas eu un seul rencard depuis la mort de Maman. Non pas que je sois emballée par l'idée d'avoir une belle-mère, mais ça fait cinq ans tout de même. Je ne veux pas qu'il reste seul pour toujours. Il mérite de trouver une femme bien.

Le problème, c'est que nous savons tous les deux qu'il n'y a pas une seule femme qui soit mieux que Judy.

— Je vais faire la lessive aujourd'hui.

Je n'ai pas de corvées bien définies ou quoi que ce soit, mais j'ai tendance à m'occuper du linge, parce que je suis la seule à me donner la peine de trier les couleurs.

Papa me fait signe que c'est inutile.

— Kat, je sais que l'école te prend beaucoup de temps. Ne t'inquiète pas pour ça.

Il a raison. J'ai été très occupée dernièrement. Mais ce n'est pas une raison. Il faut que je trouve le temps d'aider à la maison tant que je vis ici.

J'engloutis mes deux gaufres, termine mon café, puis m'attaque au ménage. Je nettoie la cuisine, fais la vaisselle jusqu'à ce que l'égouttoir soit plein, change les serviettes dans la salle de bain et lance une machine pour Papa. Pendant tout ce temps, Pat dort sur le canapé du salon. Lorsque j'entre avec l'aspirateur, il bouge à peine.

Quel tocard.

Je suis tellement énervée que j'envoie l'aspirateur contre le canapé pour le réveiller.

Lorsqu'il ouvre enfin les yeux, je lui balance de ma voix la plus mielleuse :

— Oh, excuse-moi.

— C'est quoi, ton problème ?

— Il faudrait que tu aides un peu plus dans cette maison.

— Laisse tomber, Kat, t'as tes ragnagnas pour être aussi chiante ? D'ailleurs, tu ne devrais pas être à l'école ?

Il tend le bras pour remonter le plaid, mais je le lui arrache. Monsieur le tocard est en slip kangourou.

— Il n'y a pas école aujourd'hui. Regarde autour de toi, Pat ! Cette baraque est une vraie porcherie. Que dirait Maman ?

— Maman ne dirait rien, elle ferait le ménage.

— Eh bien, tu sais quoi ? Je ne suis pas Maman. Je vais bientôt me barrer à la fac, et je ne veux pas que Papa et toi viviez dans une décharge !

Pat s'étire et grogne :

— O.K., tu veux que je fasse quoi ?

Je désigne la table basse. Elle est couverte des magazines de course de Pat, et des pièces de carburateur sont posées sur une page de journal graisseuse.

— Nettoie ta merde.

Pat hume l'air.

— Ça sentirait pas les gaufres ?

Il se lève et sort du salon en traînant les pieds.

Je file dans ma chambre avant d'exploser et consulte mon téléphone. Ça fait presque deux heures, et Lillia n'a toujours pas répondu à mon SMS. Je lui en envoie un nouveau, puis m'habille. Comme je n'ai toujours pas de réponse, je me mets à l'appeler en boucle.

Elle décroche enfin à la quatrième tentative. Sa voix est éraillée.

— Salut, Kat. Quelle heure il est ?

— Presque midi. Pourquoi tu dors encore ?

— J'ai la gueule de bois, gémit-elle.

Je ne sais pas pourquoi, mais ça me met hors de moi.

— Bon, je vais chez Mary. Tu viens ?

— Bien sûr que je viens ! (Elle se met à tousser. Ou peut-être que c'est un haut-le-cœur. Impossible à dire. En tout cas, ça me donne la nausée.) J'ai le temps de me doucher ?

— Évidemment ! Je passe te prendre dans vingt minutes.

Pour tuer le temps, je me rends au *Milky Morning* et achète trois cupcakes, un pour chacune d'entre nous. Je m'arrête également commander un sandwich au bacon, à l'œuf et au fromage pour Lillia, parce que la graisse, c'est bon contre la gueule de bois.

Avant de passer chez Lillia, j'essaye d'appeler Mary pour lui dire que nous arrivons, mais personne ne répond. Eh merde. J'ai comme une boule au ventre. Et si jamais sa dispute avec Reeve l'avait envoyée au trente-sixième dessous comme avant ? Et si jamais…

Je ne veux même pas y penser.

Lillia m'attend sur le perron. Elle porte un jean ample, un sweat à capuche et des lunettes de soleil. Ses cheveux sont encore mouillés. Elle s'avance lentement jusqu'à ma voiture, comme un zombie. Je lui tends mon sandwich à l'œuf.

— Tiens, c'est pour toi.

— Génial, Kat ! s'exclame-t-elle. T'es vraiment la meilleure.

En l'observant du coin de l'œil, je lui demande :

— La nuit a été agitée ?

— Un petit groupe est allé au cimetière. J'ai un peu trop picolé… Je n'ai pas arrêté de dire à Reeve à quel point il est naze jusqu'à ce qu'il se barre. (Je lui tape dans la main pour la féliciter.) J'ai également réglé mes comptes avec Rennie. Nous sommes officiellement ennemies maintenant. (Lillia sourit, mais je vois bien que le cœur n'y est pas.) C'est la fin d'une époque, Katherine.

Je ressens soudain une envie irrépressible de la défendre. Rennie est une vraie garce. Lil est bien mieux sans elle.

D'une voix tremblante, Lillia ajoute :

— Je suis juste contente qu'on se soit retrouvées. Je ne sais pas ce que je ferais si je ne vous avais pas, Mary et toi.

D'un ton bourru, je rétorque :

— Te fais pas de bile pour ça.

Lillia me sourit, pour de vrai cette fois-ci.

— Est-ce que tu as réussi à la trouver la nuit dernière ?

— Non.

— Flûte.

Lillia prend une bouchée de son sandwich tandis que nous approchons de Middlebury. Tout en se léchant les doigts, elle me confie :

— J'espère qu'elle va bien.

— Elle va bien, t'inquiète.

— Non, je veux dire, j'espère que son mental est bon.

Je baisse la voix, parce que je ne suis sûre de rien.

— Je me disais que nous devrions peut-être l'inciter à parler à quelqu'un.

— Comme qui ? Un conseiller pédagogique ? (Je repense aussitôt à Mme Chirazo en me disant *Putain, tout sauf ça*.) On va la surveiller de plus près. Si les choses empirent, O.K., on la forcera à parler à quelqu'un. Mais je ne pense pas qu'on en soit là pour le moment.

Du moins, je l'espère.

Lillia a l'air hésitante, mais elle hoche la tête.

— O.K., marché conclu.

Nous nous arrêtons devant chez Mary. Dieu merci, la voiture de sa tante n'est pas garée dans l'allée. Nous nous avançons jusqu'à la porte d'entrée et sonnons à plusieurs reprises, mais personne ne répond. J'ai un mauvais pressentiment quand je suggère :

— Peut-être qu'elle est sortie prendre le petit-déj ?

Lillia crie :

— Mary ! Mary !

— Je suis derrière ! répond Mary.

Je m'approche du garage avec Lillia. Mary est à l'intérieur, son vélo retourné sur la selle. Elle est en train de graisser la chaîne.

Le garage est plongé dans l'obscurité, à l'exception d'une ampoule nue pendue aux chevrons. L'endroit est encombré de mille choses. Des meubles sous des couvertures, un télescope plié et appuyé contre un vieux bureau.

— La vache ! Il doit y avoir de quoi meubler toute une maison ici.

— C'est principalement des affaires appartenant à ma famille, dit-elle, qu'on a laissées lors du déménagement.

Je m'avance et examine le télescope. Il est super beau. Du haut de gamme.

— Ils ne voulaient pas de ce truc ?

Ça me paraît dingue qu'une famille abandonne toutes ses affaires derrière elle. Mais bon, je ne suis pas riche. Peut-être que la famille de Mary a de l'argent.

Mary hausse les épaules.

— Papa aimait tenter de repérer les baleines depuis la fenêtre de devant. Il n'a pas de vue sur l'océan là où ils vivent maintenant.

— On a apporté des cupcakes ! annonce Lillia en me prenant la boîte des mains.

Je m'assois sur un vieux meuble de jardin.

— On voulait s'assurer que tu allais bien, après ce que Reeve t'a dit dans le labyrinthe hier soir.

Mary se lève et fourre les mains dans les manches de son pull.

— Ça me gêne que vous ayez tout entendu, surtout mes excuses.

Je la réconforte :

— Tu n'as aucune raison d'être gênée. Nous sommes fières que tu lui aies remis les pendules à l'heure. Tu as bien fait, Mary.

— J'imagine. (Sa lèvre inférieure se met à trembloter, mais elle la mord pour l'immobiliser.) Je ne comprends pas pourquoi je n'arrive pas à passer outre. (Elle se tord les mains.) Je fais de mon mieux, pourtant... (Sa voix est mal assurée.) J'essaye de m'inscrire à des clubs à l'école pour me concentrer sur autre chose, pour commencer à réfléchir à mon avenir. Mais même si je travaille dur pour recoller les morceaux, je suis toujours à deux doigts de m'effondrer. J'ai eu une dispute terrible avec ma tante la nuit dernière. Je sais que c'est horrible à dire, mais d'une certaine façon, je regrette d'avoir raté mon suicide, parce que ce n'est pas une façon de vivre.

Je retiens mon souffle et me rends soudain compte que mon cœur bat à cent à l'heure. Notre pire cauchemar est en passe de se réaliser. Je jette un coup d'œil à Lillia, qui triture les liens de sa capuche. Elle ne sait pas quoi dire.

Et moi non plus.

Le silence me pèse, alors je le romps :

— Mary, c'est bien de persévérer dans la vie, mais pas pour ce genre de tentatives, O.K. ? (Ma blague tombe à plat et je pars dans un rire nerveux. Lillia me fusille du regard, mais après tout, je ne l'ai pas vue ouvrir la bouche.) Il faut que tu arrêtes de dire des trucs pareils.

Je ne suis même pas sûre qu'elle m'entende, tellement elle est bouleversée. Tout son corps s'est avachi, comme si ses os avaient fondu. Je dégage ma frange qui me tombe dans les yeux et me penche pour la rassurer :

— Tu as eu ton lot de malheurs, mais un jour, tout cela ne te semblera plus si terrible. L'an prochain, tu seras en dernière année, et ensuite, tu iras à l'université. Un jour, tu regarderas en arrière et tu riras de toutes ces conneries.

Si seulement je pouvais lui donner plus d'espoir que ça, quelque chose qui pourrait l'aider… Mais c'est tout ce que j'ai à proposer.

Avec son calme habituel, elle répond :

— Le plus drôle, c'est que Reeve s'en foutrait pas mal si je mourais. Vous savez le mal que ça me fait, après tout ce que j'ai enduré ? Et pourtant, il n'est pas sans cœur. Il tient à certaines personnes. (Elle lève la tête dans la direction de Lillia.) Mais pas à moi.

Incrédule, Lillia la dévisage et l'implore :

— Mary, tu ne peux pas te faire ça. Il n'en vaut pas la peine. (Elle repousse ses cheveux sur son épaule.) Vraiment pas.

Mary plonge son regard dans celui de Lillia.

— Je vous ai entendus tous les deux dans le parking hier soir. J'ai entendu les choses que tu lui as dites. Personne ne m'a jamais défendue comme ça jusqu'ici. Vous vous êtes comportées en grandes sœurs pour moi. Toutes les deux.

Même si je suis touchée, je n'aime pas sa manière de parler. On dirait qu'elle nous fait ses adieux.

Lillia lui adresse un sourire timide et tente d'articuler quelque chose, mais Mary ne s'interrompt pas, et sa voix se fait plus forte, plus intense.

— Tu sais que Reeve a pleuré quand tu l'as laissé sur le parking ? C'est dire si ce que tu penses de lui compte à ses yeux.

Lillia semble sidérée.

— Reeve a pleuré ?

Mary acquiesce.

— Oui, parce qu'il t'apprécie.

Lillia secoue rapidement la tête.

— Non, non, ne dis pas ça, s'il te plaît.

J'interviens :

— Attends une minute. Tu te souviens, le soir du bal ? Comment il t'a embrassée devant tout le monde ?

— Il était sous ecstasy ! C'est moi qui la lui ai donnée, tu te rappelles ? Il aurait embrassé Mme Dockerty si elle avait été sur scène avec lui !

— Une minute. Je me souviens que lorsque tu as emménagé tout au début, il y a eu un barbecue chez Reeve. Tu as dit que tu voulais un hot dog. Il n'en restait qu'un, et alors que je m'apprêtais à le poser sur mon assiette, il m'a pratiquement fait tomber pour pouvoir te le donner.

Lillia cligne des yeux.

— Mais de quoi tu parles ? De hot dogs ?

Le regard de Mary s'illumine sous l'effet de l'excitation.

— Oh, mon Dieu, je viens de comprendre ! Reeve obtient tout ce qu'il veut. Mais pas cette fois-ci. Nous avons la seule chose qu'il n'aura jamais. Toi.

Lil en reste bouche bée.

— Admettons que ce que tu dis soit vrai, et j'en doute, même si Reeve m'aimait, je ne m'intéresserais jamais à lui. Jamais de la vie.

Elle frissonne de dégoût.

J'aime l'idée de Reeve craquant pour une fille qu'il n'aura jamais. Alors que je suis sur le point d'en faire part aux filles, Mary se penche pour dire :

— Le fait qu'il t'aime et que ça soit à sens unique ne suffit pas. Tu vois le truc ? Le plus horrible pour moi, c'est que Reeve m'a fait espérer. Il m'a attirée, il a passé beaucoup de temps avec moi, il m'a confié ses secrets. Il m'a fait me sentir spéciale. Il m'a fait croire que j'avais une chance avec lui. (Je grimace.) Alors, quand il m'a trahie ce jour-là, lorsqu'il m'a poussée dans l'eau devant les garçons de notre école, il m'a eue par surprise. Je me suis brisée en mille morceaux. Parce que chaque moment qu'on avait passé ensemble n'était qu'un mensonge. Il ne s'intéressait pas à moi le moins du monde. Il m'a utilisée pour s'amuser, pour ne pas s'ennuyer lors des traversées en ferry. (Elle s'éclaircit la gorge.) Reeve m'a brisé le cœur, et maintenant, tu as l'occasion de briser le sien. Tu le feras pour moi, Lillia ? S'il te plaît.

La voix de Mary s'étrangle sur ces derniers mots.

Lillia porte un doigt à sa bouche et se ronge l'ongle.

— Mary, je voudrais bien t'aider, mais... (Elle s'interrompt, puis soupire.) Rennie ferait de ma vie un enfer après ça. Les choses vont déjà mal entre nous...

Mary hoche tristement la tête.

— Je comprends. Je ne voudrais pas que ça te retombe dessus.

Énervée comme je suis, je passe à l'attaque :

— Attendez, les filles ! Lil, si tu parviens à faire en sorte que Reeve tombe amoureux de toi, tu seras intouchable. Personne n'osera rien te dire si tu es sa petite amie ! Ce connard règne en maître sur l'île.

Lillia me défie :

— Mais que se passera-t-il quand je romprai avec lui ? Ça me mènera à quoi ?

Je lui adresse un sourire machiavélique.

— Je vais te dire exactement où ça va te mener, Cho. Ça fera de toi la reine des garces. Une fille capable d'embobiner Reeve Tabatsky, puis de le jeter, ça ne peut être qu'une chef, ma vieille. Les gens n'aimeront peut-être pas ça, mais ils te respecteront, c'est évident. C'est la passation de pouvoir ultime. Putain, si seulement ça pouvait être moi !

— Je lui ai dit des trucs vraiment horribles la nuit dernière, remarque Lillia. Je ne pense pas qu'il me pardonnera un jour.

— Si tu t'excuses, il le fera. Les gars comme lui aiment qu'on leur résiste un peu avant de succomber à leur charme. Ils ne veulent pas que ça soit trop facile. Dis-lui que tu es désolée, et tout rentrera dans l'ordre. D'accord, Mary ?

Mary acquiesce.

Lillia se tait, plongée dans ses pensées. Elle lève la tête et se mordille la lèvre.

— Rennie aurait vraiment les boules. (Un sourire éclaire son visage.) O.K., je vais le faire.

— Tu en es bien sûre ? lui demande Mary.

Lillia expire longuement.

— Je suis d'accord pour le faire.

Mary manque de s'écrouler sous le poids de la gratitude.

— Merci ! Merci, merci beaucoup, Lillia.

J'attrape Lil par les épaules et la secoue.

— *Yes !* Lillia Cho, je te nomme officiellement reine des garces.

Elle rit et je souris à Mary, qui rayonne d'espoir.

Je pavoise.

— L'opération « Brisons le cœur de Reeve » débutera officiellement samedi ! Chez moi.

— Et pourquoi pas dès maintenant ? m'interroge Lillia.

— Parce qu'on a besoin de munitions. Je te les montrerai samedi après avoir repassé mes tests d'évaluation. Un peu de patience, ma belle.

XIX
LILLIA

PAR SÉCURITÉ, JE me gare à une rue de chez Kat. Les maisons sont très proches les unes des autres dans son quartier, et la plupart ont un étage. Elles n'ont pas de grandes haies et de grilles comme à White Haven, alors tout le monde peut voir ce qui se passe à l'intérieur. Comme Rennie habite tout près de là, et Reeve aussi, je préfère ne pas prendre de risques. À Jar Island, on ne sait jamais qui nous observe.

Je sonne à la porte, mais personne ne répond. On avait prévu de se retrouver après le test d'évaluation de Kat. Même si on me payait et qu'on me garantissait un score parfait, je refuserais de le repasser.

Je patiente un peu avant de sonner à nouveau. Une minute s'écoule, mais rien ne se passe. La lumière est allumée dans la cuisine, pourtant. Il y a quelqu'un à l'intérieur. Délicatement, je tourne la poignée de la porte. Elle n'est pas fermée à clé, comme d'habitude.

Je l'entrouvre et appelle :

— Y'a quelqu'un ? Kat, t'es là ?

Quand on était gamines, ça se passait toujours comme ça chez Kat. Les enfants du quartier entraient et sortaient librement, et personne ne s'en préoccupait. Ma mère, elle, n'arrêtait pas avec ses « merci de te déchausser avant d'entrer, est-ce que ta mère sait que tu es ici, qui veut du yaourt aux myrtilles ? » Chez Kat, en revanche, tout était en libre-service. On pouvait se goinfrer de gâteaux apéritifs, boire du Seven Up et jouer à la console pendant des heures sans que personne n'y trouve à redire. C'était le paradis des enfants.

— Eh oh, y'a quelqu'un ?

Une voix d'homme répond :

— C'est ouvert.

Je m'aventure dans la cuisine et tombe sur Patrick, assis à la table, torse nu, en train de manger des céréales, alors que l'heure du déjeuner est passée depuis longtemps. Il dégouline de sueur et il est sale ; on dirait qu'il vient de faire un tour de moto. Ses épaules sont constellées de taches de rousseur comme dans mes souvenirs, mais il n'est plus maigre comme un clou. Il est toujours mince, mais plus musclé. Il me regarde ébahi pendant une fraction de seconde, puis me sourit.

— Qu'est-ce que tu fais de ce côté de l'île, ma petite ?

J'ai la gorge sèche tout à coup.

— Salut, Patrick.

D'une voix traînante, il m'interroge :

— C'est Kat que tu es passée voir, ou moi ?

Je me sens rougir.

— Kat. On… on a un projet à préparer pour l'école. Elle a fini son test d'évaluation ?

— Ouais. Elle est sortie acheter un truc. Des cigarettes, je pense.

Il se remet à manger ses céréales, comme s'il trouvait parfaitement normal que je sois chez lui alors qu'il ne porte pas de tee-shirt. La bouche pleine, il me propose :

— Tu veux des céréales ?

— C'est lesquelles ?

— Tes préférées, dit-il en pointant du doigt la chaise à côté de lui. Assieds-toi.

Même si j'ai mangé une salade au poulet avec un croissant une heure plus tôt, je m'installe. Il se lève et rapporte une bouteille de lait, une cuillère et une boîte de Trix, qui se trouvent être mes préférées. Il verse des céréales dans son bol et le pousse entre nous deux.

— Bon appétit[2], Lil, dit-il en me tendant la cuillère.

Nous nous retrouvons à manger des Trix dans le même bol ; il sent le grand air et l'huile de moteur.

Je n'arrive pas à croire que Patrick se soit souvenu que les Trix étaient mes préférées. Ça fait des années que je ne l'ai pas vu. En plus, il est à la fac maintenant, alors comment se fait-il qu'il se rappelle ce genre de détail ?

C'est drôle, parce que même si mon béguin pour lui m'est passé depuis longtemps, en me retrouvant assise à côté de lui à la table de Kat, j'ai l'impression que c'était hier que j'étais amoureuse de Patrick et que Rennie, Kat et moi étions les meilleures amies du monde. *RKL, à la vie, à la mort.*

Il me parle d'un cours de philosophie qu'il suit à la fac de Jar Island, et je hoche la tête avec ferveur comme si j'étais passionnée, mais tout ce qui m'intéresse, ce sont ses yeux d'un vert intense, comme autrefois. C'est à ce moment-là que Kat entre dans la pièce. Elle a l'air surprise de me voir, même si on avait décidé de se retrouver cet après-midi.

---

[2] En français dans le texte original (NdT)

Adossée à l'embrasure de la porte, elle lance :

— Qu'est-ce que vous faites, tous les deux ?

— À ton avis ? On mange des céréales ! la taquine Patrick.

Je glousse.

Kat me jette un drôle de regard.

— Prends ton bol et monte dans ma chambre, Lil.

Ensuite, elle avance dans le couloir. Je me lève et demande à Pat :

— Ça te dérange si je l'emmène ?

— Je t'en prie.

Je serre mon bol contre ma poitrine.

— Merci pour les céréales, Patrick.

— Quand tu veux, Lil.

Il me fait un clin d'œil et je pince les lèvres pour ne pas sourire. Puis, je suis Kat dans sa chambre.

— C'était quoi, ça ? me demande-t-elle en s'allongeant sur son lit sans se déchausser.

Beurk.

— Quoi donc ?

Je m'assois par terre. Je sais qu'on est censées se la jouer discrète, mais ce n'est pas ma faute si Pat est à la maison.

— Tu vois très bien ce que je veux dire, insinue-t-elle en secouant la tête avec un petit sourire taquin. Ce gros tocard sèche encore les cours. C'est vraiment un *loser*. Je n'ai jamais compris pourquoi tu étais si gaga de mon débile de frère. Il va à la fac du coin ; tu n'aspires pas à mieux ? Parce que moi, si.

Je réplique sèchement :

— Je n'ai jamais été gaga de Patrick. Et puis, il n'y a rien de déshonorant à fréquenter la fac de l'île. En plus, il dit qu'il va probablement changer de fac bientôt.

Apparemment, Kat l'a toujours su. Je ne lui ai jamais avoué que j'en pinçais pour Patrick. Je l'avais seulement confié à Rennie, qui avait juré de tenir sa langue. Et une trahison de plus.

Kat renifle d'un air moqueur :

— Oh, ce que tu peux être naïve, Lil. Il ne va aller nulle part. Il doit avoir validé deux matières maximum. Il va rester coincé sur Jar Island pour le reste de sa putain de vie.

— Au fait, comment s'est passé ton test d'évaluation ?

— Alors là, aucune idée !

Je m'applique à manger mes céréales le plus vite possible, parce qu'elles commencent à ramollir. En essuyant le lait qui coule sur mon menton, je questionne Kat :

— À quelle heure Mary doit passer ?

— Je crois qu'elle a dit qu'elle devait faire un truc avec sa tante avant. Elle devait lui demander de la déposer ou venir à vélo.

— Cool.

Je bois mon lait sucré par les céréales, puis pose le bol sur la moquette. Après avoir enlevé mes ballerines, je m'allonge sur le lit à côté de Kat, qui se pousse pour me faire un peu de place. En fixant le plafond, je la cuisine :

— Alors, euh... est-ce que Patrick a dit quelque chose sur moi ?

Kat éclate de rire et me frappe sur la tête avec son traversin. Je souris, avant d'exploser également.

— J'arrive pas à croire que Rennie t'ait dit que j'aimais bien Patrick alors qu'elle avait promis qu'elle ne le ferait jamais. Elle l'a juré sur la tête de sa mère !

En gloussant, Kat m'avoue :

— Même si elle ne me l'avait pas dit, ça se voyait comme le nez au milieu de la figure. Tu trouvais toujours des excuses pour organiser nos soirées pyjamas ici plutôt que chez Rennie !

— En fait, c'était surtout à cause de Shep.

Ma mère prétend qu'elle est allergique aux poils de chien, alors nous n'avons jamais été autorisés à en avoir un, et ce n'est pas faute de l'avoir suppliée. Elle ne veut probablement pas qu'un chien salisse nos meubles blancs.

Je m'assieds et appelle :

— Shep, viens par ici, Shep !

Shep bondit dans la chambre, puis saute sur le lit et me lèche le visage. Je le serre fort contre moi et lui murmure à l'oreille :

— Salut, mon chien !

Soudain, Kat me demande :

— Tu te souviens de ces pétasses que Pat ramenait à la maison ? Elles étaient toujours beaucoup plus vieilles que lui et elles fumaient à l'intérieur. Tu te rappelles cette fois-là ?

Bien sûr que je m'en souviens.

J'avais treize ans quand mon béguin pour Patrick était à son apogée ; il devait donc avoir quinze ou seize ans, à l'époque, et les filles avec lesquelles il traînait avaient l'air de vraies femmes pour moi. Elles avaient des seins, elles juraient et elles se pavanaient à l'arrière de sa moto.

L'une d'entre elles s'appelait Beth. C'était l'après-midi, et avec Rennie et Kat, on était dans le salon à écouter de la musique et à répéter une chorégraphie d'un de ces films où les acteurs dansent sous la pluie dans un parking.

— Lil, il faut rouler les hanches comme ça, m'a dit Rennie en me montrant comment faire.

Kat et elle se sont alors exécutées, avec une synchronisation parfaite.

— Détends-toi, Lil, tu es trop raide, m'a conseillé Kat.

Mal assurée, j'ai essayé de les suivre pour apprendre les pas. C'est là que Patrick et Beth sont entrés. Ils ont éclaté de rire et je me suis immédiatement immobilisée, mais Rennie et Kat les ont ignorés et ont continué à danser, même lorsqu'ils se sont assis sur le canapé pour nous regarder.

Beth avait les cheveux auburn. Ils étaient juste assez longs pour qu'elle puisse les attacher en queue de cheval. Elle portait une tonne d'eye-liner, mais pas de rouge à lèvres, et un grand tee-shirt noir dont elle avait coupé les manches en guise de robe. Elle semblait avoir vingt-deux ans, alors qu'elle n'en avait probablement que dix-huit.

— Mate-moi ces petites poufs en train de se trémousser, a-t-elle lancé de sa voix rauque en allumant une cigarette.

Patrick s'est moqué et j'ai baissé les yeux. À travers mes cils, je l'ai observée un instant. Elle avait posé ses pieds sur la table basse sans même enlever ses chaussures. J'ai murmuré « On monte », mais Kat a fait mine de ne pas m'entendre.

— Alors comme ça, c'est nous les poufs ? Regarde-toi, plutôt ! Il est où, ton fut ? Tu l'as oublié à l'arrière d'une fourgonnette ?

Beth s'est esclaffée et a tiré une bouffée sur sa cigarette. Ça lui donnait un air sexy, comme dans un film.

— Excuse-moi, mais tu n'es pas autorisée à fumer dans la maison, l'a avertie Rennie, les mains sur les hanches.

Patrick a pris une clope dans le paquet de Beth.

— Allez jouer dehors, les petites. On veut regarder la télé.

Ils ont échangé un sourire en coin.

— On était là les premières, a remarqué Rennie.

Patrick lui a adressé un regard menaçant et Kat a coupé court :

— Bon, d'accord, on se casse. Venez, les filles.

À la dernière seconde, elle a attrapé le paquet de cigarettes de Beth et est partie en courant, Rennie et moi sur ses talons. On a franchi la moustiquaire à fond de train pour sortir dans le jardin et j'ai entendu Patrick rager.

Jamais je n'avais eu autant conscience de mon âge jusqu'ici. J'avais envie d'avoir dix-huit ans et non treize. Je voulais que Patrick me contemple comme il la contemplait elle.

Et plus que tout, j'avais envie de faire un tour à l'arrière de la moto de Patrick. Juste une fois, pour voir ce que ça faisait de foncer avec seulement lui à qui me tenir. Mes parents m'auraient envoyée au couvent si je le leur avais avoué. Ils m'avaient fait promettre de ne jamais monter sur la moto de Pat. C'était la condition à respecter pour pouvoir traîner chez Kat.

Je n'ai jamais désobéi à mes parents jusqu'à présent, mais si Pat me proposait de faire un tour sur sa moto, j'accepterais sans hésiter. Pour me sentir libre. Je veux savoir quel effet ça fait.

NOUS MANGEONS DU pop-corn caramélisé en écoutant de la musique. C'est le groupe préféré de Kat, mais le son est tellement fort que j'en ai mal au crâne. Du coup, nous n'entendons pas Mary entrer. Elle bondit dans la pièce, les joues roses ; elle a l'air en bien meilleure forme que jeudi. Je m'exclame :

— Mary !

— Bonjour, bonjour ! nous salue-t-elle en s'approchant du lit.

Alors qu'elle s'apprête à s'asseoir, Shep montre les crocs et grogne dans sa direction.

Kat l'attrape par le collier et le secoue en lui ordonnant :

— Arrête tout de suite.

À Mary, elle explique :

— Il est inoffensif, je te le jure.

Mary rit nerveusement et s'assoit par terre.

— En général, les chiens m'adorent.

— Je peux le foutre dehors, propose Kat en se levant.

Je proteste.

— Oh, non ! Laisse-moi le caresser. Mary, il ne va pas s'approcher de toi.

— Ça me va, dit-elle en gloussant. Bon chien !

Shep file sous le lit. Je me penche pour essayer de l'appâter avec une poignée de pop-corn ; il a l'air tenté, mais ne sort pas pour autant. Je tends le paquet à Mary et le secoue sous son nez.

— Vas-y, il est hyper bon.

Mary grimace.

— Tu n'aimes que les trucs hyper sucrés, Lillia.

— C'est parce que je suis tout sucre, tout miel. Plus gentille que moi, y'a pas !

Elle me sourit et je grimpe dans le hamac de Kat.

Kat s'avance vers son armoire et me jette un sac rempli de fringues.

— Tiens, tes munitions.

Avant de l'ouvrir, je la préviens :

— Pour ta gouverne, je ne porte pas de bas résille.

— Y'a pas de bas résille là-dedans, nounouille.

Elle s'affale sur son lit et m'observe tandis que je commence à inspecter le contenu du sac. Un bustier rose. Un autre noir en dentelle. Des bas crème tout doux. Une jupe bandeau tellement courte que ça pourrait bien être un haut moulant. Impossible à dire. Les bas sont plutôt sympas, mais le reste semble tout droit sorti d'une boutique de lingerie. C'est vraiment pas mon style.

Je la taquine :

— Kat, tu as volé tous ces trucs ?

Celle-ci lève les yeux au ciel.

— Tu sais très bien que je ne suis pas une voleuse. C'est le truc de Rennie, ça. Oh, tant qu'on y est, tu me dois cent soixante dollars.

Je soulève une mini-robe moulante à manches longues. On dirait presque un justaucorps de ballet.

— Je ne vais quand même pas porter ça ! J'aurais l'air d'une pute, sinon.

— J'ai la même en violet, s'offusque Kat en me jetant un regard furieux.

Oups…

— C'est pas mon genre. Je veux dire, je suis sûre que tu es superbe avec cette robe. Mais ça ne me ressemble pas. (Je repère un corset noir en dentelle en bas de la pile.) Tu t'attends à ce que j'aille à l'école en lingerie ?

Kat bondit au bord du lit.

— Et alors ? Tu auras l'air hyper sexy. Si tu te pointes à l'école en portant ce truc et des talons hauts, Reeve va devenir dingue. Tout ce que tu as à faire, c'est porter ces fringues pour attirer son attention. Ensuite, tu enchaînes avec le rapprochement physique : tu lui frôles le bras, tu poses la main sur son genou. Et pour finir, tu discutes avec d'autres mecs pour le rendre jaloux. C'est aussi simple que ça.

Je rétorque sèchement :

— Euh, excuse-moi, mais je sais parler aux mecs.

Comme si j'avais besoin des conseils de Kat pour savoir comment attirer l'attention d'un garçon ! J'ajoute :

— Pour ton info, à la Saint-Valentin, j'ai battu le record du plus grand nombre de roses reçues par une fille au lycée.

C'est la vérité. Bon, d'accord, une douzaine provenait de Papa, mais d'autres garçons m'en ont également offert. J'ai même battu Rennie. Elle n'arrêtait pas de dire que je n'aurais pas gagné sans l'aide de mon père. Maintenant que j'y pense, je vais la battre cette année également. Je ferai tout ce qu'il faut pour ça, même parler à des boutonneux de première année s'il le faut.

Kat soupire.

— O.K. Si tu ne veux pas mettre ces fringues, tu proposes quoi ?

J'enfourne une poignée de pop-corn et réfléchis.

— Eh bien, j'ai un joli chemisier avec un col noué ; je pourrais le porter avec ce super short en flanelle grise que j'ai vu sur Internet hier soir.

Mary et Kat échangent un regard. Kat se penche vers moi.

— Écoute. Apparemment, tu as un style plutôt classique, genre Jackie Kennedy. Tu es classe, raffinée, stylée.

Je hoche la tête.

— Exactement.

En levant les yeux au ciel, Kat poursuit :

— Là, faut que tu la joues façon Marilyn Monroe. Tu dois être sexy. Une vraie bombe atomique. Il ne faut pas que Reeve ait envie de te présenter à sa mère. Le but, c'est qu'il ait envie de toi. Qu'il fantasme à mort. Que tu fasses monter la sauce…

— O.K., O.K., c'est bon, j'ai pigé ! (Je retombe dans le hamac en gloussant.) Mais franchement, il est répugnant. Je vais avoir la gerbe à chaque fois que je devrai faire semblant de flirter avec lui.

Kat me jette la robe moulante à la tête.

— Essaye au moins celle-là.

— Ouais, Lil, confirme Mary. Toutes ces fringues vont t'aller hyper bien.

Je bougonne.

— Lil, fais-moi confiance sur ce coup-là. Je sais de quoi je parle. Je t'ai dit avec combien de chanteurs je suis sortie cet été ? Quatre ! Il y avait des filles plus sexy que moi dans les parages, mais c'est moi qu'ils ont repéré dans la foule. Tu sais pourquoi ? Tout est une question d'attitude. Tu te conduis comme si tu ne te prenais pas pour de la merde, et les mecs sont si cons qu'ils tombent direct dans le panneau.

Elle a parfaitement raison. Regardez Rennie, par exemple. Son truc, c'est l'attitude. Ce qu'elle veut, elle l'obtient. Elle a toute l'école à ses pieds. On oublie Marilyn. Je vais juste faire comme elle.

Je prends la robe.

— Alors, les filles, qu'est-ce que je dois porter en premier ? Cette robe de pute ou cette espèce de soutif ?

Mary pousse un cri perçant et le regard de Kat s'illumine quand elle me répond :

— La robe, y'a pas photo.

Lorsque nous entrons dans le parking de l'école le lundi suivant, Nadia aperçoit sa copine Janelle et me demande de la déposer près de l'entrée principale. Je prends le temps de me garer et d'arranger mes cheveux dans le rétroviseur. Hier soir, j'ai appliqué les bigoudis chauffants de ma mère sur mes cheveux avant d'aller au lit. Kat n'arrêtait pas de dire qu'il me fallait une coiffure de bombasse. Ce n'est pas exactement une coiffure de bombasse, mais c'est toujours plus sophistiqué que mon style habituel. Je m'applique également un peu de gloss rose sur les lèvres.

En sortant de ma voiture, je veille à boutonner mon trench jusqu'en haut et le serre autour de ma taille. Juste au moment où je referme la portière, je repère Kat qui me regarde depuis l'autre côté du parking, adossée au grillage. Elle secoue la tête et articule « *Enlève ton trench.* » En réponse, j'articule « *J'ai froid* » et lui adresse un regard implorant, mais elle secoue à nouveau la tête. Sur ses lèvres, je lis « *Marilyn* ». Lentement, je retire mon trench et le range dans mon coffre.

Je traverse le parking et entre dans l'école. Je porte mes talons les plus hauts, les rose pâle en cuir verni que j'avais achetés pour le bal des étudiants. Je monte prudemment les marches pour ne pas trébucher. La robe est hyper serrée, mais très confortable malgré tout, parce qu'elle est en lycra. Elle couvre à peine mes fesses et me fait des seins énormes, contrairement à d'habitude. J'espère que les surveillants ne vont pas me dire de rentrer me changer. Ma mère ferait certainement une attaque.

Immédiatement, je sens que les gens me fixent, mais je regarde droit devant, la tête haute, les épaules en arrière. Une fille de deuxième année murmure « La vache ! » à sa copine et quelques garçons me sifflent. Je fais mine de ne pas les entendre. Je marche comme si l'école m'appartenait.

Ça doit être ce que Rennie ressent.

Je dépose ma sacoche dans mon casier et me promène seulement avec un sac à main, parce que c'est bien plus sexy, plus dans le style Marilyn. Je me remets un peu de gloss également. La sonnerie va retentir dans cinq minutes, ce qui veut dire que Reeve doit être près des distributeurs avec Alex et PJ, comme tous les matins.

C'est bien le cas. Adossés à une rangée de casiers, ils mangent des donuts, sauf Reeve, qui a pris une barre protéinée. À mon grand soulagement, Rennie n'est pas là. Mon cœur pulse dans mes tympans quand je les salue en passant devant eux. Je file tout droit vers le distributeur. En tapant les chiffres pour obtenir des donuts au chocolat, je jette un coup d'œil dans la vitre pour voir si Reeve me regarde. Il ne le fait pas ; il est occupé à engloutir sa barre protéinée. Je remarque également qu'il n'a plus de béquilles et qu'il a troqué sa grosse attelle contre une plus légère, faite pour la marche.

PJ me siffle et me lance :

— Tu t'es habillée pour quelle occasion, Lil ?

En me tournant légèrement, je lui réponds :

— Pour un exposé en cours de français.

Je serais parfaitement raccord si je devais faire un exposé sur le Moulin Rouge.

— Très bien[3], conclut PJ sur un ton admiratif.

Je lui fais la révérence.

Ma robe est trop courte pour me permettre de me pencher et de récupérer mes donuts dans le bas du distributeur. Heureusement, Alex s'approche de moi juste à ce moment-là.

— Tu es juste… à tomber ! me confie-t-il à voix basse.

Je me sens rougir.

— Merci.

Alex se baisse, attrape mes donuts et me les tend.

— Vraiment à tomber, répète-t-il, les yeux écarquillés.

[3] En français dans le texte original (NdT)

J'essaye de ne pas sourire. Je n'arrive pas à me souvenir si je dois d'abord tenter un rapprochement physique avec Reeve ou le rendre directement jaloux. Je ne sais même pas s'il me regarde.

Je suis sur le point de jeter un coup d'œil à Reeve, quand j'aperçois Rennie dans le couloir avec Ashlin. Rapidement, je passe mon bras sous celui d'Alex.

— Tu m'accompagnes jusqu'à ma classe ?

— Bien sûr ! Je serai ton garde du corps.

Reeve m'observe, désormais. Ses yeux se posent rapidement sur moi, puis il les détourne aussi vite. Il semble totalement désintéressé. Il ne fait même pas de blague vaseuse sur ma tenue. Sans m'accorder un regard, il s'essuie la bouche et jette l'emballage de sa barre dans la poubelle.

Peut-être qu'il m'en veut encore après ce que je lui ai dit le soir d'Halloween. Merde. Pour que notre plan ait la moindre chance de fonctionner, je vais devoir ravaler ma fierté et lui présenter mes excuses, même si c'est la dernière chose que j'ai envie de faire.

À L'HEURE DU déjeuner, j'ai l'intention de m'installer à côté de Reeve pour m'excuser, mais lorsque je m'approche, il est déjà assis tout au bout avec Rennie. Elle ouvre de grands yeux en voyant ma tenue, et je dois résister à l'envie de croiser les bras sur ma poitrine.

Je me glisse sur la chaise en face d'elle. Je vais faire comme si la dispute d'Halloween n'avait jamais eu lieu, parce que je n'ai pas d'autre choix.

— Salut, vous deux ! dis-je en ouvrant mon Thermos de thé blanc à la myrtille.

Elle fait semblant de ne pas m'entendre, ce qui me convient parfaitement, puis pose la tête sur l'épaule de Reeve et lui demande :

— Tu veux que j'aille te chercher quelque chose à manger, chéri ?

— Nan, ça va, répond-il en agitant sa brique de lait vitaminé.

— O.K., je vais prendre des frites. Je reviens dans deux secondes.

Rennie court quasiment jusqu'à la file d'attente devant le buffet.

Dès qu'elle est partie, je me penche vers Reeve et lui murmure :

— Je… euh… je suis désolée pour tout ce que j'ai dit à Halloween. Je crois que j'avais trop bu.

Faisant peu de cas de mes excuses, il m'annonce platement :

— Ah ouais, tu crois ?

Bon, apparemment, Reeve ne va pas me faciliter la tâche. C'est tout lui, ça. J'avale ma salive, baisse la tête, puis le regarde à travers mes paupières mi-closes. Il va falloir que je fasse une performance digne d'un Oscar. D'une voix honteuse, j'ajoute :

— Reeve, je suis vraiment désolée. Je n'aurais jamais dû te dire ça… d'autant plus que tu es venu m'aider à la Fête de l'automne et que tu as fait de ton mieux, malgré ta blessure.

Je tends la main et lui touche le bras, qu'il retire vivement.

— Je ne suis pas venu à la fête pour t'aider. Je l'ai fait uniquement parce que je m'étais engagé auprès des enfants.

Il se renfonce dans sa chaise.

On dirait bien que mon plan ne fonctionne pas du tout. Je vais devoir changer de tactique. Peut-être bien en lui disant un peu la vérité.

— Je ne sais pas si tu l'as remarqué, mais Rennie et moi, on s'est disputées. Je le vis mal, et je pense que je me suis défoulée sur toi parce que tu étais là. Encore une fois, je suis désolée. Je te jure que je ne pensais rien de ce que je t'ai dit.

Bon d'accord, je mens un peu.

Reeve hausse les épaules et avale une gorgée de lait.

Cool, merci de te montrer aussi compréhensif, Reeve. Merci mille fois.

XX
MARY

Il est dix-sept heures passées ; tout le monde a déjà quitté l'école. Nous sommes assises sur les deux derniers rangs de l'auditorium. Lillia est à côté de Kat, qui a posé ses rangers sur le siège face à elle, et moi perchée sur le dossier d'un fauteuil devant elles.

Lillia ôte l'emballage d'une sucette marron clair et l'agite.

— Qui veut goûter en premier ? nous propose-t-elle.

Nous secouons toutes les deux la tête pour refuser.

— Alors, raconte ! crie Kat en frappant dans ses mains. On veut tout savoir !

J'applaudis également, parce que c'est super excitant. J'ai attendu ce moment toute la journée.

Lillia tourne la sucette dans sa bouche.

— Eh bien, je me suis pavanée devant lui avant le premier cours et il m'a à peine regardée. Maintenant que j'y repense, c'était plutôt insultant. Je veux dire, O.K., je lui ai crié dessus le soir d'Halloween, mais c'est un mec. Les mecs sont supposés être toujours excités, non ? Alors qu'il a dû draguer toutes les filles de l'école, il m'ignore complètement ? (Elle soupire.) Franchement, après tout le temps que j'ai passé à me coiffer et à me maquiller…

— Il essayait probablement de cacher sa trique, me dit Kat en se mordillant l'ongle. Tu es chaude comme la braise, Lil.

Lillia rigole.

— Euh, merci ?

— En cours d'espagnol, j'ai entendu Connor Dufresne décrire ta tenue avec un nombre impressionnant de détails. Il a dit que tu es la fille la plus sexy des dernière année, et de loin. Il a dit…

— Ah non, la deuxième plus sexy, blague Kat, et nous rions toutes les trois. Ne te stresse pas, Lil. C'est qu'un échauffement. Aujourd'hui, on a planté le décor. Après, on va passer aux choses sérieuses.

— Comment ? s'interroge Lillia. Je me suis même excusée pendant le déjeuner, et il n'a pas voulu m'écouter. En plus, il n'est jamais seul, avec Rennie la parasite qui est toujours accrochée à lui.

Je m'éclaircis la gorge.

— Je connais un endroit où il se rend seul. (Les yeux baissés, j'enroule une mèche de cheveux autour de mon doigt.) La piscine.

Surprise, Lillia demande :

— Il compte rejoindre l'équipe de natation ?

— Non, c'est pour sa rééducation. Il y va tous les jours depuis qu'on lui a retiré son plâtre. (Je suis sûre qu'elles pensent que j'espionne ses moindres faits et gestes parce qu'il m'obsède, mais ça m'est égal. L'occasion est trop bonne pour la laisser filer. Je pose les yeux sur elle.) Lillia, commence à nager avec lui ! Vous ne serez que tous les deux. Il n'y a personne à la piscine après l'école.

Lillia secoue déjà la tête.

— Mary, je ne sais pas nager. Dis-lui, Kat !

— Lillia ne sait pas nager, confirme Kat.

— Tu n'as pas appris ?

— Si si, vaguement, mais je déteste ça, rétorque Lillia, sur la défensive. En plus, Reeve le sait. Il va avoir des doutes si je me pointe à la piscine du jour au lendemain !

D'un ton rassurant, Kat ajoute :

— Du calme, Lil. Personne ne va te jeter à l'eau aujourd'hui. (Mais Lillia continue de secouer la tête, affolée. Soudain, le visage de Kat s'illumine.) Attends, tu ne devrais pas passer le brevet de natation pour ton diplôme ?

— Mon médecin m'a dispensée, explique Lillia en relevant fièrement la tête. Je veux dire, mon père l'a fait.

Kat est si excitée qu'elle en frémit.

— Bah voilà, Lil ! Ton excuse est toute trouvée. Tu t'entraînes pour le brevet.

Lillia croise les bras.

— Je t'ai dit que je ne passerai pas le test ! J'ai déjà fourni ma dispense. Qu'est-ce qu'il faut que je fasse maintenant ? Aller trouver M. Randolph pour lui annoncer que mon aquaphobie a miraculeusement disparu ?

— Reeve ne sait pas que tu es dispensée ! Fais semblant de te préparer. Tout ce que tu as à faire, c'est patauger avec une planche, me presse Kat. Contente-toi de faire le petit chien là où tu as pied. Et n'oublie pas que Reeve est un excellent nageur. Il a pulvérisé le record de brasse de Jar Island quand il avait, quoi, dix ans, et personne ne l'a battu depuis ! Même avec sa jambe blessée, il pourrait facilement venir te sauver.

— Je n'ai pas peur de me noyer, rétorque sèchement Lillia.

— Dans ce cas, tu as peur de quoi ? Ce plan est parfait. Imagine ce qui va se passer si tu te retrouves tout près de lui, jour après jour. (Kat claque des doigts.) Il ne pourra pas tenir bien longtemps.

Lillia semble un peu mal à l'aise. Je ne peux pas lui en vouloir. Me retrouver tous les jours en face à face avec Reeve Tabatsky en maillot de bain me donnerait également des sueurs froides. Elle se tourne vers moi en se mordant la lèvre.

— Qu'est-ce que tu en dis, Mary ?

Je me passe la main dans les cheveux. Je ne veux pas mettre Lillia dans une situation inconfortable, mais encore une fois, nous n'avons pas d'autres choix. Je finis par lui répondre :

— J'en dis que Kat a raison. Est-ce que tu pourrais au moins essayer, Lillia ? Pour moi ?

Lillia me dévisage, puis éclate de rire. Elle donne un petit coup de coude à Kat, puis, les yeux toujours fixés sur moi, annonce :

— Comment je pourrais refuser avec la mine que tu fais ? Je ne suis pas comme Rennie. Quand mes copines ont besoin de moi, j'accours.

PLUS TARD, QUAND je rentre à la maison, tante Bette est dans le grenier. Je colle l'oreille à la porte et entends le frottement de son pinceau contre la toile. Je ferme les yeux et souris, soulagée. Dieu merci, elle s'est remise à peindre. Tante Bette est toujours plus heureuse quand elle travaille. Cette énergie positive pourrait être bénéfique à notre maison.

XXI
LILLIA

APRÈS LES COURS, je file directement à la piscine. Le bâtiment est vide et baigne dans une lumière bleutée, à cause de l'éclairage. Je déteste l'odeur du chlore. Sur les gradins, à côté de l'attelle de marche, de la serviette et du sac de sport de Reeve, je pose ma serviette de plage avec un ours en peluche dessus et mes tongs. Je porte un bikini ficelle blanc brodé de marguerites. C'est le plus beau que je possède. Je me relève les cheveux en chignon afin de ne pas trop les mouiller.

Reeve est déjà dans l'eau. Il a attaché des flotteurs à sa jambe, qu'il balance en avant et en arrière en grimaçant et en s'aidant de ses bras pour se donner de l'élan. Il est si concentré qu'il ne semble même pas remarquer ma présence. Je m'éclaircis la gorge, et il tourne vivement la tête.

— Qu'est-ce que tu fous ici ? exige-t-il de savoir.

— Je dois m'entraîner pour le brevet de natation. Il faut que je l'obtienne pour décrocher mon diplôme.

— Dans ce cas, ne me dérange pas. Je suis ici pour travailler, pas pour discuter. C'est pour ça que je viens seul.

— Mais tu m'as demandé de…

— J'ai besoin de cette ligne d'eau et de l'équipement que tu vois ici. N'y touche pas.

Puis, il retourne à ses exercices.

Bouillant de colère, j'attrape une planche sur la pile et me dirige vers l'échelle de la piscine, du côté le plus profond. Je commence à descendre une marche à la fois, très prudemment. L'eau est chauffée, mais je la trouve glaciale. J'ai déjà la chair de poule. Le jeu n'en vaut pas la chandelle.

Je reste sur l'échelle.

Pour passer le test de natation, je devrais plonger, puis nager deux fois la longueur de la piscine aller-retour sans m'arrêter. Il faudrait également que je fasse du surplace pendant trois minutes, puis la planche pendant une minute. Je ne sais rien faire de tout ça.

Je veux dire, je sais faire le petit chien. Je ne connais pas les mouvements officiels, mais on s'en fout, non ? Je ne vais pas me noyer chez moi, dans ma propre piscine. Je n'aime pas mettre la tête sous l'eau. Je déteste avoir l'impression de ne pas pouvoir respirer. Jetez-moi la pierre si vous le voulez. J'ai plein d'autres activités physiques que j'adore, comme le cheerleading, l'équitation, le tennis et le golf. Pourquoi est-ce qu'il faudrait absolument que je nage ?

Je me tiens au bord pendant une minute, un bras sur le mur et l'autre agrippé à ma planche. Mes pieds ne touchent pas le fond, et je panique un peu. Quand je suis dans ma piscine à la maison, je reste toujours où j'ai pied.

Entre-temps, Reeve a viré ses flotteurs et il nage comme un champion olympique, enchaînant les longueurs. Il sort à peine la tête de l'eau pour respirer. Il se donne à fond, peut-être trop même. Il nage le papillon, et ses bras fendent l'eau avec force et assurance, mais sa jambe traîne derrière lui. Je dois admettre que je suis rassurée par sa présence. Comme ça, s'il m'arrive quelque chose, il ne me laissera pas couler, même s'il me hait.

Enfin, je ne pense pas.

Je lâche le mur et commence à me servir de la planche en la serrant fort. Je bats des pieds le long de la ligne, la tête dressée hors de l'eau, en essayant de ne pas m'éclabousser. C'est vraiment dur. En plus, j'ai peur de ne pas avoir suffisamment serré le haut de mon bikini. Mes maillots de bain sont purement décoratifs ; ils ne sont pas conçus pour faire du sport. Il me faut une éternité pour faire une longueur. Reeve a le temps d'en faire trois avant que j'atteigne l'autre bord.

Reeve ne s'arrête pas et ne me prête pas attention. Je flotte près de l'échelle en attendant qu'il termine, comme le ferait la groupie d'un nageur, si ça existe. Lorsqu'il a enfin fini, il arrache ses lunettes et consulte la grande pendule sur le mur en expirant d'un air las.

Puis, il remet ses lunettes et enchaîne à nouveau les longueurs.

Alors comme ça, puisque sa carrière de footballeur est à l'arrêt, il s'entraîne pour rejoindre l'équipe de natation ? Je contemple la piscine. Elle est sacrément longue. Je suis tentée de rentrer chez moi. Mais ça ne doit faire qu'un petit quart d'heure que je suis dans l'eau. Je prends une grande respiration, puis m'écarte du mur et me remets à battre des pieds, agrippée à ma planche. Je me concentre intensément en me disant que je suis un canard. *Coin, coin, coin.*

Je suis tellement concentrée pour atteindre le bout de mon couloir que je ne remarque même pas le départ de Reeve.

***

Le mercredi, je porte mon bikini jaune à pois, celui qui a une taille haute. Rennie dit que c'est un modèle pour grand-mère chic, mais il me donne l'impression d'être super glamour. Une vraie naïade, comme Marilyn. Celui-là n'a pas de lien autour du cou ; il a des armatures, pour plus de sécurité.

Tout est silencieux dans la piscine, mis à part l'écho des battements de jambe de Reeve et des éclaboussures contre les parois carrelées. Je suis morose quand j'attrape la planche et descends l'échelle. C'est comme hier. Hier, on n'a pas parlé. Pas vraiment. En tout cas, on n'a carrément pas flirté.

En barbotant et en flottant vers le milieu de mon couloir, je décide qu'aujourd'hui sera mon dernier jour ici. J'ai fait de mon mieux. Kat et Mary ne peuvent rien exiger de plus. Il va falloir qu'elles comprennent que j'ai tout essayé pour que Reeve me remarque, en vain. Je n'ai pas promis de passer le reste de ma dernière année accrochée à une planche.

Alors que je suis en train de décider tout cela, Reeve me lance d'une voix morne :

— Pourquoi t'es revenue ?

Agrippé au bord de la piscine, il chasse l'eau de ses lunettes.

Je pose le menton et les bras sur ma planche.

— Je croyais que tu ne voulais pas discuter.

Il ignore ma remarque et ajoute :

— Tu sais que tu n'auras pas le droit d'utiliser une planche pour le test de natation, j'espère ? Enfin, si mes souvenirs sont bons. Je l'ai passé il y a bien longtemps, quand j'étais en première année, je pense. Avec tous les autres.

Sur un ton grincheux, je lui réponds :
— Je sais !
Je m'arrête avant d'ajouter quoi que ce soit. Mon attitude n'est pas digne d'une Marilyn. Je tiens une occasion d'entamer la conversation et je compte bien la saisir. J'inspire, puis poursuis d'une voix plus douce :
— Je... je m'habitue juste à faire des longueurs.
— Tu devrais surtout t'habituer à mettre la tête sous l'eau, remarque-t-il en nageant vers moi.
Lorsqu'il est suffisamment proche, il m'éclabousse le visage.
Je lui hurle d'arrêter en faisant demi-tour pour m'éloigner de lui, cramponnée à ma planche. Qu'est-ce que je peux le détester !
Reeve fait un mouvement brusque comme s'il allait me plonger la tête sous l'eau, et je pousse un cri. Il m'attrape par la taille et me soulève. Sans lâcher ma planche, je bats des pieds et l'éclabousse aussi fort que je le peux, mais il ne me lâche pas.
Je me remets à hurler :
— Je t'ai dit d'arrêter !
Ma voix terrifiée résonne dans toute la piscine. Je n'ai pas peur qu'il me jette. C'est juste que ses mains sont posées là où je ne voudrais pas qu'elles soient. Je suis une fille qui dit « Stop » à un garçon qui refuse de l'écouter.
C'est encore pire que de se noyer.
Il me lâche et je retombe dans l'eau. Quand je remonte à la surface, il me regarde comme si j'étais folle. Mon cœur bat la chamade ; j'ai le souffle court. Reeve nage jusqu'à l'autre bout de la piscine et se hisse hors de l'eau. Dos à moi, il se sèche avec une serviette.
Je lui crie :

— Ne recommence jamais ça !

Il se retourne et me dévisage.

— Il va falloir te mouiller les cheveux un jour ou l'autre. Si j'étais toi, je me préoccuperais un peu moins de mon bikini et de mes cheveux et un peu plus de nager pour de bon.

J'en reste bouche bée.

— Oh, désolée de ne pas avoir de bonnet de bain et de Speedo de compet.

Il secoue la tête comme si j'étais un cas désespéré. Puis, il s'éloigne en boitillant et claque la porte derrière lui. Mon cœur bat toujours à cent à l'heure.

LA NUIT SUIVANTE, je fouille dans le tiroir de ma commode à la recherche de mon maillot de bain noir une pièce, afin de le porter le lendemain à la piscine. Parce que le noir, ça veut dire qu'on passe aux choses sérieuses. Ce n'est pas un Speedo : il est serré sur la nuque et a une petite ouverture sur le devant, mais au moins, il me maintiendra mieux qu'un deux-pièces.

Je suis en train de passer en revue tous mes bikinis ficelles quand je tombe dessus. Pas le noir. Le rouge. Celui que je portais cette fameuse nuit, dans la maison de vacances.

Les mains tremblantes, je le roule en boule et le jette dans la corbeille à papier.

XXII
KAT

C'EST VENDREDI, ET je traîne dans les couloirs avec une autorisation d'aller aux toilettes, en essayant de grappiller un peu de temps sur le sixième cours de la journée, lorsque je remarque Mary planquée sous le palier du premier étage avec un bouquin.

— Tu ne devrais pas être en classe ?

Surprise, Mary lève les yeux, mais se détend en voyant que c'est moi et pas un surveillant. Elle me sourit vaguement.

— Je… euh… Je fais une pause.

— Comme une pause pipi ou comme une pause séchage de cours pour la journée ?

Mary baisse la tête.

— O.K., j'avoue. Je n'ai pas révisé pour mon interro d'espagnol. Alors, pendant le dernier cours, j'ai demandé l'autorisation d'aller aux toilettes et je suis venue me cacher ici jusqu'au prochain. (Elle soupire.) Ma tante va me tuer quand elle lira mon bulletin. Je te jure, le seul cours où j'aurai la moyenne, ce sera la chorale.

— Dans ce cas, tu as bien fait de prendre une pause. Mais il faut que tu trouves un autre endroit où te cacher. Les surveillants contrôlent toujours ce coin pendant leurs rondes. Crois-moi, je le sais. (Je jette un œil par-dessus mon épaule.) En fait, je suis surprise que tu ne te sois pas encore fait pincer. Tu devrais aller à l'infirmerie et te planquer là-bas. Tu n'as qu'à dire que tu as des crampes ou un truc dans le genre.

— Merci, me répond Mary avant de se lever.

— Comment ça va, avec ta tante ? Ça s'arrange ?

— Un peu. Elle s'est remise à la peinture, mais elle ne me parle toujours pas. (Mary secoue la tête.) C'est drôle. Je ne me souviens pas de m'être jamais disputée comme ça avec mes parents. Je me sens si… indésirable dans ma propre maison, tu vois ce que je veux dire ?

Je m'appuie contre la rampe.

— Dis, tu veux faire quelque chose ce soir ? Avec moi ?

Mary rayonne.

— Comme quoi ?

— Et si on faisait une virée en voiture ?

— Oh oui, ça serait génial.

— Cool. Je passe te prendre à vingt et une heures.

Alors que je m'apprête à remonter au premier, j'ajoute :

— Attends. Où est ton autorisation ?

Je lève la mienne. C'est un gros morceau de bois sur lequel est gravé le symbole Pi, un truc hideux que les gamins de l'atelier de rattrapage ont probablement dû faire pour le département de maths afin de gagner des points pour leur diplôme.

Mary me regarde d'un air perplexe.

— Oh, euh… Je pense que le prof a dû oublier de m'en donner une.

— Dans ce cas, ne traîne pas près des labos de science. J'en viens et un surveillant est en train d'inspecter le couloir. Passe par la porte de service côté gymnase et file devant la bibliothèque jusqu'à l'infirmerie.

— Pigé, annonce Mary en faisant demi-tour. Merci. Je n'ai jamais eu d'heures de colle jusqu'ici.

Je lève les yeux au ciel.

— Évidemment, ma belle.

Je me réveille en sentant Shep me lécher la figure. D'un bond, je me lève du canapé et cours jusqu'à la fenêtre. Il fait déjà nuit.

— Quelle heure il est ?

Pat consulte son téléphone.

— Vingt-deux heures et quelques. Pourquoi ?

Merde, merde, merde et remerde !

— Où tu vas ? me demande-t-il tandis que je me précipite dans la cuisine pour récupérer mes bottes près de la porte.

— Je sors.

Heureusement, la voiture démarre. Je conduis aussi vite que je peux jusqu'à la maison de Mary. Quelle naze je fais, être en retard à un rencard que j'ai moi-même fixé ! Arf. À un feu rouge, j'essaye d'appeler chez Mary, mais la ligne est occupée.

Lorsque j'arrive à destination, elle est debout sur le trottoir à m'attendre dans l'obscurité. Sous sa parka, elle porte la même robe à petites fleurs qu'aujourd'hui à l'école.

— Je suis vraiment, vraiment désolée d'être à la bourre, lui dis-je en sautant hors de la voiture. (Je lui ouvre galamment la porte côté passager, parce que je me sens vraiment conne.) Je me suis endormie devant la télé.

J'ai essayé d'appeler chez toi, mais ça sonnait occupé. (Je grimace.) Ça fait longtemps que tu m'attends ici ?

Elle m'adresse un sourire discret. À mon grand soulagement, elle n'a pas l'air fâchée. Mary est sans doute la personne la plus indulgente que je connaisse.

— Je savais que tu allais venir.

Nous roulons sans but en écoutant de la musique. Après plusieurs tours de l'île, je commence à avoir faim. Le seul endroit ouvert à cette période de l'année et à cette heure tardive, c'est le *Greasy Spoon*, un petit resto de T-Town qui sert en continu. Il n'est jamais bondé, parce que la nourriture n'est pas top, mais on peut trouver deux-trois trucs pas trop dégueulasses sur la carte.

Je ralentis et me gare à côté du bâtiment. Bizarrement, il y a beaucoup de monde sur le parking. Avec un peu de chance, je ne vais pas devoir attendre trop longtemps avant d'être servie.

— Tu veux quelque chose ?

Mary bâille et secoue la tête pour me signifier que non.

J'entre et commande au comptoir. Du café avec du lait et deux sucres, et un donut à la cannelle. Alors que la serveuse enregistre tout ça, j'entends la voix de Rennie.

Je tourne la tête et l'aperçois, assise au bout d'une longue table au milieu du resto. On dirait que l'équipe de foot de Jar Island au grand complet l'accompagne. Lillia est là également, en compagnie de toutes les cheerleaders. Elle rigole dans son coin avec Ashlin et quelques camarades. Chaque fille a une rose rouge avec une longue tige dans son verre d'eau. Elles portent toutes leur uniforme, sauf Rennie.

Je me souviens, maintenant. Ce soir, c'était le dernier match de la saison.

Je jette un coup d'œil en arrière. Rennie me fixe. Nos regards se croisent et je détourne immédiatement la tête, parce que je ne veux pas entrer dans son jeu.

— Oh, voyez-vous ça, mais c'est Kat DeBrassio ! lance-t-elle en faisant semblant de murmurer. (Tout le monde se retourne dans ma direction.) Et si on lui demandait de venir s'asseoir avec nous ?

À la manière dont elle prononce ces mots, je peux dire qu'elle a bu. Je parie qu'elle est dégoûtée que notre équipe s'en soit bien tirée sans Reeve. Alex me voit, comme tout le monde, et tente de coller un menu devant Rennie pour l'obliger à regarder ailleurs. Mais elle le repousse.

Je me retourne face au comptoir et fixe la serveuse. Elle ne pourrait pas se magner un peu à me servir mon café pour que je puisse me tirer de là ? Je me demande si ce type de situation merdique perdurera une fois que nous serons diplômées. Si, à chaque fois que je rentrerai pour rendre visite à ma famille, je tomberai sur Rennie quelque part sur l'île.

— Kat, tu ne me suivrais pas en secret, par hasard ? Combien de fois il faudra que je te dise que je ne suis pas lesbienne ? (Rennie glousse comme une hyène.) Espèce de grosse cassos.

Nous y voilà. Je fais volte-face pour répliquer, mais je n'ai même pas à le faire. Lillia repose son menu et déclare :

— Rennie, tu es juste furieuse que nous ayons toutes reçu des roses de nos joueurs ce soir alors que Reeve ne s'est même pas donné la peine de se pointer pour te voir.

On pourrait entendre une mouche voler. Rennie est abasourdie. Tout le monde se retourne face à Lillia qui, pendant une seconde, semble aussi surprise que les autres. Rennie vire au rouge vif, d'un rouge que je n'ai jamais vu chez personne, puis vérifie autour d'elle si quelqu'un va prendre sa défense. Mais Ashlin évite de croiser son regard. Tous les garçons de l'équipe détournent les yeux, mal à l'aise. Pareil pour les autres filles de l'équipe. Puis, Rennie fait signe à la serveuse et lui demande sur un ton tout aussi impatient qu'implorant :

— On pourrait passer commande, siouplait ?

Elle reprend une gorgée d'eau, et sa main tremble.

Lil ne me regarde pas. Ou peut-être que je ne lui en donne pas l'occasion. J'attrape ma commande sur le comptoir et sors aussi vite que possible.

Dehors, Mary se redresse :

— Eh, ça va ?

Je lui souris, parce que bon sang, je suis sur un petit nuage.

— Ouais, je me sens hyper bien.

XXIII
MARY

J'AI ENVISAGÉ PLUSIEURS fois de quitter le comité de l'album du lycée, mais je continue de me dire que je dois tenir bon, même si je n'ai pas encore fait le moindre photomontage jusqu'ici. C'est dur, parce que les tâches sympas sont déjà attribuées, et même quand je demande si je peux aider, les élèves font mine de ne pas m'entendre.

La seule personne qui ne m'a pas totalement ignorée, c'est Marisa Viola, une fille de deuxième année. Elle est chargée d'inspecter les épreuves pour repérer les problèmes de mise en page et les fautes d'orthographe dans le texte. J'approche une chaise de son bureau et lis par-dessus son épaule. Elle est super rapide et entoure des trucs avec son stylo rouge avant même que je puisse les remarquer, mais je me dis qu'une deuxième paire d'yeux est toujours la bienvenue.

Après notre réunion du lundi, je décide de repasser plus tard à la bibliothèque pour emprunter des livres sur la grammaire et la ponctuation. Ça devrait m'aider à être plus efficace.

Je longe les bureaux des profs de sport. La porte de la coach Christy est ouverte. Elle est en pleine conversation animée avec quelqu'un. C'est là que j'aperçois Rennie, assise sur l'une des chaises du bureau de la coach. Elle a quitté la réunion du comité avant la fin. Tout ce que Rennie sait faire, c'est examiner les photos du bal des étudiants et partir de bonne heure. Franchement, je me demande bien pourquoi elle se donne la peine de venir.

En passant, je colle mon oreille à la cloison et j'écoute :

— Rennie, ça fait un mois que tu n'as pas participé aux entraînements des cheerleaders, dit la coach Christy en soupirant. Tu n'es pas vraiment dans mes petits papiers en ce moment. Tu comprends pourquoi, n'est-ce pas ?

— Et pourquoi je ne viens plus, à votre avis ? À cause de Lillia ! Comment est-ce que je pourrais rester à côté de quelqu'un qui m'a volé mon titre de reine du bal ?

La chaise de la coach Christy craque, comme si elle s'appuyait contre le dossier.

— Combien de fois faudra-t-il que je te le répète, Rennie ? J'ai compté les bulletins moi-même. Il n'y a que moi qui les ai touchés. Lillia Cho a été élue reine du bal des étudiants à la régulière.

Je m'attends à ce que Rennie se rétracte et qu'elle revienne à la raison, mais c'est exactement le contraire qui se produit. D'une voix déterminée, elle martèle :

— C'est moi la reine du bal des étudiants. J'ai gagné. J'ai demandé à tous les élèves pour qui ils avaient voté, et environ quatre-vingt-dix-neuf pour cent d'entre eux ont répondu qu'ils m'avaient choisie. Tout ce que je demande, c'est qu'on revote, et vous verrez bien. J'accepte même de payer pour l'impression des bulletins !

— Rennie, arrête avec ça. Lillia et toi, vous êtes amies depuis longtemps. Tu ne vas pas laisser un truc aussi insignifiant qu'une pauvre tiare en plastique briser une telle amitié, quand même !

Rennie part dans un rire qui me déclenche des frissons le long du dos.

— Il n'y a pas d'amitié entre nous. Et vous pouvez me répéter que la gentille petite Lillia n'a rien à voir avec le fait que j'ai été bien baisée ce soir-là, jamais je ne vous croirai. En plus, vous êtes nulle en tant que coach, vos chorés sont pourries et personne n'aime la musique que vous choisissez pour la mi-temps !

Telle une fusée, Rennie passe à côté de moi dans le couloir.

Je suis effrayée à l'idée que Rennie ait découvert ce que nous avons fait. Mais Dieu merci, elle n'a aucun moyen de le prouver.

XXIV
LILLIA

Lundi après-midi, quand Reeve se pointe, j'ai déjà fait quatre longueurs. Il n'entre pas dans l'eau. Au lieu de cela, il reste debout à me regarder en mangeant une pomme. Je ne lève pas les yeux et continue comme s'il n'était pas là.

— Tu devrais étirer tes orteils, me conseille-t-il en mâchant bruyamment. Et tout ton corps.

Je prends la mouche.

— Excuse-moi, mais il me semble qu'il est interdit de manger ici. En plus, tu ne devrais pas porter ton attelle de marche, par hasard ?

Il la traîne derrière lui.

— Je renforce ma tolérance à la douleur.

Il jette la pomme dans la poubelle. Elle décrit un arc parfait. Je n'ai même pas besoin de regarder pour savoir qu'elle a atterri à l'intérieur. Négligemment, il balance sa serviette sur le banc à côté de mes affaires, puis il plonge dans le couloir près du mien, au lieu de choisir un de ceux qui se trouvent à l'autre bout comme à son habitude. Je me raidis.

— Dans ce cas, tu ne pourras t'en prendre qu'à toi-même si tu te refais mal.

Je n'ai pas besoin qu'il me critique, ni qu'il me donne des conseils. Toutefois, j'essaye d'étirer un peu mes orteils en nageant jusqu'à l'échelle et constate une très légère différence.

Je me précipite jusqu'à ma serviette parce que j'ai super froid. Alors que je l'enveloppe autour de moi comme une couverture, il nage soudain sous les flotteurs et se dirige vers moi tel un requin. Il se hisse hors de l'eau, sans se servir de l'échelle. Il n'a pas fait une seule longueur.

En silence, je lui tends sa serviette. En me regardant droit dans les yeux, il me dit :

— Tu sais quoi ? Je n'avais pas l'intention de dire quoi que ce soit, mais oui, Lil, parlons-en, de ma blessure. Parlons de la manière dont tout ça est arrivé.

Oh, mon Dieu. S'il vous plaît, non.

— Je ne vois pas du tout de quoi tu veux parler.

Je me retourne, prête à partir, mais il m'attrape par le bras.

— Je sais que c'est toi qui as versé un truc dans mon punch le soir du bal. (J'ai l'impression que le sol va s'effondrer sous mes pieds. Mes jambes flageolent, et je suis à deux doigts de m'évanouir.) Dis-moi pourquoi.

Sa voix est dure désormais. Ses yeux verts se plantent dans les miens, et je les fixe en tentant de ne pas me dérober. Je m'efforce de ne rien laisser paraître. Après tout, ne dit-on pas que les menteurs ne peuvent pas vous regarder droit dans les yeux ?

J'essaye de me dégager, mais il a une sacrée poigne.

— Quel punch ? De quoi est-ce que tu parles ? Lâche-moi !

Il ne me laisse pas partir.

— Tu ne te souviens pas que tu m'as donné un verre de punch ? On était assis à table. Tu m'as reproché de jouer avec Rennie. Et puis on a fait la paix, et on a trinqué. Tu ne te souviens de rien de tout ça ?

— Reeve, tu étais complètement bourré lors du bal !

Il plisse les yeux.

— Non, pas du tout. Ils m'ont fait un test de dépistage de drogues à l'hôpital. Il est revenu positif pour la MDMA.

— Je ne sais même pas ce que c'est, la MDMA !

— C'est l'ecstasy. Et tu le sais, parce que c'est toi qui l'as mise dans mon verre.

Je me force à avaler ma salive.

— Tu étais déjà bourré quand tu es arrivé chez Ashlin. Je t'ai vu boire avec les autres dans une flasque. Tu as picolé dans la limousine, et pendant le bal. Comment tu peux être si sûr que le verre que je t'ai soi-disant donné contenait de la MD je-ne-sais-quoi ? Évidemment, je connais des tas de dealers !

— Je sais où tu t'es procuré la drogue. (Les traits de Reeve se durcissent et il plisse les yeux.) Ces gars que tu as rencontrés sur la plage, crache-t-il, c'était des dealers ! Rennie m'a conduit jusque chez eux afin d'acheter de l'herbe pour notre partie de pêche. (Attendez. Reeve n'est pas au courant. Pas vraiment. Mais tout mon corps se fige malgré tout.) Oh, comme ça tu ne savais pas que le type avec qui tu t'es envoyée en l'air vendait de la came ?

La manière dont il le dit, dont il me regarde, avec un tel dédain, un tel dégoût, me rend malade.

Rennie lui a dit. Il sait tout. Une vague de chaleur me parcourt soudainement et je le gifle de toutes mes forces. Il titube en arrière, avec l'empreinte rouge de ma main sur la joue. Nous nous dévisageons. Il semble sous le choc; je dois avoir l'air abasourdie, parce que c'est ce que je ressens. Je suis paralysée.

— Je n'ai pas acheté de drogue à ces types. Tu ne sais absolument pas de quoi tu parles.

— Dans ce cas, explique-moi.

— Rennie ne t'a pas tout raconté?

À ce moment précis, je la hais comme je n'ai jamais haï personne de toute ma vie.

— Non. Elle ne m'a rien dit. Je l'ai vu de mes propres yeux. J'étais présent, cette nuit-là. À la fête.

— Je ne te crois pas.

— C'était dans une maison sur Shore Road. Une location pourrie gérée par mon père. J'y suis allé après la fête d'Alex. Je vous ai vues, toi et Ren, préparer des cocktails sur la table de la cuisine, puis monter à l'étage avec eux.

Je chancelle. Il était là. Il a tout vu.

Je commence à lui tourner le dos en serrant ma serviette autour de moi.

— Dans ce cas, tu sais déjà.

— Ouais, je sais que tu n'es pas la sainte-nitouche pour laquelle tout le monde te prend.

Il finit par baisser les yeux; je m'efforce tellement de ne pas pleurer et de ne pas m'enfuir que mon menton tremblote.

— Donc, tu sais aussi que j'étais tellement bourrée que je pouvais à peine tenir debout et que Rennie était dans la même pièce, avec l'autre mec. Je pense que j'ai dit d'arrêter, je crois vraiment que je l'ai fait, mais je n'en suis pas sûre.

Soudain, je me mets à pleurer, parce que je ne peux plus garder tout ça pour moi.

Reeve recule.

— Je… Je ne savais rien de tout ça.

Il lève le bras comme pour me toucher, mais je dois tressaillir, parce qu'il le laisse retomber.

C'était mon secret, le mien et celui de Rennie. Personne d'autre n'aurait dû savoir. Surtout pas lui. Mes sanglots redoublent, et mes larmes se mêlent à l'eau de la piscine qui goutte de mes cheveux.

— Je suis désolé, s'excuse Reeve. S'il te plaît, ne pleure pas.

Je m'effondre sur le banc. Il ne bouge pas d'un pouce ; il se contente de rester debout, l'air embarrassé.

— Dans ce cas, ne parle pas de choses dont tu n'es pas certain.

Je m'essuie les joues du coin de ma serviette.

— Tu as raison, convient-il rapidement. Je suis un gros con. Je n'aurais jamais dû évoquer le sujet. (Je pleure toujours ; maintenant que j'ai commencé, je ne peux plus m'arrêter. Les larmes coulent le long de mes joues, et je continue de les essuyer avec ma serviette.) Lillia… si j'avais su que tu étais aussi bourrée, je tiens à te dire que je ne t'aurais jamais laissée monter avec ce type. Je t'en aurais empêchée. (Il s'accroupit face à moi pour se retrouver à hauteur d'yeux et pose les mains sur mes genoux pour garder l'équilibre. Quand je me dérobe, il recule rapidement et appuie ses coudes sur ses cuisses.) S'il te plaît, arrête de pleurer, m'implore-t-il.

Je hoche la tête et prends une profonde inspiration. Bizarrement, je me sens soulagée de l'avoir dit à quelqu'un. De l'avoir exprimé à voix haute. Je me sens… un peu plus légère. Juste un petit peu plus. Mais c'est déjà ça.

Nous restons dans cette position pendant un long moment, me semble-t-il, puis il bouge et je vois que sa jambe le gêne.

— Ta jambe te fait mal ?

Ma voix résonne contre les murs ; on dirait que la pièce n'est plus habituée au bruit. Nous sommes restés silencieux pendant si longtemps.

— Pas du tout, réfute-t-il.

Je me lève et lui tends la main, qu'il accepte. Il étire sa jambe et la masse.

— Tu devrais te ménager un peu. Tu devrais écouter les médecins.

Reeve hausse les épaules, faisant onduler les muscles de son dos.

— Il faut que je me donne à fond si je veux avoir une bourse.

En reniflant, j'ajoute :

— Ton kiné ne t'a pas dit que trop d'efforts ne feraient qu'aggraver la situation ? Je suis sûre que si, si c'est un bon.

— Alors comme ça, tu es médecin, toi aussi ? plaisante Reeve avec un sourire discret. On dirait que nous avons un autre docteur Cho sur l'île.

Je commence à me sécher les cheveux avec ma serviette, puis m'assieds et ouvre mon sac pour y récupérer mon legging et mon sweat à capuche.

— Je déteste sortir dans le froid après la piscine. J'ai l'impression que je n'arriverai jamais à me réchauffer.

— Tu vois, c'est pour ça que tu devrais porter un bonnet de bain.

Je frissonne.

— Jamais de la vie. J'ai pas envie de ressembler à une tête d'œuf.

En secouant la tête, Reeve me lance :

— Princesse Lillia. Toujours aussi vaniteuse. (Toutefois, son ton est gentil, affectueux. Il s'assoit près de moi, mais pas trop.) Dans ce cas, on n'est pas obligés de partir tout de suite. On peut attendre que tes cheveux sèchent un peu plus.

Et c'est ce que nous faisons. Une fois de retour à ma voiture, j'envoie un SMS à Kat. Je ne lui explique pas précisément ce qui s'est passé, mais je lui dis que je progresse enfin.

XXV
KAT

Le jeudi, nous avons notre troisième réunion de préparation à l'université. Quelques élèves ont décroché, ce que je ne comprends vraiment pas. Ils sont bêtes, ou quoi ? Ça permet de louper quelques cours une semaine sur deux.

Alex est déjà arrivé ; il pianote sur son ordi. Alors que je me glisse derrière lui pour lui faire la peur de sa vie, je remarque le site qu'il est en train de consulter.

Celui de l'université de Californie du Sud.

C'est drôle. Je croyais qu'Alex ne s'était préinscrit qu'à deux universités : celle du Michigan en premier choix, et celle de Boston en solution de repli.

Il clique sur un menu déroulant affichant toutes les spécialités de première année et sélectionne le programme d'écriture musicale.

Avant que je puisse dire quoi que ce soit, Mme Chirazo s'avance vers nous. Alex ferme rapidement son ordinateur, comme s'il venait de se faire choper en train de mater un porno. Je tire la chaise voisine et m'assois.

— Bon, vous deux, j'ai lu les brouillons de vos lettres de motivation.

Elle pose deux feuilles sur la table, celle d'Alex et la mienne. Alex n'a pas beaucoup de corrections sur la sienne. Juste quelques coches au crayon rouge pour signifier que c'est bien. La mienne est couverte de gribouillis.

Mince. Je l'attrape brusquement pour qu'Alex ne la voie pas.

— Alex, j'adore le point de vue que tu as choisi. Je pense que tu as rédigé une bonne thèse sur le fait que les classes et les privilèges s'effacent sur un terrain de foot et que seul un travail acharné permet de réussir. Toutefois, je voudrais m'assurer que tu ne sois pas trop critique vis-à-vis de la situation financière de tes parents lorsque tu parles de ton expérience personnelle. J'espère que tu vas tempérer certains passages pour te montrer plus reconnaissant des possibilités qu'ils t'ont offertes.

Alex hoche la tête.

— Oui, bien sûr.

Je m'affale sur ma chaise. Selon moi, la lettre d'Alex était bien rédigée et concise, mais je vois précisément ce que Mme Chirazo veut dire. À certains moments, je l'ai trouvé un peu niais, notamment quand il a écrit *Je n'avais pas conscience de la richesse de ma famille et de la manière dont elle peut influencer l'image que les autres ont de moi.*

Franchement, mec. Ton 4x4 coûte plus cher qu'une année de scolarité à l'université d'Oberlin !

Mme Chirazo tourne la tête vers moi.

— À ton tour, Kat... J'ai été surprise par ta lettre.

Sans grand enthousiasme, je lui demande :

— Surprise dans le bon sens ?

Mais je sais déjà qu'elle l'a détestée.

J'ai raconté à quel point il est bizarre de grandir dans un endroit comme Jar Island. J'ai disserté sur la manière dont cela nous fait vivre dans une bulle. J'ai parlé de mon amitié avec Kim, de la façon dont la musique m'a ouverte sur l'extérieur. Du fait que je suis plus que prête à me barrer d'ici et à vivre ma vie. Pas en ces termes, évidemment, mais c'était quand même un réquisitoire contre cet endroit.

Ma lettre est le parfait contrepoint de celle d'Alex. C'est à mourir de rire, parce qu'au fond, on a plus ou moins écrit sur le même sujet. Et pourtant, on ne s'est pas concertés.

— J'ai trouvé la lettre de Kat vraiment bonne, déclare Alex. Jar Island est vraiment un endroit bizarre pour habiter, et ça devrait l'aider à se démarquer.

Que son âme bienveillante soit bénie.

Les lunettes de Mme Chirazo sont retenues par une chaîne autour de son cou. Elle les chausse et tend la main vers ma lettre.

— Je suis d'accord. Je ne dis pas que ta lettre n'est pas bonne, Kat. Elle l'est. Je n'ai jamais vu Jar Island de la manière dont tu la présentes. (Elle commence à tourner les pages en serrant les lèvres.) Mon principal problème, c'est qu'elle ne m'apprend pas grand-chose sur toi. Elle décrit surtout ce lieu. Garde à l'esprit que notre objectif, c'est d'aider le comité d'admission à comprendre qui tu es vraiment. (Elle pose la lettre sur la table et tourne sa chaise vers moi.) Est-ce que tu as envisagé de raconter que tu avais perdu ta mère très jeune ?

Je suis estomaquée. Elle a vraiment osé s'aventurer sur ce terrain ? Franchement, Mme Chirazo prend son pied à l'idée que ma mère soit morte. Elle saute sur la moindre occasion pour me le rappeler !

— J'y ai pensé, mais je me suis dit que c'était une mauvaise idée.

Je fais tout mon possible pour avoir l'air calme et masquer la rage que je ressens envers elle. C'est probablement ce qu'elle souhaite. Elle veut que je pète les plombs afin de me forcer à assister à d'autres séances de conseil avec elle.

— Est-ce que tu pourrais motiver cette décision ?

Piquée au vif, je lui lance d'un ton acerbe :

— Écoutez, j'ai des tas de raisons, mais je vais vous en donner une. Je ne veux pas utiliser la perte de ma mère pour que les gens me prennent en pitié. Sans compter que je ne suis certainement pas la seule lycéenne des États-Unis à avoir perdu un parent. Ce n'est pas aussi rare qu'on pourrait le penser. En plus, il y a des gamins dehors qui ont des problèmes bien pires que les miens, vous pouvez me croire. Par conséquent, je n'ai pas besoin d'en parler. Mes notes sont excellentes et je suis pratiquement sûre d'avoir cartonné au test d'évaluation la dernière fois.

— Ton dossier scolaire est très bon, Kat. Surtout dans ta situation.

En montrant les dents, je répète :

— Ma… situation ?

Soudain, je sens la main d'Alex sur mon genou, sous la table. Personne ne peut la voir. Il me serre doucement la jambe pour m'encourager, pour me dire de respirer un bon coup, de ne pas me laisser atteindre par tout ça, de ne pas exploser devant toute la salle.

Je me renfonce dans ma chaise et déclare :

— Très bien. J'y penserai. On verra.

— Je ne voudrais pas te contrarier, Kat, mais réfléchis-y. Tu peux écrire sur ta mère sans te servir d'elle.

Je pense qu'il serait bien de parler de cette épreuve et de la force que tu en as retirée.

Je me force à esquisser un sourire quand Mme Chirazo se lève, me donne une légère tape dans le dos et passe au groupe suivant.

Dans ma barbe, je m'adresse à Alex :

— Merci. Sans toi, je lui aurais mis mon poing dans la figure.

Sous la table, il me donne un petit coup de genou. Je me demande s'il va dire un truc pour me réconforter, s'il va me poser des questions sur ma mère ou s'il va tenter de me convaincre d'inclure ce passage dans ma lettre. Mais tout ce qu'il me dit, c'est :

— Y'a de bons groupes qui jouent ce week-end ?

Je m'apprête à lui annoncer que je vais à un concert avec Ricky pour voir si ça le rend jaloux, mais finalement, je change d'avis… Et si jamais Alex me posait la question parce qu'il veut sortir avec moi ?

Nous passons du bon temps ensemble, comme l'été dernier.

Je décide de feindre la timidité.

— Y'a un groupe jeudi que j'aimerais éventuellement voir. Tu as quelque chose de prévu ?

— Je vais à Boston avec Lillia. On part à la première heure demain matin. On va louper les cours pendant deux jours.

Oh. Peu importe.

— Merde, en fait, j'ai oublié que j'ai un rencard jeudi soir. Il fait partie d'un groupe. C'est le chanteur. Ils sont assez connus en Allemagne.

— Wouah, cool !

— Ouais, je sais. (Lillia ne m'a pas parlé de sa petite escapade avec Alex.) Pourquoi vous allez à Boston, tous les deux ?

— On a des entretiens préliminaires avec d'anciens élèves. (Il soupire.) C'est le gros sujet de dispute entre mon père et ma mère, ces derniers temps. Si mon père avait son mot à dire, je ne m'inscrirais qu'à l'université du Michigan. Mais ma mère a décidé que je devais au moins visiter mon deuxième choix. Entre nous, je pense surtout qu'elle a des envies de shopping.

O.K. Alors, comme ça, ce n'est pas un voyage en amoureux.

— Tu devrais probablement faire un tour à Berklee également.

— Pardon ?

— C'est la troisième meilleure école de musique du pays. Je crois qu'ils ont aussi une spécialisation en écriture musicale. (Le visage d'Alex se ferme, et je me sens soudainement coupable, comme si j'avais dit un truc que je n'aurais pas dû.) Désolée, j'ai lu par-dessus ton épaule.

Je me demande si Alex va essayer de nier. Ce qui serait bizarre. Je veux dire, c'est quoi le problème ?

— Je ne pense pas, répond-il calmement. On n'aura probablement pas le temps.

— Comment vous allez là-bas ? En voiture ? Pars un peu plus tôt, dans ce cas, ou reviens un peu plus tard. Peu importe.

Alex se penche vers moi et murmure, embarrassé :

— On va prendre un jet privé. Ça ne m'aurait pas dérangé de conduire, mais mon père n'est pas en ville et il trouve que ma mère est une horrible conductrice, alors il nous a conseillé d'y aller en avion. Il paye déjà pour ce service, ça ne va rien nous coûter de plus.

Un jet privé. Mon Dieu.

La sonnerie retentit.

— Dans ce cas, amusez-vous bien, tous les deux, dis-je en ramassant rapidement mes affaires.

Mais je ne le pense pas. Vraiment pas.

XXVI
LILLIA

On est jeudi, et les cours sont déjà terminés. J'ai fait mon petit tour dans la piscine et je révise mon cours d'histoire des États-Unis sur les gradins pendant que Reeve continue ses longueurs. Je me dis que comme ça, on pourra partir ensemble et je pourrais lui réserver un au revoir digne de ce nom. On ne peut pas flirter avec un garçon qui est sous l'eau lorsqu'on est bien au sec sur le bord.

Un bloc-notes est posé sur le sac de sport de Reeve. J'y jette un coup d'œil et reconnais immédiatement l'écriture tout en rondeur de Rennie. Elle planifie encore toutes les séances d'entraînement de Reeve. Je souris en mon for intérieur. Elle adorerait être ici avec lui. Mais elle n'y est pas. Moi, si.

Malgré tout, il est évident que Rennie ne sait rien de nos rendez-vous d'après les cours. Si c'était le cas, elle ferait vider la piscine.

J'imagine que Reeve ne lui a rien dit. À propos de moi.

Au bout d'une demi-heure environ, Reeve finit par sortir de l'eau.

— Je meurs de faim, dit-il en s'étirant et en chassant l'eau de ses oreilles. Des pancakes, ça te dirait ?

Mon cœur manque un battement. C'est la première fois qu'il me propose de sortir avec lui. Le progrès est réel. Depuis notre dispute, les choses sont un peu différentes.

D'un air détaché, je lève les yeux de mon cahier.

— Hum, je ne sais pas. Je suis loin d'avoir terminé mes leçons. Tu n'aurais pas une interro d'histoire vendredi, toi aussi ?

Je suis en histoire renforcée et lui non, mais je suis quasiment sûre qu'on a tous les deux une interro vendredi, à mon retour de Boston.

Reeve hausse les épaules.

— Ça fait deux jours que je ne suis pas allé en cours. Je fais deux séances de muscu quotidiennes. Maintenant que j'ai mon attelle de marche, je peux m'entraîner à courir. Comme ça, quand le doc me donnera le feu vert pour y aller à fond, j'aurai déjà pris de l'avance.

— T'es sérieux ? Dans ce cas, tu ferais mieux de te remettre à étudier, tu aurais même dû commencer hier !

— Je ne me fais pas de bile. J'ai une excellente mémoire, me confie-t-il. Tout est gravé là-dedans, fanfaronne-t-il en se tapant la tête.

— O.K., dans ce cas, en quelle année a eu lieu la révolte de Shays ?

— Euh… (Reeve se penche en avant et jette un coup d'œil au cahier sur mes genoux.) 1786.

Une goutte d'eau s'échappe de ses cheveux et tombe sur mon cours.

Je lui fais signe de reculer. Contrariée, je souffle sur la page et lui lance :

— Reeve, t'es en train de tremper mon cahier, là !

Il s'assoit près de moi.

— Allez, c'est chiant, ton truc. On y va. J'ai la dalle.

Je me laisserais bien tenter par des pancakes. On pourrait aller au *Greasy Spoon.* Ils les servent avec du vrai sirop d'érable là-bas. Mais cette interro compte pour beaucoup dans la note finale.

— Il faut que je finisse mes fiches. (Je fouille dans mon sac à dos et en sors une barre de céréales aux pépites de chocolat.) Mange ça en attendant, lui dis-je en la lui tendant et en retournant à mes révisions.

Brusquement, il me demande :

— Pourquoi tu es si sympa avec moi ?

Surprise, je lève les yeux. Sympa ? C'est juste une barre de céréales !

— Parce qu'on est amis.

— Amis ? se moque-t-il. Admets-le, Cho, tu ne m'as jamais apprécié.

Wouah.

Je veux dire, c'est plutôt vrai. Mais je ne pensais pas que Reeve l'avait remarqué, et encore moins que ça avait de l'importance pour lui. Je n'irais pas jusqu'à dire que je le détestais. Du moins, pas avant de rencontrer Mary.

Rapidement, j'essaye d'aligner quelques mots :

— Si, je t'appréciais !

En secouant la tête, je précise :

— Et je t'apprécie toujours. (Reeve ne semble pas convaincu. Sans réfléchir, je lui tends la main.) On est amis maintenant, pas vrai ? (Il redresse la tête et acquiesce.) Dans ce cas, serre-moi la main !

Il finit par s'exécuter, avant de me demander :

— Est-ce que ça veut dire que tu vas m'aider à réviser cette semaine, mon amie ? On se retrouve demain à la bibliothèque après la piscine ?

— Oh... Je ne peux pas. Je pars demain matin à Boston pour visiter une université.

— Toi aussi ? Skud m'a dit qu'il allait faire le tour de certaines écoles de Boston cette semaine.

J'hésite.

— Ouais... Il vient avec moi.

J'ajoute rapidement :

— Nos mères seront du voyage. Elles ont tout organisé. Je n'étais même pas au courant il y a une semaine. On va tous descendre dans notre appartement en ville.

Je ne sais pas pourquoi j'explique tout ça à Reeve. Ça ne le regarde pas, après tout. À en croire sa mine blasée, il s'en fiche pas mal.

— Amusez-vous bien, me dit-il en bâillant et en étirant les bras au-dessus de sa tête.

— J'y compte bien.

Je suis contrariée désormais, et je n'arrive pas à savoir pourquoi. Je referme mon cahier et le range dans ma sacoche.

— Je ferais mieux de rentrer pour préparer mes valises.

Il va probablement retrouver Rennie maintenant. Je ne sais même pas ce qu'il y a exactement entre ces deux-là. Je me demande s'ils ont clarifié leur relation. Bref.

— Tes cheveux sont encore mouillés, proteste Reeve.

— Ça va aller. Je vais courir jusqu'à ma voiture.

J'enfile mon sweat à capuche et serre ma serviette autour de ma taille.

D'un pas traînant, Reeve s'approche de moi et rabat ma capuche sur ma tête.

— Pourquoi partir si vite ? Tu as besoin de dix heures pour faire tes valises pour deux jours ?

— Trois jours, en fait. On ne reviendra que vendredi matin. En plus, ma mère a réservé dans des endroits chics, alors il faut que je réfléchisse à ce que je vais emporter. Et ces entretiens sont importants. Je dois me montrer sous mon meilleur jour.

— Ça donne envie, dit-il en levant les yeux au ciel. Vous allez assister à un ballet aussi ? Un opéra, peut-être ?

— Peut-être ! (Je serre les lèvres.) Et peut-être même qu'on ira à un match des Red Sox. Le copain de mon père a des places en loge !

Reeve éclate de rire. Il rit tellement fort qu'il ne peut plus parler.

Les mains sur les hanches, je lui demande :

— Quoi ? Qu'est-ce qu'il y a ?

— Lillia, Lillia, Lillia. La saison de baseball est terminée, ma grande. Vous ne risquez pas d'assister à un match des Red Sox ! (Il secoue la tête en se tenant les côtes.) Enfin bon, amusez-vous bien quand même, tous les deux.

J'ai envie de le pousser des gradins. C'est là que je m'en rends compte. C'est la deuxième fois qu'il me dit de m'amuser.

En langage de garçon, ça signifie : « Je suis jaloux. » Reeve est jaloux ! D'Alex. D'Alex et moi, ensemble.

Ça marche ! Mon plan fonctionne !

Je ramasse mon sac et lui propose :

— Alors, ces pancakes, on se les mange ou pas ?

— Je croyais que tu devais faire tes valises, me défie-t-il.

— Je peux bien trouver cinq minutes pour des pancakes.

En même temps, je lui lance un regard langoureux. Enfin, j'essaye.

Reeve se lève en s'étirant encore.

— Très bien. Ce que Princesse Lillia veut, elle l'obtient.

Mais je vois bien qu'il est content, parce qu'il pose les mains sur mes épaules et les serre délicatement.

XXVII
KAT

Le mercredi soir, je réfléchis encore à ce que Mme Chirazo m'a dit à propos de ma lettre de motivation. Peut-être que je suis bête. Je devrais faire tout ce qui est possible pour être admise à l'université d'Oberlin et obtenir une bonne aide financière. Les jets privés, ce n'est pas pour demain. Et je ne sais pas pourquoi, mais peu importe le nombre de bières que je bois, je n'arrête pas de penser à Alex et Lillia qui ont pris l'avion ensemble cette semaine.

À toutes les personnes présentes dans le garage, je propose :

— Et si on allait se faire un jacuzzi ? Qui m'accompagne ?

Ricky, Skeeter et deux autres gars regardent vers moi.

— Où ça ? demande Ricky.

J'éteins la radio.

— Je connais un endroit. Une belle demeure. Elle est complètement vide ce soir.

Ce serait dommage de ne pas profiter de la maison d'Alex.

— Mais il fait froid dehors ! se lamente Skeeter.

— C'est pour ça que je propose d'aller te réchauffer dans un jacuzzi, imbécile!

— Je n'ai pas envie de me faire arrêter, proteste Ricky.

Je m'avance vers lui et tire sur les liens de sa capuche.

— Personne ne va se faire arrêter. Puisque je te dis qu'il n'y a personne dans la maison. C'est celle d'un pote, et il n'a pas de voisins.

Ricky hausse les épaules.

— O.K., je te suis.

On est sept: moi, cinq garçons, et l'une de leurs petites amies qui me débecte tellement que je ne me suis jamais donné la peine d'apprendre son nom. Pat ne vient pas. Il prétexte qu'il veut continuer à bosser sur sa moto, mais je connais la vérité: il déteste les jacuzzis. Ça le dégoûte. La chaleur, les microbes, tous ces corps qui barbotent ensemble dans une grande baignoire... Toutefois, je tiens ma langue, principalement parce que je préfère éviter de leur couper l'envie.

C'est l'occasion rêvée. Ce soir, Ricky va enfin avoir ce qu'il veut. Ça fait des semaines qu'il me drague. En plus, un bon roulage de pelles ne me fera pas de mal. Je me fiche pas mal d'avoir école demain. Je n'ai pas embrassé de garçon depuis... Skud. J'hésite à appeler Mary pour l'inviter, mais je me ravise. La pauvre, ça pourrait l'effrayer de me voir à l'œuvre.

Nous jetons deux packs de bières dans un sac en plastique, enfourchons nos motos et filons chez Alex. Les lumières de la maison sont toutes allumées comme s'il y avait quelqu'un, mais je sais qu'elle est vide. Je dois traîner Ricky tout le long de l'allée.

— Tu es sûre de ce que tu fais? me demande-t-il en boucle.

J'ouvre une bière et prends une gorgée avant de la lui proposer. Je m'approche de son visage et lui dis:

— Oui, et tu le sais très bien.

J'aime flirter avec Ricky. Il est adorable. Il a deux ans de plus que moi, un an de moins que Pat. On était tous les deux au lycée de Jar Island à un moment, mais à cette époque, il sortait avec une autre fille. Sarah, peut-être ? J'ai oublié. Bref, il l'a larguée cet été, après qu'elle l'a trompée avec son prof. C'est le genre de truc louche qui se passe à la fac du coin, et c'est pour ça qu'il faut que je me barre d'ici.

Comme la grille est fermée à clé, nous devons monter sur la poubelle pour l'escalader. Dès que nous atterrissons de l'autre côté, les lumières du jardin s'allument automatiquement. Mon cœur se fige et j'attends que l'alarme se déclenche. Nous restons tous silencieux; elles finissent par s'éteindre.

D'une voix nonchalante, je leur lance :

— Vous voyez ? Tout va bien.

La piscine d'Alex est fermée pour la saison. Elle est à moitié vide et recouverte d'une bâche bien tendue. Eh merde. Je soulève la bâche du jacuzzi d'Alex, et Dieu merci, il est plein. C'est un modèle bien clinquant, avec des boutons qui permettent de changer la couleur de l'éclairage et une stéréo intégrée. Nous entrons tous à l'intérieur, mettons les jets en marche et il ne faut pas longtemps pour atteindre la température idéale. Ricky n'a pas de maillot de bain, alors il reste en caleçon. Avec son boxer noir, il est super sexy. Son corps est mince et musclé, on peut voir tous ses abdos, et il a une vilaine cicatrice, un souvenir du jour où il s'est fait opérer de l'appendicite.

J'ai enfilé mon bikini noir et un débardeur assorti. Je pousse la copine de Tim de mon chemin pour pouvoir m'asseoir à côté de Ricky.

— Cette baraque est démente ! s'extasie l'un des gars.

— Si seulement j'étais blindé, regrette Skeeter.

Ça me met en rogne, parce que la plupart de ces mecs n'auront jamais d'argent et ne connaîtront jamais la vie de ce côté de l'île. Sauf à devenir garçons de piscine. Ce qui est à la portée de certains.

Tim me questionne :

— Tu connais le type qui vit ici ?

— Ouais.

— T'es sortie avec lui ?

— Bien sûr que non.

Je mens, parce que je sais ce que mes amis pensent de ce type de personnes. Elles ne sont pas comme nous. Même si ça peut sembler raciste, sectaire ou autre, c'est la stricte vérité. Alex n'est pas comme moi. Après tout, il a pris un putain de jet privé pour aller visiter des écoles auxquelles ses parents feront probablement un don conséquent pour qu'il soit accepté. Je ne comprends même pas pourquoi il vient à l'atelier de rédaction avec moi. Il n'a pas besoin d'une bonne lettre de motivation alors qu'il peut leur proposer un chèque en blanc. Je termine ma bière et jette la canette vide dans le jardin, comme si je n'en avais rien à foutre. Je me rapproche de Ricky. L'espace d'une seconde, il passe son bras autour de moi, puis le retire.

Bizarre.

Mon estomac se noue. Est-ce que j'ai mal interprété les signes ? Est-ce que Ricky s'intéresse vraiment à moi ? Je ne suis pas sûre de pouvoir supporter un autre scénario façon Alex Kudjak. J'espère qu'il n'est pas simplement gentil et qu'il a réellement des vues sur moi. Mon ego n'est pas indestructible.

Je regarde de l'autre côté du jacuzzi. Tous les amis de mon frère nous épient.

Oh. O.K. Je viens de comprendre. Il veut être seul avec moi.

Soudain, je m'écrie :

— Eh merde !

Tout le monde se tait.

— Quoi ? murmure Ricky.

— J'ai entendu un truc.

Je sors de l'eau. La vache, il fait super froid dehors. De la vapeur monte de tout mon corps.

— Quoi donc ? J'ai rien entendu, moi !

Quel crétin. J'attrape Ricky par le bras.

— Viens vérifier avec moi.

Il m'adresse un regard implorant, puis jette un coup d'œil au reste de la troupe dans le jacuzzi. Tout le monde glousse et chuchote. Personne ne nous prête attention.

Je grogne :

— Magne-toi !

Je me gèle les fesses. Nous traversons le jardin et longeons le pool house. D'un seul coup, je me dis que ce serait génial d'embrasser Ricky juste en face de la chambre d'Alex. Je le pousse contre le mur et lui demande :

— Bon, on s'emballe ou pas ?

Mais ça ne sonne pas aussi sexy que je le voudrais, parce que je grelotte hyper fort.

Ses lèvres s'arrêtent à quelques millimètres des miennes.

— Kat, ils sont juste à côté.

Je pose les mains sur ses épaules et me colle tout contre lui, la poitrine serrée contre son torse. Au pire, ça va me réchauffer. Je murmure :

— Et alors, qu'est-ce que ça peut faire ?

Il fait si froid que je peux voir ma respiration. Je ferme les yeux et attends qu'il plante ses lèvres sur les miennes.

Rien.

Lorsque j'ouvre les yeux, Ricky me regarde avec un air de chien battu.

Je laisse mes bras retomber.

— Franchement, Ricky ! Tu me plantes pile à ce moment ?

Ma voix est beaucoup moins sexy. J'ai carrément les boules, et ça s'entend.

Je m'éloigne de lui en claquant si fort des dents que je n'entends rien d'autre. La dernière chose dont j'ai besoin, c'est de tomber sur un autre type sans couilles.

Ricky essaye de me forcer à le regarder.

— Kat, attends.

Je suis déjà partie et me dirige vers le jacuzzi. Mais au lieu d'entrer dans l'eau, j'attrape mes affaires sur une chaise longue du jardin.

— Eh, les flics sont passés en bagnole et ont braqué leurs torches dans le jardin. On ferait mieux de se tirer. Tout de suite.

Ricky revient et entend mon mensonge, mais ne dit rien. Tout le monde se bouscule pour sortir de l'eau et file pieds nus jusqu'à l'allée où nous avons garé les motos.

Je les suis, mais au dernier moment, je jette un coup d'œil par-dessus mon épaule et aperçois tout le bordel que nous avons laissé dans le jardin d'Alex. Des canettes de bière vides et des mégots de cigarettes.

— Tu viens ? m'appelle Ricky.

Je ne lui réponds pas, et il part sans plus attendre en me laissant en plan.

Je trouve un sac-poubelle dans l'une des bennes à ordures et commence à arpenter le jardin en me servant de la lumière de mon portable pour repérer les détritus dans la pelouse. Peu de temps après, la neige se met à tomber. Mon haut est complètement trempé ; je ne sais même pas comment je vais rentrer chez moi. Quelle vie de merde.

XXVIII
LILLIA

IL NEIGE DEHORS. Les minuscules flocons tiennent à peine, mais c'est beau à voir. J'ai toujours aimé Boston en hiver. On dirait que la ville sort tout droit d'un roman de Charles Dickens.

Nous attendons qu'une table se libère chez *Salt*, le restaurant préféré de ma mère, et le mien. Ils font la meilleure bisque de homard; le serveur la sert à table dans une soupière en argent. On avait réservé pour dix-neuf heures, mais Mme Kudjak a mis tellement de temps à se préparer qu'on a raté l'heure. Il est vingt heures désormais, et nous n'avons toujours pas dîné. J'ai l'impression que je vais tomber dans les pommes.

— C'est ridicule! s'offusque Mme Kudjak à voix haute pour que tout le monde l'entende.

Elle porte un manteau en renard et des bottes noires à talons aiguilles qui lui montent au-dessus du genou.

— On va pouvoir s'installer d'un moment à l'autre, dit ma mère. Je les vois débarrasser une table de quatre.

Même si elle a l'air aussi zen que d'habitude, ses lèvres rouge carmin sont pincées et je vois bien qu'elle est contrariée.

— Ça fait une demi-heure qu'on attend! proteste Mme Kudjak. Un mercredi, en plus!

— C'est un cinq étoiles, lui rappelle ma mère. On n'est pas sur l'île.

Mme Kudjak secoue la tête, et sa chevelure cuivrée balaye ses épaules.

— Je vais en toucher deux mots à l'hôtesse d'accueil.

— Celeste… l'implore ma mère.

Heureusement, l'hôtesse vient nous trouver pour nous dire que notre table est prête.

— Enfin, grommelle Mme Kudjak.

Alex et moi échangeons un regard.

C'est comme ça depuis que nous sommes arrivés à Boston. La tension est palpable. Par exemple, ma mère voulait passer avant le dîner chez le décorateur d'intérieur où elle travaillait, afin de saluer Bert et Cleve, ses amis qui me connaissent depuis que je suis bébé. Ils sont associés et parcourent le monde pour s'inspirer des tapis de Marrakech ou des mosaïques en céramique de Provence. Pour Noël, ils nous ont envoyé, à Nadia et moi, un cadeau adorable: des huiles essentielles de lavande, des bracelets en cristal et des pots d'argile de la Mer Morte.

Mais on n'y est pas allés, parce que Mme Kudjak a déclaré « Grace, il faut qu'on passe chez Hermès avant la fermeture; je voudrais que tu me donnes ton avis sur la table basse que j'ai repérée. » Alors on est passés chez Hermès à la place. Plusieurs fois, Alex a posé deux doigts sur sa tempe pour faire semblant de se tirer une balle dans la tête. Je me suis attardée près des bracelets en émail en espérant que ma mère le remarque et en ajoute un à ma liste de Noël. L'air de rien, j'en ai pointé un qui me plaisait, mais tout ce qu'elle a trouvé à me dire, c'est « Ne rêve pas, Lilli, tu n'as pas besoin d'un bracelet à six cents dollars. » Mme Kudjak a essayé de demander à la vendeuse de le passer sur sa note, mais ma mère a refusé catégoriquement, et Mme Kudjak a fait la grimace. Je me suis sentie coupable, parce que si j'avais su combien il coûtait, je n'aurais rien demandé, évidemment. Même si je dois avouer que le porter à l'école pour voir la tête de Rennie aurait bien valu la peine de dépenser six cents dollars.

Ensuite, alors que nous faisions le tour du campus de l'université de Boston, ma mère a voulu visiter la bibliothèque et le bâtiment dédié aux arts, mais Mme Kudjak n'arrêtait pas de se plaindre d'avoir mal aux pieds. Je savais ce que ma mère en pensait, parce que j'étais du même avis : à quoi bon porter des talons aiguilles de douze centimètres de haut pour visiter un campus ? C'est tout sauf pratique.

L'hôtesse nous place au fond du restaurant, sur une élégante banquette en cuir. Je m'assois près de ma mère, et Alex s'installe avec la sienne face à nous.

Mme Kudjak prend la carte des vins.

— Rouge ou blanc, très chère ? demande-t-elle à ma mère.

— Je prendrais bien un verre de sauvignon blanc, répond-elle en rabattant une mèche de cheveux derrière mon oreille.

Puis, elle m'annonce :

— Tu es bien jolie ce soir, chérie.

— Oh, Lillia est toujours à tomber, souligne Mme Kudjak. Mon Dieu, si seulement je pouvais encore porter une robe comme la sienne…

Je souris humblement en baissant les yeux. J'ai choisi ma tenue avec le plus grand soin. Sur Jar Island, ça n'a pas grande importance, mais les gens s'habillent mieux à Boston. Ils font plus attention. Je porte une robe pull gris chiné ajustée avec une ceinture en cuir blanc verni qui me marque la taille et une paire de bottines à semelles compensées que j'ai achetée pour le voyage. Je me suis frisé les cheveux et je les ai attachés en queue de cheval basse sur le côté. Lorsque je suis sortie de la salle de bain, Alex m'a dit que j'étais belle. Il portait un pull en cachemire bleu marine, mais après m'avoir vue, il s'est changé et a opté pour une chemise bleu clair et une cravate.

Lorsque le serveur s'approche, avant qu'il puisse dire un mot, Mme Kudjak déclare :

— On va prendre une bouteille de sauvignon blanc et une bouteille de Veuve Clicquot.

Ma mère semble inquiète. Ce n'est pas une grande buveuse.

— Celeste, je ne sais pas si…

— Vis un peu ! On va laisser les enfants siroter un peu de champagne. C'est moi qui offre.

Mme Kudjak me fait un clin d'œil, et Alex et moi haussons les épaules.

— Rien qu'une petite gorgée, me conseille ma mère.

Alex et moi buvons chacun un dé à coudre de champagne et nos mères finissent la bouteille. À chaque verre supplémentaire, elles se détendent un peu plus et la tension de la journée disparaît.

— À l'avenir ! s'exclame Mme Kudjak en portant un toast.

— À nos bébés ! renchérit ma mère en trinquant avec elle.

Mme Kudjak pose la main sur la tête d'Alex. D'une voix triste, elle demande :

— Où sont passés nos bébés ?

Je jure que tout le monde dans le restaurant nous regarde. C'est là qu'elles se mettent à raconter des histoires nous concernant. Ma mère se remémore la fois où elle m'a emmenée au zoo. J'avais tellement peur des animaux que quand elle m'a offert un tour à dos d'éléphant, j'ai complètement perdu les pédales et je lui ai fait pipi dessus.

— Sa robe était fichue après ça, conclut-elle en s'étranglant de rire. Elle était magnifique, blanche, avec un tablier en dentelle et des manches bouffantes. Je l'avais achetée à Paris quand elle était toute petite… On aurait dit un ange. Lilli, tu te souviens de cette robe ?

— Non. (Je croise les bras et la supplie d'une toute petite voix.) S'il te plaît, maman, arrête avec tes histoires.

— Oh, attends, j'en ai une bien bonne ! s'écrie Mme Kudjak.

Elle commence à nous expliquer à quel point elle a eu du mal à sevrer Alex. Pendant tout ce temps, Alex lui jette des regards furieux, comme s'il voulait l'arrêter en lui balançant son assiette de salade à la tête.

Tandis que nos mères se déchaînent, Alex me donne un coup de pied sous la table et articule « *Elles sont complètement bourrées.* »

Je lui réponds « *Je sais* ».

Nous échangeons un sourire complice et je me demande comment ce serait si nous étions ici tous les deux. Dans la même université, je veux dire. J'aurais l'impression d'avoir emporté un petit bout de chez moi.

La nuit suivante, Alex et moi traînons dans le salon de l'appartement familial de Boston. Une émission passe à la télé, mais nous ne la regardons pas vraiment. Je me dis que c'est parce que nous sommes crevés. Heureusement, on rentre demain. Même s'il faudra que je file directement à l'école.

Alex est assis en tailleur au milieu du canapé. Il porte un bas de jogging et un tee-shirt du concours interlycées du printemps dernier, où nous avons perdu le championnat à cause de deux questions débiles. Vêtue d'un legging et d'un sweat ample, je suis allongée sur le côté dans le fauteuil en cuir préféré de mon père, emmitouflée dans l'un des jetés en cachemire douillets dont ma mère raffole. Elle en a acheté au moins une dizaine, tous de couleur crème.

Nous feuilletons les brochures universitaires en papier glacé que nous avons récupérées lors de nos visites du jour et rions en découvrant les photos manifestement mises en scène. Nous avons visité l'université Tufts le matin, et celle de Boston l'après-midi. Ensuite, nous nous sommes séparés, parce qu'Alex devait acheter un costume et que je voulais découvrir Wellesley, l'école de filles.

— À ton tour, Lil, me dit Alex en serrant les lèvres pour étouffer un rire. Dis-moi ce qui ne va pas sur cette photo.

Il me tend le dépliant et me montre une photo pleine page d'un étudiant en blouse et lunettes de protection qui brandit fièrement un bécher vide.

J'éclate de rire :

— Oh, mon Dieu, ils ne se sont même pas donné la peine de mettre quelque chose dans son bécher ! Ils n'ont pas d'accessoiriste et de directeur artistique, ou quoi ?

Alex se met à rire si fort qu'il ne peut plus respirer.

— C'est comme si on lui disait « Mon vieux, je ne vois pas ce qui te fait sourire. Tu vas foirer ton expérience si tu ne mets rien dans ce bécher. » (Il secoue la tête, puis repose la brochure sur la table basse avec les autres.) Tu me files un gâteau ?

Je lui jette un paquet de cookies entier, parce qu'il n'en reste plus que cinq dans le mien. Le prospectus posé sur mes genoux présente des photos d'étudiants dans leur chambre. Sur l'une d'elles, quatre filles sourient, assises sur des lits superposés dans une pièce qui semble à peine plus grande qu'une cellule de prison.

— Je ne sais pas comment je vais pouvoir vivre en cité universitaire. Ma salle de bain est plus grande que la chambre que nous avons vue aujourd'hui.

J'avale une dernière gorgée de lait et rejette ma couverture.

— Tu veux boire quelque chose ?

Alex hoche la tête.

— Un verre d'eau, s'il te plaît. Tu vas probablement rejoindre une confrérie étudiante, tu ne crois pas ?

Je hausse les épaules.

— Peut-être. Tout dépend d'où j'atterris. Et toi ? Tu penses être accepté dans une fraternité ?

— J'en sais rien. À mon avis, la plupart de ces gars sont accros à la gonflette et n'ont rien dans le ciboulot. (Il me regarde me lever.) Tu pourrais peut-être habiter ici ? Cet appart est génial, Lil.

— Chuuut ! (Du menton, je désigne le couloir sur lequel donnent les chambres. Ma mère dort dans la chambre principale, Mme Kudjak dans la chambre d'amis.) Maman flippe déjà à l'idée de me laisser partir, et mon père adorerait me garder sous clé ici avec lui.

Alex attrape la télécommande et choisit une chaîne de sports.

— Ça m'étonnerait que quoi que ce soit réveille nos mères cette nuit.

Il a probablement raison. Elles ont débouché une bouteille de vin rouge une fois rentrées à l'appartement. Au cours des deux derniers jours, elles ont probablement consommé plus d'alcool que les première année que nous avons rencontrés dans les chambres de la cité U. Leurs verres sont toujours sur la table, à moitié pleins, et portent des traces de rouge à lèvres de deux couleurs différentes. Je les dépose dans le lave-vaisselle, vide le fond de la bouteille, puis la jette dans la poubelle de recyclage. J'espère que mon père ne va pas en vouloir à ma mère de l'avoir ouverte. Toute l'étiquette est en français. Il garde ses meilleures bouteilles de vin et de champagne ici.

En allant à l'université Tufts ce matin, j'ai bien vu que la mère d'Alex tapait sur les nerfs de la mienne. Les yeux rivés sur le GPS de son téléphone, Mme Kudjak essayait de nous faire éviter les bouchons, alors que ma mère connaît Boston comme sa poche et avait évidemment pris le meilleur itinéraire pour traverser la ville. Maman avait choisi de partir tôt pour pouvoir se garer près du campus et marcher jusqu'au bâtiment des admissions, mais Mme Kudjak n'arrêtait pas de dire que les places où ma mère essayait de se garer étaient trop justes pour notre 4x4. Nous étions presque en retard, alors Maman s'est adressée au voiturier d'un restaurant tout proche et lui a filé un gros pourboire, car nous ne voulions pas manger sur place.

Je dois m'y prendre à plusieurs fois pour retrouver dans quel meuble de la cuisine sont les verres. J'en remplis deux avec de l'eau. Ça fait plus d'un an que je ne suis pas venue à l'appart, mais Papa y vit en permanence parce qu'il travaille à l'hôpital. Nous avons une femme de ménage, et une personne chargée de faire les courses, comme ça, il n'a à se soucier de rien. Il ne manquerait plus qu'il soit obligé d'aller au supermarché pour acheter une brique de lait.

Lorsque je reviens dans le salon, Alex contemple la ville depuis la fenêtre. Je pose nos verres et le rejoins. Il neige à nouveau.

— La vue est sympa, dis-je en me penchant pour m'appuyer le front contre la vitre.

Nous sommes au vingt-neuvième étage d'un immense building et on voit tout d'ici. Il reste encore deux semaines avant Thanksgiving, mais beaucoup de voisins ont déjà accroché des guirlandes lumineuses sur leurs toits ou leurs balcons. En bas, dans le parc, tous les arbres ont perdu leurs feuilles, et leurs frêles silhouettes se détachent sur le ciel noir d'encre constellé de flocons blancs. Les passants ressemblent à de minuscules fourmis.

Alex se retourne vers moi avec un grand sourire.

— Tu veux aller te promener ? Je ne suis pas fatigué.

— Maintenant ? (Il est plus de minuit et je suis déjà en pyjama.) Mais on a école demain !

En plus, j'ai mal aux pieds à force de marcher. J'ai deux ampoules, une sur chaque petit orteil. Je ne voulais pas porter de talons, mais ma mère a insisté, parce que j'allais à un entretien. Et tandis que nous nous baladions sur le campus de Wellesley, elle s'est penchée vers moi pour me murmurer « Ne fais jamais ça, Lillia » en désignant un groupe de filles qui se rendaient à leurs cours en pantalon de pyjama et en pantoufles. J'ai levé les yeux au ciel. Comme si j'allais faire un truc pareil un jour…

— Allez, Lil ! Partons à l'aventure sans nos chaperons. Ce voyage était censé préparer notre avenir, mais ça faisait longtemps qu'on ne m'avait pas autant traité comme un gamin.

Je ris. Je vois très bien ce qu'il veut dire. Nos mères ont été tout le temps sur notre dos aujourd'hui. Elles ont posé deux fois plus de questions que nous pendant les visites. Maman a choisi tous les restaurants où nous sommes allés, même si ça m'était égal. J'aime les gnocchis faits maison de chez *Sorrento*. De temps en temps, je demande à Papa de m'en rapporter quand il prend le jet privé de l'hôpital, mais ils ne sont jamais aussi bons que lorsqu'ils sont ultra-frais. En plus, Mme Kudjak n'a pas arrêté de remettre en place la cravate et les cheveux d'Alex.

Je m'apprête à avouer à Alex que je ne me suis jamais promenée seule dans Boston, et encore moins la nuit. Mais comme il a l'air hyper enthousiaste et que je ne suis pas vraiment fatiguée non plus, surtout après toutes les sucreries que nous avons englouties, j'accepte.

Sur la pointe des pieds, je me faufile dans ma chambre et échange mon legging contre un jean. Je colle un pansement sur mes petits orteils et enfile une paire de bottes. Avant de franchir la porte, j'attrape mon téléphone et remarque que j'ai reçu un SMS de Reeve.

Alors, t'es allée à l'opéra ou au spa avec Skud ?

Je laisse échapper un rire en m'imaginant au spa avec Alex, en train de nous faire manucurer en peignoirs assortis. Je lui réponds.

Au spa, évidemment !

Lorsque je sors de ma chambre, Alex a nettoyé notre bazar dans le salon. Il se change dans le coin où il a posé son sac rempli de vêtements. Il porte un jean, lui aussi, et est en train de chausser une paire de baskets, mais il n'a pas encore mis sa chemise. Je peux distinguer tous les muscles de ses épaules et de ses bras. Je me retourne en faisant mine de ne pas le voir et lui laisse quelques secondes d'intimité.

Nous traversons le couloir et approchons de l'entrée sans faire le moindre bruit. Alex me fait signe de me taire lorsque je tourne le verrou et ouvre doucement la porte. Dès que nous sommes dans l'ascenseur, j'expire profondément. Nous passons ensemble devant le gardien et sortons dans la rue. Alex me tape dans la main.

Boston est encore plus belle la nuit. C'est une vieille ville qui a beaucoup de charme, avec ses réverbères à gaz et ses enseignes en bois.

— J'aime cette ville, me confie Alex. Il y a tellement de choses à voir et à faire ici. Je vais sûrement mourir d'ennui dans le Michigan.

— Tu crois que tu vas aller là-bas, finalement ?

Alex hausse les épaules.

— Mon père a fait un énorme don à l'université. En plus, son meilleur ami de fraternité est membre du conseil d'administration. Je pense que je ne vais pas y couper.

— Tu t'en tireras comme un chef.

Parce qu'Alex est comme ça.

Comme notre appart n'est pas très éloigné de Harvard Square, nous décidons de nous y rendre. Au début, j'ai un peu peur, parce qu'il y a plein de monde dehors et que la rue que nous prenons est bordée d'allées très sombres. Je reste tout près d'Alex, un bras passé sous le sien. Mais plus nous nous approchons du campus, plus nous croisons de jeunes. La neige n'a pas l'air de les déranger, pas plus que le fait qu'il y a classe demain. Nous suivons le mouvement jusqu'à une rue où se trouvent de nombreux bars.

Alex me prend la main afin que nous ne nous perdions pas dans la foule.

— Ils devraient ajouter cette rue à la visite, remarque Alex en riant.

Je m'apprête à lui répondre quand un groupe d'étudiants bourrés sort d'un bar en titubant. Une peur indicible me submerge et me donne la nausée. Je me fige. Pendant une seconde, je crois l'apercevoir. Mike. Puis, le gars se retourne, et en fin de compte, ce n'est pas lui.

— Ça va ? me demande Alex en me serrant délicatement la main.

Mon cœur bat si fort dans mes oreilles que je l'entends à peine.

Et si je m'étais vraiment retrouvée face à Mike ? Se serait-il souvenu de moi ? Se serait-il excusé pour… ce qui est arrivé ? Ou pense-t-il que ce n'était rien ? C'est probablement le cas. Il ne se souvient probablement pas de moi.

Je me sens tellement oppressée que j'ai du mal à respirer. Amherst est à plusieurs heures de Boston. C'est ce que je me dis pour me calmer. Mais ils pourraient très bien être ici. L'idée n'est pas insensée ; elle est même plausible. Je parie que des tas d'étudiants viennent à Boston pour faire la fête.

Peut-être que je n'ai pas envie de venir étudier à Boston. Peut-être que je vais m'inscrire dans une université de la côte ouest. Pourquoi pas Berkeley ou l'université de Los Angeles ? Je suis prête à partir aussi loin que nécessaire pour ne plus jamais revoir son visage.

Finalement, je commence à comprendre ce que Mary a enduré pendant toutes ces années. Pourquoi elle est partie, pourquoi elle est revenue. Elle a besoin de tourner la page. Moi, je ne le pourrai jamais, mais je peux l'aider à y parvenir.

— Tu es sûre que ça va ? me demande à nouveau Alex.

J'acquiesce.

— On continue de marcher, tu veux bien ?

Je hâte résolument le pas, mais Alex parvient sans problème à rester à ma hauteur.

UNE FOIS DE retour dans ma chambre, je consulte mon téléphone et tombe sur un nouveau message de Reeve.

Qu'est-ce que vous faites, en vrai ? Vous vous ennuyez à mourir ?

Je lui réponds.

On revient juste d'une balade sous la neige. Tout est si beau ici !

Et voilà. Je n'ai plus qu'à le laisser mariner un peu.

XXIX
KAT

Le vendredi, je suis censée m'entraîner à rédiger mon CV avec Alex, ce qui est débile, parce que les facs n'en demandent même pas pour les candidatures. Mais Mme Chirazo n'arrête pas de dire que dans « le monde réel », on en aura besoin, et qu'il est donc utile de s'exercer.

Mais je commence à flipper, parce que pour la partie extrascolaire, mon CV est plutôt maigre. Je n'ai pas grand-chose de plus à indiquer que mon nom et ma moyenne générale. Oh, et mon job d'été à la marina. Je me dépêche de l'ajouter. Je jette un coup d'œil furtif à la feuille d'Alex, et il a déjà consigné plein de trucs : un stage dans la boîte de son père, le concours inter-lycées, du bénévolat dans un refuge pour animaux à Boston, et sa participation à la chorale.

Je pose la tête sur mon cahier et ferme les yeux. Je n'ai toujours pas modifié ma lettre de motivation pour y inclure un passage sur ma mère. Je sais que Mme Chirazo m'en veut pour ça. Elle n'a même pas eu l'air emballée quand je lui ai annoncé que je pensais avoir bien réussi mon nouveau test d'évaluation il y a quelques semaines. J'espère bien dépasser les mille neuf cents points, par la grâce de Dieu. Comme ça, j'en aurai un peu plus qu'il n'en faut pour être admise à l'université d'Oberlin. Mais ce truc, ce CV de merde, c'est un vrai problème qui va me donner du boulot.

Lorsque Mme Chirazo sort de la pièce pour répondre au téléphone, je me penche vers Alex et lui demande :

— Eh, c'était comment, Boston ? Tu as pu visiter Berklee ?

Alex lève les yeux de sa feuille.

— Nan. Je n'ai pas eu l'occasion d'y aller. Notre planning était hyper serré.

— Franchement Alex, t'es con ou quoi ? Tu aurais au moins pu y faire un saut !

— Je n'en ai pas vu l'intérêt.

— Pourquoi donc ?

Alex se renfonce dans sa chaise et tapote sur la table avec son stylo.

— Si je devais m'inscrire à des cours de musique, je choisirais l'université de Californie du Sud. Après tout, c'est à Los Angeles que tout se joue dans ce domaine. En plus, ils sont plus orientés vers la musique contemporaine que la classique, et c'est ce qui m'intéresse. (Il secoue la tête.) Bref, peu importe, parce que je ne vais m'inscrire dans aucune école de musique.

— Mais tu aimes la musique, pourtant.

— Bien sûr, mais comme ma mère dit tout le temps, ce n'est pas parce qu'on est diplômé d'une école de musique qu'on est assuré de signer un contrat pour un disque. En faisant des études commerciales, je serai à l'abri. Et je pourrai toujours prendre des cours de musique à côté.

Je le regarde de travers.

— Des études commerciales ? Depuis quand tu t'intéresses au commerce ?

— Je dois réfléchir à long terme, Kat. En plus, avec les contacts de mon père, je pourrai…

— Mais ce que tu veux, c'est composer. Évidemment, rien n'est garanti, mais c'est ce qui est génial, tu ne trouves pas ? Le fait que rien ne soit gagné d'avance !

Je jette un coup d'œil autour de moi. Tout le monde me regarde, sûrement parce que j'ai élevé la voix. Je baisse d'un ton et ajoute :

— Il faut que tu te donnes à fond, parce que tu adores la musique. Les autres, tu les emmerdes, parce que tu ne renonceras pas, peu importe ce qu'il en coûte.

C'est vraiment ce qu'Alex veut. J'en suis sûre, parce qu'il ne répond pas du tac au tac. Il semble réfléchir un instant. Puis, il fronce les sourcils et me confie :

— Tu sais, même si j'étais admis, ça m'étonnerait que mes parents payent mes frais de scolarité. Ils ont d'autres ambitions pour moi qu'une vie d'artiste crève-la-faim. Mon père parle toujours de me faire entrer dans sa boîte une fois que j'aurai mon diplôme.

— Alex, même si ça me gêne de te le dire, tu es plein aux as. Tu auras de l'argent, quoi qu'il arrive. Tu as déjà un filet de sécurité ! Tes parents ne te laisseront pas à la rue. Postule à l'université de Californie du Sud. Qu'est-ce que tu risques ? Si ça se trouve, tu ne seras même pas pris. J'en sais rien. Peut-être que t'es nul. Je n'ai jamais entendu ce que tu écris. (Je lui donne un coup de coude qui le fait rigoler.) Arrête de faire des chichis et tente ta chance. Qu'est-ce que tu as à perdre ? Au pire, ils te refusent, et c'est tout. Dans ce cas, tu rentres dans le rang et tu poses ta candidature à l'école de commerce pour faire plaisir à papa. Mais tu ne sauras jamais si tu n'essayes pas.

— J'imagine.

J'ai envie de lui confier que l'université d'Oberlin a un conservatoire vraiment génial, mais je me ravise. Ma vie est déjà assez compliquée. Je pose une main sur son dos.

— Allez, vas-y, fonce ! La Californie ou rien !

— Peut-être que je vais réfléchir à Berklee, dit-il en se grattant la tête. Au moins, si je fais mes études à Boston, je serai avec Lillia.

Je ressens un pincement au cœur.

— Mec, tu as dit que l'université de Californie du Sud est l'école qu'il te faut. Ne te rabats pas sur une autre à cause d'une fille.

Alex semble surpris.

— Quoi ? Ce n'est pas ce que j'ai dit.

— Ah bon ?

— Non ! Putain, Kat, parle moins fort. J'aime Boston, et on... on a juste passé de bons moments ensemble. C'est tout.

— Donc, tous les deux, vous êtes juste amis. Comme toi et moi.

Il incline la tête et me regarde droit dans les yeux.

— Je ne suis jamais sorti avec Lillia.

Je me radosse à ma chaise, satisfaite.

— Envoie ta candidature à l'université de Californie du Sud, Alex. Il faut que tu commences à faire ce que tu veux vraiment.

Mme Chirazo revient et m'adresse un regard d'avertissement, comme si elle savait que j'avais glandé en son absence. Bien sûr, Alex n'est pas visé, parce qu'elle le prend pour un ange tombé du ciel.

XXX
MARY

LE VENDREDI, JE traîne un peu après l'école pour aller à un cours d'espagnol de soutien organisé par *señor* Tremont avant les vacances de Noël. J'arrive la première et me demande pendant une seconde si j'ai bien noté la date, mais ensuite, dix autres élèves entrent et s'assoient à leur place habituelle. Ce sont ceux que je m'attendais à voir, ceux qui ne parlent jamais en classe. Comme moi. Nous sommes tous passés maîtres dans l'art de baisser les yeux sur nos bureaux quand *señor* Tremont demande des volontaires pour discuter avec lui.

L'unique absent est *señor* Tremont lui-même.

Dix minutes s'écoulent, puis quinze. Les couloirs sont vides et silencieux; le seul bruit qui nous provient est celui de l'extérieur. J'ouvre mon sac, mon livre d'espagnol et révise le cours de la journée. Mais les autres élèves sont bien moins patients que moi. Au bout de vingt minutes, l'un d'eux se lève en faisant tout un cirque.

— C'est quoi, ce bordel ? lance-t-il.

D'autres semblent également prêts à partir.

Mais *señor* Tremont se précipite dans la classe, son portable à la main. D'une voix surexcitée, il crie « *¡Mi esposa está teniendo un bebé !* », avec un débit encore supérieur à celui des dialogues des soaps espagnols qu'il nous diffuse le vendredi.

Perplexes, les étudiants se regardent, parce qu'ils n'ont pas la moindre idée de ce qu'il vient de dire. Aurait-il oublié qu'il s'agit d'un cours de soutien ? Son rire redouble et il nous traduit ses propos.

— Ma femme est en train d'accoucher !

Face à cette bonne nouvelle, la contrariété des élèves laisse place à la joie. Tout le monde applaudit et le félicite tandis qu'il fourre ses papiers dans son attaché-case et sort en courant de la salle. Les larmes me montent aux yeux, et je ne sais même pas pourquoi. Peut-être parce que je sens que *señor* Tremont sera un bon père. Ou peut-être parce que mes parents me manquent. Un peu des deux, probablement.

En sortant de la classe, j'aperçois Lillia à l'autre bout du couloir. Je la reconnais à ses cheveux. Personne dans notre école n'a une chevelure aussi longue et soyeuse que Lillia Cho.

J'ouvre la bouche pour l'appeler, puis je change d'avis. Elle est sûrement en route pour la piscine afin de nager avec Reeve. Je reste en arrière, mais sans la quitter des yeux. Puis, je la suis pour m'en assurer.

Lillia remonte l'allée enneigée qui mène à la piscine. Elle n'utilise pas la porte latérale que nous empruntions, elle, Mary et moi, lorsque nous nous retrouvions pour préparer nos plans de vengeance, pendant les travaux de rénovation. Au lieu de cela, elle longe le trottoir qui mène aux doubles portes de l'entrée principale. Quand je les atteins, Lillia tourne à gauche dans le vestiaire des filles.

Je ferais mieux de rentrer. Je le sais. Seulement, quelque chose m'attire dans le bâtiment. À de nombreuses reprises déjà, j'ai eu envie d'entrer en douce dans la piscine pour les épier, mais jusqu'ici, j'ai toujours réussi à m'en dissuader. Peut-être parce que Lillia m'en a déjà beaucoup dit sur ce qui se passe entre Reeve et elle lorsqu'ils nagent. Elle est heureuse de me donner des détails, et je suis contente de l'écouter.

Mais soudain, j'ai besoin de le constater de mes propres yeux. De les voir ensemble. Pendant qu'elle se change, je me hâte dans le couloir jusqu'au bassin. La rénovation est terminée et l'endroit est magnifique. Ils ont installé le plongeoir et peint une grande mouette sur le mur opposé. Tout le plafond est en verre, et la lumière entre à flots. Elle se reflète sur l'eau d'un bleu pur.

Sur le côté, près du plongeoir, se trouve le placard dans lequel Lillia, Kat et moi nous sommes cachées un jour pour échapper à un ouvrier. J'aimerais pouvoir m'y faufiler, mais c'est impossible. Reeve est dans le petit bain, il s'échauffe en levant les genoux contre la poitrine. Il me verrait à coup sûr.

Je regarde dans l'autre direction et aperçois une rangée de gradins métalliques vissée au mur sur presque toute la longueur de la piscine. Rapidement, je m'accroupis en dessous. Heureusement pour moi, quelqu'un y a glissé une pile de planches bleues qui m'offre une bonne couverture, à condition de rester à genoux.

Parfait.

Pendant quelques minutes, j'ai la possibilité d'observer Reeve seul. Il travaille dur, et même s'il a perdu un peu de muscle par rapport au début de la saison de foot, j'aime encore mieux son corps actuel. Il est moins massif, plus élancé.

Après avoir terminé sa série d'exercices, Reeve nage vers l'entrée et jette un coup d'œil dans le couloir qui mène aux vestiaires. Il l'attend.

Puis, Lillia entre dans la piscine. Elle a troqué ses vêtements d'école contre un maillot noir une pièce. C'est vraiment pas le genre de truc dans lequel elle aimerait être vue à la plage, mais il lui va tout de même bien. Si j'ignorais qu'elle ne savait pas nager, je l'aurais prise pour un maître-nageur. Elle s'assoit au bord des gradins, juste en face de ma cachette, et enfile un bonnet de bain blanc sur ses cheveux.

— Salut, Cho ! lui lance Reeve. T'es en retard !

Lillia ne répond pas. Alors qu'elle a une échelle à proximité, elle s'avance jusqu'au petit bain pour entrer dans l'eau. Elle est peureuse et réagit comme si elle était glacée.

Dès que Lillia est dans l'eau, Reeve abandonne ses exercices et commence à lui donner un cours. Il l'aide à s'entraîner à flotter, les mains sous son dos. Il la fait travailler ses mouvements de bras. Il observe attentivement chacun de ses gestes, comme un coach. Il la corrige à de nombreuses reprises, ce qui semble vraiment agacer Lil, mais quand elle ne peut pas le voir, il hoche la tête et sourit comme si elle assurait parfaitement.

Pendant un moment, je ferme les yeux et repense au jour où Reeve m'a poussée dans l'eau. Est-ce que ça serait arrivé si les autres élèves n'avaient pas été là ? Je parie que non. Je parie qu'on aurait pris le ferry ensemble, comme d'habitude. Je sens les larmes monter et je les laisse couler.

Lorsque j'ouvre à nouveau les yeux, Reeve est sorti du bassin et se sèche juste à côté de moi. De si près, je peux voir qu'il a gardé quelques cicatrices après le bal, là où le verre l'a entaillé. À ces endroits, la peau est plus rose qu'ailleurs. Rose, pâle, presque translucide.

J'essuie mes larmes d'un revers de manche.

— Je vais me changer, Cho. Si tu prenais une planche pour faire quelques longueurs dans le grand bain ?

Reeve s'éloigne et Lillia s'apprête à faire ce qu'il vient de dire. Mais lorsqu'elle s'approche pour récupérer une planche, elle me voit et manque de hurler.

Je murmure :

— Je suis désolée !

— Mary ! (Elle jette un coup d'œil par-dessus ses deux épaules.) Qu'est-ce que tu fiches ici ? (Puis, elle trouve apparemment la réponse par elle-même. Soudain, elle semble joyeuse.) Tu m'as regardée pendant tout ce temps ? Tu as compté le nombre de fois où il a essayé de me toucher ? Notre plan marche du feu de Dieu !

D'une petite voix, je lui réponds :

— Ouais, ça roule.

— En plus, ajoute-t-elle, je me suis beaucoup améliorée dans l'eau. Je pense que je vais vraiment passer le test. (Elle frissonne, et des gouttes d'eau volent autour d'elle.) Tout le monde y gagne !

Je cligne des yeux plusieurs fois. Heureusement, Lillia n'a pas conscience de toutes les choses que je ressens pour Reeve, tout au fond de moi. Je veux que personne ne le sache. Jamais.

Rapidement, je chuchote :

— C'est génial, Lil. Je suis ravie que tu y trouves ton compte, toi aussi.

Mais je ne suis pas sûre que Lillia m'entende. Elle détourne le regard en direction du couloir.

— Eh merde.

Elle attrape une planche en haut de la pile et saute maladroitement dans la piscine.

Reeve entre quelques secondes plus tard, entièrement habillé.

— Tu triches dans mon dos, Cho ?

— Non. C'est juste que… je n'aime pas aller où je n'ai pas pied quand je suis seule.

Reeve s'accroupit au bord du bassin, non sans effort. Je vois bien que sa jambe est raide et douloureuse après les exercices. En plus, il a remis son attelle de marche.

— Ne t'inquiète pas. Je suis là.

Puis il ajoute sur un ton blagueur :

— Pour la peine, tu me feras une longueur de plus.

Lillia se sert de sa planche pour progresser jusqu'à l'autre bout du bassin. Reeve marche à côté d'elle tout du long. Sa jambe va mieux. Elle s'est renforcée.

Dès que l'occasion se présente, je sors en courant de la piscine et rentre chez moi. En ce moment, c'est moi qui perds pieds et qui coule.

XXXI
LILLIA

PENDANT QUE JE me sèche, Reeve sort sur le parking et démarre ma voiture afin qu'elle soit bien chauffée pour moi. Je n'ai même pas besoin de le lui demander, ce qui est bon signe.

Je ramasse mes affaires et le rejoins. Je scrute les alentours à la recherche de Mary, mais je ne la vois nulle part.

Reeve s'est emparé de la raclette et a gratté le givre sur mon pare-brise. Il a également démarré et dégivré sa camionnette qui est garée juste à côté, mais c'est dans ma voiture qu'il m'attend en écoutant la radio, assis sur le siège conducteur.

Je ravale mon sourire et saute sur le siège passager.

— Me voilà ! Merci de l'avoir démarrée, lui dis-je en orientant la ventilation vers moi.

— Pas de souci.

Comme il ne semble pas chercher à sortir, je reste immobile. Brusquement, il me demande :

— Au fait, tu ne m'as jamais raconté comment ça s'est passé à Boston.

— Oh, à merveille. Mon entretien avec l'ancienne élève de Wellesley s'est très bien déroulé. Elle venait souvent à Jar Island quand elle était petite, du coup ça nous a fait un point commun.

— Cool. (Du bout des doigts, il martèle le volant.) Alors, est-ce que Skud a enfin eu le courage de passer à la vitesse supérieure avec toi ?

J'ouvre de grands yeux. Je veux dire, O.K., on s'est pris par la main. Mais on était loin d'une vraie tentative de rapprochement. Pourtant, je ne compte pas l'avouer à Reeve. Je préfère qu'il pense qu'Alex est vraiment passé à l'attaque.

— Pourquoi ? T'es jaloux ?

Reeve regarde par la vitre.

— Pfff, est-ce que Skud est jaloux de nos séances de natation ? me contre-t-il.

Je me force à déglutir.

— Il n'est pas au courant.

J'ai envie de lui dire «*S'il te plaît, garde-le pour toi*», mais je ne peux pas faire ça. À la place, je réfléchis rapidement et lui retourne la question :

— Et Rennie ?

Même si je connais déjà sa réponse.

Reeve se gratte le front.

— Je ne lui en ai pas parlé.

— O.K.

— O.K.

Comme ça, aucun de nous ne l'a dit à qui que ce soit. Rennie et Alex n'en savent rien. Mais je redoute le moment où ça arrivera. Parce qu'il viendra bien un jour. Le train est lancé et il prend de la vitesse.

Reeve retire les mains du volant et les laisse tomber sur ses genoux, où il les triture un instant. Puis, il me regarde, et je suis bien incapable de deviner s'il va dire quelque chose. Ou faire quelque chose.

Je commence à paniquer.

Je sors rapidement mon téléphone, fais mine de lire un SMS imaginaire et lui annonce :

— Il faut que je rentre à la maison. On se voit ce week-end ?

Il se mord l'intérieur de la joue et me répond :

— Bien sûr. À plus, Cho.

LE SAMEDI, EN sortant du *Milky Morning*, je tombe sur PJ. Pendant qu'il me tient la porte, je passe devant lui et lui lance :

— Bonjour, bel étranger !

— À ce soir, Lil ! me salue-t-il en levant la main pour taper dans la mienne.

Je lui tends ma boîte de muffins afin qu'il la garde pendant que je remonte la fermeture Éclair de ma doudoune.

— On fait quoi, ce soir ?

— Ren a récupéré des tas de bouteilles gratos. On se retrouve dans les bois près de chez elle. Elle ne t'a rien dit ?

— Non, rien du tout.

Ash non plus. Parce que Rennie le lui a ordonné, j'en suis sûre. Si Ren veut jouer à ce jeu, très bien. Je peux y jouer aussi.

— À quelle heure vous vous retrouvez là-bas ?

— À vingt et une heures.

— Il fait froid, par contre. On va se geler.

— L'alcool nous réchauffera. Où est-ce qu'on pourrait aller, sinon ?

***

C'EST MON JOUR de chance, parce que Maman et Nadia sont parties sur le continent pour assister à un spectacle équestre. Elles ne reviendront pas avant demain après-midi. Ma mère voulait que j'aille chez Rennie ou que Carlota passe la nuit à la maison, mais je lui ai dit que c'était ridicule. J'ai dix-sept ans, et dans moins d'un an, je serai à la fac. Je suis suffisamment grande pour rester seule pendant une nuit. « Tu me fais confiance, non ? », ai-je ajouté. Elle a fini par céder en me répondant que oui.

J'envoie un SMS à Alex pour commencer.

Il fait super froid dehors. Tu veux passer chez moi regarder un film ce soir ? À 21 heures ? Amène Derek !

Il me répond immédiatement.

Ça me tente !

Au tour d'Ash. Je suis sûre que si j'agite Derek sous son nez, elle va mordre à l'hameçon. Elle laissera Rennie en plan pour traîner avec lui. Elle a un faible pour lui depuis l'année dernière et ils sont sortis ensemble plusieurs fois, même s'ils ne sont pas officiellement en couple.

Ma mère et Nadia sont absentes cette nuit. Tu veux venir voir un film ? Les gars seront là, Derek aussi !

Oui ! À quelle heure ?

21 heures

Ça marche !

Bon, à Reeve, maintenant.

Soirée film chez moi si ça te dit

Reeve prend tout son temps pour me répondre. Mais il finit par le faire. En un seul mot.

Cool.

Je passe à l'action. Carlota est venue plus tôt aujourd'hui et la maison étincelle. Mais il nous faut de quoi grignoter.

Je confectionne un plat de brownies, même s'ils ne sont pas vraiment faits maison. J'utilise un sachet de préparation d'une marque chic que ma mère a acheté dans une épicerie fine de Boston. Il coûte onze dollars, alors je me dis qu'ils doivent être bons. Pour faire bonne mesure, j'ajoute une poignée de pépites de chocolat. Je descends à la cave chercher une bouteille de vin rouge qui n'a pas l'air trop chère et la pose sur la table, avec des verres. Au dernier moment, je prépare du pop-corn et décide que ça devrait suffire.

Puis, je monte me changer. Je troque mes vêtements d'école contre un jean slim et un pull crème qui me dénude l'épaule. Je dépose un peu de mon parfum derrière mes oreilles et au creux de mon cou. Je ne me maquille pas, par contre, et me contente d'une touche de baume à la cerise.

J'ai l'air décontractée.

Mais au fond, je suis hyper excitée à l'idée que Rennie se retrouve toute seule dans les bois avec ses bouteilles, à se geler en attendant en vain que tout le monde rapplique.

Nous sommes tous affalés dans le salon. Ash et Derek sont confortablement installés dans notre fauteuil en cuir sous une couverture. Alex et moi avons pris place sur le convertible. Pas de signe de Reeve. Il a dû rejoindre Rennie, finalement. J'essaye de ne pas me laisser gagner par la déception.

Soudain, on sonne.

— C'est qui ? veut savoir Alex.

— J'en sais rien !

Je me rue vers la porte et l'ouvre. C'est Reeve, vêtu d'une doudoune et d'un pull.

— Salut, Reeve !

Je me dresse sur la pointe des pieds et le serre dans mes bras. Il a l'air surpris et je lui souris, tout sucre tout miel.

— Skud est là ? me demande-t-il en regardant par-dessus mon épaule, les sourcils froncés.

— Ouaip…

Je viens de comprendre. Il pensait qu'il n'y aurait que nous deux. Comme une sorte de rencard. Wouah. Ça s'annonce bien. Vraiment bien. J'ai trop hâte de tout raconter à Mary et à Kat. Je passe mon bras sous le sien et l'accompagne.

— Tout le monde est dans le salon.

Reeve me suit.

Je leur balance que c'est Reeve, alors qu'il est là, devant eux. Ils ne sont pas aveugles.

— Quoi de neuf, Tabatsky ? l'interroge Derek.

Alex lui fait de la place sur le canapé. Lorsque Reeve s'assoit et commence à poser ses pieds sur la table basse, Alex lui explique :

— Mec, sa famille ne porte pas de chaussures à l'intérieur.

— Calme-toi, Skud, lui répond-il.

Toutefois, il obéit et se déchausse.

— Ça vaut aussi pour toi, ordonne Ash à Derek.

J'interviens :

— Ça va, t'inquiète.

Néanmoins, je suis soulagée qu'Alex ait fait la remarque. Je déteste être celle qui dit aux autres d'enlever leurs pompes. C'est vraiment gênant. Mais ma mère me tuerait si elle retrouvait des traces suspectes sur ses meubles blancs. On dirait que sa mission dans la vie, c'est d'acheter seulement du blanc, puis de faire en sorte de ne jamais rien salir.

Je demande :

— Est-ce que quelqu'un veut du vin ?

Je me sens vraiment adulte, jusqu'à ce que je me rende compte que je ne sais même pas comment déboucher une bouteille.

— Moi, s'il te plaît ! claironne Ashlin.

Je me débats avec le tire-bouchon jusqu'à ce que Reeve me le prenne des mains et ouvre la bouteille en deux secondes maxi, sans dire un mot. Ensuite, il nous sert tous.

— Où est Ren ? me questionne-t-il en reposant la bouteille.

Je hausse les épaules et lui réplique :

— Aucune idée. (Je me lève d'un bond, file dans la cuisine et reviens avec mes brownies.) Qui veut des brownies ? Ils viennent juste de sortir du four !

Je les tends à Ash et Derek qui prennent un morceau et se le partagent.

Je retourne vers le canapé et en propose à Alex, qui accepte. Puis, je pose l'assiette sur la table basse et m'assois entre lui et Reeve.

— Alors, on se regarde quoi ? Il y a plusieurs bons films à la demande.

— Et moi, j'ai pas droit à une part de brownies ? s'offusque Reeve. Quel genre d'hôtesse es-tu ?

— Mais tu ne manges pas de sucre !

Ça, au moins, j'en suis sûre.

— Je ne mange pas de sucre pendant la saison, me corrige-t-il, et la saison est terminée.

Ses yeux verts étincellent lorsqu'il ouvre la bouche et ajoute :

— Alors ? (Je glisse le plat vers lui et il secoue la tête.) Alors ? répète-t-il impatiemment.

Je lève les yeux au ciel et lui fourre un morceau dans la bouche.

— Quel comédien tu fais !

La bouche pleine, il commente :

— Délicieux !

Je lui adresse un autre sourire angélique en récompense.

— Tes brownies sont terribles, Lillia ! intervient Alex.

— Je les ai préparés moi-même.

Ils n'ont pas besoin de savoir que j'ai utilisé un sachet. En attrapant la télécommande, je propose :

— Et si on regardait ce film français dont j'ai entendu parler ?

Reeve grogne et Alex demande :

— Celui avec le voleur de chats ? J'ai vu la critique sur NPR hier soir. Apparemment, il est bon.

Reeve grommelle :

— Et si vous déménagiez tous les deux à la maison de retraite dès maintenant ?

Je m'interpose :

— On n'est pas obligés de choisir celui-là. Ash, Der, qu'est-ce qui vous tente ?

Ils continuent de chuchoter en se partageant leurs miettes sans même faire attention à nous.

Reeve m'arrache la télécommande.

— Laisse-moi regarder la chaîne de sport un instant.

En levant la main, je lui ordonne :

— Rends-la-moi, Reeve !

— Je veux connaître le score du match, m'explique-t-il.

— Reeve !

Je garde la main tendue en attendant qu'il me rende la télécommande, mais il la tient hors de ma portée. Agacée, je lui lance :

— Eh bien, je plains celle qui t'épousera !

Puis, je me laisse tomber dans le canapé et avale une minuscule gorgée de vin. Je manque presque de la recracher dans mon verre. Ce truc a un goût de fumée. On dirait du charbon de bois. Je me demande comment font les adultes pour l'apprécier.

Évidemment, je plaisantais, mais manifestement, Reeve ne voit pas les choses ainsi. Sans même lever les yeux de la télé, il me rétorque :

— Pareil pour toi.

— Allez, Reeve, rends-lui la télécommande, insiste Alex.

Reeve me la jette et se met à consulter son téléphone pendant que je commande le film français et qu'Alex allume le home cinéma.

— Tu veux que je baisse la lumière ? me demande Alex.

Reeve se lève.

— Je me casse.

— Déjà ? s'étonne Derek.

— Ouais. Un petit groupe traîne dans les bois près de chez Rennie. Vous voulez venir ?

Derek regarde Ash et rejette l'idée :

— Nan, il fait trop froid.

Ashlin se blottit contre lui. Reeve dévisage Alex.

— Al, j'imagine que tu n'as pas l'intention de venir ?

— Non, je suis bien ici, confirme Alex en s'étirant sur le canapé.

— Très bien. Je vous retrouve après. (Il enfile son manteau et ramasse ses chaussures.) À plus tard.

— *Bye,* dit Alex en se redressant.

— *Bye,* Reevie, ajoute Ash.

Je n'arrive pas à croire qu'il parte. Il suffit que Rennie claque des doigts pour qu'il accoure ? Reeve file vers l'entrée ; je le suis.

— Pourquoi est-ce que tu ne restes pas encore un peu ?

— Non, merci, décline-t-il par-dessus son épaule. J'avais oublié que j'avais un autre rendez-vous.

— Ne pars pas.

Je tends le bras pour toucher l'ourlet de sa doudoune, mais je le laisse retomber, parce qu'il ne se retourne pas.

Il renfile ses baskets, puis ouvre la porte. Au début, je pense qu'il va partir sans me dire au revoir, mais il s'immobilise et me dévisage. Il hésite, puis me demande à voix basse :

— On se voit lundi à la piscine ?

Je souris timidement en hochant la tête. Puis, il sort. Je referme la porte derrière lui et la verrouille.

XXXII
KAT

JE REGARDE LE temps passer sur mon réveil, et une minute avant que l'alarme ne retentisse, je l'éteins. Je ferme les albums photo que j'ai sortis la nuit dernière et les pose par terre. Ensuite, je tire les couvertures sur moi. Ma tête s'enfonce dans le creux encore chaud de mon oreiller et je m'attarde dans cette position une minute de plus.

Depuis que ma mère est décédée il y a cinq ans, j'ai pour habitude de rester debout toute la nuit, la veille de la date anniversaire de sa mort, pour penser à elle. Je ne dors pas, pas même une minute. C'est une sorte de méditation mélancolique, j'imagine, mais j'y tiens. Je pense à elle jusqu'au matin.

Je remonte le fil de sa dernière année de vie merdique jusqu'au moment où tout a commencé: le jour où elle a dû me déposer de bonne heure à l'école parce qu'elle avait rendez-vous avec un spécialiste sur le continent.

Je me rappelle le jour où elle nous a fait asseoir à la table de la cuisine avec Papa pour nous annoncer la mauvaise nouvelle. Ça se présentait mal, mais il fallait tout de même garder espoir. Maman était calme, et Papa pleurait tellement qu'il ne pouvait plus respirer. Pat est sorti en courant par la porte de derrière, en chaussettes, et n'est pas rentré pendant trois jours. Je me suis sentie tout sauf optimiste.

Je me revois annoncer le diagnostic à Rennie. J'étais allée chez elle à vélo de bon matin, avant qu'elle soit levée, afin de la prendre de court. Elle était restée assise dans son lit, à moitié endormie, alors que je m'effondrais près d'elle, en pleurs. Une part malsaine de moi était contente d'avoir une histoire aussi triste à raconter. À l'époque, elle avait déjà commencé à s'éloigner de moi. Elle était complètement obsédée par Lillia et ne tenait plus en place parce que Lillia allait emménager sur l'île à plein temps après l'été. Même si c'est pathétique, je dois avouer que j'ai espéré que Rennie me prenne suffisamment en pitié pour recoller les morceaux avec moi, au moins pendant cette terrible épreuve, mais la maladie de ma mère n'a fait qu'empirer les choses entre nous.

Je me souviens que Maman s'est montrée forte pendant longtemps, et puis, en l'espace d'une semaine, elle s'est étiolée. Le cancer, ça vous bouffe de l'intérieur. Je l'ai vue fondre à vue d'œil jusqu'à ce qu'il ne lui reste plus que la peau sur les os, en sept petits jours seulement. Le dernier jour, elle n'a ouvert les yeux qu'une seule fois, et je ne sais pas si elle m'a aperçue au pied de son lit. Papa l'a appelée et Pat lui a confié qu'il l'aimait, mais Maman ne semblait plus avoir conscience de notre présence. Nous étions tous en train de la regarder s'éteindre. J'ai eu envie de lui dire quelque chose, mais ses yeux se sont refermés avant que je puisse le faire. On a installé la chaîne dans la chambre et on a écouté *Suite Judy Blue Eyes* en boucle.

C'était presque un soulagement de la voir partir.

Tous ces souvenirs, ainsi que les bons moments d'avant sa maladie, m'occupent une bonne partie de la nuit. Dès que le soleil se lève, je change de sujet et me demande comment serait ma vie si elle avait survécu. Je passe en revue les vieux albums photo et les lettres qu'elle a commencé à m'écrire quand elle a découvert qu'elle était malade.

Je fais tout ça et je ne dors à aucun moment.

Comme ça, pendant la journée, je suis une vraie zombie. Je suis tellement crevée que je ne ressens rien, et je ne risque pas de pleurer devant des étrangers ou de craquer. Ça m'aide à sauver les apparences.

Lorsque je descends, Papa est déjà à table, les yeux dans le vague au-dessus de son journal. En silence, Pat mange une part de pizza froide devant l'évier. Enfin, aussi silencieusement qu'il le peut. Ce mec est une bête sauvage. C'est toujours comme ça que se déroule cette journée. Notre bruyante et folle famille baisse le volume aussi bas que possible.

Je serre Papa dans mes bras pour le ramener à la réalité. Il tapote son journal et dit :

— J'ai trouvé un coupon de réduction pour le supermarché. Ils font moitié prix sur les tartes à la citrouille pour Thanksgiving.

Avant, Thanksgiving était une période géniale. Maman me confiait sa boîte de recettes, un coffret en bois que Papa lui avait confectionné pour ranger toutes ses fiches. Je sortais celles dont on avait besoin ; elles étaient toutes poisseuses et tachées à force de servir.

Mon boulot consistait à aligner les ingrédients sur le plan de travail pour chaque recette. Des patates douces, des haricots verts, une dinde nappée de sauge et de beurre, de la sauce aux airelles et de la farce.

Inutile de préciser que ce n'est plus comme ça, désormais.

Les premières années qui ont suivi la mort de Maman, Papa a bien essayé de recréer le repas familial, en vain. À chaque fois, ça a tourné au désastre. Il s'en voulait d'avoir gaspillé son argent et se lamentait de ne pas réussir à survivre sans Judy. C'était si mauvais que nous avons pris l'habitude d'acheter un poulet à la rôtisserie et des légumes congelés. La seule chose que nous préparions encore à la maison, c'était les pommes de terre au four. Et même s'il est presque impossible de rater ce plat, jamais je n'ai retrouvé le même goût qu'avant.

Soudain, Papa se met à pleurer. Je me demande à quoi il repense. Et comme chaque année où ce foutu anniversaire tombe un jour de semaine, je déteste l'idée de passer la journée sans lui.

Pire encore, à la même période l'année prochaine, je ne serai pas à Jar Island.

À voix basse, comme si j'avais mal à la gorge, j'annonce à mon père :

— Je ne me sens pas très bien. Je ferais peut-être mieux de rester…

— N'y compte pas, réplique-t-il en reniflant.

— Hein ? Allez, Papa ! (Je n'ai plus l'air malade, mais quand même !) Je ne sèche jamais les cours !

— Je sais, et c'est bien pour ça que tu dois aller à l'école. Ta mère ne me pardonnerait jamais de te laisser manquer la classe à cause d'elle.

J'ouvre la bouche pour protester, mais Pat me jette un regard éloquent. Il a raison. C'est une journée difficile pour nous tous, et je ne veux pas commencer à me battre avec mon père. Alors je me traîne au premier, m'habille, puis franchis la porte.

Je ne pense pas que beaucoup de monde soit au courant que je n'ai plus de mère, ce qui est une bonne chose. En dehors de Mme Chirazo, je veux dire. Comme ça, personne ne me traite différemment à l'école. Je préfère, parce que je ne pourrais pas supporter les regards compatissants. Toutefois, une partie de moi se demande si Lillia s'en souvient. Si elle va me dire quelque chose. Elle n'était pas là le jour de l'enterrement ; sa famille vivait encore à Boston. Mais ils ont fait un don à une association de lutte contre le cancer au nom de ma mère.

Je passe à côté de Lillia dans le couloir. Elle discute avec Ash, et lorsqu'elle m'aperçoit, elle m'adresse un petit sourire. Mais c'est le même que tous les jours.

Je suis quasiment sûre d'avoir parlé de ma mère à Mary, mais elle ne connaît pas le jour exact de sa mort.

C'est bizarre, parce que même si je suis habituée à affronter cette journée seule, cette année est bien pire que les précédentes.

J'ouvre mon casier pour y laisser ma veste. Je trouve une marguerite blanche à l'intérieur, posée sur mes affaires.

Les marguerites étaient les fleurs préférées de ma mère. Tout le monde en a déposé une sur son cercueil avant la mise en terre.

Je me retourne et regarde derrière moi. Qui a bien pu faire ça ? Ce n'est pas Lillia, ni Mary. Elle ne peut pas savoir une chose pareille.

Puis, pendant une seconde, j'aperçois Rennie qui m'observe à l'angle du couloir. Nous nous dévisageons.

Le week-end où *ma mère a subi sa dernière séance de chimio, personne n'avait le cœur à la fête.* Elle était arrivée au bout de son traitement, et pourtant les choses ne s'annonçaient pas bien.

Un mois plus tôt, le docteur lui avait annoncé un truc du style « C'est à vous de décider, Judy. » Ce qui est la pire chose qu'un médecin puisse dire. Cela signifie que même lui n'a plus trop d'espoir. Pourtant, au dîner, on a eu une discussion de famille pour décider si elle devait continuer ou non à se faire soigner. Papa s'est exprimé le premier. Il pensait qu'elle devait lever le pied, profiter du temps qu'il lui restait, mais Maman nous a regardés, Pat et moi, et a déclaré :

— On ne peut pas abandonner. Il faut essayer.

Papa a commencé à sangloter, et nous nous sommes tous joints à lui. Personne n'a touché à ses lasagnes.

Maman a suivi sa dernière chimio le jeudi, et trois jours plus tard, Pat avait une course de motocross. C'était sa première sur le continent depuis la maladie de Maman. D'habitude, on assistait aux courses de Pat en famille et Rennie nous accompagnait. Évidemment, Maman n'allait pas pouvoir venir cette fois-ci, et nous savions sans le dire qu'elle ne viendrait peut-être plus jamais. Pat lui a promis de remporter le trophée. Il a même réussi à ne pas pleurer devant elle. Il a attendu d'être dans le garage pour se laisser aller.

J'aimais regarder les courses de mon frère. Les familles des autres pilotes le connaissaient toutes, parce qu'il était bon. Nous étions de petites célébrités sur le circuit. Même lorsque je faisais de la balançoire ou patientais dans la file d'attente pour acheter un hot dog, les gamins me témoignaient du respect. Mais je ne venais pas seulement pour encourager Pat. J'avais également une tâche à accomplir. Après chaque course, je devais astiquer sa moto jusqu'à ce qu'elle étincelle. Je devais enlever toutes les projections, même sur son casque. Rennie avait décidé que son job, c'était de faire en sorte que Pat ait toujours une canette de Coca bien frais.

Papa et Pat avaient déjà chargé la remorque. Je suis allée chercher un sac de chiffons et Papa m'a tirée sur le côté.

— Katherine, m'a-t-il dit en posant les mains sur mes épaules. Je veux que tu restes à la maison cette fois-ci pour t'assurer que ta mère ne manque de rien.

Cela aurait dû me sembler évident, mais non. J'étais impatiente de sortir de chez nous, de quitter l'île pour un après-midi. En plus, il y avait Rennie.

— Mais Rennie doit nous accompagner ! On l'a décidé depuis des semaines ! Elle doit attendre qu'on passe la chercher.

— Désolé, ma puce. Une autre fois. (Il a rapidement versé les médicaments de Maman dans une tasse de thé.) Je suis sûr que Rennie comprendra.

J'ai appelé Rennie, et elle a compris, même si j'ai deviné qu'elle était déçue. Par la fenêtre, j'ai regardé Papa et Pat s'éloigner.

— Kat, j'ai besoin de toi !

C'était ma mère. Ces derniers temps, elle était devenue aigrie, un effet secondaire de son traitement auquel personne ne s'était attendu. Elle n'était pas comme ça, avant. Tout semblait la contrarier désormais. Le désordre dans la maison, ce que Papa lui préparait à manger, les odeurs qui montaient de la chambre de Pat. Jusqu'ici, j'avais toujours été sa petite fille, son bébé, mais malgré tout, je subissais sa mauvaise humeur moi aussi. Elle avait pété un câble le jour où j'avais passé un pull qu'elle adorait à la machine.

Franchement, j'avais un peu peur d'elle.

Dans l'escalier, j'ai crié :

— Une seconde !

Puis, j'ai demandé à Rennie si elle pouvait venir, en espérant qu'elle comprendrait à ma voix qu'il le fallait vraiment. Je ne voulais pas rester seule avec ma mère. J'avais besoin de Rennie.

— Euh… avait-elle répondu en passant le téléphone d'une oreille à l'autre, en fait, ma mère veut que je l'aide à décoller le papier peint. Désolée, je te rappelle plus tard !

J'étais furieuse. Mais pas contre Rennie. Contre ma mère. Je lui en voulais d'être responsable du fait que mon amie refuse de me voir, alors que c'était Rennie la lâcheuse.

Je me suis traînée à l'étage. Ma mère était couchée dans son lit, les yeux entrouverts. Elle avait rejeté toutes ses couvertures et elle transpirait.

— Tu peux couper le chauffage ? J'étouffe !

Avec hargne, je lui ai demandé :

— Ce sera tout ?

Elle m'a répondu d'un ton triste :

— Oui. Désolée de t'avoir dérangée.

Je savais qu'elle me tendait la perche pour me permettre de m'excuser. Mais au lieu de cela, je suis sortie en claquant la porte.

J'AI REJETÉ LA faute sur la mauvaise personne. Ma mère n'y était pour rien. Elle était malade. Elle avait besoin de moi. Si Rennie avait été une meilleure amie, peut-être que j'aurais été plus patiente, que je me serais mieux occupée de ma mère ce jour-là. C'était vraiment impardonnable de ma part.

Je prends la marguerite, celle que Rennie a déposée dans mon casier, et la jette à la poubelle. Je ne sais pas si elle me regarde encore, mais j'espère franchement que oui.

XXXIII
LILLIA

Le mardi, je sors de mon dernier cours en retard, parce que l'interro a duré longtemps. Je file directement à la piscine, espérant y retrouver Reeve en train de faire ses longueurs. Mais le bassin est vide ; il n'est pas là. Je patiente quelques minutes, puis m'assois sur les gradins pour lui envoyer un SMS.

Pas de piscine aujourd'hui ? :(

Non, j'en ai terminé avec ça.

???

Je peux pas te parler, je bosse au bureau de mon père.

Hum. Comment ça, il en a terminé ? Avec quoi ? Avec ses exercices, ou avec moi ? Si nous ne nageons pas aujourd'hui, je ne vais pas avoir l'occasion de me retrouver seule avec lui avant les vacances de Thanksgiving, parce que demain, on n'a cours que le matin.

Je réfléchis à toute allure. La seule chose qu'il me reste à faire, c'est de le rejoindre maintenant pour lui demander ce qu'il voulait dire. Pour lui montrer que ça m'inquiète.

Je sors en courant de la piscine et file en voiture jusqu'au bureau de son père. Il se trouve non loin de l'école, dans une petite maison coloniale. Son enseigne blanche et noire indique « Tabatsky – Gestion immobilière ».

La camionnette de Reeve est garée devant, seule. Je rabats mon pare-soleil pour me regarder dans le miroir ; j'applique un peu de gloss et donne du volume à mes cheveux. Ensuite, j'attrape mon sac à main, saute hors de la voiture et m'avance jusqu'à la porte.

Reeve est assis à un bureau. Des clés sont alignées devant lui ; il est occupé à les trier. Il lève la tête et commence à dire :

— Bonjour, en quoi puis-je… (Puis, il ouvre de grands yeux en s'apercevant que c'est moi.) Qu'est-ce que tu fous là ?

— J'étais inquiète de ne pas te voir. (Je me rapproche de lui et m'assois sur le coin de la table. Je me rends compte qu'il n'a plus son attelle de marche. Il porte des baskets aux deux pieds.) Oh, mon Dieu ! Plus d'attelle !

— Ouais, depuis le début de l'après-midi.

Concentré sur ses clés, Reeve continue de les trier par piles. En plus, il n'a pas l'air content.

— Pourquoi tu fais la tête ? On devrait fêter ça ! Allez, je t'invite à manger des pancakes. (Je lui donne un petit coup de coude pour qu'il me regarde enfin.) Je savais que tous ces exercices finiraient par payer.

— Sauf que ce n'est pas le cas, annonce-t-il d'une voix éteinte.

— Comment ça ? Qu'est-ce que tu veux dire par là ?

Reeve regarde droit devant et m'explique :

— J'ai demandé au coach s'il voulait bien chronométrer mes longueurs aujourd'hui. Je me réjouissais de lui montrer mes progrès à la piscine, et je pensais que j'allais le convaincre, qu'il allait m'aider à m'entraîner et qu'il passerait peut-être quelques coups de fil aux recruteurs pour leur dire que je suis de nouveau dans la course et que je serai au top niveau pour les stages de printemps. Bref, pour leur demander de me garder une place au chaud. (Il s'éclaircit la gorge, comme si les mots restaient coincés, et ça me désole.) Eh bien, ça a été un vrai fiasco. Je suis très loin de mon niveau d'avant. Je suis plus lent que la ligne de défense, et pourtant ces types pèsent plus de cent trente kilos. Je ne serai jamais au top de ma forme dans les temps. C'est fichu. Il faut que je regarde la réalité en face et que je réfléchisse à ce que je vais faire maintenant.

— Attends, peut-être que tu n'intégreras pas l'élite, mais je croyais que tu avais quelques équipes de secours en troisième division ? Williams, tu en penses quoi ?

Il secoue la tête.

— Je ne suis même pas assez bon pour l'équipe de réserve, Lillia. Je suis fini. Je ne mettrai jamais les pieds à l'université. Sans bourse, je suis condamné à rester sur l'île.

Je garde le silence pendant qu'il essaye d'ouvrir un tiroir à classement. Il est coincé, et il tire dessus si fort que les clés qu'il a sagement classées glissent pour ne plus former qu'un tas. Reeve vire au rouge vif ; on dirait qu'il va pleurer, ou donner un coup de poing dans le mur.

— Putain de bordel ! hurle-t-il. (Je sursaute sur mon siège et il secoue la tête.) Désolé, Lil, ajoute-t-il d'une voix étranglée.

Il pleure. Reeve Tabatsky est en train de pleurer.

Je ne sais pas quoi faire. Rennie est super forte pour le réconforter et trouver les mots qu'il faut. Je n'ai jamais été douée pour consoler les gens.

— Ne t'excuse pas, Reeve. Tu n'as pas à être désolé.

C'est moi qui devrais l'être, plutôt. À l'automne prochain, Reeve devrait être un dieu du foot dans une école de première division, enchaînant les beuveries et sortant avec tout ce qui bouge. C'est son destin. M'imaginer Reeve coincé ici sur l'île, fréquentant la fac du coin et vivant chez ses parents… c'est bien trop triste pour moi.

Reeve s'affale sur sa chaise; il enfouit la tête dans ses mains et ses épaules se mettent à tressauter. Il sanglote comme un petit garçon. Je garde les yeux rivés sur le sol.

Soudain, il se calme et me demande :

— Tu te souviens de ce que tu m'as dit le soir d'Halloween ?

Tu mérites tout ce qui t'arrive, parce que tu as un mauvais fond.

Mon estomac se contracte.

— Reeve, j'étais…

— Non, non, tu avais raison. Je ne suis pas un type bien, Lillia. (Il s'essuie les yeux d'un revers de main.) J'ai fait un truc à quelqu'un il y a longtemps. Je lui ai fait beaucoup de mal.

Je murmure :

— À qui donc ?

Mary. Il parle sûrement de Mary.

— À une fille… Plus j'y pense, plus je me dis que je n'ai que ce que je mérite, et que je n'ai pas le droit d'être affecté à ce point. (Il hoche la tête.) D'une certaine manière, je me sens soulagé. Ça fait si longtemps que j'attends d'être puni. Peut-être… Peut-être que c'est ça, ma punition.

Il a l'air si résigné, si désespéré que ça me fend le cœur. Je pose la tête sur son épaule et lui murmure :

— Ne dis pas des choses pareilles.

C'est dingue, mais j'ai vraiment de la peine pour lui.

Nous restons dans cette position pendant un moment, jusqu'à ce qu'il me demande :

— Tu peux me laisser, maintenant ?

Je me redresse pour le fixer dans les yeux, mais il fuit mon regard. C'est là qu'il me vient une idée. Sans prendre le temps de réfléchir, je lui propose une solution.

— Mon père a un collègue dont le fils est footballeur. C'est pas un quarterback star comme toi, mais quand même. Il est resté une année de plus au lycée pour faire une prépa, et les recruteurs en ont profité pour l'observer. (Je lui raconte tout ça d'une voix super calme, comme s'il n'avait pas pleuré et qu'il ne m'avait pas demandé de partir.) Tu pourrais faire ça, Reeve. Si tu t'entraînes dur et que tu améliores tes notes, je parie que tu parviendras à décrocher une bourse dans une prépa quelque part. Comme ça, les facs se réintéresseront à toi au printemps prochain. Ça pourrait être une deuxième chance.

Il lève la tête et ses yeux sont rouges.

— Je te l'ai déjà dit, Cho, je ne mérite pas de deuxième chance. Je ne suis bon à rien. Tu ne devrais même pas être là avec moi.

— Arrête de parler comme ça !

Je n'aurais jamais cru que je penserais ça un jour, mais peut-être que Reeve mérite une deuxième chance.

Il semble d'abord surpris par ma réaction, puis me dit :

— Et pourquoi une école chic voudrait m'accorder une bourse ? Mes notes ne sont pas assez bonnes pour ça.

— Arrête, t'es un quarterback incroyable. Si leur équipe craint, ils paieront pour qu'elle s'améliore en te prenant dans leur école. Je pourrais demander à mon père d'en discuter avec son ami, histoire d'obtenir plus d'informations. Ça pourrait te permettre de partir d'ici.

— J'en sais rien. C'est pas gagné.

— Ne baisse pas les bras. Tout ce dont tu as besoin, c'est d'un peu plus de temps pour te remettre et reprendre des forces. Évidemment, les stages de printemps sont sans doute trop proches pour toi, mais si tu avais une année supplémentaire pour récupérer ? Tu ne rejoindrais peut-être pas une grande équipe, mais au moins, ce serait une vraie université et pas la fac de Jar Island. (Reeve ouvre la bouche, mais sans lui laisser le temps de répondre, je l'attrape par le col de sa chemise.) Écoute-moi, O.K. ? Ça vaut le coup d'essayer. Je t'aiderai à étudier, si c'est ce qui te tracasse.

Reeve sourit presque, ce qui me fait me sentir mieux.

— Ah oui ? C'est trop généreux de ta part, Cho. Et pour ta gouverne, je ne suis pas un homme de Néandertal ; je suis même plutôt intelligent, comme gars.

Je le rassure :

— Je n'ai jamais pensé que tu étais bête.

Je relâche son col et le remets en place, puis, comme si tout était déjà décidé, j'ajoute :

— Demain, tu prends rendez-vous avec M. Randolph pour voir s'il a entendu parler de ce type d'arrangement. Il doit bien avoir des contacts dans des prépas ; je crois qu'il en a fait une. Ensuite, tu t'inscris pour le test d'évaluation de décembre.

— J'ai déjà passé le test, dit-il, et je m'en suis très bien tiré.

Je lui jette un regard sceptique.

— Comment ça, très bien ?

— Oh, c'était facile. À un moment, j'ai même posé ma tête sur mon bureau pour une petite sieste. Je crois que j'avais la gueule de bois ce jour-là.

— Ah oui ? Et c'est quoi, ton score ?

— Mille neuf cent vingt points.

La vache. En effet, c'est carrément bien. Je l'ai passé trois fois, et ce n'est qu'à la troisième que j'ai dépassé les deux mille cent points. Alors comme ça, Reeve est intelligent. Il a une chance de faire des études.

— Dans ce cas, repasse le test. Si tu as obtenu un tel score sans te fouler, imagine celui que tu pourrais avoir en étudiant !

Je me dis que je ne dois pas me sentir coupable de l'aider. Si j'arrive à réparer ça, s'il parvient à décrocher une bourse malgré tout... Tout se terminera comme on l'avait prévu. Mary pourra encore se venger, et Reeve ira quand même à la fac.

J'applaudis à la manière d'une cheerleader.

— Bon, pour commencer, il faut qu'on trie ces clés. Ensuite, on passera à la bibliothèque. Et si tu travailles bien, tu auras droit d'aller manger un bout.

Reeve me sourit vraiment cette fois-ci.

— T'es un sacré numéro, Cho, tu le sais, ça ?

Je lui souris d'un petit air suffisant.

— Oh oui, crois-moi, je le sais.

XXXIV
MARY

JE ME TRAÎNE dans le couloir jusqu'à mon cours d'anglais, complètement au radar. J'arrive à peine à garder les yeux ouverts. Je suis restée éveillée hyper tard afin de finir *La Lettre écarlate* pour la discussion du jour. Je suis trop timide pour oser prendre la parole en classe, mais Mme Dockerty adore interroger au hasard les élèves qui ne disent rien.

J'aurais pu en lire quelques pages chaque soir, mais bien sûr, j'ai attendu la dernière minute. C'est une histoire vraiment triste, et je ne peux pas dire que je l'ai appréciée. Elle me rappelle un peu trop ma propre histoire. Les cicatrices qu'Hester a portées toute sa vie, la culpabilité et la honte qu'elle a ressenties même si ce n'était pas sa faute. Lorsqu'elle est morte à la fin, j'ai fondu en larmes.

Inutile de préciser que ce n'était pas une lecture très joyeuse.

Je n'ai plus envie de faire grand-chose depuis que j'ai vu Reeve et Lillia ensemble à la piscine. Je devrais être heureuse, ça devrait m'aider à avancer.

Et pourtant, je ne le suis pas.

J'entre dans ma salle de classe. Je suis la première. Bizarre. Pourtant, je sors d'un cours à l'autre bout du lycée et tout le monde avait l'air pressé. On a tous hâte d'être enfin aux vacances de Thanksgiving. Même Mme Dockerty n'est pas encore arrivée. Elle est probablement aux toilettes ou quelque chose dans le genre. Je me laisse tomber sur ma chaise et pose la tête sur le bureau afin de fermer les yeux une minute.

Je me réveille en sursaut, la joue collée à la couverture de mon livre. Je lève lentement la tête en essayant de deviner combien de temps je suis restée comme ça. La classe s'est remplie entre-temps ; tout le monde est à sa place. Sauf Mme Dockerty. Un homme s'est assis sur sa table. J'imagine que c'est un remplaçant. Je m'essuie rapidement la bouche et ouvre mon livre.

— Que pensez-vous de la décision de Bartleby de ne jamais quitter son bureau ? Est-ce que ça l'a rendu compatissant ? Ou est-ce que vous vous êtes sentis frustrés ?

Quelques mains se lèvent. Je jette un coup d'œil à mon exemplaire. Je ne me souviens d'aucun bureau dans *La Lettre écarlate,* pas plus que d'un personnage nommé Bartleby. Peut-être que je n'ai pas fait suffisamment attention ?

Le remplaçant interroge un de mes camarades, qui répond :

— J'ai trouvé ça agaçant. Quand on n'est pas heureux de travailler à un endroit, pourquoi rester ?

À l'autre bout de la pièce, un élève rétorque :

— Il est malheureux, mais il ne sait pas comment y remédier. Il est paralysé. Il n'a nulle part ailleurs où aller. La vie au bureau, c'est tout ce qu'il a. Sans elle, il n'est rien.

Il n'a même pas attendu d'être interrogé, ce qui est carrément dingue. Mme Dockerty est très à cheval sur les règles et refuse qu'on parle sans y être autorisé.

Le remplaçant hoche la tête, satisfait. Il saute de son bureau et distribue une pile de papiers à chaque rangée. Lorsqu'il se lève, j'aperçois quelque chose sur son bureau. C'est une plaque en laiton sur laquelle est gravé « M. FRISSEL ».

Oh, non. Je me suis trompée de classe.

Je m'en rends compte pendant la distribution des papiers. L'élève devant moi se retourne.

C'est David Washington, le garçon que j'ai embrassé le soir d'Halloween. Je ne peux pas m'empêcher de l'interpeller :

— David ?

Il ne me répond pas.

Peut-être qu'il ne m'a pas reconnue sans mon maquillage et ma coiffure déjantée ?

En fait, c'est pire. Il se lève de sa chaise et tend les feuilles à la fille assise derrière moi, comme si je n'existais pas.

Je me lève d'un bond en balbutiant :

— Je… je me suis trompée.

Je ramasse mes affaires et sors en courant, mais je ne me rends pas dans la classe où je suis supposée avoir cours. J'ai toutes les peines du monde à me rappeler laquelle c'est. Alors, je file directement à la maison. Ça n'est qu'une demi-journée d'école, après tout.

Lorsque j'arrive chez moi, je suis toujours à cran, au point que mes mains tremblent quand je pose mon vélo contre le mur de la maison. Une seule lumière est allumée à l'intérieur, au-dessus de l'évier de la cuisine. Les autres pièces sont aussi sombres que le ciel.

J'entends frapper à la porte d'entrée. Je m'approche du coin de la maison et aperçois deux femmes du Comité de préservation de Jar Island, un sourire forcé scotché aux lèvres. Elles sont déjà passées ici, sans s'annoncer au préalable. Je suis sûre que tante Bette ne leur ouvrira pas.

J'étais là lors de leurs précédentes visites. Nous sommes restées debout dans l'entrée, pendant qu'elles nous recommandaient des paysagistes qui pourraient nous aider à nettoyer le jardin et nous suggéraient le nom d'un artisan capable de remplacer les bardeaux cassés de manière à « préserver l'intégrité originelle » de l'architecture.

Notre maison n'est pas dans un état impeccable, c'est clair. Surtout comparée aux autres bâtisses du quartier. Cette partie de Jar Island abrite les demeures les plus anciennes de l'île. Près de la moitié ont été officiellement classées comme monuments historiques. Certaines personnes prennent cette distinction très au sérieux; elles veillent à ce que le moindre détail soit respectueux de la période de construction et que les rénovations soient faites avec des matériaux spéciaux qui auraient pu être utilisés à l'époque, comme des ardoises et du cèdre.

Mais les vieilles maisons exigent beaucoup d'entretien, et ça n'a jamais été le fort de tante Bette. Ni le mien, d'ailleurs. Tout l'édifice aurait besoin d'un bon coup de peinture. L'une des marches en bois du perron est complètement pourrie. Notre jardin est plein de feuilles mortes tombées de notre grand chêne, mais je ne vois pas où est le problème. Le sol est couvert de neige; tout restera blanc jusqu'en mars.

Sans compter que tout cela ne fait de mal à personne. Ça ne les regarde en rien, même si elles ont envie de faire classer le bâtiment. C'est notre maison, et elle appartient à la famille Zane depuis que Jar Island existe. Les deux femmes finissent par redescendre lentement les marches.

Mais comme toutes les choses indésirables, elles reviennent toujours. On va devoir faire quelque chose ; sinon, on n'est pas prêtes de s'en débarrasser.

C'est ce que j'envisage de dire mot pour mot à tante Bette en franchissant la porte de la cuisine. Mais je ne peux pas le faire, parce qu'elle est au téléphone.

— Elle est à cran tout le temps. Je ne pense pas qu'elle sache. Il n'y a pas moyen de lui faire entendre raison. J'ai essayé de la convaincre qu'il fallait qu'elle arrête de penser à ce Reeve. Je ne t'ai jamais rien dit parce qu'elle m'a fait jurer de garder le secret, mais... (Elle s'interrompt.) Non, non, bien sûr que non. Tu n'as pas besoin de venir. Tout est sous contrôle.

Oh, mon Dieu, elle parle de Reeve à ma mère. J'entre en courant dans la pièce, me plante devant elle et lui jette un regard assassin. Tante Bette ouvre de grands yeux. Elle est surprise de me voir à cette heure de la journée.

— Erica, il... il faut que je te laisse.

Puis, elle raccroche.

— Je n'arrive pas à croire que tu aies fait ça. Tu m'avais promis de garder le secret !

Tante Bette se laisse tomber sur sa chaise et se met à se masser les tempes.

— Qu'est-ce que ça peut bien faire, désormais ?

Je lui en veux de se montrer aussi exaspérée, comme si ma présence était difficile à supporter.

Je lui assène sèchement :

— Tu es sérieuse ? Je te faisais confiance ! Je rentre à la maison, et je te trouve en train de me casser du sucre sur le dos ? Qu'est-ce que je peux ressentir, à ton avis ?

Tante Bette hausse les épaules.

— J'ai arrêté d'essayer de deviner ce que tu ressens, Mary. Je ne me mêle plus de tes affaires désormais.

Je désigne le téléphone.

— Oh que si, tu t'en mêles ! (Je tremble de rage.) Maintenant, je vais être obligée de tout leur expliquer à Thanksgiving !

— Tes parents ne viendront pas pour Thanksgiving.

— Pourquoi ?

— Ta mère n'a pas vraiment de bons souvenirs dans cet endroit, dit-elle sur un ton cassant que je mérite probablement, mais qui me prend tout de même par surprise.

— Rappelle Maman. Rappelle-la et dis-lui que tout va bien, qu'ils doivent venir pour Thanksgiving. Dis-leur que je vais bien.

Tante Bette se lève.

— Rien ne la rendrait plus heureuse que de savoir que sa fille va bien. Mais je crains que nous sachions toutes les deux que ce n'est pas tout à fait vrai.

Après le désastre de mon treizième anniversaire où Reeve était le seul enfant à être venu, mes parents ont commencé à se montrer inquiets. Inquiets et envahissants.

Papa a eu l'idée d'organiser une autre fête d'anniversaire, comme si la première n'avait jamais existé. Cette nouvelle fête devait avoir lieu quelque part sur le continent. Il s'était mis en tête que la traversée en ferry, c'était trop demander. Il refusait de croire que personne n'était venu parce que personne ne voulait me fréquenter. Il a simplement suggéré d'opter pour un truc plus mature, plus cool pour un groupe d'ados. Comme le roller ou le bowling.

Je lui ai dit de laisser tomber.

Maman m'a proposé de faire les traversées en ferry avec moi, vers et depuis l'école. Elle a prétendu que ce serait rigolo. Elle aurait pu prendre le journal avec elle, ou un livre. Je n'aurais même pas été obligée de lui parler si je n'en avais pas eu envie. On aurait pu s'asseoir côte à côte sans rien dire et profiter du paysage. Bien évidemment, j'ai refusé. La traversée, c'était mon moment avec Reeve. Le seul où j'étais heureuse.

En leur présence, je veillais à moins manger au dîner, et ils paraissaient blessés quand je leur demandais de me servir une portion de pâtes moins conséquente.

Ils faisaient tellement d'efforts que je me sentais encore plus mal. J'ai commencé à me replier sur moi-même. Je ne voulais plus sortir avec mes parents, ni faire des trucs sympas sur l'île le week-end. Je détestais l'ardeur qu'ils mettaient à essayer de tout arranger. Ça ne pouvait pas s'arranger. Ce n'était pas de leur ressort. Et je détestais les voir souffrir. Je voulais les protéger de cette souffrance. Je pouvais encaisser. Mais je ne voulais pas que ça les atteigne.

Le pire, ça a été quand ils ont frappé à la porte de ma chambre un soir, tard. Le semestre était terminé à l'école Montessori. J'avais rapporté un bulletin minable à la maison. Je n'avais jamais eu de mauvaises notes jusque-là.

Papa s'est assis sur mon lit; Maman s'est adossée à mon bureau.

Il a dit:

— Est-ce que ça te dirait de changer d'école?

Maman a ajouté:

— Tu pourrais aller à Middlebury. Comme ça, tu n'aurais plus besoin de prendre le ferry. Tu pourrais tout recommencer à zéro.

J'ai secoué la tête avec détermination.

— Je ne veux pas changer d'école.

Maman s'est avancée vers moi avec un grand sourire forcé.

— On peut déménager, sinon. Ton père et moi avons toujours parlé de revenir à Boston un jour. Imagine, des dimanche après-midi au musée, des pique-niques au parc…

— Je ne veux pas changer d'école ! ai-je répété encore plus fort.

Papa m'a tapoté doucement la jambe, les larmes aux yeux.

— On veut que tu sois heureuse, c'est tout ce qu'on veut.

— Et tout ce que je veux, moi, c'est rester à l'école Montessori.

Avec Reeve.

JE ME LAISSE tomber sur mon lit et fixe le plafond. Je choisis toujours Reeve; il prime sur tout et tout le monde. Pourtant, c'est un mauvais choix. C'est comme si ma vie était un disque rayé: même si je peux voir la rayure, impossible pour moi de passer outre.

XXXV
LILLIA

Allongée sur le canapé, je regarde la télé avec Nadia. Ma mère est sur son ordinateur, en train de planifier Thanksgiving. Nous serons en petit comité cette année. La famille du frère de mon père va débarquer de New York, et notre grand-mère californienne, qui était censée venir, a décidé à la dernière minute qu'elle n'avait pas envie de faire le déplacement, ce qui a mis ma mère en rogne. Depuis, elle n'arrête pas de dire que puisque c'est comme ça, on ira en Californie, l'année prochaine.

Plusieurs fois, nous avons invité Rennie et sa mère à la maison pour Thanksgiving. L'année dernière, c'était vraiment gênant, parce que Mme Holtz n'arrêtait pas de flirter avec le copain divorcé de mon père qui travaille à l'hôpital. Par la suite, Rennie a voulu savoir si je pensais que sa mère avait une chance avec lui, et je n'ai pas su comment lui avouer qu'il ne sort qu'avec des top models estoniens d'une vingtaine d'années. Je me demande ce que sa mère et elle ont prévu cette année.

— On pourrait faire de la purée de patates douces au lieu d'un ragoût ? suggère Nadia.

— Mais tu adores mon ragoût de patates douces ! proteste ma mère.

Nadia frissonne.

— Toute cette crème, ce beurre et ce sucre, Rennie dit que c'est que du gras.

J'interviens :

— Tu n'en manges qu'une fois par an. Tu survivras. En plus, Maman l'a déjà commandé.

— Je pense qu'on devrait manger plus sainement, déplore Nadia en haussant les épaules.

Ma mère soupire.

— Je peux toujours demander s'il n'est pas trop tard pour modifier ma commande, dit-elle en se levant pour appeler le traiteur.

— Merci, Maman ! lui lance Nadia.

L'air de rien, je la questionne :

— Elle fait quoi, Rennie, pour Thanksgiving ?

Nadia me fait signe de lui donner un autre coussin.

— Elle dîne avec le petit copain de Mme Holtz et son fils. Elle dit que Rick a un pote qui est chef dans un grand restaurant et qu'il va cuisiner pour eux.

Je lève les yeux au ciel. Rick est propriétaire d'une sandwicherie et vit dans un T2 juste au-dessus. Il est gentil, mais j'ai du mal à imaginer qu'il fréquente des grands chefs. À mon avis, c'est du pipeau.

— Quand est-ce qu'elle t'a dit ça ?

— Elle m'a ramenée à la maison hier parce que tu étais à la bibliothèque.

Je n'aime pas du tout la manière dont Rennie a mis le grappin sur Nadia. Deux fois déjà, elle a appelé chez nous en demandant à parler à Nadia à propos de l'album du lycée. Je la connais; elle fait ça pour m'embêter. Je donne un petit coup de pied à Nadia.

— N'écoute pas tout ce que Rennie raconte. Parfois, elle parle pour ne rien dire.

Nadia écarquille les yeux et me demande:

— Vous êtes en froid toutes les deux?

— Non… On a décidé de prendre nos distances.

— Mais il s'est passé un truc pour que vous en arriviez là? insiste-t-elle.

— Pourquoi? (Je repense à notre dispute dans le cimetière.) Elle t'a dit quelque chose? (Elle n'oserait pas. Nadia hésite l'espace d'une seconde, puis secoue la tête.) Nadia!

— Elle n'a rien dit, jure Nadia. Mais j'ai remarqué que vous ne traînez plus trop ensemble.

— Eh bien, il ne s'est rien passé de spécial. On est trop différentes, c'est tout.

Nadia digère l'information.

— Ouais, t'as sûrement raison. Rennie est tellement… pétillante. Avec elle, tout est un événement. Je ne sais même pas comment décrire ça.

Je fronce les sourcils.

— Si Rennie est pétillante, je suis quoi, moi?

Elle s'empresse de préciser:

— Tu es marrante, toi aussi. Mais d'une autre manière.

Je ne dis rien, mais j'y repense pendant des heures. Est-ce que je suis vraiment ennuyeuse par rapport à Rennie? C'est vrai que je suis plus prudente qu'elle, et que je ne suis pas une boute-en-train comme Reeve et elle. Mais si j'étais si ennuyeuse que ça, pourquoi est-ce qu'elle serait restée ma meilleure amie pendant toutes ces années? Parce que s'il y a un truc que Rennie déteste plus que tout, c'est bien s'ennuyer.

Ça m'énerve que Nadia mette Rennie sur un piédestal, comme si elle était une force de la nature magnétique, et moi un modèle de sagesse.

Si seulement Nadi savait par où je suis passée cette année. Elle ne me trouverait plus aussi ennuyeuse.

Ma mère nous demande toujours de bien nous habiller pour Thanksgiving. Elle dit que si nous mangeons ce dîner de fête en jogging, il perdra sa dimension festive. On lui obéit pour lui faire plaisir. Nadia porte une robe écossaise verte sans bretelles sur un jupon bouffant, et un gilet par-dessus. J'ai enfilé une mini-jupe en laine mauve et un chemisier transparent.

Mon père est en chemise élégante et pantalon, et ma mère a opté pour une robe pull lie-de-vin à col boule et un bracelet en or. Peut-être qu'elle me le prêterait, et peut-être même qu'elle me laisserait l'emmener à la fac ?

Dans la salle à manger, les adultes dégustent le vin que mon oncle a apporté. Nous, les enfants, traînons dans le salon. Nous avons deux cousins du côté de Papa : Walker, qui a le même âge que Nadia, et Ethan, qui a dix ans. Walker et Nadia sont très complices, même s'ils ne se voient pas souvent. Ethan est un sale morveux, mais ce n'est pas sa faute. Ses parents n'arrêtent pas de lui répéter à quel point il est génial parce que c'est un prodige du violon.

— Comment va Phantom ? s'enquiert Walker auprès de Nadia, qui ajuste son bandeau.

Nous sommes tous allongés sur le convertible, et Ethan joue à un jeu vidéo sur son téléphone.

— Il va bien ! Je vais le présenter au concours le mois prochain. (Nadia étale du fromage sur un cracker et l'enfourne dans sa bouche.) C'est le meilleur cheval du monde.

Du bout du pied, je lui décoche un petit coup.

— N'oublie pas à qui il appartient !

— Tu ne le montes presque plus, dit-elle. En fait, il est quasiment à moi, maintenant. Je suis sûre qu'il ne te reconnaîtrait même pas.

Je fronce les sourcils.

— J'y suis allée la semaine dernière !

Ou peut-être que c'était la semaine d'avant ? C'est vrai ; je suis comme un parent absent pour mon cheval. J'ai été tellement occupée, entre la natation, Reeve et mes inscriptions à la fac, que j'ai totalement négligé Phantom. Demain. J'irai au centre équestre demain pour lui apporter un sac entier de carottes et passer l'après-midi à le panser.

— Bientôt, tu seras à l'université et il sera tout à moi ! glousse Nadia, ce qui fait ricaner Walker.

— Tu as raison. Tu devras prendre grand soin de lui quand je serai partie.

— Je le fais déjà, dit Nadia en engloutissant un autre cracker.

Le dîner dure une éternité ; on porte des toasts et les pères passent leur temps à se vanter. Mon père dit à tout le monde que j'ai de bonnes chances d'être major de ma promotion, alors il faudra qu'ils reviennent pour écouter mon discours. Je dois rectifier que je ne suis que deuxième et que rien n'est joué. Mon oncle commence à m'interroger à propos des universités auprès desquelles je compte postuler.

Je les énumère :

— L'université de Boston, Wellesley et peut-être Berkeley.

Mon père fronce les sourcils.

— Berkeley ? On n'en a jamais parlé.

Je prends une bouchée de dinde et de farce pour gagner un peu de temps. Lorsque j'ai terminé de mastiquer, j'annonce :

— J'y pense, pourtant.

Heureusement, ma tante vient à ma rescousse en se vantant qu'Ethan a remporté un concours de violon et qu'il va peut-être faire un spectacle à Juilliard.

Après le dîner, tout le monde s'installe confortablement dans le salon pour regarder de vieux films en noir et blanc. Je m'assois près de Papa sur le canapé. Il passe son bras autour de moi, et je pose la tête sur son épaule. C'est trop bien de l'avoir à la maison.

J'ai laissé mon téléphone sur mes genoux, et lorsqu'il vibre, je manque de bondir. C'est un SMS de Reeve. Mon père essaye de lire par-dessus mon épaule, mais je détale dans la cuisine.

Qu'est-ce que tu fais ?

Je lui réponds que je regarde la télé en famille.

Pareil. Tu veux venir ?

Je relis le SMS en boucle. Est-ce qu'il veut que je vienne regarder la télé avec le reste de la bande ? Ou est-ce qu'il veut regarder la télé juste avec moi dans sa chambre ?

Qui vient ?

Juste toi.

Wouah. Je me demande si sa famille va croire que je suis sa petite amie.

Lorsque mon père entre dans la cuisine pour chercher de l'eau, je l'interroge :

— Papa, est-ce que je peux sortir avec mes amis ce soir ?

Je ne précise pas que je vais chez un garçon et qu'il n'y aura que nous deux.

Mon père réfléchit.

— Tu emmènes Nadia et Walker avec toi ?

— Euh, non.

— Dans ce cas, c'est non.

— Mais, Papa !

Je fais la moue. Ma mère aurait dit oui. Je n'aurais pas dû lui demander à lui.

En secouant la tête, il enfonce le clou :

— Je ne changerai pas d'avis, Lil. C'est Thanksgiving, et notre famille ne reste que quelques jours. Viens t'asseoir et regarder le film avec nous.

Je décide de faire ma bêcheuse.

— Dans une minute. Il faut que j'annonce à mes amis que je ne peux pas venir.

C'est ce que j'écris à Reeve, puis j'attends dans la cuisine qu'il me réponde. Mais il ne le fait pas.

XXXVI
MARY

Je ne me suis même pas donné la peine de m'habiller pour Thanksgiving, ni de descendre à la cuisine pour demander à tante Bette si elle avait besoin d'aide.

Mais c'est là que je la trouve. Devant l'évier, en train de faire la vaisselle après les préparatifs du repas. Enfin, c'est ce que je croyais.

Je ne m'attendais pas à ce que tante Bette fasse de la dinde, parce qu'elle est végétarienne. Avec elle, Thanksgiving se résume généralement à une série de plats de légumes. De la tarte à la citrouille, des haricots verts aux amandes, des betteraves rôties et du velouté de champignons. Mais ce soir, elle a seulement préparé une salade. Pour elle.

Elle a passé le restant de la journée au grenier, à peindre. Seule.

D'un ton sarcastique, je lui lance :

— J'imagine qu'il n'y a pas de restes.

Tante Bette se fige. Au bout d'une seconde, elle laisse tomber son assiette dans l'eau savonneuse, puis se retourne vers moi, excédée.

— Je n'ai pas préparé grand-chose, parce que tu ne manges rien, Mary !

Sa remarque me blesse. Ça devrait être une journée de remerciements, de partage avec la famille. Il n'en est rien.

Je m'affale sur une chaise de la cuisine.

— Mes parents auraient dû venir. Je ne comprends pas pourquoi ils me punissent comme ça. Ils ne m'appellent jamais. (Tante Bette se mord la lèvre comme si elle voulait prendre la parole, mais se ravise.) Quoi ? Ils ont dit quelque chose ?

Est-ce qu'ils m'auraient téléphoné sans que tante Bette me transmette les messages ?

Elle soupire, et je vois bien qu'elle essaye de choisir ses mots avec précaution.

— Je n'en suis pas sûre, Mary, mais à mon avis, ta mère ne s'est toujours pas remise de ton départ.

— Je ne voulais pas leur faire de la peine !

— Peut-être, mais c'est pourtant le cas. Tu es sa fille unique, Mary. Elle ferait tout pour toi ! Je me suis souvent battue avec tes parents parce que je trouvais que tu étais pourrie gâtée. Ils te donnaient tout ce que tu demandais. Je leur ai dit que ce n'était pas bon pour toi. Mais ils ne m'ont pas écoutée. Ils se pliaient en quatre pour t'offrir ce que tu voulais. Tu manques à ta mère, et tu lui en veux pour ça ? Tu étais tout pour elle !

Elle se retourne, probablement parce qu'elle ne peut pas supporter de me regarder en face.

— Je vais mieux, pourtant. Depuis Halloween. Depuis que tu as viré toutes tes bizarreries et que tu as arrêté tes incantations étranges.

Seulement, ce n'est pas totalement vrai. Bien sûr, je n'ai plus eu d'accès de panique. Mais d'autres choses étranges sont arrivées.

Tante Bette me jette un regard compatissant et murmure :

— Tu ne sais pas de quoi tu es capable, n'est-ce pas ? Tu ne sais même pas ce que tu es.

Un frisson me parcourt l'échine.

— Dis-le-moi, dans ce cas ! Dis-moi ce que je suis ! Tu me fiches la frousse !

— Il faut que tu te calmes, m'intime-t-elle en reculant.

— Mais c'est toi qui me mets hors de moi !

Tante Bette monte au premier. Je la suis, mais elle est rapide. Elle entre dans sa chambre et claque la porte.

— Va dans ta chambre, Mary, dit-elle à travers la porte, et restes-y jusqu'à ce que tu sois calmée !

Je fais tout le contraire et pars dans la nuit.

MAIN STREET EST quasiment déserte. Tous les commerces sont fermés. Tous, sauf le cinéma. Certains sont déjà décorés pour Noël. Alors que les spectateurs sortent de la dernière séance, je me plante près des doubles portes et observe. Est-ce que je suis différente d'eux ? Est-ce que je suis anormale ?

Peut-être qu'il m'est arrivé quelque chose pendant mon long séjour à l'hôpital. Mais même en essayant de me rappeler, je n'y arrive pas. Est-ce qu'ils m'ont fait quoi que ce soit là-bas ? Des électrochocs, ou pire encore ? Des expériences ou des traitements qui ont agi sur mon cerveau ?

Soudain, j'aperçois Reeve et Rennie qui sortent du cinéma. Il marche derrière elle, les bras enroulés autour de son cou, et elle rit.

— Reevie, je t'avais bien dit que ce film était un navet ! Tu m'en dois un autre.

Il agite le doigt devant elle.

— Non, non, tu m'en devais un après cette comédie de cheerleaders que tu m'as obligé à regarder cet été.

— Dans ce cas, on est quitte !

Puis, elle tourne la tête et l'embrasse sur la joue.

Je reste là, pétrifiée, tandis qu'ils descendent la rue en direction de la camionnette de Reeve. Il ouvre la portière de Rennie, puis passe de l'autre côté. Comme un gentleman. Je n'en crois pas mes yeux. Reeve jouerait-il un double jeu avec Lillia comme il l'a fait avec moi ?

Je sens la colère et la jalousie m'envahir. Au lieu de céder à la panique, je décide de me concentrer. Pendant trop longtemps, j'ai essayé d'ignorer ce qu'il y a en moi. De l'étouffer. S'il se passe réellement quelque chose en moi, si ce que tante Bette a dit est vrai, je dois le savoir.

Je fixe le bouton de condamnation de la portière de Reeve. Je me concentre aussi fort que je peux et m'imagine en train d'appuyer dessus.

Reeve se débat avec sa clé. Il n'arrive pas à la tourner pour ouvrir la portière.

— Ren, appelle-t-il à travers la vitre, je crois que ma serrure est gelée.

Rennie se glisse sur le siège conducteur et tente d'ouvrir de l'intérieur.

— J'y arrive pas ! gémit-elle.

Reeve tente à nouveau de tourner sa clé. Cette fois-ci, je le sens lutter contre moi. Ma poitrine me brûle. C'est comme un bras de fer. Je suis en train de perdre, je le sens. Puis, soudain, la serrure cède. Je tombe contre le mur, épuisée.

Tante Bette avait raison. J'ignore de quoi je suis capable. Du moins, pour le moment.

XXXVII
KAT

LE LUNDI MATIN, je commence par passer au bureau de Mme Chirazo. Enfin, après un petit détour par la salle informatique. J'ai une pile de feuilles blanches encore chaudes à la main.

— Bonjour, madame Chirazo !

Je referme la porte derrière moi.

Surprise, elle lève les yeux, en tenant le cordon d'une bouilloire électrique qui est branchée sur une prise murale.

— Katherine ? Tout va bien ?

Elle désigne une chaise vide.

Je pose les fesses sur l'accoudoir et les papiers sur son bureau.

— J'ai imprimé le brouillon de ma dernière lettre de motivation. Désolée. Je n'avais pas d'agrafeuse sous la main.

J'en repère une sur son armoire et m'en sers.

Le visage de Mme Chirazo s'illumine.

— Est-ce que c'est…

Je hoche la tête.

— Oui, mais je ne voulais pas la lire devant tout le groupe.

J'ai déjà eu du mal à la rédiger seule dans ma chambre. Pendant tout ce temps, j'ai pleuré et je me suis sentie totalement paniquée à l'idée que quelqu'un, et en particulier Alex, la lise. J'en avais des haut-le-cœur.

En fait, ma mère a été admise à l'université d'Oberlin. Seulement, elle n'a jamais pu y aller, parce qu'elle n'avait pas les moyens de payer les frais d'inscription. En faisant mes études là-bas, j'aurais l'impression de réaliser notre rêve à toutes les deux. D'une certaine manière, j'ai trouvé un peu facile de le formuler en des termes aussi niais, même si c'est la vérité. Mais bon, après tout, je veux me tirer de cette île et entrer à l'université d'Oberlin avec une bourse confortable, alors je compte bien me servir de tous les tuyaux que Mme Chirazo voudra bien me donner. En plus, je me suis convaincue que je n'exploite pas la mort de ma mère pour parvenir à mes fins. Elle aurait voulu que je fasse le nécessaire.

— C'est peut-être un peu décousu, et je ne suis toujours pas sûre de vouloir l'utiliser, mais… j'aimerais bien avoir votre avis avant de l'envoyer cette semaine.

— Bien sûr ! répond-elle en hochant la tête. Je vais essayer de la lire avant la fin de la journée.

— Prenez votre temps, pas de souci. (Je me lève, ravie.) Merci, madame Chirazo.

XXXVIII
MARY

La salle de répétition de la chorale est une pièce sans fenêtre qui se situe juste derrière l'auditorium. Les murs d'un blanc éclatant sont totalement insonorisés, et la porte fait un drôle de bruit de ventouse quand on la ferme. Lorsque nous entrons, la lumière est aveuglante, comme un lever de soleil artificiel.

M. Mayurnik, le chef de chœur du lycée, est assis derrière son piano droit. Alors que les élèves franchissent la porte, il joue quelques notes jazzy et entraînantes en appuyant si fort sur les touches que l'air semble vibrer.

— Bonjour, les dindes ! lance-t-il pendant que nous prenons place. Alors, on a survécu au massacre ?

Pour lui, ce n'est qu'une blague, mais c'est exactement ce que je ressens. À cent pour cent.

On dirait que tout le monde traîne les pieds aujourd'hui. C'est notre premier jour après les vacances de Thanksgiving. Je suis clairement venue à reculons. Mais pour moi, ce n'est pas parce qu'il faut que je me secoue après avoir trop mangé et dormi. En fait, je me sens vide. Épuisée. J'imagine que c'est pour ça que mon sac à dos me semble si lourd, même si je porte les mêmes livres que d'habitude.

J'ai passé le reste du week-end à m'entraîner, à voir ce dont j'étais capable. Est-ce que je peux faire tomber un stylo de ce bureau ? Oui, tout juste. Est-ce que je peux déclencher une rafale ? Non. Et les rideaux de ma chambre, est-ce que je peux les faire frémir sans les toucher ?

Parfois.

C'est dingue de faire ce genre de choses, et de revenir ensuite ici, à l'école, comme tout le monde.

Je ne suis pas comme tout le monde.

Une grosse liasse de photocopies de paroles de chansons est posée toutes les deux chaises. Leurs couvertures en papier vert sont ornées de *cliparts* de Noël : des feuilles de houx, un bonhomme de neige, des paquets cadeaux avec des rubans, des sucres d'orge. Tout ce que j'aime. Je me demande si je suis capable de tourner discrètement les pages à distance, mais je résiste à cette envie. Il faut que je sois prudente avec ce secret. Personne ne doit savoir. Pas même Kat et Lillia.

Surtout pas Kat et Lillia.

Qu'est-ce qu'elles diraient, sinon ? Est-ce qu'elles accepteraient encore d'être mes amies ? S'il le faut, je garderai ce secret à jamais. Mon amitié avec Kat et Lillia est la seule chose positive dans ma vie ces derniers temps. Par contre, je vais leur raconter ce que j'ai vu : Reeve et Rennie ensemble.

Je m'assois à ma place habituelle, au dernier rang. Alex Kudjak arrive quelques secondes avant la sonnerie et s'installe devant. Au début du semestre, quand je me suis rendu compte qu'Alex assistait également à ce cours, j'ai envisagé d'arrêter, par mesure de sécurité. Pourtant, je ne pense pas qu'il sache qui je suis, en dehors d'une fille qui traîne avec Kat ou discute avec Lillia de temps à autre. Il ne m'a jamais adressé la parole.

Après la sonnerie, M. Mayurnik se lève et nous parle derrière son piano. Il est grand, carré, avec un crâne dégarni luisant et une épaisse moustache argentée. Les imprimés de ses cravates sont toujours en rapport avec la musique : des touches de piano, des cordes de violon, des clés de sol.

— Bon, mesdemoiselles et messieurs, à partir d'aujourd'hui, vous n'êtes plus des dindes, vous êtes de petits elfes. Pas des elfes de Noël, bien évidemment, parce que la fête se doit d'être une célébration séculaire païenne, conformément à une ordonnance de la cour. (Il soupire.) Nous aurions dû commencer à répéter ces chants depuis des semaines, mais le Conseil des aînés a tenu à valider le livret au préalable, et vous savez à quel point les choses vont vite en politique…

M. Mayurnik pianote lentement pour souligner ses propos. Do. Ré. Mi.

Je dois partager un livret avec la fille qui est assise à côté de moi. Je me penche par-dessus son épaule tandis qu'elle le feuillette. Mes classiques préférés, comme *The Little Drummer Boy* ou *Joy to the World*, sont absents. À la place, ils ont choisi *Winter Wonderland*, ou encore *Frosty the Snowman*. Bref, des chants génériques. Ce qui me convient aussi.

— Comme toujours, notre classe chantera sur Main Street pendant l'illumination du sapin de Noël de Jar Island mardi prochain, ce qui veut dire que nous avons une semaine pour être au top. Alors, on s'y colle tout de suite !

Il nous donne quelques notes et nous commençons notre échauffement standard. J'apprécie d'utiliser ma gorge, d'entendre ma voix se mêler à celle des autres.

Ensuite, M. Mayurnik annonce :

— Bien ! Maintenant que nous sommes bien chauds, nous devons décider qui chantera les solos. Est-ce que toutes les sopranes peuvent s'avancer ?

Comme je suis soprane, je me lève. Alors que je me faufile entre les rangs, je me sens instantanément nerveuse. Je chante correctement au fond de la classe, mais ici, devant tout le monde, je sens ma gorge se serrer. Je pense immédiatement à mon père, parce qu'il dit toujours que j'ai une belle voix. Si belle qu'il me fait chanter *Joyeux anniversaire* deux fois avant de souffler ses bougies. Ça lui est bien égal d'asperger le gâteau de cire fondue.

Mais ce souvenir ne m'aide pas à aller mieux. Au contraire, c'est pire.

Je prends place près du piano et me retrouve juste devant Alex Kudjak.

M. Mayurnik commence à jouer *Baby, it's Cold Outside*. J'ai oublié de prendre le livret avec moi, mais je connais les paroles. Je fais de mon mieux. Parmi les autres sopranes, certaines sont dans le chœur depuis plus longtemps. D'autres sont inscrites au club de théâtre. Elles répètent déjà pour la comédie musicale du printemps. Cette année, c'est *Hello, Dolly !* J'aimerais bien en faire partie, moi aussi, mais comme je n'ai pas leur talent, je me contente d'essayer de ne pas m'emmêler les pinceaux.

Pendant la majeure partie de la chanson, je fixe le plafond. Mais vers la fin, je baisse les yeux sur Alex. Il a les paupières closes et un sourire aux lèvres, comme si nous étions vraiment douées.

Il est gentil. Alex Kudjak est un vrai gentil. Je le sais.

À la fin, tout le monde nous applaudit. Alex siffle même. M. Mayurnik choisit Jess Salzar pour le solo, et ça me va. En fait, je suis plutôt soulagée. Sans compter qu'elle a une belle voix.

— Bon, les garçons, à votre tour.

Alex et les autres garçons viennent se placer devant l'auditoire. Ils ne sont que quatre. M. Mayurnik demande à Jess de rester à côté du piano pour chanter sa partie, et lorsque les garçons entonnent la leur, il les écoute attentivement.

Moi aussi.

Alex a un timbre incroyable. Il n'est pas comme certains garçons du club de théâtre qui auraient leur place à Broadway. Sa voix n'est pas assez puissante pour ça, mais elle sort quand même du lot. Elle est juste… douce. Sincère. Parfaite pour la chanson.

Quand M. Mayurnik le choisit, je suis réellement contente pour lui.

Alex a l'air stupéfait.

— Moi ?

M. Mayurnik tapote sur son piano.

— Oui, toi ! Un petit oiseau m'a dit que tu jouais très bien de la guitare également. Tu connais le solfège ? (Alex hoche la tête.) Bien. Apporte-la demain et tu pourras nous accompagner.

— Je ne sais pas… Je n'ai jamais joué devant un public jusqu'ici.

— Les filles vont se pâmer devant toi ! Pas vrai, les filles ?

À l'unisson, toutes les filles de la classe hurlent le nom d'Alex comme s'il était une pop star ou l'idole des jeunes. Même moi. Alex est plus rouge qu'une baie de houx.

Ça me rappelle que de bonnes choses arrivent parfois aux personnes qui le méritent.

XXXIX
LILLIA

JE NE SUIS jamais montée sur un plot de départ auparavant. Reeve m'a proposé d'essayer au moins une fois avant le test, mais je n'ai pas pu m'y résoudre. Mes genoux tremblent. C'est tellement haut, et l'eau a l'air vraiment profonde. Une rangée d'élèves attend à mes côtés. Ils sont tous penchés, en position, sauf moi. Je me force à respirer. Je n'ai pas besoin de faire le saut de l'ange ; tout ce qu'on me demande, c'est de sauter.

Si j'y arrive, le reste suivra. C'est ce que je me répète en boucle.

La coach Christy donne les instructions que je connais par cœur : deux aller-retour dans la piscine, suivis de deux minutes de surplace. Je me débats avec mes lunettes, qui sont trop ajustées. Je déteste les porter, mais Reeve n'arrêtait pas de dire que je me sentirais mieux sous l'eau si je pouvais voir, et il avait raison.

La coach Christy souffle dans son sifflet, et je serre les paupières. Les autres élèves plongent bruyamment. Je compte jusqu'à trois, puis me lance. J'entre dans l'eau dans un grand *plouf*. Je remue les bras, je bats des jambes. J'essaye de me souvenir de tout ce que Reeve m'a appris : garde la tête baissée, les bras le long des oreilles, et bats des pieds sans t'arrêter. Je retiens mon souffle aussi longtemps que possible avant de remonter à la surface. Puis, je remets la tête sous l'eau. J'ai l'impression que je vais me noyer, mais je continue à avancer jusqu'à ce que mes doigts touchent le mur. Je me retourne et repars dans l'autre sens.

Je ne regarde pas les lignes à ma gauche et à ma droite, parce que j'ai peur de perdre le rythme, mais je suis quasiment sûre qu'ils ont déjà terminé. Je ne m'occupe pas de ça ; je dois me concentrer sur moi-même et ne pas me soucier de ce que font les autres.

Tu peux le faire. Tu peux le faire.

Quand je touche à nouveau le mur, je suis épuisée. Tous mes muscles m'élancent, mais je sais que c'est presque terminé. Il ne reste plus qu'une longueur à faire. Je prends mon temps ; rien ne presse, comme dirait Reeve. J'y vais tranquillement, un mouvement à la fois.

Enfin, je touche au but. Mes doigts frôlent le mur. J'ai réussi. Je redresse la tête pour respirer et m'accroche au rebord du bassin, le souffle court. En entendant des applaudissements, je lève les yeux : Reeve est là, près des gradins, à m'applaudir et me siffler.

Je n'arrive pas à croire qu'il soit venu.

Tous les autres sont sortis de l'eau, et la coach Christy s'approche de moi avec son chronomètre pour évaluer mon surplace. Je garde le dos droit, les genoux pliés, et je bats des pieds, comme Reeve me l'a appris la semaine dernière. J'avale un peu d'eau, mais parviens à maintenir ma tête droite.

— Bravo, Lil, me félicite la coach en me souriant.

Le chronomètre s'arrête et je n'arrive pas à le croire. Je nage jusqu'à l'échelle et remonte. Mon corps est tout endolori, mais je me prends pour une championne. J'ai l'impression que tout me réussit.

Je me rue vers Reeve en hurlant :

— J'ai cartonné !

Il me sourit à pleines dents.

— Oui, tu l'as fait !

Je me jette dans ses bras et il me soulève en l'air. Je me sens euphorique, extatique.

Nous rions, mais lorsqu'il me repose, nous nous regardons dans un long silence embarrassé. Nous parlons en même temps.

— Merci…

— Tu as été géniale…

Nous rions à nouveau, puis je reprends la parole :

— Merci pour tout, Reeve. Je n'y serais pas arrivée sans toi. Je me suis rappelé tout ce que tu m'as appris pendant toute la durée du test.

— Oh, dit Reeve en penchant la tête sur le côté. Voyez-vous ça, la natation nous a rapprochés… En tant qu'amis, s'empresse-t-il d'ajouter.

Un autre silence gêné s'ensuit.

— Ouais, carrément ! Merci encore.

Reeve me tend ma serviette que j'avais laissée sur le banc.

— Je t'en prie. Tu viens à la bibliothèque aujourd'hui ?

Je secoue la tête.

— Non, faut que j'aille quelque part.

Je dois retrouver Kat et Mary dans les toilettes des filles à cinq heures.

— Bon, d'accord. (Il a l'air déçu, ce qui me met du baume au cœur. Il tend la main et tire gentiment sur ma queue de cheval dégoulinante.) Bon boulot, Cho.

— Merci, coach !

Instinctivement, je le serre dans mes bras, afin qu'il sache que je suis sincère.

XL
MARY

QUAND KAT ENTRE dans les toilettes, je suis assise sur le radiateur.

— Salut, toi ! me lance-t-elle en jetant son sac par terre et en s'affalant dessus. Alors, ton Thanksgiving, c'était comment ?

— Euh... pas terrible. (J'arrache une peluche de mon pull.) Mes parents ne sont pas venus.

— Mince.

— Ouaip. C'était carrément naze.

La porte s'ouvre à la volée et Lillia entre en courant.

— J'ai réussi ! hurle-t-elle. J'ai obtenu mon brevet de natation !

J'applaudis, et Kat s'exclame :

— Bravo, Lil !

Elle sautille, tellement elle est excitée.

— J'étais hyper nerveuse sur le plot de départ, mais je l'ai fait, j'ai sauté à l'eau ! Je veux dire, il m'a fallu deux fois plus de temps que les autres, mais j'ai réussi. Le surplace, ça a été du gâteau. (Elle s'avance devant le miroir et ôte l'élastique qui retient ses cheveux mouillés.) Reeve est passé m'encourager. Ça m'a carrément surprise. (Elle fouille dans son sac, en sort un peigne ivoire et commence à se recoiffer.) Au fait, Mary... Je crois qu'il m'a parlé de toi l'autre jour.

Je suis estomaquée.

— T'es sérieuse ?

C'est juste... incroyable.

Kat, qui était en train de gratter les semelles de ses rangers avec un stylo, lève brusquement la tête.

— Il a dit quoi ? demande-t-elle, l'air sceptique.

Lillia arrête de se peigner.

— C'était juste avant les vacances. Il a appris qu'il ne jouera pas au foot l'année prochaine. Sa jambe ne se remet pas suffisamment vite. (Je ne la lâche pas des yeux et reste pendue à ses lèvres). Il pleurait, il était bouleversé. Ensuite, il a dit qu'il avait mérité que ça lui retombe dessus. Il a expliqué qu'il y a longtemps de cela, il a fait beaucoup de mal à une fille et qu'il ne l'a jamais oubliée. Il a avoué être presque soulagé de payer enfin pour ce qu'il avait fait. (Elle se retourne face à nous.) Il devait parler de toi, Mary, tu ne crois pas ?

Il ne m'a jamais oubliée ? Il a vraiment pensé à moi tout ce temps. J'en ai des frissons.

— Tu ne peux pas être sûre qu'il parlait de Mary, objecte Kat. Il a prononcé son nom ? Il a dit ce qu'il a fait à cette fille ? Et ce qu'elle s'est infligé ?

Lillia hésite.

— Eh bien... non. Je ne pense pas. C'est pour ça que je n'ai rien dit. Je n'en étais pas sûre.

— Il a dû se taper, quoi, quatre-vingt-dix-neuf pour cent des filles du bahut, ajoute Kat, les bras croisés. Il pouvait parler de n'importe qui.

— Kat, je t'en prie, laisse Lillia terminer.

Je veux dire, peut-être que Kat a raison, même si je préférerais que non.

Lillia secoue la tête.

— Les filles, si vous aviez été là et si vous aviez vu sa tête, vous l'auriez cru, vous aussi. (Elle se tourne vers moi.) Peu importe de qui il parlait, il était sincère. Il a vraiment des remords. Je pense franchement qu'il est navré.

Kat se lève d'un bond.

— On s'en cogne ! Même s'il parlait de Mary, qu'est-ce que ça peut foutre qu'il soit désolé maintenant ? C'est trop tard. Ses remords ne comptent pas. En plus, n'oubliez pas qu'il y a trois semaines, il a eu l'occasion de s'excuser les yeux dans les yeux, et au lieu de ça, il lui a dit d'aller se faire foutre ! Il veut se montrer sous son meilleur jour devant toi, Lil. Il se fiche pas mal de Mary. C'est un menteur !

Mes yeux s'embuent. Et voilà, je retombe dans le même piège, alors que je devrais être suffisamment avertie pour passer outre.

— Je dois vous avouer un truc, dis-je en sanglotant. Lil, même si tu affirmes que tout se passe bien entre vous, le soir de Thanksgiving, je l'ai vu au ciné avec Rennie. Ça ressemblait à un rencard.

— Sérieux ? me demande-t-elle.

Je hoche la tête.

Lillia fronce les sourcils.

— Oh, dans ce cas, je parie qu'il est sorti avec elle parce que je ne le pouvais pas. Il m'a envoyé un SMS en premier, ajoute-t-elle en se mordant la lèvre.

Kat fait craquer ses articulations.

— Même si Ren n'a pas ses faveurs, elle reste une menace. C'est un vrai pitbull quand elle veut un truc. On devrait en terminer au plus vite.

— Comment ça, en terminer au plus vite ? s'étonne Lillia. Qu'est-ce que tu veux dire par là ?

— Ça fait presque un mois que vous vous tournez autour tous les deux, à nager, à étudier et tout le tralala, mais vous n'avez rien fait de concret. Il n'a rien tenté avec toi, pas vrai ?

— Exact… confirme Lillia en fronçant à nouveau les sourcils. Mais en même temps, on n'a pas convenu de ce que je suis censée faire. Lui briser le cœur, c'est un peu vague comme projet, les filles. (Elle croise les bras.) Je veux un plan, un truc précis que je dois appliquer. Je n'ai pas envie que tout ça traîne encore trois mois.

Kat acquiesce.

— O.K., O.K., je pense à un plan en trois étapes. Tu l'as bien appâté, mais je ne suis pas sûre qu'il ait mordu à l'hameçon. Par conséquent, la première étape, ça sera un *French kiss* torride.

— Quoi ? Mais on n'a jamais dit que Lillia devait embrasser Reeve !

Lillia semble atterrée.

— Un *French kiss* ? Tu veux dire l'embrasser avec la langue ?

Kat rit.

— Franchement, tu n'as jamais roulé une pelle à quelqu'un que tu n'aimais pas ? Tu n'auras qu'à fermer les yeux et penser à quelqu'un d'autre.

Lillia se mord la lèvre.

— J'imagine…

Je m'empresse d'ajouter :

— Kat, il ne faudrait pas pousser Lillia à faire un truc dont elle n'a pas envie.

Kat et Lillia échangent un regard, et je me rends compte que j'ai l'air jalouse. Je fais marche arrière.

— Je veux dire, si tu es d'accord, tu pourrais peut-être le faire lors de la cérémonie d'illumination du sapin. J'y serai avec la chorale. Alex Kudjak également. Il a un solo. C'est mardi soir.

— Un solo ?

Kat semble surprise. Ça fait plaisir d'avoir quelque chose à partager avec le groupe pour une fois, un truc dont elles ne sont pas au courant.

— Il va chanter *Baby, it's Cold Outside.* Il a une super voix. Et il joue de la guitare.

Kat se sourit à elle-même.

— Sympa.

— Skud doit être hyper content, mais pourquoi il n'a rien dit ? (Lillia arrondit les lèvres et se passe du baume.) Tu sais quoi ? Je vais me débrouiller pour que toute la bande vienne le regarder chanter. En plus, j'ai envie de t'écouter, Mary.

— Je n'ai pas de solo, mais je serai contente de savoir que quelqu'un dans le public est là pour moi.

C'est clair que tante Bette ne viendra pas. De toute manière, je n'en ai pas envie.

— Lil, c'est parfait, conclut Kat. Rapproche-toi de Reeve ce soir-là. Et *boum*.

— Peut-être, dit Lillia. À condition que Rennie ne soit pas là.

— Je croyais que ce n'était pas un problème pour toi.

— Non, en effet. C'est juste que… que je n'ai pas envie de le faire sous son nez.

En tout cas, je serais bien contente qu'elle ne le fasse pas sous le mien.

Lillia sort son téléphone de son sac.

— J'envoie un SMS à Reeve, pour m'assurer qu'il vienne.

Nous nous massons autour d'elle pendant qu'elle lui écrit :

Merci encore d'être passé aujourd'hui, coach. Tu veux aller voir l'illumination mardi ? Skud va chanter en solo, on pourrait lui faire la surprise !

Il répond aussitôt :

Ouais, bonne idée. Au fait, toujours O.K. pour réviser samedi ?

En lisant son message, Kat hausse les sourcils.

— Bah voilà ! Tu vas pouvoir passer à la deuxième étape.

— Qui consiste à… ?

— À laisser Reeve croire que tu es sa petite amie jusqu'à la fin des vacances de Noël. Fais-lui du charme et tout, histoire qu'il t'achète un cadeau. Comme ça, nous serons sûres qu'il te considère vraiment comme sa meuf.

— Tu crois qu'il ferait ça ?

Je repense au jour où Reeve m'a offert mon pendentif en forme de marguerite. À la joie que j'ai ressentie.

— Ouais. Je parie qu'il t'offrira un truc.

Lillia se mordille l'ongle.

— Bon, et la troisième étape, c'est quoi ?

— Le réveillon de la Saint-Sylvestre. Tu le plaques à minuit.

Kat agite les mains.

— Mieux encore, tu pourrais embrasser quelqu'un d'autre à minuit !

Lillia secoue la tête en jetant des regards furieux.

— Je ne suis pas une salope !

Kat se rétracte.

— O.K., O.K., dans ce cas, tu le laisses juste en plan !

Lillia réfléchit, puis ajoute calmement :

— Bon, d'accord. Ensuite, le premier janvier, tout sera terminé. Nouvelle année, nouveau départ. Pour nous toutes.

— Exactement. Marché conclu.

Kat lui tape dans la main pour sceller l'accord et elle s'apprête à le faire avec moi quand une fille que je ne reconnais pas entre dans les toilettes. Le bras de Kat retombe et je me dépêche de sortir avant que la porte se referme. Pendant ce temps, Kat file jusqu'à une cabine pour pisser, et Lillia se penche au-dessus du lavabo pour finir de se maquiller.

Je m'éloigne un peu puis, au beau milieu du couloir, alors que je tente de me représenter Lillia en train d'embrasser Reeve, quelque chose m'incite à revenir sur mes pas. Je ne sais pas pourquoi; c'est juste un pressentiment. Alors, je m'exécute. Je retourne aux toilettes et colle mon oreille contre la porte.

— Tu savais que ses parents n'étaient pas venus pour Thanksgiving? Ils devaient venir, et puis ils ont changé d'avis.

C'est Kat qui murmure en parlant de moi.

Lillia retient son souffle.

— C'est horrible! La pauvre. Je comprends mieux pourquoi elle n'avait pas le moral ces derniers temps.

— Sa tante a l'air vraiment louche. Quand elle n'est pas enfermée au grenier, elle passe son temps à la réprimander. Tu es passée près de chez elle dernièrement? La maison tombe presque en ruines. Je me demande si elle devrait continuer d'habiter là-bas.

— On devrait peut-être essayer d'appeler ses parents? Pour leur raconter ce qui se passe?

— Mais c'est bien ça, le problème. On ne sait même pas ce qui se passe. (Kat pousse un long soupir.) Ça m'étonnerait que Mary nous raconte tous les détails. Elle ne veut probablement pas nous inquiéter sur la gravité de la situation. Quelque chose ne va pas, c'est clair.

— Peut-être qu'on devrait l'inciter à se confier à quelqu'un. Un conseiller, par exemple.

— Ouais, bonne idée. C'est à nous de veiller sur elle, sinon, personne ne le fera.

Je pars en courant. Même si cette conversation veut dire qu'elles sont de vraies amies, je déteste qu'elles discutent de moi dans mon dos. Personne ne doit parler à tante Bette. Ni l'école, ni Lillia, ni Kat.

XLI
LILLIA

Je n'arrête pas de penser à ce que Kat a dit. Selon elle, Reeve n'est pas désolé et m'a raconté cette histoire uniquement pour me faire bonne impression. Je lui donne raison. Pourquoi n'a-t-il pas fait ses excuses à Mary quand l'occasion s'est présentée ? Malgré tout, je me souviens de la manière dont il m'a regardée, dont il a pleuré comme un petit enfant, et je suis persuadée qu'il m'a dit la vérité. En outre, qui aurait-il pu blesser davantage que Mary ?

Ça n'a pas d'importance, de toute façon. Parce que ce n'est pas à moi de pousser Reeve à s'excuser ou d'essayer de deviner s'il est vraiment désolé de ce qu'il a fait. Je reste fidèle à mon amie. Il faut que Reeve paye pour ce qu'il a fait à Mary. C'est tout. Œil pour œil, dent pour dent.

Cœur brisé pour cœur brisé.

On doit se retrouver au *Java Jones* à midi. J'ai l'intention de terminer ma dissertation d'anglais sur les figures maternelles dans les œuvres de Shakespeare, que je dois rendre lundi. J'ai pris un CD-ROM d'entraînement au test d'évaluation pour Reeve. Je compte le lui prêter, parce qu'il a déjà fini les deux livrets d'exercices que je lui ai passés.

Je décide de me rendre au *Java Jones* une heure à l'avance, parce que cette dissert ne va pas s'écrire toute seule, et parce que je veux nous réserver une bonne table près d'une prise, pour que nous puissions recharger nos ordinateurs portables au besoin. Par chance, celle que je convoitais est libre. Je pose mon manteau sur le dossier d'une chaise et la sacoche de mon ordinateur sur l'autre. Ensuite, au comptoir, je commande un chocolat chaud avec de la crème fouettée et un sucre d'orge à la menthe. Pendant que je fouille dans mon porte-monnaie, mon téléphone vibre.

C'est un SMS de Reeve.

Ma jambe me fait vraiment mal ce matin. Je pense que je ne vais pas venir. Désolé :(

Je fais la même tête que son smiley. Je n'arrête pas de lui dire qu'il ne devrait pas trop forcer à la salle de muscu. Il ne faut pas brûler les étapes lors d'une rééducation, et rester patient. Mon oncle s'est cassé la cheville en courant il y a deux ans ; il a terminé sa rééduc une semaine en avance, et il dit que sa cheville lui fait toujours mal par temps de pluie.

Alors que je m'apprête à lui répondre, Reeve passe devant la vitrine au volant de sa camionnette.

Qu'est-ce que c'est que ce... ?

C'est là que je comprends. Reeve se rend probablement chez Rennie.

Je ramasse mes affaires sur la table en laissant mon chocolat chaud pour garder la place. Je dis au serveur que je reviens tout de suite et je sors. Comme le soleil m'éblouit, je lève la main pour me protéger les yeux. Pendant une seconde, je pense l'avoir perdu, mais je l'aperçois qui tourne à gauche dans le parking près des ferries.

O.K., je me suis peut-être trompée.

Je dévale le trottoir en toute hâte. Je suis en colère, mais j'essaye de rester calme. Peut-être qu'il passe chercher un de ses frères ? Je lui envoie un SMS innocent.

Tu veux que je vienne ? On peut étudier chez toi.

Dès que j'appuie sur « Envoyer », je sens mon cœur se serrer, parce que j'ai l'horrible pressentiment que Reeve va me mentir.

Il ne me répond pas tout de suite, ce qui me laisse le temps de le rattraper.

Lorsque j'entre sur le parking, je fais attention à rester cachée derrière les arbres et la billetterie. Reeve a garé sa camionnette dans la file des voitures qui attendent d'embarquer sur le prochain ferry. Je suis suffisamment proche pour le voir consulter son téléphone. Il est probablement en train de lire mon SMS. Il m'écrit :

Je pense que je ferais mieux de rester tranquille et d'appliquer une poche de glace. Je t'envoie un SMS plus tard si je me sens mieux.

Mon sang ne fait qu'un tour. Reeve n'est pas digne de confiance, vraiment pas. Je m'en veux à mort d'être tombée dans le panneau alors que je savais à quoi m'attendre.

Reeve ne me voit pas arriver. Il triture les boutons de l'autoradio. J'entends la musique à mesure que j'approche. C'est du hip-hop, et il a mis le volume à fond. Il tapote le volant en rythme. Peu importe qui il s'apprête à retrouver, il est euphorique.

Je frappe si fort contre sa vitre que j'en ai mal aux doigts. Reeve sursaute, et lorsqu'il me voit, il tombe des nues. Il éteint la radio, puis tente d'abaisser sa vitre.

— Salut toi ! lui dis-je d'un ton mielleux. Ravie de constater que ta jambe va mieux. (Je cesse de jouer la comédie, et mon sourire disparaît.) Pas la peine de m'envoyer un SMS plus tard. Ni un autre jour.

Je m'éloigne.

J'entends sa portière s'ouvrir puis claquer, et ses pieds marteler la chaussée. J'accélère le pas aussi vite que possible, mais Reeve doit carrément courir, même avec sa jambe blessée. Je fais tomber ma sacoche d'ordinateur par terre. Je m'en fous. Je ne veux pas le regarder.

Avant de comprendre ce qui m'arrive, Reeve passe ses bras autour de moi par-derrière.

— Lâche-moi !

J'essaye d'échapper à sa poigne de fer, mais ses bras me bloquent complètement.

— Lillia, attends !

Je n'attends pas. Je me débats en hurlant et m'agite pour me libérer jusqu'à me retrouver à bout de forces.

— Lâche-moi, j'ai dit !

Dans le parking, quelques personnes se sont arrêtées pour nous regarder.

— Arrête ton cirque ! siffle-t-il. (Il a raison. Je n'ai pas envie que les flics débarquent. Je veux juste qu'il me lâche. Il ne le fera que si je me calme.) S'il te plaît, Lillia.

Je cesse de lutter et il relâche son étreinte. Essoufflée, je me retourne face à lui.

— Tu as l'intention de m'expliquer pourquoi tu me mens ?

Reeve serre les dents.

— Non, pas vraiment.

Il fait quelques pas en arrière et ramasse ma sacoche.

Je sens que je suis à deux doigts de lui balancer des trucs vraiment méchants. Je meurs d'envie de tout lui dire, de lui raconter que je sors avec lui uniquement dans le but de venger Mary. Que tout ceci n'est qu'un mensonge. Que j'ai fait semblant de l'apprécier, alors qu'en réalité, il me dégoûte.

Mais je ne peux pas le faire, parce que ces mots ne signifient rien. Ils ne le blesseront pas. Parce que si Reeve s'intéressait à moi, il ne m'aurait pas menti afin de filer en douce, probablement pour retrouver une autre fille.

— Dis-moi où tu vas.

Je sais que je semble jalouse, et j'ai horreur de ça.

— Il vaut mieux que tu ne le saches pas, me dit-il en me tendant ma sacoche.

Je la lui arrache des mains et entends des morceaux de plastique se promener à l'intérieur. Mon ordi est cassé.

Je sens les larmes me monter aux yeux et ma vision se troubler.

— J'espère que cette fille s'y connaît en tests d'évaluation. Ou peut-être qu'elle n'en a rien à foutre que tu n'ailles pas à l'université !

Je repense à tout le temps que j'ai perdu à tenter d'aider Reeve. J'aurais dû m'en tenir à ce foutu plan. Je parie que j'aurais pu l'embrasser il y a des semaines de cela.

Reeve blêmit.

— Tu crois que je vais voir une autre fille ?

Je m'éloigne sans rien dire. Il me suit à nouveau et accélère afin de rester à ma hauteur.

— Très bien, tu veux savoir où je vais ?

Il fouille dans sa poche et en sort un papier qu'il me tend. Je m'essuie les yeux pour le lire. Deux noms sont écrits dessus, et aucun n'est celui d'une fille. Il y a également l'adresse d'une fraternité de l'université du Massachusetts.

Je lève les yeux pour le regarder, parce que ça n'a aucun sens.

Il pince les lèvres.

— Je vais botter le cul de ces deux connards.

Puis, il retourne vers sa camionnette. Je fixe le papier. Ian Rosenberg et Michael Fenelli. Il me faut une seconde pour comprendre.

— Oh, mon Dieu ! Oh, mon Dieu, non !

Cette fois-ci, c'est moi qui lui cours après. Je lui hurle :

— T'es malade, ou quoi ?

Reeve ne ralentit pas.

— Je suis vraiment con de ne pas y avoir pensé plus tôt. La maison que ces ordures louaient, elle est gérée par mon père. J'ai juste eu à chercher l'adresse, et bingo ! J'ai tout trouvé : leurs adresses, leurs numéros de téléphone et leurs dates de naissance. Je vais y aller et leur faire regretter d'avoir osé poser les yeux sur Rennie et toi.

— Je ne veux pas que tu fasses ça ! (La sirène du ferry retentit et les voitures qui patientaient démarrent.) Je ne veux pas que tu les approches !

Reeve ouvre sa portière.

— Pourquoi ? Tu ne crois pas qu'ils le méritent ?

Je me fais violence pour lui répondre. Parce que si ces gars ont leur part de responsabilité dans l'histoire, j'ai la mienne, également. C'est moi qui me suis rendue dans la maison d'un étranger. C'est moi qui ai trop bu. C'est moi qui leur ai donné l'occasion de faire ce truc horrible, à mon grand regret.

— Ça ne changera rien ! (Je tends les bras et attrape son sweat à deux mains.) S'il te plaît, n'y va pas. Si c'est pour moi, ne le fais pas.

Reeve secoue déjà la tête. Il ne m'écoute pas.

— Ces bâtards doivent payer pour ce qu'ils ont fait. Leur crime ne doit pas rester impuni. Ils ne s'en tireront pas comme ça.

J'ai du mal à respirer.

— Je sais que tu veux m'aider, vraiment. Mais rien de ce que tu pourras faire ne changera la situation. (Je tente de rester forte afin de le forcer à m'écouter, mais je sens que je commence à trembler.) Si tu y vas, tu ne feras que me rappeler cette nuit-là. Tout ce que je veux, c'est oublier.

Je le sens se détendre un peu.

— Tu ne peux pas faire comme si rien ne s'était passé, Lil. C'est arrivé, tu dois l'accepter.

— Je sais, mais laisse-moi régler les choses à ma façon. (Je lui adresse un regard implorant.) Pas comme ça.

Nous nous dévisageons sans ciller, et Reeve finit par acquiescer.

— Je… Je voulais juste arranger les choses pour toi.

Il tend le bras, me prend la main et resserre les doigts autour des miens. Je le laisse faire, même si je pense que je ne le devrais pas.

Plus tard, en repensant au regard de Reeve, je l'entends à nouveau me dire que les mauvaises actions ne doivent pas rester impunies, et je suis terrifiée, parce qu'il a raison. Nous finirons tous par subir les conséquences de nos agissements, et moi peut-être plus que les autres.

XLII
KAT

Pendant mon heure libre du lundi, je file à la salle informatique pour consulter mes e-mails. Je dois attendre d'être à l'école pour le faire, parce que chez moi, l'ordinateur est hyper lent. Il est vieux, pour commencer, et comme Pat a téléchargé des tas de jeux vidéo (des pornos, en vérité), il a chopé plus de virus qu'une prostituée.

Quand je me connecte, une fenêtre s'ouvre pour me dire que ma boîte de réception est presque pleine. Pas étonnant. Il y a un mois, ma tante Jackie a découvert l'existence du « courrier électronique » et m'a demandé mon adresse. Depuis, elle me transfère au moins dix messages par jour. Des poèmes sur les anges, des chaînes de prières de lutte contre le cancer et des articles sur la recherche et les nouveaux traitements médicaux. Elle est obsédée par la mort de ma mère, d'une manière vraiment malsaine. Elle ferait bien de prendre rendez-vous avec Mme Chirazo.

Malheureusement, rien de nouveau à propos de ma candidature à l'université d'Oberlin. Je sais qu'ils ont jusqu'à la fin janvier pour me répondre, mais je croise les doigts pour qu'ils le fassent avant. Mme Chirazo a adoré ma nouvelle lettre de motivation. Elle a dit qu'elle lui avait fait monter les larmes aux yeux. Elle a probablement dû avoir une bouffée de chaleur à ce moment-là, mais c'est tout ce que j'avais besoin d'entendre.

Plus tard le même jour, nous assistons à une réunion sur les dangers de l'alcool au volant, ce qui est une manière sympathique de nous rappeler que les vacances de Noël approchent. Debout sur le podium, une femme d'un certain âge en uniforme d'agent de police récite un texte soporifique en faisant défiler un diaporama d'accidents de voiture des années soixante-dix qui ne montre rien d'intéressant. Pas de sang, pas de cadavres. Juste des épaves et des tas de métal déchiquetés. Elle aurait tout aussi bien pu prendre des photos de mon garage.

Bref, je m'endors en cours de route, et des applaudissements polis me réveillent. J'ouvre les yeux juste au moment où l'agent de police se prend les pieds dans le fil du micro et manque de tomber sur le cul. Je ne peux pas m'empêcher de rire. Je regarde autour de moi pour voir qui a également apprécié ce cadeau de Noël avant l'heure, mais personne ne bronche.

Je croise le regard de Rennie, qui a un grand sourire aux lèvres. Aussi grand que le mien.

Je détourne immédiatement les yeux. Avec Rennie, on partageait le même sens de l'humour noir.

Merde. Je pense que c'est toujours le cas.

XLIII
LILLIA

Le sapin et les décorations vendues par les dames de l'église dégagent une délicieuse odeur de pin et de cannelle annonciatrice de Noël. On dirait qu'il va neiger d'une minute à l'autre. Je l'espère, en tout cas. Un jour de neige, et ce serait le paradis.

Le public est venu en nombre cette année. La moitié de Jar Island semble avoir fait le déplacement sur Main Street pour assister à l'illumination, même si c'est un jour de semaine. La chorale de l'école est au pied de l'arbre en train de chanter *Winter Wonderland,* et les choristes sont vraiment bons. Ils portent tous des bonnets de Noël et des écharpes à rayures rouges et vertes. Les sopranes ont même des clochettes. Mary se tient à l'arrière, et elle est vraiment mignonne avec ses tresses et son bonnet enfoncé sur la tête. Alex est là, lui aussi, au premier rang. Son solo devrait bientôt commencer. Je croise son regard et lui fais signe ; il me fait un clin d'œil et incline son couvre-chef.

Le chant se termine et j'applaudis avant d'effectuer un petit saut groupé.

Je crie :

— Hourra pour Skud !

Et dans ma tête, j'ajoute *Hourra pour Mary.*

Je suis blottie contre Ashlin. Derek et Reeve sont partis nous acheter un chocolat chaud. Rennie est au boulot. Parfait. Je ne vais pas avoir à me soucier d'elle ce soir.

— Skud est vraiment mignon comme ça ! me confie Ashlin en me donnant un coup de coude. On dirait un elfe géant.

Je fouille dans mon sac en bandoulière à la recherche d'un bonbon à la menthe.

— Ouais, il ressemble vraiment à un elfe.

Il est vraiment canon avec son caban camel, son bonnet de Noël et l'écharpe écossaise que sa mère lui a probablement achetée. Ses joues sont rougies par le froid et il arbore un large sourire. Je ne peux pas m'empêcher de sourire, moi aussi.

Je fais remarquer à Ashlin :

— Il a une belle voix, tu ne trouves pas ? Je suis trop pressée d'entendre son solo.

— Pareil, reconnaît Ashlin.

Puis elle se penche vers moi et me murmure :

— Alors, y'a quoi entre Reeve et toi ? Vous êtes ici ensemble ou quoi ?

Je cligne des yeux, et sans même réfléchir, je lui réponds d'une voix perçante :

— Ah non, alors !

Comme elle a l'air d'en douter, j'ajoute :

— Il ne se passera jamais rien entre Reeve et moi. Pas même dans un milliard de millions d'années.

Alors qu'elle s'apprête à me répondre, ses yeux s'illuminent et elle tend la main en hurlant :

— Donne-le-moi, donne-le-moi !

Je me retourne. Derek et Reeve sont de retour avec nos chocolats chauds. L'espace d'une seconde, je me demande avec inquiétude si Reeve m'a entendue, mais il me tend mon gobelet et son visage reste impassible.

Puis, de l'autre côté de la place de l'hôtel de ville, j'aperçois Kat qui nous regarde. Le moment est venu de passer à la première étape.

Oh, mon Dieu.

Je change de place avec Ashlin afin de me retrouver près de Reeve et elle à côté de Derek.

— J'ai super froid, dis-je en serrant mon gobelet entre mes doigts.

Je porte une polaire gris pâle, un jean slim et des bottes de cavalière, ainsi que des protège-oreilles en peau de lapin. J'aurais dû mettre des moufles, par contre.

Comme Reeve reste silencieux, je le tire par la manche en répétant :

— J'ai super froid.

Reeve lève les yeux au ciel.

— Pourquoi tu n'as pas pris de veste ?

Je me rapproche doucement et me blottis contre lui pour me réchauffer. Voilà pourquoi, Reeve.

— D'habitude, ma polaire me suffit, mais ce soir, il gèle vraiment.

J'essaye de glisser mon bras sous le sien, mais il se dérobe vivement.

Ensuite, il s'écarte de moi et ôte sa doudoune, puis me la tend en lançant :

— Prends ça et arrête de te plaindre. N'oublie pas que c'est toi qui nous as demandé de venir à cet événement.

Pourquoi se montre-t-il si désagréable, tout d'un coup ? On était très proches samedi, et trois jours plus tard, on dirait qu'il tente de me repousser. M'aurait-il entendue parler à Ash, ou est-ce autre chose ? Je devrais me sentir soulagée, parce que je ne vais pas l'embrasser s'il se comporte aussi mal. Pourtant, je ne le suis pas. Je suis contrariée et je lui rappelle :

— On est là pour soutenir Alex. C'est aussi ton ami.

Reeve grogne plus ou moins. Les bras croisés, il se remet à regarder la chorale, qui vient d'entamer *Let it Snow*. Derek et Ash se sont réfugiés sous un sapin pour s'emballer. En public. C'est vraiment de mauvais goût. En plus, ils ont gâché leur chocolat chaud ; leurs gobelets gisent par terre.

Il ne reste plus que Reeve et moi. Je jette un nouveau coup d'œil à Kat, mais ne la vois pas. Il y a trop de monde autour de nous.

J'observe Reeve du coin de l'œil. Il est planté là, les bras croisés, l'air renfrogné. Je sirote une gorgée de mon chocolat chaud. Peut-être que j'ai tout imaginé et qu'il est déjà passé à autre chose.

— Qu'est-ce que tu as, ce soir ? Tu es vraiment de mauvais poil.

Il me regarde à peine.

— Rien du tout, tout va bien.

— Tu as mal à la jambe à force de rester debout ? On pourrait trouver un banc et… (Je m'interromps. Il ne m'écoute même pas. Je me mords la lèvre. S'il est décidé à en rester là, je vais couper court la première.) Tiens, lui dis-je en lui rendant son manteau. Je m'en vais. Dis à Alex que j'ai dû partir.

Je m'éloigne à grands pas en direction du parking et jette mon gobelet dans une poubelle en passant.

— Attends ! s'écrie-t-il.

Je ne ralentis pas. Au contraire, j'accélère, mais Reeve me rattrape. Le souffle court, il me retourne face à lui.

Ses yeux verts étincellent. Il plante son regard dans le mien, sans ciller. À voix basse, il me confie rapidement :

— Je t'aime beaucoup. Je l'ai gardé pour moi pour ne pas blesser Skud. Mais je t'aime, je n'y peux rien. (Il attend que je dise ou fasse quelque chose.) On arrête de jouer, Cho. Toi et moi, c'est du sérieux ?

Mon visage s'empourpre. Je sais que je suis censée répondre que oui et l'embrasser. C'est notre plan. Le seul problème, c'est qu'au fond de moi, j'ai réellement envie de lui répondre que oui. Je le veux plus que tout, mais j'ai peur. Tout est soudain si réel que je suis pétrifiée.

Quelques secondes passent, et Reeve détourne le regard. Il fixe le sol. Il s'apprête à reculer, à partir, et tout sera terminé.

— Oui, c'est sérieux.

Reeve tourne vivement la tête.

— Dans ce cas, pourquoi tu as dit à Ashlin que tu n'étais pas ici avec moi ?

Je ne trouve rien d'autre à lui dire que la stricte vérité.

— Parce que j'ai peur. (Ma voix se brise.) Je ne veux blesser personne.

Je reste plantée là, tremblante. Reeve pose son manteau sur mes épaules et je le laisse m'aider à l'enfiler. Il m'attire contre lui, puis glisse mes bras autour de son cou.

— Ça va ? me chuchote-t-il.

Il frissonne, lui aussi.

Je hoche la tête ; mon cœur bat si vite et si fort que je peux l'entendre. Je crois entendre le sien également.

Là, il m'embrasse, et je ne pense plus à rien.

XLIV
MARY

Je les ai vus partir. Et même si j'ai essayé de lutter contre l'envie, j'ai quitté la chorale en catimini, je suis descendue des gradins et les ai suivis.

Reeve l'embrasse délicatement, comme si c'était une poupée de porcelaine susceptible de se briser dans ses bras s'il ne faisait pas attention. Elle n'a jamais semblé aussi jolie. On dirait un ange. Ses joues sont roses et sa chevelure soyeuse flotte autour d'eux. On se croirait dans un film. Deux ados qui s'embrassent sur le parking, avec des chants de Noël et un sapin illuminé en arrière-plan.

Et moi, tapie dans l'ombre, qui les épie.

Notre plan a marché. Maintenant, je suis sûre qu'il l'aime, à la manière dont il la regarde, comme si c'était la fille de ses rêves. Il n'arrive pas à réaliser la chance qu'il a. Tout se déroule exactement comme nous l'avons prévu.

Je serre les poings si fort que mes ongles laissent des croissants rouges dans mes paumes. Je sens une vague de chaleur monter en moi, comme si elle me dévorait. Mais même si j'ai mal pour le moment, ce sera dix fois pire pour lui. C'est la seule chose qui me permette de tenir le coup.

XLV
KAT

Je suis assise par terre au milieu de la foule venue assister à l'illumination du sapin, et le froid s'infiltre par le fond de mon jean. J'arrache mes moufles avec mes dents, rabats les languettes de mes rangers et vérifie que je ne saigne pas.

Vous savez, il existe un code à suivre pendant les concerts. Des règles de bon sens à respecter afin que tout le monde passe un bon moment. Il est valable même pour les concerts punks, où les spectateurs debout dans la fosse se tabassent comme des malades. Par conséquent, il doit s'appliquer également à ce type de spectacle merdique.

J'ai appris les règles lors de mon premier concert chez *Paul's Boutique*. Kim et moi étions dans la régie son. Elle avait une torche qu'elle n'arrêtait pas de braquer sur les contrevenants pour que je puisse observer en direct leurs transgressions.

Le code se résume principalement à ceci :

Règle numéro un : ne jamais prétendre qu'un ami vous attend près de la scène pour pouvoir pousser tout le monde et s'approcher. Les gens braillent des noms bidon, du type « Hé, Jimmy, j'arrive ! », puis se faufilent jusqu'au premier rang. La technique peut éventuellement fonctionner sur une ou deux personnes à l'arrière, mais en fin de compte, ils se retrouvent devant tout seuls et les autres spectateurs l'ont mauvaise.

Règle numéro deux : même dans la foule la plus compacte, il faut toujours respecter l'espace vital de chacun. Vous pouvez frôler quelqu'un une fois par mégarde, mais c'est tout. Et si vous portez un sac à main ou autre, vous devez le tenir serré contre votre poitrine pour éviter de bousculer les autres avec.

Règle numéro trois : si vous êtes très grand, ne soyez pas vache en vous plaçant devant un petit.

Enfin, même si je n'ai jamais eu l'occasion d'y assister lors d'un concert, il doit bien exister une dernière règle sur l'art de manœuvrer au milieu de la foule avec une poussette double chargée de deux mouflets hurlants.

Je fusille du regard cette Mère de l'Année quand elle se retourne timidement et me fixe avec sa mine déconfite, comme pour me dire qu'elle est désolée. En attendant, ses deux braillards m'ont gâché tout le récital.

Je me remets debout et cherche Lillia et Reeve des yeux dans la foule, mais ils ont disparu. Tout comme cette crétine d'Ashlin et ce tas de muscles de Derek.

Je fais volte-face et me dresse sur la pointe des pieds pour essayer de voir où ils ont pu aller, mais la foule est hyper dense, et la famille derrière moi me regarde de travers, alors je me retourne à nouveau pour écouter le concert. Lillia nous donnera les détails croustillants plus tard. Je sais qu'elle a fait ce qu'il fallait.

De toute façon, je suis curieuse d'entendre Alex chanter. Je lui ai déjà demandé de me jouer l'une de ses chansons, mais il a toujours refusé. Je lui ai dit que cette soirée serait une sorte de répétition pour son audition à l'université de Californie du Sud. Pour autant que je sache, il ne leur a toujours pas envoyé sa candidature.

Après deux chants bien niais, l'orchestre entame *Baby, it's Cold Outside*. Alex s'avance avec une fille qui fait partie de la troupe de théâtre. Il a attrapé sa guitare et commence à jouer.

Je me sens sourire. La fille du théâtre n'assure pas du tout ; elle se la joue façon Broadway, ce qui est complètement déplacé pour une chanson aussi sexy. Alex a tout bon, en revanche. Il se comporte comme un gars qui a envie de convaincre. Sa voix est douce, mais on sent qu'il en veut. Elle est fantastique : claire, lumineuse, affirmée. S'il pouvait se montrer aussi sûr de lui au quotidien, il irait forcément loin.

À la fin de la chanson, il recule sur les marches et rougit face aux applaudissements. Les gens tapent dans leurs mains, mais pas de manière polie. On dirait qu'ils viennent d'assister à un événement… spécial.

Pendant ce temps, Alex scrute la foule, probablement à la recherche de ses amis. Mais ils sont tous partis.

Le pauvre. Je ne pige pas pourquoi sa bande ne remarque pas à quel point il est formidable.

Les yeux d'Alex se posent sur moi. Je siffle entre mes doigts, puis lui fais le signe du diable des deux mains, comme s'il était une vraie rock star. Ou du moins, sur le point d'en devenir une.

Il me sourit, et malgré le froid, tout mon corps se réchauffe.

Je m'apprête à adresser le même signe à Mary, parce que je suis trop fière qu'elle ait osé se présenter devant tout le monde comme ça, mais je ne la trouve pas non plus. Où est-ce qu'ils sont tous passés ?

Le maire s'avance sur l'estrade et signale au technicien d'illuminer le sapin. Il s'éclaire pendant une seconde, puis plus rien. Toutes les lumières de la rue, les lampadaires, les vitrines des magasins et les feux de signalisation crépitent, puis s'éteignent complètement, nous plongeant dans le noir. Ensuite, elles se rallument et se remettent à clignoter, comme s'il y avait un problème électrique.

Purée, est-ce que c'est tout le réseau de l'île qu'il faudrait rénover ?

Je m'apprête à prendre mes jambes à mon cou pour la deuxième fois de l'année, quand soudain, la lumière se rallume pour de bon et toute la foule applaudit comme si c'était un vrai miracle de Noël.

Après tout, c'en est peut-être un. Mais je décide de me barrer d'ici coûte que coûte, par mesure de précaution.

XLVI
LILLIA

Le mercredi, alors que je déjeune avec toute la bande, deux filles de deuxième année s'approchent nerveusement de notre table. Elles ont l'air hyper jeunes, avec leurs jeans bien trop bleus et trop larges, leurs doudounes de sport et leurs Converse.

— Dis, Rennie, on pourrait te poser une petite question rapide ? demande la blonde à la queue de cheval.

— Si tu n'es pas trop occupée, ajoute la brunette.

Au cours des dernières semaines, je suis passée maître dans l'art d'ignorer Rennie. J'y arrive presque aussi bien qu'elle vis-à-vis de moi. Je me replonge donc dans mon livre d'histoire et fais mine d'être absorbée par un portrait de l'inventeur Eli Whitney.

En plus, je sais déjà ce qu'elles vont lui demander.

Les deux filles sortent une coupure de journal et la pose sur la table à côté de Rennie. Vu d'ici, sans y regarder de trop près, on dirait un article d'un magazine pour ados. Ou du catalogue d'un grand magasin ?

— On se demandait si cette robe conviendrait pour ta fête.

Le réveillon chez Rennie est LA fête dont tout le monde parle. Elle aura lieu dans la galerie de sa mère, comme un dernier baroud d'honneur avant que Mme Holtz ne la vende. Ce sera le chef-d'œuvre de Rennie. Elle a choisi comme thème les années vingt, et elle sort le grand jeu : ça fait un mois qu'elle stocke des bouteilles de gin et de champagne piquées au *Bow Tie*. Selon elle, ce n'est pas très compliqué, avec tous les pots de Noël qui y sont organisés par les entreprises. Il reste des tas de bouteilles à la fin de chaque soirée. En plus, tout le monde devra être costumé. Les filles viennent trouver Rennie pour lui montrer des photos de leurs robes et obtenir son approbation pour leurs coiffures. Je l'ai même observée, le front plissé par la concentration, en train de lire *Gatsby le magnifique* pendant une pause, ce qui est à mourir de rire, parce qu'on a dû l'étudier en première année, si je me souviens bien.

Le jour de la rentrée, Rennie m'avait exposé cette idée en premier. Elle a convié presque toute l'école à sa fête, sauf moi. Elle ne m'a pas interdit de venir, mais ne m'a pas invitée non plus. Je n'ai pas envie d'y aller, mais en même temps, je n'ai pas le choix. C'est l'ultime étape de notre plan.

Rennie attaque les deux filles.

— Vous voulez rire, ou quoi ? Pour commencer, c'est une robe de bal, pas une robe de réveillon. En plus, elle n'a même pas de volants. Vous voyez la taille cintrée ? Et cet affreux jupon ? C'est un pauvre costume de femme au foyer des années cinquante.

Elle chiffonne la feuille et la jette sur le sol de la cafétéria.

***

DEPUIS QUE JE la connais, Rennie me tanne pour organiser une fête chez moi. J'ai toujours refusé, parce que le genre de fêtes que mes parents m'autoriseraient à donner n'intéresserait aucun de nos amis : pas d'alcool, pas de musique à fond, pas de baignade à poil, pas de roulage de pelle dans les chambres. Ça ressemblerait plus à un karaoké autour d'une assiette de fromage.

En plus, je dois avouer que je n'ai jamais été trop chaude pour accueillir autant de gens. Ça doit être stressant de veiller à ce que tout le monde passe du bon temps tout en s'assurant qu'ils ne dévastent pas la baraque. Pourtant, c'est une maison idéale pour les fêtes. Ma mère l'a conçue pour ça, avec un vaste espace ouvert, de hauts plafonds voûtés et plein de place pour bouger. D'ailleurs, la soirée cinéma que j'ai organisée il y a quelques semaines s'est bien déroulée.

Je passe le reste de la journée à me demander pourquoi Rennie est la seule à organiser des fêtes. Pourquoi c'est uniquement elle qui garde la main sur toutes les soirées de Jar Island.

Ce jour-là, une occasion se présente. Alors que nous préparons le dîner, ma mère suggère que nous fassions une surprise à Papa en nous rendant toutes les trois à New York où il participe à une conférence médicale. Je lui rappelle que je dois travailler mes lettres de motivation, mais elle me dit :

— Lillia, tu ne vois presque jamais ton père. Nous pourrons passer du bon temps en famille. On ira à un spectacle, on se prendra un brunch et on ira admirer la dernière exposition d'art au Metropolitan. Peut-être qu'on se fera masser. Et on pourra faire nos emplettes de Noël ! Tu ne m'as pas dit qu'il te fallait de nouvelles bottes ?

Je sais qu'elle pense me convaincre avec le shopping, mais je campe sur mes positions.

— Papa va être coincé à sa conférence toute la journée. Il ne risque pas de venir au spa avec nous.

— Il pourra nous rejoindre pour dîner, argumente ma mère.

— Maman, il faut vraiment que je travaille sur mes lettres de motiv. J'ai eu tellement d'interros ces derniers temps que je n'ai pas pu m'y consacrer autant que je l'aurais voulu.

Je le pense, d'ailleurs.

Ma mère soupire.

— Bon, d'accord. Ce sera pour une autre fois.

— Tu devrais y aller avec Nadi. Je me débrouillerai très bien toute seule, promis.

Je vois bien qu'elle hésite. Elle veut vraiment quitter cette île; toute excuse est bonne à prendre pour s'en échapper un peu. Les hivers ici la rendent dingue. Elle devient claustrophobe, incapable de sortir, avec ce temps si froid, si humide et si gris.

En plus, elle adore New York. Elle y a vécu quand elle avait la vingtaine, et elle est nostalgique quand elle nous raconte ses virées en ville avec ses copines.

Nadia, qui nous écoute depuis le canapé, lance :

— Oh, s'il te plaît, on peut y aller ? Je veux faire du shopping ! Et je veux voir Papa, s'empresse-t-elle d'ajouter.

— Je ne sais pas… Tu passerais un week-end entier toute seule ?

D'une voix bien affirmée, je lui réponds :

— Maman, ça va aller. Je suis restée seule le mois dernier et tout s'est bien passé.

— Eh bien… c'est vrai que j'adore New York pendant

les fêtes de Noël, dit-elle en se retournant vers Nadia, qui pousse un cri aigu. La ville scintille de partout.

Elle me regarde et me propose :

— Tu n'as qu'à demander à Rennie de rester pour te tenir compagnie.

— Pourquoi pas…

Nadia hausse les sourcils. Je me retourne et commence à remplir nos verres d'eau.

— Qu'est-ce qui se passe entre vous deux ? m'interroge Maman. Je ne l'ai pas beaucoup vue dernièrement.

— Rien. On est juste très occupées. (Comme ma mère semble sur le point d'enchaîner avec une autre question, je décide de changer de sujet.) Maman, quand vous serez à New York, tu pourras me ramener un pot de crème hydratante du spa où tu vas ? Celle qui sent la dragée ?

— Peut-être que le père Noël t'en laissera un au pied du sapin, me confie-t-elle avec un clin d'œil.

C'est comme ça que je me retrouve à organiser ma première vraie fête. Le jeudi, pendant le déjeuner, je l'annonce à tout le monde, et en voyant la mine contrariée de Rennie, je m'en réjouis à l'avance.

— Vendredi soir, uniquement les dernière année. Aucune exception : je ne veux pas voir de troisième année ou autre. Uniquement les personnes qu'on apprécie.

Ce qui t'exclut d'office, Rennie.

— Ta mère te laisse organiser une fête ? me demande Rennie, l'air sceptique.

Je suis sur le point de répliquer sèchement quand je me rends compte que ce sont les premiers mots que Rennie m'adresse depuis plus d'un mois. Je me force à déglutir et explique :

— Ma mère ne sera pas là. Nadia non plus.

Rennie fait la moue.

— Et l'alcool, alors ? Je parie qu'il n'y en aura pas. Coca light et limonade pour tout le monde, je me trompe ?

Je l'ignore et touche le bras de Reeve.

— Reeve, tu peux demander à un de tes frères de me ramener quelques fûts de bière pour demain ? Je te paierai après les cours.

— Pas de problème, confirme-t-il en avalant cul sec sa brique de lait et en s'essuyant la bouche. Tommy me doit bien ça, parce que je l'ai aidé à déménager la semaine dernière. Tu veux des trucs plus forts, aussi ? Du sucré pour les filles, dans le style vodka pêche ou autre ?

Hum. Je n'ai pas envie que les choses dégénèrent. Mais comme Rennie me regarde, je précise :

— Une bouteille de tequila éventuellement, pour les shooters.

À l'ensemble de la tablée, j'annonce la couleur :

— Je ne veux pas que ça tourne mal. Vous pourrez m'aider à assurer le service d'ordre ? Ma mère me tuerait si on mettait la maison à sac.

Reeve me fait du pied sous la table, sa basket contre ma bottine.

— Je serai ton videur, promet-il en me regardant. Seuls les VIP sont autorisés à la fête de princesse Lillia.

Je suis tentée de jeter un coup d'œil à Rennie pour voir sa tronche, mais je n'en ai pas besoin. Je sais qu'elle bout de l'intérieur. Aucun doute là-dessus. Et pour jeter de l'huile sur le feu, je déclare :

— Il n'y aura pas de thème. Les thèmes, c'est carrément ringard.

— Ça s'annonce bien, se réjouit Alex. Dis-moi si je peux t'aider. Suffit de demander.

— Tu pourrais peut-être te charger des pizzas ?
— Ça marche, accepte-t-il en hochant la tête.

Après l'école, Reeve m'a envoyé un SMS pour me demander de l'aider à trouver un costume pour la fête de Rennie. J'ai accepté, parce que j'espérais que ça revienne aux oreilles de Ren. Nous nous retrouvons à *Second Time Around*, une friperie proche de chez Reeve dont sa mère lui a parlé. Devant une psyché, Reeve essaye une veste croisée à fines rayures.

— Euh, je crois que c'est une veste de femme, dis-je en me tordant de rire.

— Certainement pas, me contredit Reeve à voix basse. C'est un modèle pour homme. Elle est juste un peu cintrée.

Je me glisse derrière lui et me dresse sur la pointe des pieds pour regarder l'étiquette. Ann Taylor.

En essayant de ne pas pouffer, je lui réponds :

— Tu as raison, c'est une marque pour hommes.

Reeve m'adresse un regard suspicieux et enlève la veste. En lisant l'étiquette, il s'exclame :

— Ann Taylor ! C'est là que ma mère achète ses fringues. (Il me jette la veste et je la range sur le portant.) Si je ne trouve rien d'autre, ça fera l'affaire. C'est l'homme qui fait les vêtements, pas les vêtements qui font l'homme.

Je secoue la tête d'un air moqueur.

— Tu as vraiment une assurance incroyable. (Je lui en fais voir de toutes les couleurs, mais en vérité, je suis contente de retrouver le Reeve d'autrefois. Je lui tends une veste grise à carreaux boutonnée jusqu'en bas.) Tu pourrais porter celle-ci avec une chemise et une cravate.

Il la déboutonne et l'enfile sur sa chemise.

— Pas mal, commente-t-il en s'admirant.

Il est vraiment très stylé. Très viril. J'attrape un chapeau de feutre gris sur le présentoir et le pose sur sa tête en l'inclinant légèrement.

— Maintenant, tu es parfait ! Très BCBG, très Gatsby.

Ses joues sont douces ; il s'est rasé ce matin. Et il sent bon. Il ne s'est pas aspergé d'eau de Cologne, mais sent le propre, comme un savon parfumé.

— Cool, je le prends, me lance Reeve.

Je vois bien qu'il est content. Il se regarde dans le miroir une dernière fois, puis ôte son couvre-chef et me le met sur la tête. Il baisse les yeux sur moi, tire gentiment ma tresse, et j'ai l'impression qu'il va m'embrasser.

Mais derrière Reeve, à l'autre bout du magasin, deux filles et un garçon du lycée choisissent des vêtements sur les portants. Ils font partie du club de théâtre et sont probablement à la recherche de costumes. Je ne connais pas leurs noms, mais je parie qu'ils savent qui nous sommes. Et s'ils nous surprenaient en train de nous embrasser, ce genre de potins ferait le tour du bahut en un rien de temps.

Soudain, j'ai la tête qui tourne. Je m'éloigne rapidement de Reeve et me dirige vers la caisse. Il me suit et annonce à la caissière :

— On va prendre le feutre et la veste.

Puis, il règle ses achats et nous retournons à sa camionnette. Le soleil brille, mais il fait froid. Je serre mon écharpe autour de mon cou. Alors que je suis sur le point de sauter sur le siège passager, Reeve s'éclaircit la gorge et me demande :

— Ça te dirait de venir à la journée portes ouvertes chez mes parents ?

— C'est quoi, ces « portes ouvertes » ?

Il va déménager, ou quoi ?

— Un truc que mes parents organisent tous les ans en décembre, explique Reeve. Ma mère prépare des tonnes de bouffe, et des gens passent toute la journée. Principalement la famille et les voisins. Il y aura mes frères, leurs copines et mes cousins. En général, on regarde le foot à la télé et on décore le sapin, on accroche les guirlandes au garage, rien de spécial.

Je m'humecte nerveusement les lèvres.

— C'est quand ?

— Ce dimanche. Passe quand tu veux. Ça dure toute la journée.

— O.K.

Je connais Reeve depuis des années, et je ne me souviens pas qu'il ait déjà parlé de portes ouvertes. Je n'arrive pas à croire qu'il m'invite. C'est carrément gentil de sa part. Mais c'est aussi très concret. Franchement, traîner avec sa mère, son père, ses frères et leurs copines ? C'est le genre de truc que seules les petites amies font.

Ce qui est une bonne chose, j'imagine.

Un sourire soulagé se dessine sur le visage de Reeve.

— Vraiment ? O.K., cool. Passe quand ça te tente. Je veux dire, ça commence le matin et ma mère fait des roulés à tomber par terre, alors tu pourrais venir vers dix heures avant que mes frères ne les mangent tous.

— Cool.

Il a l'air si heureux que je me demande s'il ne va pas encore essayer de m'embrasser.

Reeve m'ouvre la portière passager et je grimpe à l'intérieur, mon écharpe volant derrière moi. Avant de la refermer, il attrape le bout de mon écharpe pour ne pas la coincer et l'enroule autour de mon cou. Puis, il retourne de l'autre côté, met le contact et allume le chauffage.

— Il va vite faire chaud.

Je hoche la tête et dois me rappeler en permanence que tout ça n'a rien de réel. Cette histoire sera bientôt terminée. Je ne peux pas me laisser distraire de mon objectif parce que j'ai des sentiments pour lui. Je ne peux pas avoir de sentiments pour lui. Il faut que je me contrôle.

Reeve s'arrête devant chez moi, et avant que je descende, il me dit :

— Tout est réglé pour les fûts. Je les récupère demain après le lycée. Je peux aussi prendre les pizzas.

Surprise, je tente de le dissuader :

— Oh, c'est gentil, mais Alex a proposé de s'en charger.

— Je m'en occupe, c'est sur mon chemin.

— O.K., merci, alors. Je donnerai mon numéro de carte de crédit quand je passerai commande demain.

Reeve me lance un regard étrange.

— J'ai les moyens de payer quelques pizzas, Cho.

Génial, je l'ai vexé. Alors que je réfléchis à ce que je pourrais dire pour rattraper le coup, il ajoute :

— Je viendrai demain de bonne heure pour t'aider à tout installer, si tu veux.

Je le regarde du coin de l'œil.

— Les gens vont s'en rendre compte, tu sais.

Reeve hausse les épaules.

— De quoi ?

— Franchement, Reeve. Si on veut que personne ne soit au courant, on devrait être plus discrets.

Reeve tend la main et dégage une mèche de cheveux derrière mon oreille.

— On ne réussira pas à se cacher éternellement.

— Je sais, mais on ne peut pas non plus mettre les autres devant le fait accompli comme ça. Ça risque de les blesser.

Par « les autres », j'entends Rennie et Alex.

Il se frotte les yeux.

— Je vais juste faire ce que me dicte mon cœur. Si les autres ont un problème avec ça… ils peuvent aller se faire foutre.

J'acquiesce. Qu'est-ce qu'on peut faire d'autre ? Alors, je fais ce que me dicte le mien sur l'instant. Je me penche au-dessus de la console centrale et lui colle une bise sur la joue. Je le fais si vite que je n'ai pas l'occasion de voir la tête qu'il fait, puis je sors de la camionnette d'un bond et cours jusqu'à la porte d'entrée.

Essoufflée, les joues rouges, je grimpe l'escalier et file dans ma chambre. Alors que je me brosse les cheveux devant ma coiffeuse, Nadia entre, vêtue d'un des grands sweat-shirts de Harvard de notre père et de ses chaussons.

— Salut, toi ! Je croyais que tu devais aller au centre équestre.

— Oui, plus tard. (Elle s'assoit sur mon lit et me regarde, les genoux pliés contre la poitrine.) Tu as l'air heureuse.

— Ah oui ?

— Ouais. C'est pas Reeve qui vient de te déposer ? demande-t-elle d'un ton légèrement accusateur.

— Si. Avec la bande, on a traîné en ville et il m'a ramenée à la maison parce qu'il passait devant en allant chez Alex.

Nadia sait que je lui mens. Je le sais aussi. Un silence gêné s'installe, puis elle m'avoue :

— Je t'ai vue l'embrasser.

— Sur la joue !

Elle secoue la tête et me dévisage comme une étrangère.

— Pourtant, tu devrais savoir que ce n'est pas bien. Peu importe ce que tu fabriques avec lui, ce n'est pas correct.

— Et pourquoi donc ?

Ma voix est faible, désespérée.

Je déteste quand Nadia me regarde comme ça, comme si je l'avais déçue.

— Parce que tu sais ce que Rennie ressent pour lui. C'est son mec.

— Non, c'est faux. Elle croit que si, mais elle se goure.

Les larmes aux yeux, je déclare :

— Je ne comprends même pas pourquoi tu la défends, vu la manière dont elle me traite. Tu n'as rien remarqué ? Ça fait presque deux mois qu'elle m'ignore en public et qu'elle parle de moi dans mon dos. Je sais que tes amis et toi avez préparé des décorations de Noël et d'autres trucs pour son réveillon. Ça me fait quoi, à ton avis ? Tu es censée être de mon côté, Nadi. Tu es ma sœur, pas la sienne.

— Je ne te parle pas de ce qu'elle fait, mais de ce que tu fais toi.

Nadia semble sur le point de fondre en larmes, elle aussi.

— Nadi…

Je ne sais pas trop quoi dire pour arranger la situation. Avant que je puisse ajouter quoi que ce soit, ma sœur se lève et sort de ma chambre. Je l'appelle, mais elle ne revient pas.

XLVII
KAT

MES VENDREDIS SOIRS sont de moins en moins passionnants ces derniers temps. Lillia s'éclate à sa fête et je suis assise par terre dans le salon, à essayer de démêler un nœud de guirlandes électriques. C'est un joli puzzle lumineux. Pat et Papa sont sortis acheter un sapin avec un coupon de réduction qu'ils ont déniché dans le journal.

Pat était tout excité.

— J'en veux un qui sente vraiment le sapin, ce n'est pas le cas de tous.

J'ai posé les mains sur ses épaules pour lui rappeler sa mission :

— Tu dois en ramener un grand et pas cher.

Je trouve toujours bizarre de dépenser de l'argent pour un sapin de Noël. Quand Maman était encore en vie, on sortait à la « chasse au sapin ». C'est comme ça qu'elle l'appelait, mais d'autres personnes parleraient probablement de « chapardage ».

Après le dîner, une fois le soleil couché, on allait se promener tous les quatre dans les bois derrière la maison, chacun avec une lampe-torche. Dès qu'on trouvait un sapin à notre goût, Papa et Pat attrapaient chacun l'extrémité d'une vieille scie à main et passaient à l'action. Avec Maman, je les encourageais à voix basse en tapant dans mes mains gantées et en sirotant du cidre chaud.

C'est la seule chose illégale que ma mère ait jamais faite. On traînait le sapin jusqu'à la maison et, pendant ce temps, on la taquinait à propos de ça. Pat baissait la voix et murmurait « Judy, je crois que j'entends des sirènes ! » et on éclatait de rire tous les deux. Mais Maman refusait catégoriquement de dépenser de l'argent pour un sapin alors que les bois en regorgeaient. Peu importe s'ils ne nous appartenaient pas. Ils étaient la propriété du Comité de préservation, qui faisait tout son possible pour empêcher le développement de Jar Island.

Mon téléphone vibre sur la table basse. Je tends la main pour le saisir et tombe sur un SMS.

On peut discuter ? S'il te plaît ?

Je fais la grimace, comme si je venais de manger un truc acide. C'est la deuxième fois que Rennie fait un geste vers moi. D'abord, la marguerite dans mon casier, un acte d'une manipulation émotionnelle inouïe, et maintenant, ce message. Je n'ai jamais réagi après la marguerite. Je l'ai totalement ignorée quand je l'ai croisée à l'école. Et je n'ai vraiment pas l'intention de lui répondre maintenant. Je veux dire, quand même… Comment Rennie peut-elle croire que je vais passer l'éponge sur tout ça ? Il y a un mois à peine, elle me cherchait des poux au *Greasy Spoon*.

Je sais pourquoi elle le fait. Elle est brouillée avec Lillia. Elle n'a probablement même pas été invitée à la fête ce soir. Si tout se passait bien entre elles, elle n'aurait jamais cherché à se rapprocher de moi. Alors franchement, non merci, espèce de sorcière.

Un autre SMS arrive avant que je puisse effacer le premier.

Steupléééé !

Pourquoi est-ce qu'elle refuse de piger ? Elle continue d'essayer, alors que je l'ai envoyée paître… Et pourtant, ça me met mal à l'aise, ce qui est complètement débile. Je ne lui dois rien. C'est elle la salope, pas moi. Il va falloir qu'elle comprenne une fois pour toutes.

Je lui réponds.

Va te faire foutre.

Je me dis que ça y est, c'est bel et bien fini, cette fois-ci. Mais elle m'envoie un nouveau message.

Un café, au Java Jones, *à vingt-deux heures ?*

J'en reste sur le cul. Cette fille est sacrément gonflée.

Jamais de la vie. Même pas en rêve !

Mes doigts tapent si fort sur l'écran que j'ai peur de casser mon téléphone.

La connaissant, elle est capable de me préparer une grande humiliation comme dans le *Carrie* de Stephen King, avec un seau de sang de cochon qui va me tomber sur la tête lorsque je franchirai la porte.

O.K., pas de café. Je peux passer chez toi cinq minutes ?

C'est du Rennie tout craché. Elle vous harcèle tant qu'elle n'a pas ce qu'elle veut. Elle faisait ça tout le temps quand on était petites. Une fois, Rennie a voulu assister à une projection nocturne d'un film d'horreur hyper gore déconseillé aux moins de dix ans. Paige a dit non dans un premier temps, mais Rennie a continué de lui demander jusqu'à ce qu'elle cède.

Je lui réponds.

Va crever, SALOPE !!!

Puis, je coince mon téléphone entre deux coussins, parce que j'en ai terminé avec elle. J'en ai également terminé avec ce foutu nœud de guirlandes. C'est la faute de Pat ; c'est lui qui les fourre dans un sac chaque année au lieu de les ranger proprement. Alors que je fouille dans les cartons à la recherche de l'étoile du sapin, je me retrouve à déballer l'ange en porcelaine blanche enveloppé dans une feuille de journal. Avec la manche de mon pull noir, j'époussette le rebord de la fenêtre et le dépose là. Il y a un emplacement à l'intérieur pour une petite bougie chauffe-plat dans une coupelle métallique, mais nous ne l'avons jamais utilisé. Je note dans un coin de ma tête d'en acheter plus tard. Je ne sais plus trop où nous avons eu cet ange. J'ignore s'il était déjà à nous avant la mort de Maman ou si on nous l'a offert après, mais quand je le vois, il me fait penser à Judy.

On sonne à la porte. Shep descend de sa chaise et aboie en se ruant vers l'entrée.

Oh, non. Non, non, non, pas ça.

Je jette un coup d'œil à travers les rideaux et aperçois une Jeep blanche dans mon allée.

Putain, non !

La sonnette retentit à nouveau. Puis, on frappe avec impatience.

Je m'arrête à quelques pas de la porte et hurle :

— Barre-toi de chez moi, Rennie !

Si seulement Shep avait été un chien de garde, je l'aurais lâché sur elle.

— Allez, Kat, faut que je te parle !

Je m'adosse à la porte. Elle continue de frapper.

Tout cela est ridicule. Rennie a trouvé le moyen de me faire passer pour une idiote. La fille qui se cache à l'intérieur parce qu'elle a peur d'affronter sa persécutrice. Je jure devant Dieu que…

J'ouvre la porte à la volée.

— Je t'accorde une minute, balance.

Rennie me sourit timidement. Elle porte un pull vert olive, un jean noir et des bottes à franges en daim totalement ridicules.

— Salut, annonce-t-elle, l'air de rien.

Je ne lui réponds pas et attends qu'elle commence. Sauf que Rennie ne fait rien à part me fixer, comme si elle était frappée d'amnésie et cherchait à se souvenir de mon identité.

— Crache le morceau, qu'on en finisse.

Elle se mord la lèvre et hoche la tête.

— Kat, dit-elle avant de prendre une profonde inspiration. Je suis désolée.

Elle tend les bras comme pour m'offrir quelque chose, puis les laisse retomber le long de son corps.

Je ne peux pas m'empêcher de rire, et je vois mon souffle monter dans l'air froid.

— C'est tout ? C'est pour ça que tu es venue ?

Elle soupire, presque contrariée, comme si je ne comprenais pas à quel point c'est dur pour elle.

— Je sais que ma bande n'a pas été tendre avec toi. Lillia, Ashlin…

— Je t'arrête tout de suite. (Je secoue la tête, bien décidée à couper court à ses conneries.) N'accuse pas les autres de ce que tu m'as fait subir ces quatre dernières années.

Je ne parle pas, je grogne.

Elle bat des cils, puis observe le sol.

— Je… Je…

— Allez, arrête.

Je commence à fermer la porte parce que tout ça est d'un ridicule…

Rennie avance d'un pas et la bloque avec le pied.

— Attends. D'accord, j'aimerais pouvoir revenir à notre première rentrée au lycée pour tout recommencer à zéro. Si seulement je pouvais tout effacer, Kat.

— Eh bien, tu ne peux pas.

Il est bien trop tard pour ça.

— Je sais, et ça craint.

Je m'appuie contre la porte.

— Tu sais ce qui craint ? Ton timing. Comme par hasard, tu t'excuses maintenant, alors que c'est le bordel dans ta bande et que tu te retrouves toute seule. (J'ai presque hurlé ces dernières paroles. Elle cligne des yeux, plusieurs fois.) Tout le monde est au courant à l'école, Ren. Toi et ta chère petite Lillia, vous êtes en froid.

Je ne sais pas pourquoi je lui dis ça à propos de Lillia. J'ai fait la paix avec elle ; je lui ai pardonné. On s'entend bien, désormais. Mais on dirait que j'ai encore de la rage en moi, que je lui en veux de m'avoir laissée tomber.

— Tu l'as choisie plutôt que moi, alors je ne vois pas pourquoi j'en aurais quelque chose à foutre qu'elle te plante maintenant ! (Je ris, et mon rire sonne creux, mais ça m'est égal.) J'adore ! Ton karma t'a rattrapée, ma belle !

J'essaye à nouveau de fermer la porte.

— Attends ! S'il te plaît, Kat. Écoute-moi juste une seconde. Lillia est une salope qui joue double jeu, au point qu'on pourrait la prendre pour une schizo ! Je n'ai jamais vu un truc pareil auparavant !

Rennie a l'air tellement convaincue, tellement sûre d'elle. Dans sa tête de tarée, Lillia est clairement coupable de quelque chose.

Je la dévisage, atterrée.

— Tu n'as pas compris, pauvre conne ? Aucune excuse au monde ne pourra réparer le bordel que tu as foutu. (Je sens que je m'échauffe, même si j'essaye de garder mon sang-froid.) Tous les mensonges que tu as balancés sur moi. Toutes les vacheries, les brimades, je ne les ai jamais méritées. J'étais ton amie, je ne t'ai jamais rien fait.

Rennie commence à trembler. Les yeux rivés sur ses bottes immondes, elle serre ses bras autour d'elle, en vain.

— O.K., tu as raison. De bout en bout. Je mérite tout à fait ce qui m'arrive.

Je ne la réconforte pas, et au lieu de cela, j'enfonce le clou :

— Oh, je n'en suis même pas sûre. J'espère que tu vas avoir ce que tu mérites. J'espère que les choses vont encore empirer pour toi.

Ces mots me laissent un goût amer dans la bouche. Ils sont vraiment très méchants. Peut-être un peu trop.

Je me dis qu'elle va lever les yeux et me crier d'aller me faire foutre, mais non. Elle lève bien les yeux, certes, mais ils sont remplis de larmes. Elle recule d'un pas.

— Laisse-moi te dire une dernière chose, Kat. Je veux que tu saches que toute ma vie, j'aurai honte de ne pas avoir été là pour toi quand ta mère était malade. Je ne voulais pas que tu partes pour Oberlin ou ailleurs et qu'on soit séparées pour toujours sans te l'avoir avoué avant.

J'ai du mal à parler. Ma gorge est serrée.

— Très bien, il y a de quoi avoir honte.

Mon menton se met à trembler. Rennie le voit et ses larmes coulent aussitôt.

— Je suis tellement désolée, répète-t-elle.

Puis, elle fond en sanglots. Elle s'assoit sur une marche, se penche, pose la tête sur ses genoux et se met à brailler.

Cette vision me choque. Puis, je me rends compte que je viens d'obtenir ce que j'ai toujours désiré. Pas une vengeance, des excuses. Des excuses sincères. Sauf que je suis trop triste pour les apprécier. Les choses n'auraient pas dû se passer comme ça.

Je m'assois également, une marche au-dessus d'elle, et regarde ses épaules se lever et s'abaisser. C'est dur de ne pas la consoler. Je finis par lui caresser le dos. Deux fois. Après tout, je suis humaine.

Papa et Pat arrivent avec un sapin sanglé sur le toit de la voiture. Ils nous voient, et Pat est ébahi. Je hoche la tête pour lui signifier que tout va bien. Il tire mon père vers le garage.

Rennie lève le menton.

— Je veux te promettre un truc. Je te jure que je ne te ferai plus jamais de mal, Kat. Plus jamais. (Ma gorge est sèche, alors j'acquiesce pour lui montrer que je l'ai entendue.) Je voudrais aussi t'inviter pour la Saint-Sylvestre.

Je m'apprête à refuser poliment son invitation, mais je comprends d'un seul coup. En étant présente à la fête, je serai aux premières loges pour assister à la rupture entre Lillia et Reeve.

— Je peux amener quelqu'un ? (Je pense à Mary.) Si je n'ai rien de mieux à faire ?

Rennie rit.

— C'est du Kat tout craché, ça. Évidemment. Viens avec qui tu veux. (Elle se lève et s'étire.) Il y aura un videur, comme dans les bars clandestins. Si tu lui dis « Ma flasque est vide », il te laissera entrer gratuitement.

(Elle m'adresse un sourire sournois.) J'ai même concocté une petite surprise pour minuit et je veux que tu profites du spectacle. *Boum, boum*, bébé !

Je ne peux pas m'empêcher de lever les yeux au ciel, parce que franchement, elle n'a pas changé.

D'un ton bourru, je lui confie :

— Écoute... merci d'être passée, et de m'avoir confié tout ça.

Elle sourit.

— C'était la moindre des choses. (Elle gratte Shep derrière les oreilles, puis l'embrasse sur la tête). Au revoir, Kat.

— Au revoir, Ren.

Bizarrement, ça ne ressemble pas à un au revoir. On dirait plutôt un nouveau départ, même timide.

XLVIII
LILLIA

À MON RETOUR DE l'école, j'ai fermé à clé le bar et la porte de la cave. Puis, avec mon stylo de calligraphie, j'ai dessiné un panneau « Interdit d'entrer » et je l'ai collé sur la porte de la chambre de mes parents. J'ai hésité à en mettre un à l'entrée pour demander aux invités d'enlever leurs chaussures, mais je me suis dit que ça ferait trop. Si je vois des gens poser les pieds sur les canapés blancs, je leur demanderai poliment de les retirer.

Je porte le corset en dentelle noire que Kat m'a acheté. Je n'ai jamais eu le courage de le mettre jusqu'ici, mais je pense qu'en tant qu'hôtesse, je me dois d'avoir un look qui sort du lot. Je l'ai assorti d'une mini-jupe plissée grise et de mon pendentif en or en forme de fer à cheval. Je me suis frisé les cheveux et j'ai crêpé le dessus pour donner du volume. Pour la dernière touche, j'ajoute du rouge à lèvres rose pâle et un soupçon de parfum.

La camionnette de Reeve s'arrête dans l'allée et je le regarde remonter avec quatre cartons de pizza empilés.

Je me précipite vers la porte d'entrée et l'ouvre avant que la sonnette ne retentisse.

Il tombe des nues en me voyant.

— La vache, Cho !

C'est exactement la réaction que j'attendais, mais mes joues s'enflamment tout de même. Tandis qu'il franchit le seuil, je lui glisse :

— Merci d'être passé chercher les pizzas.

Il me tend les cartons, retire ses chaussures et les aligne contre le mur. Il porte des socquettes de sport blanches avec un orteil gris, les mêmes que mon père, ce qui me fait sourire.

Je sens son regard sur moi quand je le conduis à la cuisine. En posant les pizzas sur le plan de travail, je lui lance :

— Merci encore.

Histoire d'avoir quelque chose à dire.

— Pas de problème.

— Tu as apporté les fûts ?

— Ouais, ils sont à l'arrière de ma camionnette.

— Je vais t'aider à les ramener.

Reeve éclate de rire.

— Ils sont trop lourds pour toi et moi. Je demanderai à PJ de me filer un coup de main tout à l'heure.

En m'observant furtivement, il ajoute :

— Avec une jupe aussi courte, tu ne peux pas m'aider, de toute manière.

Je fais la moue.

— Elle n'est pas si courte que ça.

Il me sourit, puis pose les mains sur mes hanches et m'attire contre lui, tout doucement. Ses yeux sont rivés sur moi ; il me dévisage attentivement, me laissant une chance de l'arrêter si je le souhaite.

Mais je ne le fais pas. Je n'en ai pas envie. Enfin, si. J'ai envie de lui.

Puis, il m'embrasse. Sa bouche est douce et assurée contre la mienne. Il embrasse merveilleusement bien.

Je ne me souviens pas d'avoir invité autant de monde. J'avais pourtant dit que je ne voulais que des dernière année, alors pourquoi j'aperçois les cheerleaders de troisième année ? Cette fête n'est pas si privée que ça, finalement. En plus, jouer les hôtesses est probablement la chose la moins drôle qui soit. Je passe mon temps à essuyer le contenu des verres renversés et à baisser la musique. Je n'ai pas bu une seule gorgée d'alcool !

Heureusement, Reeve est là.

Debout près de la porte, il beugle aux gens de retirer leurs chaussures.

— Morrissey, t'as grandi dans une étable, ou quoi ? grogne-t-il.

Il me fait un clin d'œil quand il se rend compte que je le regarde.

Alors que je fais le tour du rez-de-chaussée, je l'aperçois. Rennie. Je n'en crois pas mes yeux. Elle est là, en train de boire une bière, affalée sur mon canapé avec ses bottes à talons, et pourtant, elle connaît la règle mieux que personne. Elle discute avec Ash, qui est perchée sur l'accoudoir.

Je ne sais pas trop quoi faire. Si j'essaye de la mettre dehors, elle va me faire une scène, et c'est exactement ce qu'elle cherche. Elle veut qu'on se batte devant tout le monde. Je fais donc tout le contraire ; je prends un bol de chips dans la cuisine, m'approche du canapé avec un grand sourire et me laisse tomber à côté d'elles.

— Salut les filles !

Rennie m'adresse un petit sourire forcé. Ash se penche et me prend dans ses bras.

— Lil, c'est le bordel, se lamente-t-elle.

— Qu'est-ce qu'il y a ?

— Hier soir, Derek m'a dit qu'il n'était pas prêt à s'engager dans une relation sérieuse pendant sa dernière année de lycée.

Ashlin se mouche dans une serviette en papier.

— Oh, ça ne m'étonne pas de Derek.

— Ash, c'est la meilleure chose qui puisse t'arriver, lui certifie Rennie en sirotant sa bière. Derek ne vaut rien en tant que petit copain.

Je pousse le bol de chips vers Ashlin. Elle en enfourne une pleine poignée et continue :

— Oui, mais tu es en couple avec Reeve, et Lil et Alex vont sûrement se mettre ensemble. Il me reste qui, dans ce cas ? PJ ?

Elle prend une mine dégoûtée. Je me garde de lui dire ce que j'en pense, à savoir *Euh, excuse-moi, mais Reeve et Rennie ne sont pas en couple, parce que Reeve sort avec moi.* J'attends de voir si Rennie va corriger Ashlin, mais elle continue de boire sa bière et se contente de la rassurer :

— Oh, mais PJ est super mignon. Ne t'inquiète pas, Ash. Tu finiras par trouver le mec idéal, comme moi.

Je me lève, parce que je n'en peux plus de l'entendre débiter ses conneries.

— Ash, je reviens dans une minute. Je vais vérifier qu'il n'y a personne en haut.

Rennie lève les yeux au ciel.

— Personne ne va s'amuser si tu passes ton temps à inspecter partout comme un gardien de prison. Eh oh, c'est censé être une fête, détends-toi un peu !

Alors que je m'apprête à répliquer, Reeve entre en courant dans le salon. Il soulève Rennie du canapé et la jette sur son épaule comme si elle était aussi légère qu'une plume, ce qui est le cas.

— Repose-moi, Reeve ! hurle-t-elle en battant des pieds.

— Pas de chaussures dans la maison, Ren ! l'avertit-il en lui retirant ses bottes.

Puis, il la balance sur le canapé. Son gobelet de bière se renverse et éclabousse partout, jusque sur mon bras.

— Génial, merci, vous deux, dis-je en épongeant le sol avec des serviettes en papier.

Reeve s'accroupit et commence à m'aider.

— Désolé, Cho.

— Détends-toi, Lil, répète Rennie, le visage encore rouge d'être restée tête en bas. C'est de la bière ! On en renverse toujours pendant les fêtes.

— Rennie, je te jure, si tu me dis encore de me détendre...

Et je le pense vraiment. Je ne plaisante pas.

Rennie plisse les yeux et nous nous défions du regard. Reeve essaye de passer les bras autour de nous, mais je me dégage d'un coup d'épaule.

C'est là qu'Alex entre avec une assiette en carton dans une main et une bière dans l'autre.

Je lui lance :

— Salut ! Je ne t'ai pas vu de toute la soirée.

Alex avale une bouchée de pizza.

— J'étais là, pourtant. (Il prend une gorgée de bière.) Au fait, je suis passé à la pizzeria et ils m'ont dit que quelqu'un avait déjà récupéré ta commande.

Je me couvre la bouche de la main.

— Oh, mince ! Je suis désolée ! J'ai complètement oublié de t'avertir.

Alex engloutit le reste de sa pizza.

— Pas de souci.

— Je suis vraiment désolée, Skud !

Rennie lève les yeux au ciel.

— Ouais, désolé, Skud, ajoute Reeve d'une voix traînante. Je m'en suis chargé.

Alex pose les yeux sur Reeve, qui est toujours à côté de moi.

Je précise rapidement :

— Il devait passer chercher les fûts, et c'était sur sa route, alors je me suis dit que ça serait plus facile.

— Pas de souci, répète Alex en posant son assiette sur la table basse.

Puis, il tire son portefeuille de sa poche arrière et mon estomac se noue. Il en sort quelques billets de vingt dollars et les tend à Reeve :

— Tiens, c'est pour toi.

— En quel honneur ? lui demande Reeve.

Alex s'approche d'un pas, les billets à la main.

— J'avais dit à Lil que je voulais me charger des pizzas.

— J'avais dit à Lil que je voulais me charger des pizzas, l'imite Reeve d'une petite voix geignarde. Trop tard, mon grand. Je m'en suis occupé.

Alex vire au rouge. Je m'apprête à lui dire de laisser tomber, mais avant que je puisse le faire, il jette l'argent sur la table basse.

— Garde la monnaie.

— Je suis pas ton livreur, connard, le rabroue Reeve.

Alex rit sèchement.

— Qui sait ? Dans quelques années, tu le seras peut-être.

Je me cache derrière mes mains. Je n'arrive pas à croire qu'Alex ait dit ça. Je ne l'ai jamais vu parler à Reeve de cette manière jusqu'ici. Sur le canapé, Rennie semble prête à se jeter sur Alex.

Reeve a le poing serré le long du corps ; il est à deux doigts d'aplatir Alex. Il faut que j'intervienne, et vite.

Le cœur battant à cent à l'heure, je ramasse les billets et les tends à Alex.

D'une voix douce, mais ferme, je lui dis :

— Merci, Skud, mais Reeve a déjà payé.

Puis, je me laisse tomber contre Reeve et glisse la main dans la sienne.

C'est un petit geste de presque rien, discret et subtil. Mais il faut moins d'une seconde pour qu'Alex comprenne et reste bouche bée. Je tourne la tête et regarde Rennie sur le canapé. Sa bouche est si grande ouverte que je peux voir ses molaires. Tous mes muscles sont tendus, mais je ne bouge pas.

Ils observent tous la scène. Nous, ensemble.

Soudain, Reeve baisse les yeux sur moi, stupéfait. Il a l'air carrément furieux. Il retire sa main de la mienne et lance « Qu'est-ce que tu fais, Cho ? », comme si j'avais perdu la tête, comme si cette conversation dans sa camionnette n'avait jamais eu lieu, comme si nous ne nous étions jamais embrassés. Puis, en gloussant, il s'écarte de moi, ramasse l'assiette d'Alex et disparaît dans la cuisine. Il me laisse plantée là devant tout le monde, estomaquée.

Mais qu'est-ce qu'il lui a pris ?

Je ne peux pas supporter le regard de Rennie ou de qui que ce soit. Je tourne les talons et monte rapidement à l'étage. C'était quoi, ce discours sur la nécessité de faire ce que lui dictait son cœur, de dire aux autres d'aller se faire foutre s'ils n'étaient pas contents ? Alors que c'est moi qui lui avais suggéré de rester discrets !

Je file directement dans ma chambre, ferme la porte et me laisse tomber devant ma coiffeuse. Mes cheveux ne ressemblent à rien ; ils sont tout plats, mais pas dans le style lisse et brillant. C'est sûrement parce que je viens de passer deux heures à courir dans tous les sens pour nettoyer le bordel des autres. Je les brosse sans ménagements, puis me remets du rouge à lèvres, parce qu'il a quasiment disparu. Je peux sentir la musique vibrer à travers les murs, et j'ai juste envie de m'allonger sur mon lit. Je me demande à quelle heure je vais pouvoir jeter tout le monde dehors sans perdre la face.

Je suis sûre qu'il s'est comporté comme ça parce qu'il était embarrassé. À cause de ce qu'Alex lui a dit sur son futur statut de livreur. Peut-être que j'ai mal réagi. J'aurais mieux fait de m'éloigner, de le laisser jouer les bravaches et d'attendre un meilleur moment.

Mon Dieu, on croirait entendre Mary.

En soupirant, je redescends au rez-de-chaussée pour m'assurer que tout va bien. Depuis le salon, je perçois le rugissement d'une voiture qui recule dans l'allée. Je jette un coup d'œil à travers les rideaux. C'est le 4x4 d'Alex.

Génial. Franchement génial.

Je repère une trace de verre sur la table basse et essaye de la nettoyer. Je vais dans la cuisine chercher de l'essuie-tout, et c'est là que je trouve Rennie assise par terre, adossée à la porte du four. Reeve est penché au-dessus d'elle.

— Reevie… Je crois que je suis bourrée. (Elle dodeline de la tête et ses cheveux lui couvrent le visage.) Tu pourrais me ramener à la maison ?

Je la regarde attentivement. Elle a bu, quoi, deux bières ? Je l'ai déjà vue s'enfiler un pack de six en moins d'une heure sans flancher.

Je lui lance :

— Tiens donc, je n'avais pas remarqué que tu avais autant picolé.

Les yeux de Rennie se posent soudain sur moi.

— Peut-être que quelqu'un a versé un truc dans mon verre.

Je recule d'un pas. Reeve se lève.

— Rennie, tu en as bu combien ?

— J'en sais rien... (Elle gémit, reprenant son sketch de fille saoule). J'ai arrêté de compter au bout d'un moment. (Elle en fait des tonnes. Elle est arrivée il y a une demi-heure peut-être, et il y a une minute encore, elle allait parfaitement bien.) Je vais rentrer chez moi en voiture. Je ne veux pas te déranger.

— Même pas en rêve. Je ne te laisserai pas conduire dans cet état, la réprimande-t-il en secouant la tête.

Il l'aide à se remettre sur pieds, puis la soulève. Rennie passe les bras autour de son cou.

— T'es le meilleur, Reevie, soupire-t-elle en fermant les yeux et en se collant à lui.

— Va chercher ta veste. Je te retrouve près de la porte d'entrée.

— O.K., mais dépêche-tooooiiii ! braille Rennie en titubant.

Une fois Rennie sortie, Reeve m'annonce :

— Je vais la déposer.

Je lui adresse un regard furieux et croise les bras.

— Je ne sais même pas ce qu'elle fiche ici, pour commencer !

Reeve se redresse et rétorque :

— Elle est ici, parce qu'on l'est tous, Lil. Tous ses amis sont présents. Qu'est-ce qu'elle aurait dû faire ? Rester toute seule chez elle ?

J'enrage intérieurement. Combien de fois Rennie s'est-elle débrouillée pour que ça soit moi qui reste seule !

— Tu pourrais éviter de la défendre devant moi ?

— Je sais qu'elle est vache parfois, mais elle a un cœur en or. (Reeve se passe la main dans les cheveux, puis jette un coup d'œil vers la porte d'entrée.) Écoute, je la dépose et je reviens.

Je serre les dents.

— Laisse tomber. Je vais bientôt demander à tout le monde de rentrer, de toute manière. (Je rejette mes cheveux derrière mon épaule.) Pour ta gouverne, Alex est parti.

Reeve ricane.

— Tant mieux ! Sale fils de bourge.

— Reeve !

Je le fixe avec colère. Près de la porte d'entrée, j'entends Rennie appeler Reeve.

— Reevie ! Je suis prête !

Il regarde en arrière.

— Écoute, je m'occupe de ça, et je reviens t'aider à nettoyer.

— Je peux le faire toute seule.

Exaspéré, il soupire.

— Tu es en colère contre moi ?

Froidement, je réplique :

— Et pourquoi je devrais être en colère ?

Reeve me prend la main et me supplie :

— Je te jure que je reviens tout de suite. Laisse-moi vingt minutes.

J'ai envie de lui dire de ne pas revenir ce soir, mais je n'y arrive pas. Parce que je veux vraiment qu'il revienne. Je sais que je ne devrais pas, mais c'est comme ça. Je n'y peux rien.

— O.K., si tu veux, lui dis-je en lissant les plis de ma jupe.

Après avoir vérifié par-dessus ses deux épaules que personne ne l'observe, Reeve me plante un gros baiser sur le front. Puis, il sort ses clés de sa poche, me demande de lui garder une part de pizza et s'en va.

LORSQUE TOUT LE monde part une heure plus tard, Ash me propose de rester pour faire le ménage, mais je refuse. Je la pousse dehors, puis file à l'étage pour enfiler mon joli pyjama, un caraco rose avec des lapins et un short assorti. J'ai l'estomac noué en me passant de la lotion et en déposant une minuscule goutte de parfum au creux de mon cou. Je m'attache les cheveux, puis les relâche.

Je ne me suis jamais retrouvée seule chez moi avec un garçon jusqu'ici. Il pourrait arriver n'importe quoi.

Je ne veux pas aller trop loin ; je me contenterai de l'embrasser. O.K., j'en ai un peu envie, mais en même temps, je m'y refuse. Je ne suis pas prête. En plus, je lui en veux encore, et je compte bien lui dire ses quatre vérités. J'imagine qu'on va rester en bas sur le canapé, et il faudra qu'il s'en contente.

En l'attendant, je nettoie le salon, jette les gobelets en plastique, essuie les tables et tapote les coussins du canapé. Comme Reeve met une éternité à revenir, je sors même l'aspirateur. Une heure passe et la cuisine est propre, elle aussi. La maison a presque retrouvé son apparence normale. Je pose deux parts de pizza sur une belle assiette, pas une en carton, et la recouvre d'un film plastique afin de la réchauffer quand Reeve sera là.

C'est là que je reçois un SMS.

Je suis coincé chez Rennie, je ne vais pas pouvoir venir ce soir.

Je le lis deux fois pour m'assurer de bien comprendre. Il me laisse en plan. Pour elle.

***

Rennie et moi, *on n'a jamais été attirées par les mêmes garçons.* Elle a eu toute une série de prétendants, des mecs si bruyants et si effrontés qu'on ne savait jamais s'ils se moquaient d'elle ou s'ils étaient sérieux. Elle aimait ceux qui la faisaient douter, parce qu'elle était toujours hyper sûre d'elle.

En ce qui me concerne, le seul garçon de Jar Island dont je me sois jamais entichée, c'est Patrick DeBrassio. Et encore, c'était le genre de béguin qu'on peut avoir pour le grand frère d'une copine, quand on est sûr qu'il ne se passera jamais rien. Pour lui, j'étais l'amie de sa petite sœur, un bébé.

Bref, Rennie et moi n'avons jamais flashé sur le même garçon, sauf une fois où ça n'était pas passé loin. C'était l'été de nos quatorze ans. À cette époque, Rennie, Kat et moi étions encore amies. Toutefois, ce jour-là, j'étais seule avec Rennie.

Il y avait un nouveau serveur chez le marchand de glaces, un saisonnier, qui semblait aussi jeune que nous. Il ne pouvait pas avoir plus de quinze ans. Il avait les cheveux blond foncé et une petite bouche ; il était filiforme, mais on pouvait deviner qu'il serait grand et fort un jour. Je l'avais déjà vu à deux reprises, et à chaque fois, j'avais fait passer Nadia devant moi afin que ce soit lui qui prenne ma commande. J'aimais ses fossettes, et l'habileté avec laquelle il maniait sa cuillère à glace. Toutes les boules qu'il faisait étaient parfaites.

Cet après-midi-là, elle m'a prise de court. Alors que j'hésitais entre une glace fraise-basilic et un sorbet à la myrtille tout en essayant de trouver le courage de demander au serveur si je pouvais goûter un peu des deux pour me décider, Rennie s'est penchée au-dessus du congélateur et lui a demandé :

— T'as quel âge ?

Rennie avait beaucoup joué à ça pendant l'été : parler à des garçons que nous ne connaissions pas, qui étaient en vacances sur l'île pour la semaine, le mois ou la saison tout au plus. Kat s'y mettait parfois elle aussi, mais je me sentais toujours intimidée.

Il a levé la tête tout en essuyant le comptoir.

— Pourquoi ?

— Parce qu'il faut avoir seize ans pour travailler ici, et que tu n'as pas l'air de les avoir.

Elle l'a dit sur un ton désagréable, mais avec des yeux de biche. C'était sa marque de fabrique. Rennie était si sûre d'elle qu'il avait eu envie de lui parler et qu'il avait été intrigué par son cran et son attitude.

— Tu me donnes quel âge ?

— Quinze ans, grand max. Alors, t'as quel âge ?

— Quinze ans, a-t-il concédé. J'ai eu le job par mon oncle qui est le propriétaire. Je suis ici pour le reste de l'été. Et toi, t'as quel âge ?

— Quatorze, a répondu Rennie.

Il a finalement posé les yeux sur moi. Je fixais la vitre du congélateur, les bras serrés autour de moi, et je faisais mine de ne pas entendre.

— Je t'ai déjà vue ici. Tu as pris de la myrtille la dernière fois, c'est ça ? Avec des vermicelles ?

J'ai hoché la tête.

Sur le chemin du retour, j'ai dit à Rennie :

— J'arrive pas à croire qu'il se soit souvenu de moi.

— Bien sûr qu'il se souvient de toi. Il n'y a pas d'autre asiat sur l'île.

Je l'ai regardée pour voir si elle plaisantait, mais elle était déjà passée à autre chose. Certes, il y avait très peu de familles asiatiques à Jar Island. Mais elle ne l'avait jamais évoqué auparavant. Cette différence entre elle et moi.

Elle est sortie avec lui plus tard dans la semaine, un jour où j'étais au centre équestre. Elle faisait la tronche, parce que je lui avais dit que je ne pouvais pas aller à la plage avec elle à cause de mon cours d'équitation. Je ne me souviens pas du nom de ce garçon. Je ne pouvais même pas en vouloir à Rennie : Qu'est-ce que j'aurais bien pu faire avec lui ? Ce n'est pas comme si j'avais eu l'intention de traîner avec lui sur les quais, comme Rennie le faisait. Je n'étais pas autorisée à sortir avec des garçons.

La seule chose dont je me souviens, c'est la sensation que j'ai éprouvée lorsqu'elle a insinué que l'unique raison pour laquelle il s'était souvenu de moi, c'était parce que j'étais asiatique. Comme s'il n'y avait rien d'autre d'intéressant ou de spécial à se rappeler à mon propos. L'idée m'avait obsédée pendant un bon moment.

XLXI
KAT

L'IL AVAIT BIEN évoqué la possibilité de traîner ensemble ce week-end, mais j'ai tout de même été surprise quand elle m'a envoyé un SMS pour me demander si je voulais dormir chez elle avec Mary. C'était complètement inédit. Je lui ai répondu.

Bien sûr, pourquoi pas.

Et je suis allée sortir mon sac de couchage. Je crois que la dernière fois où j'ai assisté à une soirée pyjama, j'étais encore amie avec Rennie.

Pat ne pouvait pas me déposer. Notre voiture faisait des siennes, une fois de plus. Il y avait quelques garçons dans notre garage, et la plupart étaient en train de picoler. Mais pas Ricky.

— O.K., je vais marcher, dans ce cas.

Alors que j'ai descendu la moitié de l'allée, Ricky me rattrape.

— Je m'apprêtais à filer, alors je te dépose si tu veux.

Je soutiens son regard.

— Euh non, merci, sans façon.

Je n'ai pas besoin de sa charité.

— Kat, attends.

— Quoi, Ricky ?

Mon ton est volontairement blasé, désintéressé.

— Tu m'ignores, remarque-t-il. Pourquoi ? Parce que j'ai refusé de t'embrasser ?

La vache. Il n'y va pas par quatre chemins. Dans ce cas, je vais en faire autant.

— Qu'est-ce qui te fait dire que j'avais envie de t'embrasser ? Ne prends pas tes désirs pour la réalité.

Ricky éclate de rire.

— Euh, tu m'as collé au mur et tu étais à deux doigts de me dévorer tout cru.

Je ricane. Il se prend pour qui, ce con ?

— Dans tes rêves.

— Écoute, tu veux que je joue franc-jeu avec toi ?

Je m'arrête et me retourne.

— Vas-y, je t'écoute.

— Je t'aime beaucoup, et depuis longtemps.

— Dans ce cas, c'est quoi, ton problème ?

Ricky fait demi-tour face au garage.

— C'est Pat, ça te va ? J'ai essayé de faire les choses comme il faut, de lui avouer ce que je ressens pour toi, mais il m'a conseillé de garder mes distances.

— Ça ne devrait pas plutôt être à moi de prendre ce genre de décisions ?

— Il n'a pas dit ça pour faire son salaud, mais tu sais, tu essaies de t'inscrire à cette fac chic, et je crois qu'il ne veut pas que tu te laisses distraire de ton objectif. En plus, c'est mon pote. S'il me pose des limites, je ne vais pas les franchir. (Il secoue la tête.) D'ailleurs, on resterait combien de temps ensemble ? Quelques mois, grand maximum ? Et après, tu partirais ? Je ne veux pas… tu vois bien, m'attacher encore plus à toi que maintenant.

O.K., franchement, c'est gentil de la part de Pat. Mais merde, pourquoi est-ce qu'il se mêle de mes affaires ? Il n'est même pas foutu de ramasser son bordel dans la maison, mais il se sent obligé de décider avec qui je peux sortir ou pas ?

D'une certaine manière, c'est un mal pour un bien, parce que même si j'aime bien Ricky, je ne suis certainement pas amoureuse de lui. Pas de la manière dont il l'entend.

Je lui colle une bise sur la joue.

— On reste amis ?

Il a l'air morose, mais me fait tout de même un petit sourire.

— Ouais, on reste amis.

QUAND RICKY ME dépose, Mary m'attend sur les marches.

Je lui lance :

— Salut ! Pourquoi tu es dehors ?

— Salut ! me répond-elle en haussant un sourcil. Je crois que Lil n'est pas chez elle. J'ai frappé pendant des plombes, mais elle ne m'a pas ouvert.

— Oh.

Je sonne, et quelques secondes plus tard, Lil ouvre la porte à la volée et m'adresse un sourire fatigué.

— Salut, les filles.

Elle porte un grand sweat-shirt de Harvard, un legging et des chaussettes épaisses. Elle n'est pas maquillée et s'est enroulé une serviette autour de la tête. Elle devait être sous la douche.

Nous entrons, et il me faut un temps fou pour délacer mes rangers. Ça me saoule de devoir enfiler et ôter mes pompes en permanence. Dans ma famille, on meurt dans son lit avec ses chaussures aux pieds.

Lorsque j'arrive enfin à les retirer, Lillia nous conduit à la cuisine. Je m'installe sur l'îlot central en marbre et Mary s'assoit à la table.

— Alors, ça s'est passé comment, hier soir ? demande Mary.

Lillia tire sur les manches de son sweat pour rentrer les mains à l'intérieur.

— C'était pas génial. Les filles, aucune chance que je tienne jusqu'à la Saint-Sylvestre. Je… je crois bien que c'est fini entre nous.

Je lève les yeux au ciel.

— Ça fait au moins dix fois que tu dis ça, Lil !

Lillia secoue la tête avec défi.

— Cette fois-ci, c'est différent. Je pense que Reeve s'est foutu de moi dès le début.

Mary croise les bras.

— Bien sûr que non. Il t'aime, Lil. Je l'ai vu de mes propres yeux.

— Mary, il joue avec moi comme il l'a fait avec toi ! Et tu avais raison de t'inquiéter en le voyant au ciné avec Rennie. (Elle tire sur les pointes de ses cheveux.) Mon Dieu, ce que j'ai pu être bête.

— Bon, bon, dis-je. Qu'est-ce qui s'est passé ? Il n'est pas venu à ta fête ?

— Si, si, il est venu. Et tout se passait bien jusqu'à…

— Jusqu'à quoi ?

Mary se penche en avant, tendue comme un élastique.

Lillia rougit.

— Écoute, on a eu cette conversation, l'autre jour, sur le fait de se montrer en public, de faire comprendre à nos amis qu'on est ensemble. C'est lui qui me poussait à le faire ! (Elle se mord la lèvre inférieure.) Alors, quand l'occasion s'est présentée hier soir, je l'ai saisie. Devant tout le monde. Alex, Rennie… et tous les autres.

Wouah. Je dois saluer le courage de Lil. Elle a vraiment joué le jeu. Cette fille a osé sauter le pas.

— Sauf que là, il m'a repoussée, poursuit-elle. Il m'a plantée devant tout le monde ! (Lillia se tourne vers Mary, les yeux écarquillés.) Toute la nuit, j'ai pensé à toi, Mary. Et à ce jour sur le ferry. À l'humiliation que tu avais ressentie.

Elle secoue la tête, incapable de poursuivre.

— Et il a fait exactement la même chose avec toi, dis-je.

— Carrément. (Lillia se mord à nouveau la lèvre.) Ensuite, histoire de m'enfoncer encore plus, Rennie a prétendu que quelqu'un avait versé un truc dans son verre, afin que Reeve la raccompagne chez elle. Il a dit qu'il allait revenir, mais il ne s'est jamais repointé.

Ça, ça ressemble vraiment à un sale coup de Rennie. Soudain, je me demande si Lillia va trouver bizarre que Rennie soit passée chez moi hier pour s'excuser. Je suis sur le point de tout lui raconter à ma sauce, en faisant l'impasse sur les larmes, quand Mary lance :

— Rennie est une sorcière.

Lillia n'en croit pas ses oreilles.

— Je me fous pas mal de Rennie. Reeve est un manipulateur de première. Il n'a que des mensonges à la bouche. (Elle avale sa salive.) Évidemment, j'ai menti, moi aussi, mais si tout cela avait été bien réel, j'aurais pu en souffrir. (Puis, elle laisse échapper un long soupir.) Dire que l'autre jour, j'ai essayé de prendre sa défense face à vous dans les toilettes. Il m'a carrément menée en bateau !

— C'est le coup de l'arroseur arrosé, dis-je en acquiesçant. Putain…

Lillia se retourne vers Mary :

— Je suis désolée d'avoir échoué. J'ai essayé, vraiment.

Même si c'est étrange, on jurerait que Mary a l'air soulagée.

— Lillia, ne dis pas ça, proteste Mary. Je te suis reconnaissante de tout ce que tu as fait. Ça n'a pas dû être facile pour toi de faire semblant aussi longtemps.

Lillia bat des paupières.

— Peu importe, ça ne m'a rien coûté.

Puis, elle descend le reste de son verre.

Mary tire sur une boucle de ses cheveux.

— J'y crois pas. Tout se passait si bien ! Le baiser sur le parking…

— Je sais, la coupe Lillia. Il m'a même invitée aux portes ouvertes chez lui demain.

— Attends, Reeve t'a invitée à sa journée portes ouvertes ? (C'est la première fois qu'elle le mentionne.) J'y allais, dans le temps.

— Ouais, eh bien, je ne compte pas y aller.

En posant les coudes sur le plan de travail, Lillia demande :

— C'est quoi, une journée portes ouvertes, d'ailleurs ?

— Les gens du quartier passent chez toi et restent toute la journée. (Je me ronge les ongles.) Mon père et ma mère m'y ont emmenée quelquefois. On regarde un match de foot, on décore le sapin, on bouffe…

Puis, je lève les yeux et annonce :

— Bon, si Reeve t'invite à ce truc, c'est sûrement parce que c'est hyper important. À ton avis, combien de filles il a déjà présentées à sa mère ?

— J'ai déjà rencontré sa mère, remarque Lillia. On a traîné chez lui plus d'une fois.

Je l'arrête d'un signe de la main.

— Ouais, sauf que cette fois-ci, c'est plutôt dans le contexte « Maman, Papa, Mamie, Tonton Chris, Tata Linda, je vous présente ma petite amie. » Ça m'étonnerait qu'il ait déjà fait ça.

Lillia ouvre la bouche pour protester, mais j'ajoute, l'air de rien :

— La mère de Reeve est un cordon-bleu... Tous les ans, elle prépare cette soupe de poisson de folie avec des coquilles Saint-Jacques et des tonnes de fruits de mer, comme des crevettes, des palourdes... En parlant de ça, tu as un truc à bouffer ? Je meurs de faim.

Lillia fouille dans son frigo.

— Il me reste de la pizza, du brie et du houmous.

— Je vais prendre du brie.

Je n'ai jamais pu résister au fromage.

— Et toi, Mary, tu veux quoi ? demande Lillia en posant un morceau de brie sur une planche à découper.

Elle s'avance jusqu'au placard et en sort une boîte de crackers et un pot de Nutella.

— J'ai pas faim, répond Mary en gardant la tête baissée. Je n'arrive pas à croire que ce soit terminé.

Moi non plus. J'aurais juré sur la tête de mon père que Reeve l'aimait. Mais bon, je n'étais pas présente hier soir.

Lillia lève les yeux au ciel.

— C'est comme ça, et puis c'est tout. Je suis contente que ça soit fini. Désormais, je n'aurai plus jamais besoin d'être gentille avec Reeve Tabatsky. (Elle attrape la télécommande.) On se regarde un film ? Un truc de filles.

Je grogne et Lillia me jette un coussin à la tête.

Nous écoutons de la musique et papotons dans la chambre de Lillia. Il commence à se faire tard ; il est presque deux heures du matin.

Mary est allongée par terre, ses cheveux blonds étalés autour d'elle. Soudain, elle demande :

— Les filles, vous croyez que Rennie et Reeve sont sortis ensemble hier soir ?

Lillia hausse les épaules.

— Probablement.

Mary insiste :

— Pourquoi ?

— Pff, Reeve est un coureur. Alors oui, j'en suis presque sûre.

Délicatement, Lillia plonge le doigt dans le pot de Nutella.

— Il faut que tu fasses attention, Mary. Promets-moi de ne pas sortir avec un mec pris au hasard tant que tu ne seras pas sûre de pouvoir lui faire confiance.

Je lève les yeux au ciel et avale une gorgée de bière.

— Détends-toi. Mary appartient toujours au clan des vierges, comme toi, alors pas d'inquiétude.

Lillia se fige, le visage blême.

Je lui demande :

— Qu'est-ce qu'il y a ? Qu'est-ce que j'ai dit ?

Lillia secoue la tête. On dirait qu'elle va se mettre à pleurer.

— Tout va bien, murmure Mary. Tu n'es pas obligée de le dire.

La voix de Lil s'étrangle ; elle ne parvient même pas à nous regarder.

— Je ne suis plus vierge, j'ai couché avec un gars que je ne connais même pas.

Je suis en état de choc. Lil ? Se taper un inconnu ?

— C'est vrai ? Je ne t'aurais jamais imaginée sortir avec le premier venu. Je croyais que tu te préservais pour le mariage !

Les larmes commencent à rouler le long de ses joues, et je me sens vraiment conne. Mary m'adresse un regard réprobateur, et je hausse les épaules, impuissante. Qu'est-ce qui ne va pas chez moi ? Pourquoi est-ce que je sors toujours le truc le plus débile qui me passe par la tête ?

— C'était le cas, sanglote Lillia. Peut-être pas jusqu'au mariage, mais au moins pour un garçon que j'aimerais et qui m'aimerait aussi.

Je tends la main et lui presse gentiment la cuisse.

— Ma première fois a été foireuse, moi aussi, Lil. C'était dans le sous-sol de ce type, et sa mère n'arrêtait pas de taper à la porte parce qu'elle voulait qu'il tonde la pelouse.

Les pleurs de Lillia redoublent. Elle tremble et ses cheveux lui couvrent le visage.

Je ne sais pas quoi ajouter pour la réconforter. Précipitamment, je lui dis :

— Tu sais quoi ? Je crois que la première fois est toujours foireuse, même avec quelqu'un qu'on aime.

— Sauf que… je ne m'en souviens même pas, pleurniche Lillia. J'étais trop saoule. Je n'en avais même pas envie. Je n'arrêtais pas d'appeler Rennie pour qu'elle m'aide, mais elle ne répondait pas.

Mary et moi nous regardons, horrifiées. Oh, mon Dieu.

— Lil, c'était un viol. Ce n'était pas juste une première fois merdique. C'était carrément un viol.

Elle secoue la tête.

— Non, ce n'est pas ça. Je ne l'ai même pas repoussé.

— Tu n'as pas repoussé ce bâtard parce que tu étais trop bourrée pour le faire !

Plus je hurle, et plus Lillia baisse la voix.

— Il était bourré, lui aussi, murmure-t-elle. Je ne suis même pas sûre qu'il m'ait entendue dire non, c'est ça le problème. (Elle se recroqueville, les genoux contre la poitrine, les cheveux devant les yeux.) Ça m'étonnerait qu'il considère que c'était un viol. Même moi, je n'en suis pas certaine ! Je suis montée à l'étage avec lui, je lui ai rendu son baiser, je l'ai laissé faire tous ces trucs.

— Lil, si tu n'étais pas en mesure de dire oui, ça veut dire que c'était un viol, crois-moi. C'est la définition même d'un viol ! (Mon sang bouillonne dans mes veines, je le sens vraiment. Je me lève d'un bond et commence à faire les cent pas. Je vais faire la peau à ce type.) C'est quoi, son nom ? Dis-le-moi, et j'irai directement le voir avec mes potes.

Pat viendra, Ricky aussi. Je peux rassembler toute une bande. Je sortirai ma vieille batte de base-ball et je réduirai en miettes la baraque de ce type.

— Kat, assieds-toi, m'ordonne Mary en me fixant de ses yeux bleus.

Étonnée par la fermeté de sa voix, je pose les fesses par terre.

— On ne peut pas le laisser s'en tirer comme ça !

— Ce n'est pas à toi de décider, s'interpose Mary. On fera ce que Lillia veut.

J'ouvre la bouche pour protester, mais Lillia prend la parole. D'un air reconnaissant, elle annonce :

— Merci, Mary, c'est gentil. Kat, c'est sympa de ta part également. Mais ce que je veux vraiment, c'est oublier cette soirée. C'était une erreur, et elle appartient au passé. Je ne veux plus me laisser affecter par cet événement.

Je hoche la tête, parce que je comprends parfaitement. Soudain, j'ajoute :

— Attends une minute, tu as appelé Rennie ? Elle était là, elle aussi ?

— Ouais. C'était cet été. On a rencontré deux mecs de l'université du Massachusetts sur la plage… ils ont organisé une fête. (Lillia déglutit.) On a beaucoup bu, je ne me souviens plus trop de ce qui s'est passé quand on est montés au premier avec eux. Mais Rennie était dans la même pièce que moi, elle s'envoyait en l'air avec son copain. On est parties avant leur réveil.

— Rennie a été violée, elle aussi ?

— J'en sais rien. Je ne sais pas si c'était un viol, ou si les choses sont juste allées trop loin. Avec Rennie, on n'en a jamais vraiment reparlé après cette nuit. (Elle s'essuie les yeux sur la manche de son sweat-shirt.) Je n'arrive pas à croire que je vous raconte tout ça, les filles.

— On est tes amies, la rassure Mary en s'approchant d'elle. Tu peux tout nous dire.

J'interviens d'une voix hésitante :

— Mais on devrait peut-être… appeler les flics, non ? Pour dénoncer ce mec ?

— On n'a aucune preuve, souligne Lillia. Je n'ai demandé aucun kit de viol. Je n'avais pas de bleus sur le corps. Ce serait sa parole contre la mienne, et je n'ai pas envie d'affronter ça, ni le faire subir à mes parents. Je ne veux pas qu'ils sachent ce qui m'est arrivé. (Elle lève la tête et croise le regard de Mary.) Je veux qu'ils continuent de me considérer de la même manière. Vous voyez ce que je veux dire ?

Mary hoche la tête.

— Parfaitement.

— Lil, tu devrais peut-être parler à quelqu'un. (J'ai l'impression d'être la pire des hypocrites, parce que je suis mal placée pour ce qui est d'exprimer mes sentiments.

Mais la situation est grave.) À un conseiller, peut-être, je sais pas. Ou à un psychologue. Pas à Mme Chirazo, mais à un vrai psy avec un diplôme, quelqu'un qui connaît son boulot. Peut-être qu'il pourra t'aider.

— Peut-être, répond Lillia.

Mais impossible pour moi de dire si elle le pense.

Soudain, elle ajoute :

— Je le ferai si tu en fais autant, Mary.

Bravo, Lillia ! Timing parfait ! Tu as sauté sur l'occasion au bon moment.

Mary titube en arrière comme si Lillia l'avait giflée.

— Je n'ai pas besoin de parler à qui que ce soit.

En s'humectant les lèvres, Lillia précise :

— Tu as eu des moments très difficiles.

Je viens rapidement l'épauler :

— Et je sais que c'est pas le top chez toi avec ta tante… Ça pourrait t'aider d'avoir une autre personne de ton côté.

En secouant la tête, Mary serre les poings.

— On pourrait parler d'autre chose ? S'il vous plaît ?

Elle ferme les yeux, comme si elle ne pouvait plus supporter de nous regarder.

Cette fois-ci, heureusement, j'arrive à tenir ma langue.

L
LILLIA

La sonnerie du téléphone me tire du sommeil. Je suis enfouie sous mon édredon, et il fait sombre dans ma chambre, parce que les stores sont tirés. Sans rien voir, je m'assois et commence à tâtonner à côté de mon lit pour attraper mon téléphone. Puis, la sonnerie s'arrête et je me rallonge. Mais elle retentit à nouveau.

Kat est étendue sur le sol dans son sac de couchage, enroulée dans ma couverture de bébé. Elle grogne bruyamment :

— Que quelqu'un m'éteigne cette saleté !

Depuis mon canapé, Mary dresse la tête et me demande :

— Quelle heure il est ?

— Bien trop tôt, grommelle Kat.

Je finis par trouver mon téléphone au pied de mon lit. C'est Reeve. Je m'assois rapidement et crie :

— Les filles, c'est Reeve !

Kat saute sur mon lit et Mary s'agenouille précipitamment à côté de nous. Nous sommes toutes parfaitement réveillées désormais.

Un vent de panique s'empare de moi.

— Qu'est-ce que je dois faire ? Je décroche ?

Hier, je me suis faite à l'idée que je ne parlerai plus jamais à Reeve Tabatsky de ma vie. Mais jamais je n'aurais imaginé qu'il m'appelle.

— Mets-le sur haut-parleur ! m'ordonne Kat. Sois cruelle, Lil !

Ma main tremble quand je réponds. J'appuie sur la touche du haut-parleur.

— Allô ?

— Salut, quoi de neuf ?

D'une voix faussement endormie, je demande :

— Qui c'est ?

Kat se jette sur le lit en riant sous cape. Mary est près de moi, les yeux grands ouverts. Je ne suis même pas sûre qu'elle respire encore.

— C'est Reeve ! (Je sens qu'il est contrarié.) Pourquoi tu n'es pas encore arrivée ?

— Je viens de me réveiller. Je crois que j'ai eu une panne d'oreiller. Désolée.

Je fais en sorte de garder un ton indifférent et impassible.

Il prend la mouche.

— Dans ce cas, tu peux t'amener maintenant ?

Je sens mon pouls s'accélérer. Je prends une profonde inspiration et tente de réveiller la colère que j'ai éprouvée quand il n'est pas revenu l'autre nuit, mais elle a disparu. Ce qui prouve bien que tout ce bordel est allé bien trop loin.

Maladroitement, je lui lance :

— Je ne le sens pas trop.

Sur ces mots, Mary se couvre la bouche des deux mains et Kat se roule littéralement par terre en battant des pieds dans l'air. Après un long silence, je me dis que Reeve a probablement raccroché, mais il ajoute :

— J'arrive.

Mon cœur s'arrête.

— Attends ! (Mais il a raccroché pour de bon, cette fois-ci. Je laisse tomber mon téléphone et regarde les filles, horrifiée.) Oh, mon Dieu ! Oh, mon Dieu ! Qu'est-ce que je suis censée faire, maintenant ? Il est en route !

Kat se met à danser sur place.

— *Yes* ! On va le serrer ! Il ne faut jamais s'avouer vaincu ! (Puis, elle se tortille jusqu'à ma fenêtre et jette un coup d'œil à l'extérieur.) Il est toujours accroché à l'hameçon. Qu'est-ce que ça voudrait dire, sinon ?

— Je ne sais pas ce qu'il veut !

Qu'est-ce que ça peut faire ? Il arrive, de toute manière. Il sera là dans quoi, cinq minutes ? Je ne vais pas répondre à la porte avec cette tête de déterrée. Je cours jusqu'à la salle de bain, m'asperge le visage d'eau froide et me brosse les dents aussi vite que possible. Je balance mon jogging et enfile à nouveau mon short et mon caraco sexy.

Dans ma chambre, Kat et Mary débattent de la marche à suivre.

Kat propose :

— Je pense qu'elle doit avoir l'air furieuse lorsqu'elle répond à la porte, puis contrariée, et enfin triste. Tu vois ? Histoire qu'il se sente super mal.

Elle me lance :

— Lil, tu crois que tu arriverais à verser quelques larmes ?

Mary enchaîne :

— Je ne pense pas qu'elle doive pleurer. Elle devrait plutôt se mettre en colère, et peut-être même le gifler.

Kat éclate de rire.

Tranquillement, je suggère, à moi-même plutôt qu'aux filles :

— Je crois que je veux juste en finir avec tout ça.

Lorsque je ressors de la salle de bain, Kat et Mary sont déjà au rez-de-chaussée, cachées dans le salon. Elles sont accroupies derrière une méridienne.

J'enfile un sweat à capuche et leur lance :

— Les filles, et si jamais il essaye d'entrer ? Il vous verra.

— Mais on veut tout entendre ! gémit Mary. Ne le laisse pas franchir la porte et tout ira bien.

— Je suis nerveuse, dis-je en portant les mains à mon visage.

Mes mains sont froides, mais j'ai les joues en feu.

— Il ne faut pas, répond Mary. Tu as été parfaite jusqu'ici.

La sonnette retentit et mon estomac se noue.

— La vache, il est venu en volant, ou quoi ? murmure Kat.

Je regarde Mary pour me rassurer, et elle hoche la tête pour m'encourager.

— Écrase-le, Lil.

J'ouvre la porte.

Reeve a revêtu un jean, une chemise et une doudoune.

— Pourquoi tu n'es pas habillée ? me demande-t-il en fourrant les mains dans les poches de son jean.

— Je t'ai dit que j'avais eu une panne d'oreiller.

Je laisse mes cheveux retomber sur mon visage.

— Ouais, je sais, je t'ai entendue au téléphone. Qu'est-ce que tu voulais dire par « Je ne le sens pas trop ? »

Il a l'air réellement déçu, ce qui me déstabilise une seconde.

— Je ne savais pas si j'étais encore invitée.

Il fronce les sourcils.

— Pourquoi donc ?

Il est bête, ou il le fait exprès ?

— Tu n'es jamais revenu l'autre soir.

Reeve soupire.

— Mais je t'ai expliqué que je devais aider Rennie à rentrer chez elle ! Tu as vu à quel point elle était bourrée !

— Oh, je t'en prie. Rennie t'a fait marcher, et tu as couru.

— Je ne pouvais pas partir, Cho. Elle a réveillé sa mère pour qu'elle me dise bonjour, et ensuite elles ont sorti tous ces vieux albums photo de nous quand on était gamins.

Il dit la vérité, je le sais. Et c'est typiquement le genre de trucs que Rennie pourrait faire, surtout en me sachant chez moi en train d'attendre Reeve. Je m'oblige à faire abstraction de ça, et d'une voix blasée, je conclus :

— Bref.

Fermement, il me dit :

— Rennie compte beaucoup pour moi. Elle a toujours été là quand j'avais besoin d'elle. Je ne veux pas lui faire de mal. Tu devrais comprendre ça mieux que quiconque.

Je croise les bras.

— Qu'est-ce que tu entends par là ?

— Skud ! Tu es toujours si soucieuse de ses sentiments.

Comment ose-t-il ramener Alex sur le tapis !

— Ouais, je me soucie des sentiments d'Alex. Il compte pour moi, parce que c'est mon ami. Il est là à chaque fois que j'ai besoin de lui. Il est comme ça. C'est un mec bien, lui.

Reeve se raidit et je me sens soudain satisfaite. Que la jalousie l'étouffe, celui-là. Je poursuis :

— Pourtant, j'avais quand même envie qu'Alex sache que nous étions ensemble à ma fête. Même en sachant que ça lui ferait mal, je voulais le lui dire. Contrairement à toi. Tu roules des mécaniques, Reeve, mais quand il s'agit de passer à l'acte, tu te dégonfles.

— Je ne me suis pas dégonflé ! C'est juste que je ne voulais pas leur balancer ça à la tronche !

— Tu veux dire que tu ne voulais pas balancer ça à la tronche de Rennie. Parce que c'est ta petite amie, voilà tout.

Reeve secoue la tête et expire bruyamment.

— Ce n'est pas ce que je veux dire, et tu le sais ! (Il détourne le regard.) Est-ce que tu pourrais juste… t'habiller et venir avec moi, et on rediscutera de ça plus tard ? Ma mère t'attend.

Mon cœur se serre. Mon Dieu. Sa mère ? Je n'ai qu'une envie : courir à l'étage, enfiler une jolie tenue et filer avec lui. Si Kat et Mary n'épiaient pas de l'autre côté de la porte, peut-être que je le ferais.

Mais je ne peux pas. Elles sont là, tout ça n'est qu'un jeu et j'en suis incapable.

— Je ne pense pas, dis-je en relevant le menton. Franchement, ça ne me tente pas de venir parader devant ta famille aujourd'hui. On n'est pas ensemble, après tout.

Il blêmit.

— T'es sérieuse ? Allez, Cho. Si tu veux, j'appelle Rennie et je lui avoue ce que je ressens pour toi.

— Ça ne sera pas nécessaire.

Je tente de lui claquer la porte au nez, mais il tend le bras et la bloque.

— Attends ! Tu as raison. Je me suis conduit comme un lâche. J'aurais dû le lui dire il y a des semaines. J'ai eu peur, Lillia. S'il te plaît, laisse-moi une autre chance. Laisse-moi te prouver mes sentiments.

Il essaye de m'attraper la main, mais je la retire et secoue la tête.

Je ne peux même pas le regarder.

Parce que tout cela est bien réel. Il ne joue pas avec moi. Je peux facilement lire la douleur et le désespoir dans ses yeux.

Je sais également que je ne peux plus jouer à ça. Il faut que j'en finisse. Si je n'arrête pas tout dans la seconde, je ne serai plus capable de le faire. C'est mieux ainsi, franchement. Plus le temps passera et plus ce sera dur, pour tout le monde. La plaisanterie a bien assez duré.

Je suis tombée amoureuse de celui qu'il ne fallait pas. Du garçon qui a brisé le cœur de Mary. Du grand amour de Rennie. Du meilleur ami d'Alex.

Il faut que ça cesse. Maintenant.

Je prends une profonde inspiration.

— Tu as déjà montré ton vrai visage, et pas qu'une fois. Le plus dingue dans l'histoire, c'est que je le savais depuis le début. Mais ces dernières semaines, j'ai cru que tu étais plus que le pauvre type égocentrique que je connais depuis des années. Peut-être… peut-être que j'ai eu de la peine pour toi. (Je secoue la tête.) Mais tu es comme ça, Reeve. Tu ne seras jamais capable de me traiter comme je le mérite. Tu n'as pas ça en toi. Alors, autant s'arrêter là. Tu es probablement aussi fatigué de jouer les gentils que moi de faire semblant d'y croire.

Les mots sortent de ma bouche, mais j'ai l'impression d'entendre quelqu'un d'autre. Peut-être parce que je ne fais que mentir.

Pourtant, je vois bien que Reeve croit à mes mensonges. Il les gobe tous. Son regard se perd dans le vide. Il se renferme complètement.

Ce qui me fait le plus mal, c'est la facilité avec laquelle il avale tout ce que je lui balance. Parce qu'au fond de lui, c'est ce qu'il pense de lui-même. J'ai profité de sa peur la plus enfouie, je m'en suis servie contre lui, et c'est probablement la plus grande trahison qu'il ait vécue.

Pourtant, une partie de moi s'attend à ce qu'il réplique et me dise que j'ai tort. Parce que le Reeve Tabatsky que je connais n'abandonne jamais. Mais j'espère que cette fois-ci, il va juste laisser tomber.

Va-t'en, s'il te plaît, va-t'en.

Et c'est exactement ce qu'il fait. Sans piper mot, il tourne les talons, regagne sa camionnette et s'éloigne.

Je referme derrière lui. Kat se met à sauter dans tous les sens et Mary fixe la porte, ébahie.

— Je suis désolée, je ne pouvais pas attendre jusqu'à la Saint-Sylvestre.

— On s'en fout, de la Saint-Sylvestre ! Les jeux sont faits, ma belle !

J'ai presque peur de regarder Mary. Si cela ne lui suffit pas, je ne vois pas ce que je pourrais faire de plus. J'ai l'impression d'avoir perdu une petite partie de moi.

— Oh, mon Dieu ! murmure-t-elle. J'ai tout ressenti.

Elle pose le regard sur moi, puis porte la main à sa poitrine. En clignant des yeux, elle m'annonce gaiement :

— J'ai senti son cœur se briser.

Je me force à sourire.

Les filles quittent la maison tard dans l'après-midi. À ce moment-là, le petit malaise que j'éprouve depuis le départ de Reeve s'est transformé en véritable nausée.

Quand je repense à ce qui s'est passé, aux choses que je lui ai dites, à la cruauté et à la froideur avec lesquelles je me suis adressée à lui, mon estomac se révulse.

Mary et Kat ont rejoué la scène sans relâche en face à face, singeant Reeve de leur voix la plus grave possible. « Ma mère t'attend. » Je jure qu'elles l'ont répété au moins cent fois, en riant de plus en plus fort.

Elles ne se seraient pas marrées si elles l'avaient aperçu depuis leur cachette. Elles n'ont pas lu la douleur dans son regard. Contrairement à moi.

Juste après le départ de Reeve, Kat a pris mon téléphone et l'a posé sur l'îlot de la cuisine, où nous pouvions toutes le voir. Elle a dit qu'elles ne pouvaient pas encore partir, parce qu'il allait sûrement appeler avant d'être arrivé chez lui. En fait, elle voulait même qu'on parle toutes à voix basse, au cas où il aurait traîné dans le quartier.

Bien sûr, il ne l'a pas fait. Il n'est pas revenu et n'a pas téléphoné. Je le savais.

Une heure plus tard, Kat nous a décrit un Reeve dans tous ses états, en train de saisir son portable avant de le reposer comme sous la torture. Il allait sûrement me contacter après le déjeuner. Une autre heure est passée, et Kat a changé d'avis en prétendant qu'on allait avoir de ses nouvelles avant qu'elles partent. En rangeant son sac de couchage, elle a juré que Reeve m'enverrait un SMS avant d'aller dormir. Ou demain, au plus tard.

Kat a enfilé ses rangers et chargé ses affaires dans la voiture. Avant de franchir la porte d'entrée avec Mary, elle a lancé depuis le bas de l'escalier :

— S'il t'appelle ce soir, mémorise chaque mot qu'il te dit pour qu'on puisse toutes se marrer !

Tandis que Mary mettait ses chaussures, je lui ai tenu la porte.

— Je ne te remercierai jamais assez pour ce que tu as fait, m'a-t-elle confié, les larmes aux yeux.

J'ai dégluti difficilement et répondu :
— Je t'en prie. Je suis juste soulagée que ça soit terminé.

Je suis allongée sur mon canapé, un oreiller sur le visage.

Même si c'est moi qui ai choisi de mettre un terme à tout ça, je regrette de ne pas avoir procédé différemment. J'aurais pu attendre d'être arrivée aux portes ouvertes. Seule, sans public. J'aurais pu le laisser tomber en douceur. J'aurais pu lui dire « Je t'aime beaucoup, mais je préférerais qu'on reste amis. » Kat et Mary n'auraient jamais su tous les détails, uniquement que j'avais tenu ma promesse. Évidemment, il m'en aurait voulu, mais il n'aurait pas eu de raison de me détester. La simple pensée que Reeve puisse me détester… Je n'envisage rien de pire pour le moment.

Il est seulement quinze heures. Reeve a dit que les gens passaient toute la journée chez ses parents. Si je me dépêche, je pourrai y aller et lui parler. Lui faire comprendre. On ne peut pas être ensemble, mais je peux encore retirer les choses horribles que je lui ai envoyées à la figure.

Je me rue au premier et entre sous la douche en sautillant d'un pied sur l'autre, parce que l'eau est encore froide. Mais merde, je n'ai pas le temps de me doucher ! Il me faut une éternité pour me sécher les cheveux !

Je ferme le robinet et branche mon fer à friser. Pendant qu'il chauffe, je file jusqu'à mon armoire et en sors la robe-chemisier en soie bleu marine que j'ai achetée comme tenue de rechange pour mes entretiens à l'université. Je l'accompagne de mes escarpins pêche et du collier de perles que mon père m'a offert pour mes seize ans. Je me frise la pointe des cheveux, puis applique du mascara, une touche de blush rose et du gloss clair.

Je vérifie mon reflet dans le miroir du salon avant de sortir en courant. J'ai l'air festive, féminine et adulte. Parfait. Je veux faire bonne impression sur la mère de Reeve. Qui sait ce qu'elle pense de moi maintenant que j'ai des heures de retard.

Je suis à mi-chemin de T-Town quand je me souviens que je ne peux pas me présenter chez Reeve les mains vides. Je fais demi-tour au milieu de la rue et quelques personnes klaxonnent, mais ça m'est égal. Le *Milky Morning* est déjà fermé, alors je passe chez le fleuriste d'à côté et lui demande de m'emballer leur plus gros poinsettia rouge. C'est plus une composition de table qu'une plante d'intérieur, le genre de trucs qu'on trouve dans les halls d'hôtel. Il est beaucoup trop grand par rapport au magnifique pot dans lequel il est vendu. Il coûte plus de cent dollars avec les taxes, mais peu importe. Je demande au type de le charger sur le siège passager.

J'arrive chez Reeve un peu avant seize heures. À mon grand soulagement, il y a encore de nombreuses voitures devant la maison, si bien que j'ai du mal à trouver où me garer. Je m'arrête devant l'allée de ses voisins en bloquant complètement leur minivan. Je compte déplacer ma voiture dès que j'aurai eu la chance de m'excuser auprès de Reeve.

La plante pèse une tonne, mais je parviens à la porter jusqu'à l'entrée. J'entends la fête battre son plein à l'intérieur, les gens qui crient devant la télévision. Je pose mon poinsettia par terre, passe rapidement les doigts dans mes boucles, puis sonne à la porte.

O.K., Lil, c'est le moment de faire ton show. Je suis tout aussi nerveuse qu'impatiente. De rectifier le tir, de réparer tout ce bazar. De me sentir à nouveau moi.

La porte s'ouvre, et il me faut une seconde pour reconnaître celle qui vient de répondre.

Rennie. Elle croise les bras sur sa poitrine. Elle est pieds nus, les cheveux vaguement attachés en chignon au sommet de la tête, vêtue d'un maillot de foot et d'un legging. Je me sens totalement ridicule et j'ai l'impression de faire tache avec ma tenue chic.

— Je n'arrive pas à croire que tu aies eu le culot de te pointer ici, crache-t-elle.

— Il faut que je parle à Reeve.

Elle laisse échapper un rire cruel.

— Parce que tu crois qu'il veut encore te parler ? Il t'a rayée de sa vie. Il a enfin découvert qui tu es vraiment. Une vraie salope.

Impuissante, je regarde derrière elle dans le salon en espérant que Reeve me voie et change d'avis. Ou du moins qu'il me laisse une chance de m'expliquer. Dans la pièce, il y a plein de garçons, les frères de Reeve et quelques hommes que je ne connais pas. Presque tous portent le même maillot que Rennie. Leurs yeux sont rivés sur l'écran de la télé. Derrière eux se dresse le sapin de Noël, entièrement décoré. Sur la table basse trône la sauce pour tacos à sept couches de Rennie, celle qu'elle prépare toujours pour les soirées pyjama dans le plat bleu de sa mère. Et à l'arrière de la maison, j'aperçois la mère de Reeve dans un tablier et des chaussons en flanelle, en train de remuer le contenu d'un gros faitout.

J'appelle Reeve et tente de passer outre Rennie, mais elle me pousse si fort que je vacille sur mes talons et manque de tomber en arrière.

— Tu n'es pas la bienvenue ici. Reeve te déteste tout autant que moi désormais.

— Il n'a qu'à me le dire en face, dans ce cas.

Je tends le cou pour voir à l'intérieur.

— Il n'est pas en bas, m'informe-t-elle en se glissant dans l'embrasure pour me masquer la vue. Nous sommes en haut dans sa chambre, ajoute-t-elle en insistant sur le « nous » pour être bien sûre que je l'entende.

Je l'ai entendu, bien évidemment, et mon imagination s'emballe. Je me les représente allongés sur le lit, la tête de Reeve posée sur les genoux de Rennie, elle qui lui passe les mains dans les cheveux, et soudain ils se mettent à s'embrasser. Reeve sait exactement comment me faire beaucoup de mal, et Rennie également. Je suis sûre qu'ils n'hésiteraient pas à le faire.

— Tu devrais savoir qu'il vaut mieux ne pas chercher à rivaliser avec moi, Lil, me prévient-elle. Tu sais que je gagne toujours.

Je relève le menton. Je ne vais pas ramper aux pieds de Rennie, comme si elle était la maîtresse des lieux et moi une clocharde.

— Dis-lui que je suis passée.

Je tente de pousser mon poinsettia dans la maison, mais Rennie secoue la tête et commence à fermer la porte.

— Ils ont un chat, et les poinsettias sont toxiques pour les chats.

Une voix de femme crie derrière nous :

— C'est qui, à la porte ?

— Personne ! répond Rennie en me la claquant au nez.

En retournant à ma voiture, je me dis que tout va pour le mieux. Reeve et moi, c'est terminé. Je suis enfin libre. Et même si c'est un immense soulagement, je pleure quand même comme un bébé jusqu'à ce que j'arrive chez moi.

LI
MARY

À QUELQUES RUES DE chez Lillia, je patiente avec Kat qui essaye de joindre Pat au téléphone depuis quelques minutes.

— Eh, c'est quoi, ce bordel ? Tu devais passer me prendre avec Mary chez Lillia, tu te souviens ? (J'entends la voix de Pat au bout du fil. Il n'a pas l'air aussi décontracté que le soir d'Halloween. Son timbre est plus dur, plus tendu.) Quoi ? T'es sérieux ?

Kat grogne, puis me dit à voix basse que la voiture est encore en panne. Enfin, elle hurle :

— Appelle un putain de mécano, alors !

Pat beugle quelque chose en retour et Kat lui raccroche au nez.

— Ce crétin ferait mieux de bouger son cul et de reprendre l'école de commerce. (Elle fourre son téléphone dans la poche de son jean.) Je pourrais essayer d'appeler Ricky, mais je crois qu'il travaille, et en plus, il ne peut ramener qu'une d'entre nous sur sa moto. On n'a qu'à retourner chez Lil et lui demander de nous reconduire chez nous.

Sans grand enthousiasme, je suggère :
— Ou alors, on peut marcher.
J'imagine que Kat va immédiatement rejeter ma proposition, parce que ça fait loin pour nous deux et que le fond de l'air est plutôt frais. Ça ne me dérange pas de marcher, mais on dirait que Kat ne possède pas de manteau d'hiver digne de ce nom. Pour faire face à la chute des températures, elle se contente d'enfiler plusieurs couches de sweat-shirts et de polaires, puis sa veste de l'armée. Une telle épaisseur, ça doit la protéger aussi bien qu'un gilet pare-balles.
— Très bien, concède-t-elle. On peut remonter jusqu'à State Road et se séparer près du lycée. (Elle déroule son sac de couchage et l'enveloppe autour de ses épaules telle une grande cape.) On a plein de trucs à se raconter, de toute manière.
Alors, nous nous mettons à marcher. Au début, nous progressons vite, mais petit à petit, nous ralentissons et nous baladons tranquillement comme un après-midi d'été. Tout est beau dehors. Le ciel est bas, la neige menace de tomber, et de temps à autre, nous passons devant une maison illuminée de décorations de Noël.
Tout le long du chemin, nous rejouons la mise à mort de Reeve. Seconde par seconde. Kat a une excellente mémoire ; elle se souvient de plus de détails que moi. J'étais hyper nerveuse, à espérer que les choses se déroulent selon notre plan. Je suis donc captivée, pendue à ses lèvres.
— Si seulement j'avais pu voir la sale tronche de Reeve quand Lil lui a claqué la porte au nez ! s'enthousiasme Kat. Putain. Tu crois que les parents de Lillia ont des caméras de surveillance ? (Elle se retourne face au vent pour dégager ses cheveux de son visage.) Il me semble

que tous les riches ont des caméras de sécurité. En plus, son père est du genre hyper-protecteur avec elle.

— Possible, dis-je en riant. On devrait lui demander !

Kat sort son téléphone de sa poche et envoie un SMS à Lil.

— Tu sais quoi, Mary ? S'ils en ont, je vais en récupérer une copie. Comme ça, tu pourras te repasser en boucle le moment où le cœur de Reeve s'est brisé. Joyeux Noël, ma belle. Tu as été bien sage, cette année.

Je glousse.

— Oh, vraiment ?

Kat rit.

— Peut-être pas selon les normes du Père Noël, mais tu le mérites vraiment. (Elle reprend soudain son sérieux.) J'espère que ça t'aide. À aller mieux.

— Oui, Kat. Plus que tu le crois.

À peine ces paroles prononcées, je me rends compte qu'elles sonnent juste.

Kat serre les poings, puis commence à chanter *Heartbreaker*, la voix portée par la brise. Nous passons devant une maison ; debout sur une échelle, un homme est en train d'accrocher des guirlandes, et il manque de tomber sous l'effet de la surprise.

Avec un peu de chance, Lillia nous répondra, parce que j'aurais aimé voir la tronche de Reeve, moi aussi. Mais même sans ça, je sais que ça a marché. Mon plan a fonctionné. Reeve a le cœur en miettes, aucun doute là-dessus.

Tout ça me rappelle ce fameux jour sur les quais où Reeve a dit à tous ces gars qu'il n'était pas mon ami. Mon cœur s'est brisé ce jour-là.

On est quitte, maintenant.

— Eh, au fait, elle a quel âge, ta tante Bette ? Elle aurait pas des robes des années vingt ?

— Kat, elle n'est pas si vieille ! Elle n'a que quarante-six ans.

Kat s'esclaffe.

— Au temps pour moi. Je me demandais juste si elle avait des fringues vintage qu'on pourrait lui emprunter pour la Saint-Sylvestre.

Je déglutis.

— Tu ne penses quand même pas aller à la fête de Rennie ?

— Euh... (Kat me regarde d'un air ahuri, puis commence à secouer la tête.) Je t'explique. J'ai entendu quelqu'un prononcer le mot de passe pour entrer. Toute l'école sera là-bas. Je me suis dit que ça serait sympa de nous pointer. Elle ne nous remarquera même pas.

— Et Lillia ? Elle ne veut pas y aller.

— On la convaincra. Qu'est-ce qu'elle pourrait faire d'autre ?

Lorsque nous arrivons au lycée, Kat me salue et se dirige vers T-Town. J'emprunte la piste cyclable et file vers la maison.

À l'intérieur de moi, la rage a laissé place à l'apaisement. J'ai l'impression d'être à marée basse ; toutes les choses négatives ont disparu en mer. C'est là que je comprends. Je peux rentrer chez moi, désormais.

Pas à Middlebury. Dans mon vrai chez-moi, avec mes parents.

Maintenant que Reeve a payé, maintenant que j'ai tourné la page, pourquoi rester à Jar Island ? J'aime Lillia et Kat à la vie, à la mort, évidemment, mais elles vont partir l'année prochaine. Ce n'est pas comme si je m'étais fait des tas d'autres amis. Le moment est idéal pour dire au revoir à l'île. Je suis venue, j'ai vu, j'ai vaincu. Je vais quitter l'île après le Nouvel An. Mon passé est véritablement derrière moi ; je vais finalement réussir à m'en débarrasser.

Je ressens un pincement au cœur à l'idée de laisser tante Bette ici, surtout dans l'état où est la maison. Et notre relation. Mais peut-être qu'elle pourrait venir avec moi ? Pourquoi pas. Ça lui ferait autant de bien qu'à moi de s'échapper de cette île. Maman et Papa pourraient embaucher quelqu'un pour rénover la maison pendant qu'elle est vide, afin de la retaper avant l'été.

Oui, voilà mon plan. Je m'arrête près de l'eau et regarde un ferry s'éloigner. Je m'imagine à son bord, prise en sandwich entre ma mère et mon père. Nous sommes tous heureux de retourner chez nous. Je retrouve ma famille. Ma vie est à nouveau sur les rails.

Je résiste à l'envie de l'annoncer aux filles sur-le-champ. Je ne veux pas les inquiéter, ni les laisser essayer de me convaincre de rester, ou du moins de finir l'année scolaire. Je ressens la sérénité qui accompagne toute bonne décision. Je fais le bon choix.

TANTE BETTE REÇOIT un appel après dîner et je vois immédiatement qu'elle est contrariée. Je lui demande :

— C'est qui ?

Elle s'affale sur une chaise de cuisine.

— L'une des galeries dans lesquelles je vendais mes peintures va fermer. Ils veulent que je passe récupérer mes œuvres ce soir. (Elle jette un coup d'œil à la pendule et se masse les tempes.) Maintenant, en fait.

— Oh. Sympa de leur part de te prévenir à l'avance, dis-je sur un ton sarcastique. (Mais tante Bette ne sourit même pas.) Je t'accompagne, tu pourrais avoir besoin d'aide pour tout transporter.

Elle secoue la tête.

— Mary, je ne…

— Pas de problème, j'ai terminé mes devoirs.

C'est un mensonge, mais peu importe. Combien de temps ça va me prendre ? Même si les choses ont vraiment été bizarres entre nous dernièrement, je me fais toujours du souci pour elle. Elle pourrait avoir besoin de moi. Contrairement à moi, elle n'a pas d'amis pour l'épauler.

Bref, j'ai l'impression que tout s'enchaîne bien. Maintenant que cette galerie n'expose plus ses œuvres, eh bien… qu'est-ce qui pourrait la retenir ici ?

Je rejoins tante Bette dans sa Volvo. J'aurais pensé qu'elle aurait enfilé un pantalon et un joli pull, mais elle porte toujours sa robe d'intérieur. Et ses cheveux sont en bataille. Je ne pense pas qu'elle les ait brossés aujourd'hui. Hier non plus, d'ailleurs.

Ses mains tremblent. Elle conduit un peu vite en prenant les virages trop serrés.

— Tu es nerveuse.

Elle me regarde du coin de l'œil.

— Mary, s'il te plaît. Ne dis rien, tu veux bien ? Ni à moi, ni à la propriétaire. Je veux entrer et sortir aussi vite que possible.

— O.K., d'accord. Tu ne remarqueras même pas ma présence. Promis.

Avec un peu de chance, je n'aurai pas besoin de parler. Mais s'il le faut, je n'hésiterai pas. C'est ce que Kat m'a appris.

La galerie se trouve de l'autre côté de T-Town, au bout d'une petite allée bordée de magasins. Il y en a environ moitié moins que sur Main Street à Middlebury, et aucun d'eux n'est aussi beau. De tous les coins de Jar Island, c'est probablement T-Town qui voit le moins de touristes. C'est plus un quartier pour les locaux. Du coup, je ne suis pas étonnée que la boutique mette la clé sous la porte.

La galerie est un bâtiment blanc situé dans un angle. Il a une grande vitrine, et derrière la vitre, en lettres dorées, je peux lire *art in the jar,* en minuscules (un effet de style, sans doute ?). La cloison temporaire, sur laquelle ils devaient accrocher leurs meilleurs tableaux, est vide désormais. Il ne reste plus que les petits trous laissés par les clous.

La porte est bloquée en position ouverte. À l'intérieur, je vois une échelle, un paquet de draps, des pots de peinture entamés. Une femme est assise par terre au centre de la pièce, jambes croisées, les cheveux retenus en arrière par un foulard noir. Elle parcourt des papiers dans une boîte en carton.

Tante Bette coupe le moteur, respire profondément, puis entre. Je la regarde depuis la voiture. La femme ne sourit pas ; apparemment, elle ne dit même pas bonjour à tante Bette et pointe l'index vers l'arrière de la galerie.

Prise d'un mauvais pressentiment, je décide d'entrer.

— Je viens aider ma tante, dis-je en passant la porte, mais la femme ne fait pas attention à moi.

Je passe derrière elle et me dirige vers ce qui semble être l'espace principal de la galerie, sur ma gauche.

Sauf que cette galerie n'est pas une grande pièce, mais une succession de petits espaces. J'essaye de deviner où tante Bette a pu aller, et je me retrouve à tourner en rond. Alors que je suis sur le point de franchir une autre porte, je me rends compte que je suis revenue à l'entrée principale.

— On dirait une sorcière ! murmure une fille.

Puis, deux personnes rient. Je passe la tête dans l'embrasure. Rennie est assise avec la femme. Oh, mon Dieu. C'est la galerie de la mère de Rennie.

— Une sorcière clocharde, même ! Je me demande si elle est venue en balai.

Sa mère laisse échapper un rire semblable au cacardement d'une oie.

— Chut, Ren.

Ensuite, tante Bette entre dans la pièce, les bras chargés de tableaux. Alors qu'elle s'apprête à mettre les voiles, la mère de Rennie se lève.

— Euh, Bette ? Je me demandais si je pouvais vous donner un conseil.

Tante Bette ne répond pas tout de suite. Elle s'avance vers la sortie et jette un coup d'œil dehors à sa voiture. Je pense qu'elle me cherche. Et comme elle ne me voit pas, ses yeux scrutent la galerie. Je me cache hors de sa vue.

— Bette ? insiste la mère de Rennie.

J'entends Rennie ricaner.

— Oui, pardon.

Je tends à nouveau l'oreille.

— J'ai eu beaucoup de mal avec vos dernières toiles. Pour être honnête, elles mettaient certaines personnes mal à l'aise. Je ne dis pas qu'elles ne sont pas intéressantes, mais je ne pense pas que les acheteurs recherchent des œuvres aussi noires.

Je m'efforce de distinguer les tableaux que tante Bette tient à la main. Ils sont confus, sombres, inquiétants. De grandes traînées de noirs et de gris. Rien à voir avec ses anciennes peintures. On dirait l'œuvre d'une folle. La peinture ne l'a pas aidée à revenir dans le monde réel, elle l'a fait sombrer un peu plus dans l'obscurité.

— Vous devriez revenir à vos adorables phares et paysages côtiers.

Le visage de tante Bette se ferme.

— Je ne peins pas pour vendre. Je peins mon univers, et il est comme ça en ce moment.

Elle se retourne pour partir.

La mère de Rennie murmure :

— Elle a basculé du côté obscur.

— Quelle tarée ! ajoute Rennie.

Puis, elles éclatent toutes les deux de rire.

Je suis sur le point de perdre mon sang-froid.

Je regarde autour de moi. Je veux faire quelque chose pour les arrêter. Je plisse les yeux et me concentre sur les pots de peinture ouverts sur le sol. Je vais les faire bouger. *Clic clic clic clic.* Ils commencent à trembler.

— Mary ! me crie tante Bette depuis la porte d'entrée.

Rennie et sa mère sont éberluées. Je passe devant elles en courant et suis ma tante jusqu'à sa Volvo.

— Je t'avais dit de ne pas entrer ! me réprimande-t-elle. Qu'est-ce qui te prend ?

Ses mains serrent le volant si fort que ses jointures deviennent blanches.

— J'ai fini par comprendre, tante Bette. J'ai un pouvoir sur les choses.

— Tu ne devrais pas t'en servir. Peu importe ce que tu faisais, tu dois cesser.

— Mais elles te traitaient de folle ! Elles prétendaient que tu es une sorcière et que tu as perdu la tête. En plus, je me suis entraînée. J'arrive à contrôler mes facultés. (Je m'assois à ses côtés et croise les mains calmement.) Tante Bette, j'ai décidé qu'il est temps pour moi de partir. Juste après le Nouvel An.

J'attends de voir si elle va dire quelque chose. Si elle va essayer de me convaincre de rester. Mais elle semble soulagée, tout au plus.

— Oui, Mary. Je pense que ça vaudrait mieux pour nous deux.

Puis, elle relève sa vitre, nous enfermant à l'intérieur de la voiture comme dans une tombe.

LII
LILLIA

Ce lundi, il est midi et quart, et j'attends ce moment précis depuis que je me suis réveillée ce matin. Le déjeuner à la cafétéria.

J'adorerais snober la bande pour m'installer avec Kat et Mary, mais Mary ne déjeune pas à la même heure que moi et Kat ne mange jamais ici. En plus, la raison principale pour laquelle je dois m'asseoir à notre table habituelle est la suivante: si je ne les affronte pas aujourd'hui, je ne pourrai plus jamais déjeuner avec eux. C'est ma table, ainsi que celle d'Ash, d'Alex et de PJ, et ce sont mes amis également. Je vais y aller la tête haute. Je suis intouchable. Rennie et Reeve ne peuvent pas me blesser, parce qu'ils ne peuvent pas m'atteindre.

C'est ce que je me dis en entrant dans la cafétéria. Dieu merci, Ash est avec moi. Derek et elle se sont remis ensemble pendant le week-end, alors elle est encore plus pétillante que d'habitude. Je porte une tenue décontractée, comme pour montrer à Reeve que je ne me soucie pas du tout de lui. J'ai opté pour un chemisier en soie noire avec un motif en forme de baiser, la jupe moulante que Kat m'a achetée, des collants noirs transparents et des bottines compensées en daim.

Par bonheur, Rennie et Reeve ne sont pas arrivés. Peut-être qu'ils ne se montreront pas. Je mange la salade composée que Maman a glissée dans mon sac et écoute Ash me raconter avec quel romantisme Derek lui a demandé de recoller les morceaux.

— Il s'est pointé chez moi avec des fleurs et il n'aurait pas accepté que je refuse, Lil, dit-elle en soupirant joyeusement.

— Quel type de fleurs ?

Le cœur n'y est pas, mais j'essaye au moins de m'intéresser.

— Des œillets roses !

Qu'il a probablement achetés en chemin à la station-service.

— Trop mignon.

Soudain, Ash remarque Derek dans la file d'attente de la cafétéria et se précipite vers lui.

Rennie et Reeve se dirigent vers ma table, bras dessus, bras dessous. Même avec ses talons, elle ne lui arrive qu'à l'épaule.

Je garde les yeux rivés sur ma salade et ne bronche pas quand ils s'asseyent. Je me contente de tremper chaque feuille dans ma sauce à la moutarde et au miel. Si je m'y tiens, je n'aurai pas besoin de lever les yeux de tout le déjeuner.

Puis, Alex arrive. Je me demande si Reeve et lui se font encore la tête ou s'ils se sont déjà réconciliés, comme le font les garçons. Ou peut-être qu'il me déteste également maintenant, à cause de l'histoire des pizzas et parce que j'ai pris la main de Reeve devant lui. Je retiens ma respiration lorsqu'il pose son plateau et s'assoit face à moi.

— Tu es ravissante, me complimente-t-il en enlevant son pull irlandais.

Je lui adresse un sourire reconnaissant.

— Merci, Skud.

Merci, merci beaucoup.

À l'autre bout de la table, Rennie est quasiment assise sur les genoux de Reeve. Elle lui murmure à l'oreille et roucoule, puis il l'enlace.

Je reste concentrée sur ma salade, la découpant en minuscules morceaux que je trempe dans la sauce.

Derek se pointe avec un plateau chargé de frites et annonce :

— Dites, vous avez entendu que M. Dunlevy s'est fait choper pour conduite en état d'ivresse ce week-end ?

— Ouais, j'ai entendu, confirme Rennie. La coach Christy était furax. Je veux dire, il se fait payer pour nous donner des cours de conduite.

Je prends une autre bouchée de salade, et mâche, mâche, mâche.

— Lil, Reeve et toi, vous n'avez pas pris des cours de conduite avec lui l'année dernière ? demande Alex. Il ne sentait jamais l'alcool ?

Je hausse les épaules, et Reeve en fait autant. Aucun de nous ne pipe mot.

— Oh, je vois, ajoute-t-il avec une légère insinuation dans la voix. (Il me regarde, puis agite le pouce en direction de Reeve.) Vendredi, vous étiez collés l'un à l'autre à ta fête, et maintenant, vous ne vous calculez même plus. Qu'est-ce que je dois en conclure ?

Je m'étouffe presque en avalant un morceau d'œuf dur. Je lui trouve un goût terreux.

Nonchalamment, Reeve déclare :

— Lil et moi, on s'est souvenus que nous ne nous apprécions pas réellement.

Rennie m'adresse son sourire diabolique et je vois rouge.

Au-dessus de la table, mon regard croise celui de Reeve pendant une seconde, et soudain, le temps semble se suspendre dans la cafétéria. Il n'y a plus que nous deux, les yeux dans les yeux. Puis, il reprend son cours. Reeve secoue la tête et glousse comme s'il n'en avait rien à faire.

Après le déjeuner, alors que je me rends au cours suivant, une fille de deuxième année m'aborde, une épaisse enveloppe en papier kraft à la main.

— Lillia, tu ne me connais pas, mais... je me disais que tu pourrais peut-être remettre ceci à Rennie de ma part. Elle a dit qu'elle voulait les recevoir par e-mail, mais mon ordi est en panne et c'était plus simple pour moi de les imprimer. Je ne l'ai pas encore croisée aujourd'hui, et je ne veux pas qu'elle croie que je lambine.

— O.K., dis-je lentement en prenant la lourde enveloppe.

— Merci !

Je me réfugie rapidement dans les toilettes pour l'ouvrir. Elle est remplie de photos du bal des étudiants. Des deuxième année qui posent bras dessus, bras dessous ou qui s'éclatent sur la piste de danse. Des élèves qui photographient les participants à l'élection, debout au pied de l'estrade.

Oui, Rennie fait partie du comité de l'album du lycée, mais uniquement pour s'assurer qu'aucune image peu flatteuse d'elle ne sera retenue. Qu'est-ce qui peut bien l'intéresser dans ces photos d'autres élèves ? On peut voir la robe argentée de Rennie sur certaines d'entre elles, et toute la bande en arrière-plan, mais sur la plupart, nous sommes flous.

Je glisse l'enveloppe dans les fentes de la porte de son casier, sans même faire attention à ne pas la déchirer.

LIII
MARY

NOUS SOMMES MERCREDI après-midi, pendant le dernier cours. Plantée sur le parking face à la camionnette de Reeve, je me concentre de toutes mes forces.

Mais j'ai du mal à y arriver, parce que je suis trop contente. Ces derniers jours, Reeve s'est promené dans l'école comme si tout allait bien, mais moi, je vois parfaitement en lui. Il est malheureux, et je savoure chaque seconde.

La portière ne bouge pas. Je me concentre encore plus. Si seulement je savais à quoi ressemble l'intérieur d'une serrure de voiture, peut-être que j'arriverais à me la représenter en train de s'ouvrir.

Ouvre-toi, ouvre-toi, ouvre-toi.

Il faut que j'entre dans la voiture de Reeve avant la fin de l'école pour pouvoir lui laisser un cadeau. C'est mon pendentif en forme de marguerite, celui qu'il m'a offert pour mes treize ans. Autrefois, c'était mon bien le plus précieux; je ne l'enlevais jamais, pas même pour prendre mon bain. Je l'ai retrouvé l'autre nuit quand j'emballais mes affaires. Je ne l'avais plus aperçu depuis le bal des étudiants. C'est le cadeau d'adieu idéal.

Je veux qu'il le voie pendre à son rétroviseur intérieur et qu'il pense à moi. Je sais qu'il ne va pas faire le rapprochement, qu'il ne va pas immédiatement comprendre que c'est à cause de moi qu'il souffre en ce moment. Mais j'espère qu'il va avoir une sorte de déclic, une vague idée qui va prendre progressivement corps, longtemps après mon départ : *Tu souffres désormais pour tous tes péchés passés. Tu n'as que ce que tu mérites.*

De toute manière, j'en ai fini avec ce pendentif. Je n'en veux plus.

Je glisse la main dans la poche de ma veste, en sors la marguerite et la serre aussi fort que je le peux. Aussi fort qu'il le faut pour changer un morceau de charbon en diamant.

Clic.

Les deux portières de la camionnette, côté conducteur et côté passager, s'ouvrent à la volée comme si elles étaient montées sur ressorts, faisant vibrer tout le châssis. L'alarme se déclenche. Je n'ai pas beaucoup de temps.

Je grimpe sur le siège avant et enroule la chaîne du pendentif autour du rétroviseur, puis je lui donne une petite pichenette pour qu'il se mette à osciller comme un pendule, au beau milieu du pare-brise.

Pour finir, je me glisse à l'extérieur et m'éloigne, sans me donner la peine de refermer les portières, tandis que le lycée commence à se vider.

LIV
KAT

Plus qu'un jour avant les vacances de Noël, et nous ne faisons déjà plus rien en classe. J'ai regardé des films pendant trois cours aujourd'hui. Mais bon, je ne me plains pas.

Je déjeune à la bibliothèque pour pouvoir consulter mes e-mails, une nouvelle habitude depuis que j'ai envoyé mon formulaire de demande d'inscription. D'un point de vue technique, personne n'est autorisé à boire ou manger dans la bibliothèque, mais je le fais en douce. J'ai fourré mon wrap au poulet dans la manche de ma chemise en flanelle et une canette de soda ouverte dans ma sacoche, que je tiens debout entre mes pieds.

J'ai deux e-mails. Un message d'information sur la violence faite aux chiots transféré par ma tante Jackie, et une réponse de l'université d'Oberlin.

Je retiens mon souffle et clique, les yeux écarquillés face à l'écran.

— Oh, mon Dieu ! Oh, putain ! Putain, putain, putain, putain !

La bibliothécaire se précipite immédiatement vers moi. Je pense que ça fait des semaines qu'elle rêve de me surprendre en train de contrevenir au règlement afin de me virer d'ici. Je vous jure, cette bonne femme voudrait avoir la bibliothèque pour elle toute seule.

— Vous ne pouvez pas employer un tel langage ici, mademoiselle DeBrassio. Je vais faire un signalement…

Je n'attends même pas qu'elle termine son sermon, peu importe ce qu'elle peut bien raconter. Je recule ma chaise, hisse mon sac sur mon épaule, puis file au bureau de Mme Chirazo. Je me rue à l'intérieur sans même frapper.

Elle est avec un autre élève, un première année rondouillard qui porte un polo rayé. Tous deux se retournent et me regardent, ébahis. Je ne m'en suis pas immédiatement aperçue, mais un filet de soda s'écoule de mon sac.

Je hurle « Eh merde ! » à pleins poumons, parce que c'est le seul mot qui me vient à l'esprit. Puis, je me mets à pleurer comme un bébé.

Mme Chirazo ne se démonte même pas. Un vrai robot.

— Kat, assieds-toi, dit-elle avec l'intonation d'un sergent instructeur.

Je m'effondre sur la chaise vide à côté du petit gros, enroule les bras autour de ma tête, puis me mets à gémir. Mme Chizaro s'adresse au garçon :

— Billy, je viendrai te chercher plus tard.

Je lance un regard assassin à Billy-je-sais-pas-comment et le menace :

— Toi, tu n'as rien vu.

Mme Chirazo l'accompagne jusqu'à la porte et la referme si fort que ses papiers s'envolent. Puis, elle se précipite vers moi, sans retourner à son bureau, et s'assoit sur la chaise libérée par Billy. D'un revers de manche, j'essuie la morve qui me pend au nez, mais il en coule encore.

— Que s'est-il passé, Kat ?

Je veux la regarder, mais je n'y arrive pas.

— Je n'ai pas été admise à Oberlin, voilà ce qui s'est passé !

Le dire à voix haute me fait l'effet d'une putain de gifle.

— Ils t'ont envoyé un courrier ?

Je secoue la tête.

— Non, juste un e-mail. Une réponse automatique. Sales bâtards ! (J'arrive à peine à parler.) Dans cette fichue lettre de motiv, je leur ai dit que c'était mon rêve. Je leur ai dit que ma mère est morte et que je voulais réaliser son rêve à sa place. Et ils n'ont même pas eu la décence d'envoyer une réponse personnalisée ?

— Qu'est-ce que ça disait, exactement ?

Je lui décoche un regard furieux.

— Putain, vous êtes sourde, ou quoi ? Ça disait que je ne suis pas prise !

Immédiatement, je regrette mes paroles. Je ne veux pas me conduire en sale petite garce face à Mme Chirazo. Je n'aurais pas dû jurer comme ça devant elle. Elle a été sympa avec moi.

Mme Chirazo ne m'engueule pas et ne me jette pas dehors. Au lieu de cela, elle me fait signe de me lever et me murmure de m'asseoir à son bureau. Elle se penche vers moi et se connecte à Internet sur son ordinateur.

— Montre-moi. Montre-moi exactement ce qu'ils t'ont envoyé.

Je m'exécute et ouvre ce foutu mail pour qu'elle puisse le voir de ses yeux.

Elle le lit bien plus attentivement que moi. Quelques secondes s'écoulent avant qu'elle ne prenne la parole.

— Kat, ce message dit juste que tu n'as pas été admise au premier tour. Ta demande a été mise en liste d'attente. Tu as encore une chance.

Peut-être que je devrais me sentir mieux en entendant ça, mais ce n'est pas le cas.

— S'ils ne me prennent pas au premier tour, c'est qu'ils ne veulent pas de moi, point barre.

— Tu te trompes, ce n'est pas du tout ça. Nous pouvons étoffer la rubrique de tes activités extrascolaires, essayer de trouver d'autres moyens de la compléter. J'ai lu tout ton dossier de candidature, et c'est ton seul point faible.

— Qu'est-ce que je vais bien pouvoir faire ? Lancer un contrat sur la tête du président du conseil des étudiants ?

— Ce n'est pas drôle, Kat.

— Je dis juste que c'est trop tard.

Elle s'avance jusqu'à son armoire et fouille dans ses papiers.

— Nous avons reçu une requête cette semaine de la part du Comité de préservation de Jar Island. Ils cherchent des bénévoles après l'école et le week-end.

Je ne veux pas me faire d'illusions, mais c'est mieux que rien.

— Très bien.

— Excellent, Kat. Je vais les appeler aujourd'hui et leur demander quand est-ce que tu peux commencer.

— Je suis désolée de vous avoir insultée.

— Tu étais en colère. Je comprends. Je suis contente que tu arrives à exprimer tes sentiments. (Elle me tapote la jambe.) Entre-temps, postule auprès de ton école de second choix, au cas où. Tu es forte, Kat. Ne perds pas pied maintenant.

Je n'aurais jamais cru pouvoir dire ça un jour, mais merci mille fois, Mme Chirazo.

C'est là qu'une idée me vient.

— Au fait, Mme Chirazo, est-ce que vous avez des élèves attitrés à charge ? Ou est-ce que vous pouvez discuter avec tous ceux qui ont besoin d'aide ? Parce qu'une de mes amies…

PLUS TARD DANS la journée, un message de Mme Chirazo m'est transmis pendant la huitième heure. Il se trouve que le Comité de préservation de Jar Island veut que je commence aujourd'hui même. Je vais donc m'y rendre directement après les cours. Pourquoi pas ? Je n'ai rien à perdre. Et quand bien même, j'ai l'impression que je dois bien ça à ma conseillère qui s'est donnée tant de peine pour m'aider.

C'est un joli bâtiment, près des boutiques chics de White Haven. Du bois blanc, des cadres noirs et pleins de vieux vitraux tarabiscotés. Des branches de balsamier encadrent la porte et grimpent le long de la rampe métallique, embaumant l'air d'un délicieux parfum. Je remarque une plaque en bronze sur mon chemin. Elle dit que ce bâtiment était l'ancienne mairie, au XVIe siècle.

À l'intérieur, l'espace est vaste, avec des parquets en bois massif si brillants que je me reflète dedans. Chaque mur est recouvert de briques rouges apparentes, et on y a suspendu des objets anciens appartenant à l'histoire de la ville, comme un vieux drapeau mité et une pagaie en bois rongée. Tous les quelques mètres se dresse un grand bureau en chêne. Des ampoules à filament pendent du plafond. Tout cet endroit pue le fric à plein nez.

Je le déteste immédiatement. Il y a un truc qui me dérange chez les riches. On dirait qu'ils recherchent des moyens de dépenser leur argent afin de soulager leur conscience.

Je m'avance jusqu'au premier bureau. Une femme est assise derrière et discute au téléphone. Elle porte un pull crème ample, des boucles d'oreille en perle et un énorme diamant tape-à-l'œil au doigt.

Elle me détaille : mes cheveux en bataille, les accrocs dans mon jean, mes rangers… puis se force à me sourire. Dans le combiné, elle dit :

— Bien sûr que nous nous inquiétons à propos de la maison. Elle est vraiment charmante… Et elle est tellement liée à l'histoire de votre famille… Nous avons essayé plusieurs fois de joindre votre sœur et… laissez-moi vous dire qu'elle ne va pas bien et que la maison en pâtit clairement. (La voix de la femme est haut perchée et geignarde. Elle adresse quelques « Hum, hum » de temps à autre à la personne à l'autre bout du fil, mais lit ses e-mails ou autre chose en même temps sur son ordinateur, et ça m'étonnerait qu'elle écoute vraiment.) Oui, eh bien, nous sommes prêts à vous aider du mieux possible. Si votre sœur n'est plus en mesure d'assurer l'entretien de la maison, nous serons ravis de vous faire une offre généreuse. Oui, bien sûr. Nous attendons de vos nouvelles et nous ferons tout notre possible pour vous aider.

La femme raccroche et pousse un soupir affecté.

Je l'interroge :

— La journée a été difficile ?

Elle ricane sèchement.

— On peut le dire. Bon, en quoi puis-je t'aider ? Tu t'es montrée très patiente et je t'en suis reconnaissante.

J'ai envie de lui dire «*Pas la peine de te montrer aussi condescendante, sale conne*», mais je me contente de sourire. Cette femme doit penser que je suis une sans domicile fixe.

— Mme Chirazo du lycée a appelé à mon sujet aujourd'hui.

La femme me dévisage. Peu importe ce que Mme Chirazo lui a vendu, je ne suis pas à la hauteur, selon elle.

— Oui, bien sûr. Nous sommes ravis de t'accueillir parmi nous, Katherine. (Elle se lève derrière son bureau.) Laisse-moi t'accompagner au sous-sol, où tu vas travailler.

Bien sûr...

Nous descendons un escalier grinçant. Le sous-sol n'a pas bénéficié du même soin que le rez-de-chaussée. Il n'a pas de fenêtres, et les plafonds sont si bas que nous devons nous pencher pour ne pas nous cogner la tête.

— Il va falloir parcourir ces documents, numériser les premières pages, puis les enregistrer sur le disque dur. (Elle me montre un truc qui ressemble à une déchiqueteuse à papier.) Ça va vite; tu glisses les documents par ici et le scanner les numérise. Essaye de les insérer bien droit. Et fais particulièrement attention avec les papiers jaunis.

— C'est quoi, tous ces documents?

La femme rit sous cape.

— Un peu de tout. Des arrêtés municipaux, des journaux, des relevés cadastraux. (Elle a déjà remonté la moitié de l'escalier.) Fais-moi signe si tu as besoin de quoi que ce soit.

J'enlève ma veste. Je préférerais me casser d'ici, mais je ne peux pas. Je vais probablement travailler ici jusqu'au printemps. Mais bon, qu'est-ce que je ne ferais pas pour intégrer l'université d'Oberlin!

LV
LILLIA

Cette année, Mme Kudjak a mis le paquet. Des serveurs en nœud papillon rouge distribuent des amuse-bouche sophistiqués, comme des mini-cakes au crabe ou des fourrés à la poire surmontés de crème fraîche à la truffe. En plus, il y a un buffet de viandes, des plateaux de fruits de mer et toutes sortes de gourmandises au chocolat.

La maison est bondée, il y a du monde partout. À côté du sapin, mes parents discutent avec leurs amis du yacht-club. Ma mère est magnifique ce soir. Elle porte une robe blanche drapée sur le côté et un élégant chignon banane. Elle a essayé de me traîner avec Nadia chez le coiffeur, mais Nadia déteste qu'une autre personne s'occupe de ses cheveux, et alors que je saute sur l'occasion de me faire faire un brushing en temps normal, je n'étais pas d'humeur.

Je porte à nouveau ma robe en soie bleue, celle que j'avais choisie pour aller aux portes ouvertes chez Reeve. Je me suis fait une queue de cheval et j'ai enfilé mes bottines compensées, parce que ce sont mes chaussures habillées les plus confortables. De toute manière, je n'ai pas l'intention d'impressionner qui que ce soit ce soir.

Je suis assise avec Alex sur le douillet canapé du salon et nous partageons une tarte au chocolat nappée de crème fouettée. Il a chapardé du cidre chaud, même si ça m'étonnerait que nos parents y trouvent à redire. Je ne sais pas où est Nadia. Probablement en train de jouer à *Guitar Hero* dans le pool house avec les cousins d'Alex. Nous sommes les seuls enfants encore présents, sauf que nous n'en sommes plus vraiment. La mère d'Alex a dit que nous devions rester et discuter avec les adultes parce que nous en étions presque. J'espère que mes parents ne voudront pas rester tard, parce que je n'ai pas pris ma voiture.

— Pourquoi tu es si morose, Lil ? me demande Alex. Dans trois jours, c'est Noël !

Ma fourchette chargée de tarte au chocolat s'immobilise à mi-chemin de ma bouche.

— Comment ça, morose ? Je ne suis pas morose. Désolée de te donner cette impression... Je suis juste fatiguée, je pense. Je suis allée au centre équestre très tôt ce matin.

— Comment va Phantom ?

— Oh, il va bien. (Je prends une autre bouchée de tarte.) Je n'en reviens pas que tu te souviennes de son nom.

Alex me regarde d'un air offensé.

— Bien sûr que je m'en souviens. Je t'ai vue en compétition. Tu te rappelles, en première année ? Tu montais tous les jours ou presque. Tu n'avais que Phantom à la bouche.

Je ris.

— J'imagine que je tapais sur le système avec mon dada. (Je tends le bras et attrape ma pochette sur la table basse.) J'ai un petit quelque chose pour toi.

Alex mâche rapidement et avale.

— Nan !

Je hoche timidement la tête.

— Je voulais te remercier. Tu as été si sympa avec moi cette année.

Je sors mon cadeau de ma pochette. J'ai eu du mal à glisser mon rouge à lèvres et mon miroir à l'intérieur, tellement il prenait de place.

Alex semble touché. Il retourne le paquet dans ses mains et je suis contente de lui avoir fait un joli emballage. J'ai choisi un papier doré brillant que j'ai attaché avec un ruban en soie crème. Il l'ouvre lentement en veillant à ne pas déchirer le papier. Il en sort un long morceau de cuir brun et le fixe sans dire un mot.

— C'est une sangle pour ta guitare. (Je préfère préciser, parce qu'il pense peut-être que c'est une ceinture. Je la lui prends des mains et la retourne.) J'ai fait graver tes initiales dans le cuir. J'ai choisi la police moi-même. La fille m'a dit qu'elle était réglable, alors tu peux la porter haute et près du corps à la Johnny Cash, ou lâche comme les punk-rockers. (Je la lui rends.) Je n'étais pas sûre de ton style.

— Lil, annonce-t-il tranquillement avant de lever les yeux sur moi. C'est super cool de ta part.

Je lui souris ouvertement.

— Vraiment ? Tu l'aimes ?

Alex hoche la tête, puis se lève brusquement du canapé et regarde de l'autre côté de la pièce.

Je lève les yeux et aperçois Reeve dans sa doudoune, debout devant le buffet, une bière à la main. Il se coupe une tranche de filet mignon de porc et la mange avec les doigts.

Je me redresse également, le cœur battant.

— Tu l'as invité ?

— Non.

Reeve porte sa bière à la bouche et la termine en une longue gorgée. Il scrute la pièce ; il ne nous a pas encore vus. En revanche, il repère Tim, l'oncle d'Alex, fonce droit sur lui et le tape dans le dos si fort que du champagne se renverse de sa flûte.

— Merde, il est bourré, constate Alex en traversant le salon à grandes enjambées.

Je le suis. Il s'arrête près de Reeve et lui pose la main sur l'épaule.

— Qu'est-ce que tu fais, mec ?

Reeve se retourne en chancelant.

— Ta mère m'a laissé entrer. (Puis, il me voit derrière Alex.) Salut, Cho. Quoi de neuf ?

— Salut, Reeve.

Alex traîne Reeve hors de la pièce, le fait sortir par la porte de la cuisine, puis le tire vers le pool house, malgré les protestations et la démarche mal assurée de ce dernier.

Reeve repousse Alex une fois dehors.

— C'est quoi, ce bordel ? Je ne suis plus le bienvenu chez toi, maintenant ?

— Eh, doucement, lui intime Alex. Calme-toi.

Je serre les bras autour de moi en frissonnant. J'ai laissé ma veste à l'intérieur.

Reeve pointe le menton dans ma direction.

— Qu'est-ce que t'as contre les manteaux d'hiver ? me demande-t-il en commençant à enlever sa doudoune.

— Ça va, Reeve.

— Ça va, Reeve, m'imite-t-il avant de m'adresser un sourire dédaigneux. Peu importe, tu peux bien crever de froid. Comme si j'en avais quelque chose à foutre.

Mes yeux s'embuent. Il est si méchant. C'est comme ça que les choses vont se passer entre nous, désormais ?

— Tu ferais mieux de partir, lui conseille Alex en s'avançant devant moi.

Reeve lève les mains en l'air.

— O.K. Moi qui croyais que les potes passaient avant les meufs... Je me tire.

Il hurle en direction du pool house :

— Joyeux Noël, les morveux ! Le Père Noël vient de se faire jeter dehors !

Puis, il titube vers la grille.

Nadia et deux des cousins les plus âgés d'Alex sont sortis devant le pool house et nous observent, ahuris.

Je prends Alex par le bras.

— Il ne devrait pas conduire, il est saoul. (Alex ne bouge pas et se contente de regarder Reeve trébucher. Je le pousse vers Reeve aussi fort que possible.) Dépêche-toi, Alex !

Alex le suit à contrecœur.

— Donne-moi tes clés, je vais te reconduire chez toi.

Reeve jette ses clés dans la pelouse.

— Nan, je vais rentrer à pied.

À distance, je lui crie :

— Reeve, laisse-le te ramener !

Mais il a déjà descendu la moitié de la rue, sa doudoune se fondant dans l'obscurité. Je me lance à la recherche de ses clés, mais il fait trop sombre. Alex me rejoint et hausse les épaules.

— Donne-moi ton téléphone, Alex.

Il s'exécute. Je m'en sers comme lampe de poche et passe la pelouse au peigne fin.

Derrière moi, Alex me propose :

— On ferait mieux de rentrer. Il gèle ici. Je les trouverai demain matin.

Je l'ignore et continue à tâtonner. Mes doigts finissent par se refermer sur un objet froid et métallique. Je lève le trousseau devant les yeux d'Alex.

— Il faut que tu le suives, il est saoul. Il va lui falloir des heures pour rentrer chez lui avec sa jambe blessée. Il pourrait se faire renverser par une voiture.

Alex reste impassible.

— Il ne m'écoutera pas. Il est trop têtu pour ça. Ça va aller.

— Essaye, s'il te plaît.

Alex me regarde un instant, puis ajoute :

— Qu'est-ce qu'il y a entre vous ? (Il se passe la main dans les cheveux et se cache le visage, comme s'il ne voulait pas entendre ma réponse.) Ne me mens pas, s'il te plaît.

Je ne dis rien. Je ne veux pas lui mentir. J'ai l'impression d'avoir menti à tout le monde ces derniers temps, et j'en ai marre. Alex mérite mieux que ça.

— On… a traîné ensemble, deux-trois fois.

Alex me scrute.

— Tu veux dire que vous êtes sortis ensemble ?

Je prends une profonde inspiration.

— On s'est embrassés, mais c'est tout. C'était une erreur stupide. (Alex fixe le sol. Il ne veut pas me regarder.) Désolée.

— Tu n'as pas à être désolée, m'assure-t-il en levant les yeux. (Heureusement, il n'a pas l'air en colère. Juste sonné. Il me prend les clés des mains.) Merci encore pour mon cadeau.

— Je t'en prie.

Il trotte jusqu'à la camionnette de Reeve garée devant l'allée de son voisin, monte dedans et démarre.

Nadia me rejoint en courant et me demande :

— Qu'est-ce qu'il y a ?

— Rien. (Je passe le bras autour de ses épaules.) On rentre.

Le lendemain, je suis allongée sur le canapé devant la télé à échanger des SMS avec Ash, quand mon père entre dans le salon et s'assoit à côté de moi.

— Tu regardes quoi ? me demande-t-il.

Je ne lève pas les yeux et continue de rédiger mon SMS.

— J'en sais rien, une émission spéciale sur Noël.

Qu'est-ce qui s'est passé chez Alex ? J'ai entendu dire que Reeve s'est pointé bourré et qu'Alex l'a foutu dehors !

Pas vraiment. C'est ce qu'on raconte ?

Ren a dit qu'elle avait dû aller récupérer Reeve sur le bord de la route !

Évidemment, il a appelé Rennie pour qu'elle vienne le chercher. Pas étonnant.

— Tu as terminé ton complément d'informations pour Wellesley ? m'interroge mon père.

— Ouais, quasiment.

C'est presque vrai, parce que j'ai pratiquement terminé.

L'air de rien, il me propose :

— Tu veux que j'y jette un coup d'œil avant que tu ne l'envoies ?

— Non, c'est bon. Je l'ai déjà montré à ma conseillère pédagogique.

Pourquoi il s'est mis dans cet état ?

Aucune idée. Ren a dit quoi ?

Elle lui a trouvé des excuses, comme toujours. Il la mène par le bout du nez.

— Ça ne ferait pas de mal d'avoir un second avis.

Je finis par lever les yeux du téléphone.

— Papa… Je ne suis même pas sûre d'avoir envie d'aller à Wellesley.

En fronçant les sourcils, il tempère :

— Je croyais qu'on s'était tous mis d'accord pour que tu poses au moins ta candidature.

— Je vais le faire, mais même si je suis prise, je ne suis pas sûre de vouloir y aller. (Sur l'écran, je fais défiler ma conversation avec Ash et relis ce qu'elle a écrit.) Ce n'est pas parce que Maman aimait l'idée d'une école de filles que je vais y entrer.

— Je veux que tu postules pour que tu puisses avoir cette option. Compris ?

Je hoche la tête. D'accord. Je ne suis même pas sûre d'être admise, de toute façon.

Il s'éclaircit la gorge comme il le fait toujours quand il est mal à l'aise.

— L'autre nuit, chez les Kudjak… Ton ami était saoul ?

Je garde les yeux baissés, mais mon cœur s'affole.

— Quel ami ?

— Reeve. C'est comme ça qu'il s'appelle, non ?

Je suis surprise que mon père connaisse son prénom. Ma mère le lui a probablement dit.

— Non, il n'était pas saoul.

Mon père a l'air sceptique, alors je répète avec plus d'insistance :

— Vraiment, il n'était pas saoul, Papa ! C'est pas son genre. C'est un sportif.

— Très bien, je te crois. Je veux juste que tu fasses attention à tes fréquentations. En ce moment, tu dois te concentrer sur tes candidatures à l'université et finir le lycée en beauté. Ne te repose pas sur tes lauriers.

J'ai envie de le rabrouer, mais je m'abstiens, parce que ça ne se fait pas dans ma famille. On ne répond pas avec insolence. Ça me rend dingue quand mon père rentre à la maison et joue le parent impliqué, alors qu'il n'est jamais là ou presque. Il n'a pas le droit de me dire comment me comporter. Calmement, je rétorque :

— Je suis concentrée sur mes candidatures, Papa. D'ailleurs, je vais monter terminer mes courriers.

Je me lève.

— C'est bien, ma fille, répond-il en hochant la tête.

Une fois dans ma chambre, je me laisse tomber sur le lit et appelle Ash.

Je l'entends mâcher quelque chose.

— Je pense que Ren mérite mieux. Il joue avec elle depuis qu'on est gamins. Elle lui donne tout ce qu'il veut, et lui ne fait que prendre, prendre, prendre. Cette fille, c'est la générosité incarnée.

J'ai du mal à me représenter Rennie en âme généreuse, mais je n'en dis rien.

— Il ne pense qu'à lui, poursuit Ash. Il se moque éperdument des autres.

Je ne suis pas sûre que ça soit vrai. En fait, je suis persuadée du contraire.

Je me souviens de la toute première fois où j'ai rencontré Reeve. C'était quand notre maison était en cours de construction. Nadia était toute petite, et j'avais sept ans.

Je n'ai jamais vu en vrai la demeure qui se trouvait là auparavant. Uniquement en photos. C'était un bâtiment sur deux niveaux avec un porche qui courait sur toute la façade, des volets décoratifs et une grande girouette métallique. Ce n'était pas du tout le style de mes parents, mais ma mère avait craqué pour l'emplacement. Avec ses huit mille mètres carrés, la parcelle était vaste et offrait une vue magnifique sur la mer. L'homme qui vivait là n'avait même pas l'intention de vendre, mais mon père lui avait fait envoyer une lettre par son avocat pour lui proposer une grosse somme.

Le jour suivant la vente effective, l'ancienne bâtisse a été rasée par les bulldozers.

À cette époque, White Haven n'était pas encore envahie de demeures immenses. Je veux dire, les maisons étaient grandes, mais dans mes souvenirs, aucune n'avait de piscine enterrée, d'ascenseur ou de garage pour cinq voitures. C'était plus bucolique. Il y avait de l'espace entre les constructions, de l'intimité, et les plus belles vues de toute l'île. D'une certaine manière, je ne suis pas étonnée que la ville soit devenue ce qu'elle est aujourd'hui. La propriété des riches.

Bref, comme c'était ma mère qui avait dessiné les plans, elle aimait visiter le chantier pour vérifier l'avancée des travaux.

Un jour, elle nous a amenées avec elle, Nadia et moi.

Quand nous sommes arrivées à destination, ils avaient coulé les fondations et commencé à délimiter les pièces à l'aide de gros chevrons. Il y avait au moins dix fourgonnettes garées sur la pelouse, et un imposant tombereau jaune.

— Mon Dieu ! s'est exclamé ma mère. Il va falloir qu'on ressème toute la pelouse devant.

Je me souviens d'avoir été complètement impressionnée par la taille de notre future maison. Nous avions toujours vécu en appartement. Certes, il s'agissait d'immeubles de standing, mais on avait tout de même des voisins de l'autre côté de la cloison. Cette maison était gigantesque.

Des ouvriers s'activaient sur le chantier. Ils avaient tous de gros ventres. J'ai pris Nadia par la main et je suis restée près de ma mère, tandis qu'elle discutait avec un des entrepreneurs. Même s'il faisait chaud dehors, ma mère portait un tailleur noir et des escarpins, et elle a gardé ses lunettes quand nous sommes allés à l'intérieur.

Ils se disputaient à propos de la cage d'escalier. Ma mère ne cessait de désigner ses plans du doigt et de lui dire qu'il devait suivre ses instructions, sans quoi elle ferait appel à une autre équipe. L'homme a ricané.

— Nous sommes la seule équipe sur l'île.

Ma mère lui a répondu :

— Je les ferai venir par ferry et je leur louerai une maison.

Ça lui a coupé la chique.

Tandis que ma mère lui passait un savon, il n'arrêtait pas de nous regarder, Nadia et moi. Je pense qu'il n'appréciait pas de se faire engueuler par une femme, surtout devant des enfants.

Soudain, je me suis pris une grande claque dans le dos.

— Touchée !

Je me suis retournée. C'était un petit garçon un peu plus grand que moi, avec un immense sourire révélant presque toutes ses dents ; il se balançait d'un pied sur l'autre.

— Reeve ! a crié l'homme. Je t'avais dit de rester dans la fourgonnette !

— Vous laissez des gamins courir sur le chantier ? s'est offusquée ma mère.

— Il devait aller à un stage de foot, mais apparemment, ma femme a mal noté la date sur le calendrier. Elle est partie rendre visite à sa sœur sur le continent, alors j'ai fait ce que j'avais à faire.

Reeve m'a adressé plusieurs clins d'œil. Ensuite, il m'a tapé sur le bras en répétant :

— Touchée !

Puis, en parlant très lentement, comme si je ne comprenais pas ce qu'il disait, il a ajouté :

— C'est toi le loup !

De ma voix la plus méchante, je lui ai répondu :

— Je sais jouer au loup.

Je détestais quand les gens supposaient que, parce que j'étais asiatique, je ne les comprenais pas. Ça me rendait dingue.

— On ne dirait pas.

Il a reculé précipitamment.

J'ai lâché la main de Nadia et me suis lancée à ses trousses.

Maman et l'homme nous ont crié après, mais je ne me suis pas arrêtée. Je voulais vraiment l'attraper.

Même si l'homme avait prétendu à ma mère que Reeve ne traînait pas sur le chantier d'habitude, il évoluait si aisément dans la maison que j'étais sûre qu'il y était déjà venu. Il savait exactement où se faufiler et comment se diriger. Il a sauté au-dessus d'une pile de planches et s'est glissé sous deux chevalets de coupe. Il était vif, mais moi aussi. J'aurais été plus rapide sans mes chaussures du dimanche.

Alors qu'il était presque à ma portée, il s'est engouffré dans l'embrasure d'une porte. Au dernier moment, il a semblé changer d'avis, comme s'il ne voulait pas y aller. Mais j'étais déjà revenue à sa hauteur. Je lui ai rentré dedans et lui ai tapé le bras de toutes mes forces. Il a volé dans la pièce en glissant sur le sol.

C'était du ciment frais. Il y a laissé une trace de dérapage hallucinante.

J'ai retenu mon souffle.

— Bon sang, Reeve !

Je me suis retournée et j'ai vu son père, rouge de colère. Il est entré dans la pièce en laissant ses grosses empreintes de bottes dans le ciment. J'imagine qu'il se moquait pas mal de l'abîmer, sachant que Reeve s'en était déjà chargé. Il a soulevé Reeve par le dos de sa chemise, comme les chats avec leurs bébés. Sauf qu'il ne s'est pas montré délicat. On aurait dit qu'il allait tuer Reeve. Et celui-ci semblait terrorisé. Tout son visage s'est transformé.

D'une petite voix aiguë, j'ai dit :

— C'est… C'est de ma…

C'était de ma faute ; je l'avais poussé, mais Reeve ne m'a pas laissée finir.

— Pardon, Père. Je suis vraiment désolé. Tout est de ma faute.

Maman et Nadia sont arrivées à ce moment-là et ont poussé un petit cri de stupeur.

En les voyant, le père de Reeve l'a reposé par terre.

— On va immédiatement réparer ça. À nos frais, évidemment.

Il a jeté un regard furieux à Reeve et a sifflé entre ses dents :

— Retourne dans la fourgonnette. Maintenant !

— Oui, Père, a répondu Reeve.

Je me suis sentie mal pour lui. Maman m'a fait monter dans la voiture avec Nadia. Sur le chemin du retour, j'ai vu Reeve assis sagement sur la banquette arrière de la fourgonnette de son père. Il n'avait plus l'air effrayé.

Il m'a même souri.

LVI
KAT

Le matin de Noël, j'avais prévu de me lever de bonne heure afin de préparer des pancakes pour tout le monde. Mais la veille, je suis restée debout jusque tard dans la nuit pour regarder *Une histoire de Noël* avec Pat, et je ne me suis pas réveillée. Il est plus de dix heures quand je me lève enfin.

J'enfile mon peignoir miteux sur mon tee-shirt et me traîne jusqu'à la cuisine pour me faire une tasse de café. À ma grande surprise, Papa et Pat sont assis à la table. Pat est penché au-dessus d'un bol de soupe de la veille et Papa boit son café.

D'une voix encore ensommeillée, je leur lance :

— Joyeux Noël, les DeBrassio ! Je voulais me lever tôt pour faire des pancakes, mais…

— Mais tu n'es qu'une grosse flemmarde ? termine Pat en avalant bruyamment sa soupe.

Je souris et me verse du café.

— Comme mon grand frère !

Ma tasse à la main, je file dans le salon et allume les guirlandes de Noël. Il n'y a rien sous le sapin. Nous

nous sommes déjà échangé nos cadeaux la veille, selon la tradition des DeBrassio. J'ai offert à mon père une nouvelle canne à pêche pour laquelle j'avais économisé, et à Pat une décalcomanie de moto italienne vintage que j'ai trouvée sur Internet.

Mon père m'a donné un billet de cent dollars, et Pat m'a dit qu'il m'offrirait mon cadeau plus tard. Mais bien sûr… Les cadeaux imaginaires, c'est sa spécialité.

J'allume la télé et tombe à nouveau sur *Une histoire de Noël*. C'est la fin du film, quand ils mangent tous au restaurant chinois et que les serveurs chantent *Deck the Halls*, sans parvenir à prononcer les L. C'est raciste comme tout, mais ça reste un bon film.

Puis, Pat et Papa entrent, et ce dernier me dit :

— Katherine, je pense qu'il reste un cadeau pour toi sous le sapin.

Je lui indique le tapis où il n'y a rien et lui lance :

— Ouvre les yeux, mon vieux !

— Pat ! rugit Papa. Tu devais le poser sous le sapin ce matin !

— Du calme, du calme, se défend Pat. (Il va dans sa chambre, en ramène un paquet enveloppé dans du papier représentant des Père Noël, puis me le tend.) Voilà.

Je les regarde tour à tour.

— C'est quoi ?

Papa sourit.

— Ouvre-le !

Je déchire le papier : c'est un nouvel ordinateur portable. J'en reste bouche bée.

— Non, c'est trop.

— C'est pour tes études, Katherine.

Je sens ma gorge se serrer et les larmes me monter aux yeux.

— Comment… comment tu as pu l'acheter ?

— J'ai terminé le canoë la semaine dernière, explique Papa en me souriant fièrement. Et Pat m'a aidé.

Je fixe Pat, qui est accoudé dans l'encadrement de la porte, les bras croisés.

— Pour de vrai ?

— Ouais, ma vieille. Je me suis cassé le cul pour ce truc, alors tu as plutôt intérêt à ne pas te planter à Oberlin, me raille-t-il en agitant le doigt.

Je m'essuie les yeux d'un revers de manche.

— Je n'ai pas encore été admise.

Je devrais leur avouer que je n'ai pas été prise au premier tour, mais je n'en ai pas le courage.

— Mais si, ça va le faire, m'assure Pat.

— Même si je suis admise, c'est tellement loin… Je ferais peut-être mieux de choisir une école plus proche, pour pouvoir revenir à la maison et vous aider.

— Certainement pas, aboie Papa. Tu vas partir d'ici dès que tu auras ton diplôme. Ta mère n'aurait pas voulu que tu fasses autrement.

Je le vois à peine à travers mes larmes.

— Merci beaucoup.

Pat se penche pour me dire :

— Papa et moi, on est capables de se débrouiller tout seuls. Tu vas aller à l'université d'Oberlin, point barre. Tu n'auras que des A, tu vas devenir riche en faisant un boulot sympa, et ensuite, tu nous enverras des tonnes de billets à la maison.

Je ris.

— Tu comptes encore vivre ici dans cinq ans ? *Loser*, va !

Puis je me lève, les jambes tremblantes, et les serre fort dans mes bras.

LVII
LILLIA

La journée de Noël passe à toute allure. Nous allons à l'église le matin comme toujours, puis, à notre retour, mon père prépare de la soupe au gâteau de riz coréenne et ma mère réchauffe des roulés à la cannelle surgelés qu'elle a commandés chez *Neiman Marcus*. Nous les mangeons en ouvrant nos cadeaux. Je reçois un nouvel ordinateur portable, un pull en cachemire vert et lavande, des bottes d'équitation et de petites choses, comme mon parfum préféré et la crème à la dragée de New York.

Je devrais être contente, parce que j'aime les cadeaux et que j'ai eu tout ce que j'avais demandé, et plus encore. Nadia pousse des cris aigus à chaque paquet ouvert en embrassant nos parents et en prenant son temps pour faire durer le plaisir. J'ai du mal à sourire et à remercier tout le monde. Je suis la pire fille qui soit.

Mes parents le remarquent sans aucun doute. Ils n'arrêtent pas d'échanger des regards inquiets. À un moment, ma mère s'assoit à côté de moi sur la méridienne et pose la main sur mon front pour s'assurer que je n'ai pas de fièvre.

Je ne pensais pas que j'allais si mal le vivre. Que j'allais souffrir autant pour une chose qui était censée être une farce.

Une fois tous les cadeaux déballés, Maman fait signe de la tête à Papa, qui sort de la pièce. Lorsqu'il revient, il porte deux énormes cartons dans les bras. Nadia se lève d'un bond et essaye d'en prendre un, mais Papa lui répond :

— Ils sont tous les deux pour Lillia.

Je les ouvre. C'est un ensemble de voyage flambant neuf de chez *Tumi*, avec une coque renforcée blanc brillant. Deux valises à roulettes, une grande, et une petite que je pourrai emmener en cabine.

— C'est pour l'université, m'explique Papa. Wellesley a de fantastiques programmes d'études à l'étranger, tu sais.

Je n'ai même pas la force de lui répondre quoi que ce soit, de lui avouer que je ne suis toujours pas complètement emballée par Wellesley. Je me contente de hocher la tête, puis d'ouvrir et de fermer la serrure de la valise à plusieurs reprises.

— Ton père a choisi cet ensemble lui-même, m'explique Maman. Il s'est dit que tu aimerais le blanc.

Elle pose la main sur mon genou et le serre vigoureusement.

Je regarde machinalement mon père.

— Je l'adore.

— Joyeux Noël, princesse, me répond-il.

LVIII
MARY

NOUS SOMMES ENFIN à la Saint-Sylvestre.

La neige va tomber ce soir, quelques centimètres. Et le vent souffle. La fête de Rennie sera sûrement maintenue. J'espère juste qu'il y aura des ferrys demain. Je suis trop impatiente de voir mon père et ma mère.

J'ai prévu une tenue spéciale pour le voyage du retour. Une jupe droite, des escarpins, un chemisier crème. Je veux être belle et avoir l'air mûre pour nos retrouvailles. Je veux qu'ils se rendent compte que j'ai grandi. Même s'ils pensent bien faire, ils m'ont toujours considérée comme un bébé. Quand je serai de nouveau chez eux, j'ai envie qu'ils me traitent comme une ado et pas comme une enfant.

Mais avant cela, je dois participer à une fête et faire mes adieux à deux personnes très spéciales.

Je prends mon temps pour me maquiller et me coiffer. Je me pare les lèvres d'un rouge éclatant et attache mes cheveux en chignon. J'enfile une robe que j'ai trouvée dans mon armoire, une blanche avec des perles, des poignets étincelants et une taille basse, puis je fais le tour de la maison à la recherche de mes nu-pieds dorés.

On sonne à la porte.

Décidément, ces dames du Comité de préservation sont bien déterminées à ne pas lâcher l'affaire. J'imagine que tante Bette ne va pas répondre comme d'habitude, mais dehors, la personne insiste et sonne de nouveau.

Bizarre.

Tante Bette finit par ouvrir.

— Erica ?

Je me fige.

— Oh, mon Dieu, Bette, regarde-moi cette maison !

Cette voix. Ça faisait longtemps que je ne l'avais pas entendue.

C'est ma mère. Elle… elle est venue ! Je me lève d'un bond et dévale les escaliers, mais lorsque je l'aperçois, je m'immobilise.

Maman ?

Elle est debout dans le salon, dans un long manteau noir. Ses cheveux sont presque aussi gris que ceux de tante Bette. Comment a-t-elle pu vieillir autant du jour au lendemain ? Je ne suis pas partie depuis si longtemps que ça.

— C'est quoi, ce bruit ? demande-t-elle.

— C'est Mary, répond tante Bette.

— S'il te plaît, Bette. Je t'en prie, cesse de me torturer.

Je m'arrête net. Quelque chose cloche, et pas qu'un peu.

Une vague de chaleur et de panique s'empare de moi. Les photos encadrées sur le mur de l'escalier commencent à trembler, et je dois me forcer à me calmer.

Calme-toi, calme-toi, calme-toi, calme-toi.

— Tu as besoin d'aide, Bette, poursuit ma mère. (On dirait qu'elle pleure.) Je vais te faire sortir d'ici. Cette maison te rend malade. Les membres du Comité de préservation ont appelé, et ils ont eu raison de le faire. Regarde autour de toi !

— Non, non, je vais bien, Erica, se défend désespérément tante Bette. Mary veut partir ! J'irai mieux après son départ.

— Cette maison tombe en ruines, et tu… tu ne vas pas bien, bredouille ma mère. Tu ne peux plus rester ici.

Tante Bette recule.

— Il faut que tu la voies, Erica, et que tu lui parles. Que tu lui dises pour Jim. Peut-être que ça l'aidera.

Jim, c'est mon père.

— Bette… s'il te plaît, arrête, gémit ma mère. Arrête de parler d'elle.

Mais qu'est-ce qui se passe ? Ils se sont disputés ? Ils se sont séparés en mon absence, et c'est pour ça qu'ils ne m'ont pas rendu visite ?

— Nous partons. Maintenant.

Maman a ouvert la porte. Je la fixe pour l'obliger à se fermer. Ma mère est stupéfaite quand la poignée lui glisse de la main. La porte claque violemment et les verrous se tirent.

— Arrête, Mary ! Tu vas l'effrayer ! hurle tante Bette.

En l'ignorant, je cours dans ma chambre à l'étage, attrape ma valise, descends l'escalier en trombe et passe la porte.

— Maman, je viens avec toi ! Ne pars pas sans moi !

Mais soudain, j'entends la porte de derrière s'ouvrir. Je m'approche de la fenêtre et aperçois ma mère, un bras autour des épaules de sa sœur, qui essaye de la conduire jusqu'à sa voiture de location. Elles partent ? Sans moi ?

Je traverse le rez-de-chaussée au pas de course et sors dans la rue.

Ma mère sanglote. Elle ne me regarde même pas.

— Bette, s'il te plaît, monte dans la voiture.

Je me précipite sur elle en criant :

— Maman !

Je hurle désormais, et les volets de la maison claquent, de plus en plus vite. Je ne peux pas m'arrêter. Je ne peux pas me contrôler.

— Oh, mon Dieu, s'écrie ma mère en ouvrant la portière passager d'un coup sec et en poussant tante Bette à l'intérieur.

Elle se précipite de l'autre côté, trébuche et s'écroule par terre.

Je cours après elle en sanglotant.

— Maman, maman, maman ! Ne pars pas. Ne me laisse pas. Je veux rentrer à la maison !

Sous le choc, elle ouvre de grands yeux.

— Mary ? C'est toi ?

Je l'implore :

— Ne me laisse pas !

Elle se démène pour se relever et j'attends qu'elle me serre fort contre elle.

Ça fait si longtemps, Maman !

Mais elle ne s'avance pas vers moi. Au contraire, elle se rue de l'autre côté de la voiture et saute à l'intérieur. Je frappe si fort contre la vitre qu'elle commence à se fissurer.

— Je suis désolée, pleure-t-elle. Je suis vraiment désolée. Je ne peux pas rester.

Ses mains tremblent quand elle démarre le moteur, enclenche la marche arrière et prend la fuite.

LIX
LILLIA

Je n'avais pas l'intention d'aller à la fête, mais Kat m'a envoyé message sur message pour me demander de venir : elle m'a assuré que Mary et elle viendraient ce soir et qu'elles me défendraient face à Rennie. En plus, cet après-midi, j'ai reçu un SMS de Rennie en personne qui disait *Nouvelle année, nouveau départ ? Viens ce soir.* Ensuite, elle m'a envoyé une photo de sa main tenant une sucette à la cerise. Sa manucure avait l'air géniale, avec des paillettes et du rose pâle, comme de la barbe à papa étincelante.

Par conséquent, je vais y aller. Je ne veux pas être la seule absente de toute l'école. Ma sœur sera là. Même Kat et Mary feront le déplacement. Qu'est-ce que je pourrais bien faire d'autre ? Sortir dîner avec mes parents ?

Il y a quelques mois encore, avec Rennie, on se serait préparées ensemble. On aurait mis Madonna à fond et on se serait battues pour le miroir, en hésitant entre un rouge à lèvres carmin et un vermillon. Au lieu de cela, je suis seule. Même Nadia manque à l'appel, parce qu'elle est partie se changer avec toutes les première année chez Janelle. Il n'y a plus que moi.

J'ai trouvé ma robe dans une boutique en ligne vintage. J'avais peur qu'elle ne m'aille pas, parce que les tailles étaient différentes à l'époque, mais lorsque je l'ai essayée, elle était parfaite. Elle est en soie vert émeraude très fine, avec une taille basse, un col en V très échancré et un dos croisé ajouré comme une fine et délicate toile d'araignée.

J'ai enroulé les bigoudis de ma mère dans mes cheveux, puis je me suis fait un carré boule. Comme ils n'arrêtaient pas de tomber, j'ai piqué quelques épingles. Pour sublimer le tout, j'ai choisi un rouge à lèvres rouge sombre.

Lorsque j'ai descendu l'escalier, mon père est sorti de son bureau pour me serrer dans ses bras et me dire que j'étais magnifique. Il m'a également rappelé que j'avais la permission de deux heures du matin, et pas une minute de plus. Il m'a demandé de ne pas rentrer en voiture, de prendre un taxi ou d'appeler pour qu'il passe me chercher.

— Les rues ne sont pas sûres le soir de la Saint-Sylvestre. Trop de gens ivres prennent le volant.

J'ai levé les yeux au ciel en répétant :

— Oui, Papa, bien sûr, Papa.

À un feu, j'envoie un SMS à Ash pour voir si elle est déjà arrivée et ne pas me pointer seule. Elle me répond qu'elle est déjà à l'intérieur. J'envoie un SMS à Alex également, mais il ne me répond pas immédiatement. Nous nous sommes à peine parlé depuis sa fête, depuis que je lui ai dit que j'avais embrassé Reeve. Les choses étaient déjà un peu étranges entre eux, et je ne peux pas m'empêcher de penser qu'elles ont probablement empiré.

Comme il n'y a pas de parking devant la galerie, je me gare à deux rues de là et regrette aussitôt d'avoir emprunté les escarpins à lanière ornés de strass de ma mère. Ce sont des Manolos, et j'ai toujours pensé que les chaussures chères seraient plus confortables. Mais elles ne le sont pas ; quand j'arrive à la fête, j'ai tellement mal aux pieds que j'ai envie de les retirer.

Le nom de la galerie a été gratté et un panneau « À louer » est accroché à la vitrine. Depuis l'extérieur, elle a l'air vraiment... vide. On ne voit pas grand-chose à l'intérieur. Toutes les fenêtres sont couvertes de buée.

Il y a un vrai videur près de la porte. Je le reconnais : c'est l'un des cuistots du *Bow Tie*. Je n'arrive pas à croire que Rennie l'ait convaincu de gâcher son réveillon en passant la nuit devant la porte de la galerie de sa mère pour une fête de lycée. Il me demande :

— Mot de passe ?

— Clair de lune.

Pendant une fraction de seconde, j'ai peur que Rennie ait changé le mot de passe et que je ne puisse pas entrer à sa fête. Mais il hoche la tête et ajoute :

— C'est dix dollars.

Dix dollars ? Jusqu'ici, je n'ai jamais payé pour aller à l'une des fêtes de Rennie.

— Je suis en dernière année et je suis une amie de Rennie. Je crois qu'on s'est déjà croisés, au *Bow Tie* ?

— Tout le monde est l'ami de Rennie ce soir, me fait-il remarquer en regardant derrière moi un groupe de jeunes qui débouche bruyamment au coin de la rue. C'est dix dollars pour les dernière année, vingt pour les troisième année, trente pour les deuxième année et...

Je suis sûre à mille pour cent qu'Ash et tous nos amis n'ont pas eu à payer, mais je ne veux pas rester dehors à me battre avec lui. C'est humiliant.

— O.K., O.K., c'est bon.

Heureusement, j'ai la monnaie que mon père m'a donnée pour le taxi. Je sors un billet de vingt de ma pochette ornée de perles et le lui tends.

Il extrait une liasse de la poche de sa veste en cuir et me rend un billet de dix.

— Amuse-toi bien !

Je me fraye un chemin dans la galerie. Je l'ai vue vide auparavant, quand Paige remplaçait une expo par une autre et repassait un coup de peinture blanche sur les murs pour faire ressortir les œuvres. Mais Rennie l'a transformée. Elle a installé un bar à la place de la caisse: un autre employé du resto y prépare des cocktails, vêtu d'un smoking blanc immaculé et d'un nœud papillon noir. Les boissons sont servies dans de vrais verres, probablement ceux du restaurant. Pas des gobelets en plastique jetables. De jolies guirlandes métalliques de différentes couleurs se croisent au plafond. Elles ont l'air d'époque. Des ballons gonflés à l'hélium blancs, argentés et dorés avec des rubans assortis flottent également à travers la pièce. Je baisse les yeux: Rennie a peint au sol des bandes blanches et noires en zigzags. Elle a réalisé des compositions pour tous les centres de tables: des bouquets de plumes crème, certaines recouvertes de paillettes dorées et argentées.

Je dois admettre que c'est sa fête la plus réussie jusqu'ici.

La galerie est bondée. Il y fait si sombre qu'il faut une seconde à mes yeux pour s'habituer. Kat et Mary ne sont pas encore arrivées. Je remarque Nadia et quelques filles de l'équipe agglutinées les unes à côté des autres sur un canapé d'angle. Nadia me fait un signe de la main, que je lui retourne.

Je me retrouve donc seule au milieu de la foule.

J'ai mal à l'estomac. Est-ce que ça va être comme ça toute la nuit ?

J'inspire profondément, puis sors de ma pochette mon rouge à lèvres et mon miroir de poche. C'est le problème avec le rouge à lèvres rouge sombre. Il faut s'assurer d'en avoir une couche bien épaisse, sinon on a l'air d'avoir mangé une sucette. Je me retouche les coins de la bouche, et alors que je range le tout dans ma pochette, mon téléphone se met à vibrer.

C'est Alex.

Tu es magnifique.

Je souris et referme mon téléphone. Je scrute la pièce à la recherche d'Alex et le repère près du bar, adossé au coin du mur, en train de siroter un liquide brunâtre. Il lève son verre dans ma direction et je ris. Je ne peux pas m'en empêcher. Il porte une chemise boutonnée, des bretelles et un chapeau que sa mère lui a probablement dénichés. Je le trouve trop mignon.

En fendant la foule jusqu'à moi, il sort quelque chose de sa poche de pantalon.

— Tu as quitté la fête avant que je puisse t'offrir ton cadeau de Noël l'autre nuit.

Il tend la main. Au creux de sa paume se trouve une petite boîte orange entourée d'un fin ruban marron sur lequel est écrit *Hermès*.

Je n'arrive pas à le croire.

Alex dépose la boîte entre mes mains.

— Ouvre-la, Lil.

Je dénoue le ruban et ouvre l'écrin. C'est le bracelet que je voulais, celui que j'ai vu à Boston. Blanc, émaillé, parfait.

— Alex, c'est bien trop cher ! Je ne peux pas l'accepter.

— Tu as dit que tu le voulais, tu te souviens ?

— Oui, mais...

Ravi, il sourit.

— Dans ce cas, il est pour toi.

Alex sort le bracelet de la boîte et l'attache à mon poignet.

— Je ne peux pas.

— Pourquoi ?

— Parce que... c'est vraiment trop.

— Ne t'inquiète pas pour ça. J'ai utilisé l'argent que ma grand-mère m'a donné pour m'acheter une nouvelle guitare. (Alex fourre les mains dans ses poches.) En fait, j'aimerais te demander un truc. À propos de ce week-end à Boston.

Je hoche nerveusement la tête.

— Si... (Il baisse les yeux, puis les repose sur moi.) Tu te souviens de notre balade dans la neige ? Si j'avais essayé de t'embrasser ce soir-là, tu m'aurais laissé faire ?

Je revis en pensées cette fameuse nuit. Je me souviens que Boston était magnifique sous la neige, que je me sentais en sécurité avec Alex. Que tout était si simple avec lui, surtout comparé à la situation avec Reeve.

Je pense que je l'aurais laissé faire, en effet. Peut-être.

Je suis sur le point de le lui confirmer, quand soudain, j'ai l'impression que tout disparaît autour de moi et que le temps s'arrête, parce qu'au-dessus de l'épaule d'Alex, à l'autre bout de la pièce, je viens de le voir.

Reeve. Sur le canapé, à côté d'une fille que je prends d'abord pour Rennie, avant de me rendre compte que non. C'est une deuxième année, qui s'appelle Kendall, je crois. Il porte la tenue que nous avons achetée ensemble. Il est si beau que ça me rend malade. Elle a un boa en plumes autour du cou, et il n'arrête pas de jouer avec.

Nos regards se croisent, et il détourne délibérément les yeux. Il murmure quelque chose à l'oreille de Kendall, pose son chapeau sur la tête de celle-ci, puis elle se glisse sur ses genoux. Le sang me monte aux joues. Je m'éloigne d'Alex.

— Faut que j'y aille.

Le visage d'Alex se décompose.

— Tu ne vas même pas répondre à ma question ?

— Je... Je ne peux pas pour le moment.

Je jette de nouveau un coup d'œil à Reeve. C'est plus fort que moi. Il croise mon regard, et cette fois-ci, il prend une grosse gorgée de sa boisson, puis pose la main sur la cuisse de Kendall.

Il faut que je sorte d'ici. Je commence à regagner l'entrée en titubant et en poussant les gens hors de mon chemin. Soudain, Reeve apparaît devant moi et me bloque le passage de son bras.

D'un ton glacial, je lui lance :

— Excuse-moi.

— Oh, comme ça, on ne se parle toujours pas ?

Reeve croise les bras dans un geste désinvolte et s'appuie contre le mur de l'entrée.

Je le fixe d'un air furieux.

— Et pourquoi on aurait besoin de se parler ? On ne s'apprécie même pas, tu te souviens ?

Reeve me sourit avec condescendance, comme si je n'étais qu'une idiote, et lui un mec mature au-dessus de tout ça. Je le pousse avec force pour passer, et son rictus disparaît.

— Écoute, j'étais furieux que tu m'aies largué, mais j'ai tourné la page, maintenant. Tu n'as pas besoin de me fuir à chaque fois que tu tombes sur moi. Je ne t'embêterai plus. Tout va bien.

— Génial…

Reeve tend le bras et touche le bracelet à mon poignet.

— Joli bracelet, remarque-t-il.

Même si je sais qu'il ne le pense pas, je le remercie. D'un air suffisant, il ajoute :

— Skud a sûrement travaillé très dur pour pouvoir te l'acheter.

— Exact.

Je devrais m'en tenir là, mais je ne résiste pas à l'envie de préciser :

— C'est trop classe de ta part de parler à une autre fille à la fête de Rennie. (Je jette un coup d'œil sans équivoque dans la direction de Kendall.) Ou alors c'est déjà fini entre toi et Ren ? Pourquoi est-ce que ça ne me surprend pas le moins du monde ? C'est tout toi, ça, tu es déjà passé à la suivante.

Je croyais que Rennie m'avait invitée à sa fête pour se pavaner avec Reeve devant moi, mais peut-être que non, finalement. Peut-être qu'ils ont cassé, eux aussi.

Reeve a perdu son air narquois, et je sais que je commence à lui taper sur les nerfs.

— Comme je te l'ai déjà expliqué un million de fois, Rennie et moi, on est juste amis.

Sèchement, je lui assène :

— Oh… Tu veux sans doute dire amis, et plus si affinités.

Reeve lève les mains.

— Tu peux croire ce que tu veux. Ça m'est égal.

— Je crois ce qu'elle m'a raconté, espèce d'idiot. Je

l'ai vue chez toi ! Elle était plus que contente de me le balancer en pleine face.

— Quand ? exige-t-il de savoir.

— L'autre jour, lors des portes ouvertes de tes parents.

Reeve sursaute de surprise.

— Tu es venue ?

Je regarde autour de moi et repère Rennie dans la foule, entourée des joueurs de l'équipe de foot. Alors comme ça, elle ne lui a pas dit que j'étais passée. Comme c'est étonnant. Mais bon, ça ne fait aucune différence, de toute manière.

Je hausse les épaules.

— Ouais, je suis passée. Rennie m'a informée que tu ne voulais pas me voir, alors je suis repartie.

Reeve me dévisage.

— T'es sérieuse, là ? Tu es venue chez moi ?

— Oui, et alors ? dis-je en me penchant pour essayer de passer sous son bras.

Mais il recule et me bloque à nouveau.

— Attends ! Je ne sais pas ce que Rennie t'a dit, mais j'ai passé toute la journée seul dans ma chambre, parce que j'étais furax que tu m'aies largué. C'est toi que j'aurais voulu avoir à mes côtés, Lil. Seulement toi.

Pendant une seconde, je ferme les yeux, puis les rouvre.

— Ça n'a plus d'importance, maintenant.

Au même moment, Kendall s'approche de nous et me lance :

— Salut, Lillia ! Ça va ?

Elle pose la tête sur l'épaule de Reeve, qui tente immédiatement de se dégager.

— Salut.

Je fixe la porte du coin de l'œil. Un groupe est en train d'entrer et je ne peux donc pas sortir. Je vais passer par l'arrière. Je souris rapidement à Kendall en disant :

— Amusez-vous bien, tous les deux !

Puis, je me faufile entre eux. Alors que j'ai traversé la moitié du couloir, j'entends Reeve s'approcher de moi en criant mon nom. Il hurle :

— Tu m'aimes encore, je le sais ! Je refuse notre rupture, parce qu'elle repose sur un putain de malentendu.

Je m'arrête et me retourne face à lui.

— On n'a pas rompu, parce qu'on n'était pas ensemble, et qu'on ne le sera jamais.

— Tu m'aimes ! Admets-le, Cho.

Mon Dieu, j'espère que Kat et Mary ne sont pas arrivées. Si elles nous voient comme ça, elles vont vouloir tout recommencer. Je ne peux pas continuer.

Alors je répète, plus calmement :

— Reeve, je ne t'aime pas.

— Si, tu m'aimes, ça se voit.

Il me prend la main et je tente de me dégager, mais il ne me laisse pas faire.

— Tu m'aimes, et c'est réciproque. Alors, on pourrait peut-être arrêter de jouer et nous remettre ensemble ?

Je décide de le provoquer :

— Et Kendall, dans tout ça ?

Il soupire d'un air dédaigneux.

— Je lui parlais uniquement pour te rendre jalouse. Et ça a marché.

Il m'attire vers lui jusqu'à ce que je sois suffisamment proche pour qu'il puisse m'embrasser.

— Tu sais, notre relation n'a pas besoin d'être aussi compliquée.

Je suis sur le point de protester quand soudain, il me prend le visage entre ses mains et m'embrasse. Je résiste l'espace d'une seconde, puis lui rends son baiser, parce que j'en rêve depuis des jours. Mes mains s'enroulent autour de son cou pour le serrer tout contre moi et ses cheveux sont doux sous mes doigts.

J'entends un petit cri de surprise, puis me sépare de Reeve dont les bras me retiennent contre le mur.

— C'est quoi, ce bordel ?

C'est Rennie, qui nous observe à l'autre bout du couloir. Sidérée. Elle me pointe de l'index, le bras tremblant.

Reeve se retourne, la voit et dit :

— Attends, Ren.

Elle s'éloigne de nous et se réfugie dans la cuisine. Je la suis, Reeve sur les talons.

— Rennie…

Elle me repousse et martèle la poitrine de Reeve des deux poings.

— Tu l'as préférée à moi ? (Rennie sanglote de colère et recule d'un pas.) Elle n'est pas celle que tu crois, Reeve. Tu la penses douce et innocente ? Quelle connerie ! En vérité, c'est une pute.

— Ne parle pas d'elle comme ça, l'avertit Reeve.

Rennie l'ignore et s'avance vers moi.

— Je t'ai laissée me suivre gentiment, je t'ai prise sous mon aile, j'ai carrément bâti ta réputation ! (Tout le corps de Rennie tremble de rage.) Sans moi, tu ne serais personne !

Reeve tente de s'interposer entre nous.

— Ren, arrête. Lillia ne m'a pas volé à toi, alors ne l'accuse pas. Tu sais que je t'aime bien, mais ce ne sera jamais comme ça entre nous.

— Ne t'avise pas de prendre sa défense contre moi ! hurle Rennie en tournoyant autour de lui. Tu ne la connais pas sous son vrai jour !

Le souffle court, je m'avance vers elle.

— Rennie, tu vois les choses sous le mauvais angle. C'est toi qui as toujours voulu ce que j'avais, pas l'inverse. Depuis que je te connais, tu es jalouse de moi parce que j'ai tout ce que tu désires.

Elle retrousse les lèvres dans un rictus.

— Je n'arrive pas à croire que tu retournes tout ça contre moi aujourd'hui.

Je m'humecte les lèvres.

— Tu sais quoi ? Je crois que d'une certaine manière, tu étais contente de ce qui est arrivé cette nuit-là avec ces gars.

Rennie regarde furtivement Reeve, puis repose les yeux sur moi.

— La ferme, me prévient-elle. Ne dis pas un mot de plus.

— Je crois que tu étais contente, parce que ça m'a ramenée à ton niveau. (Ma voix tremble.) Je n'étais plus l'innocente Lillia. Je n'étais plus une princesse, ni une vierge. Je n'étais plus spéciale. J'étais comme toi. Une fille abîmée par la vie.

Rennie lève la main à la vitesse de l'éclair et me gifle si fort que je vacille sur mes talons et manque de tomber.

Reeve braille :

— Putain, Rennie !

Il me tire en arrière et s'interpose entre nous.

Des larmes mêlées de mascara noir roulent sur les joues de Rennie.

— Elle n'en a rien à foutre de toi, crois-moi !

Je secoue vigoureusement la tête. Je pleure, moi aussi.

— C'est faux.

Malgré tout ce que j'ai fait, ce n'est pas la vérité.

Un garçon en bretelles entre en titubant dans la cuisine et s'excuse :

— Oups, je pensais que c'était les toilettes.

— Dégage ! hurle Rennie.

Le garçon détale. Dès qu'il est parti, Rennie recommence, en s'avançant vers moi, cette fois-ci.

— Je te le dis, Reeve. Elle n'est pas celle que tu crois. C'est une sale pute roublarde et menteuse. (Satisfaite, elle prend une profonde inspiration.) Et je peux le prouver !

Oh, mon Dieu. Oh. Mon. Dieu.

J'ai la tête qui tourne. Rennie est au courant. Elle sait ce que j'ai fait le soir du bal des étudiants. Mais comment a-t-elle su ?

— Reeve, s'il te plaît, va-t'en. (Je l'implore en le poussant hors de la pièce.) Sors.

Je le pousse de toutes mes forces, mais il ne bouge pas.

Rennie est écarlate.

— Tu aurais pu le tuer, Lillia !

— Je t'en prie, Reeve !

Je le supplie en tentant de le diriger vers la porte.

Reeve reste planté comme une statue, les bras croisés.

— De quoi est-ce que tu parles ?

Rennie sanglote.

— Je suis la seule à avoir été là pour toi. Après ta blessure, personne ne s'est occupé de toi, à part moi. C'est moi qui suis passée te voir à l'hôpital tous les jours. C'est à ce point que tu comptes pour moi !

Reeve serre les dents. Froidement, il lui déclare :

— Si je comptais tellement pour toi, tu m'aurais informé que Lil était passée le jour des portes ouvertes. Mais non. Tu as vu à quel point j'étais bouleversé, mais tu n'as rien dit.

Puis, il se retourne vers moi et me lance :

— On y va.

Désespérée, Rennie s'écrie :

— Attends ! Attends. (Elle chancelle sur ses talons et se redresse à nouveau.) Je voulais réserver cette bombe pour minuit, mais tant pis.

Sans me quitter des yeux, elle ajoute :

— Tu sais pourquoi tu es tombé de l'estrade le soir du bal ? Lillia t'a drogué. Elle a versé un truc dans ton verre. J'ai trouvé une photo où on la voit faire !

J'ai l'impression que la scène se déroule au ralenti. Quand je tourne le cou pour regarder Reeve, on dirait que j'ai la tête sous l'eau. Rennie a le souffle court. Elle attend que Reeve réagisse.

— Laisse-moi te montrer la photo, Reeve. Je ne te mens pas ! Je ne t'ai jamais menti. (Elle m'adresse un sourire machiavélique.) Tu sais quoi, Lil ? Ta petite vie parfaite est terminée. Tu vas aller en taule, sale pute.

Tout est fini. Je suis foutue. Reeve, mes amis, ma vie entière… tout est fichu.

Le visage de Reeve est impassible. Il ne me regarde pas. Puis, d'une voix calme et mesurée, il réplique :

— Je n'ai pas besoin de ta preuve. Je sais déjà ce qui s'est passé le soir du bal.

— *Comment* ?

— C'est une blague débile qui a mal tourné. Elle ne voulait pas me blesser. Alors, oublie ton plan de merde et laisse couler. Je suis sérieux, Ren. Si tu veux continuer de me voir, tu ferais mieux de lâcher l'affaire direct. (Il me tend la main.) Viens, Lil.

— Reevie, non ! crie-t-elle. Je t'en supplie !

Je l'autorise à me prendre la main et à m'escorter hors de la cuisine puis dans l'entrée, où la foule commence à se masser. Ils nous observent quand Reeve les repousse pour me laisser passer. J'aperçois Alex au milieu des fêtards, et je dois détourner les yeux.

Dès que nous avons rejoint la rue, je lui dis d'une voix entrecoupée :

— J'ai oublié ma veste.

— Attends-moi ici. Je vais la chercher.

Il se fraye un chemin à l'intérieur, m'abandonnant seule avec le videur, qui fume une cigarette.

Il me dévisage.

— La vache, tu t'es battue avec une fille, ou quoi ?

Je me touche la joue. Elle est chaude et m'élance.

— Plus ou moins. Mais tout est réglé, maintenant.

LX
KAT

Je verse un doigt de whisky dans mon verre. Le glaçon tinte et fond lentement, et le liquide ambre prend la couleur du miel. J'avale une petite gorgée qui me brûle le fond du palais comme seuls les alcools haut de gamme le font.

Le DJ passe d'un rap connu à un vieux morceau de jazz. Il alterne comme ça depuis mon arrivée, il y a vingt minutes. C'est bizarre, mais ça marche. Les gamins qui se trémoussent sur la piste de danse se mettent à tressauter et à onduler, transformant ce tube vieillot en air sexy et contemporain. J'agite la tête en rythme, le sourire aux lèvres, et prends une autre gorgée.

Je dois l'avouer, le réveillon de la Saint-Sylvestre chez Rennie est aussi spectaculaire qu'elle l'avait promis. Ce qui veut dire quelque chose, parce que j'ai déchanté bien souvent en constatant sa tendance à l'exagération. Une fois, quand on avait huit ans, elle a fait tout un cirque pour m'inviter à passer le week-end dans la maison d'été de sa grand-mère, au bord de la rivière. En fait, c'était une résidence pour personnes âgées près d'une crique envasée. On a toutes les deux attrapé des teignes en y pataugeant jusqu'aux chevilles après un défi idiot.

Je me suis remémoré ce week-end en me préparant ce soir. C'était agréable de se concentrer sur un souvenir sympa de l'époque où je ne détestais pas Rennie de tout mon être. Je ne lui pardonne pas pour toutes les saloperies qu'elle m'a fait endurer. Je ne pourrais pas tourner la page comme si de rien n'était, même si j'en avais envie. Mais bon, je préfère nettement une cicatrice à une plaie béante.

Je me touche la tête pour m'assurer que ma coiffure est bien en place. Il m'a fallu une éternité pour réussir mon brushing cranté. J'ai dû me laver les cheveux dans le lavabo à deux reprises et tout recommencer. Pendant tout ce temps, je me suis demandé à quoi une fête de lycée pouvait bien ressembler. Je n'en avais aucune idée. Comme Mary, je n'étais jamais allée à une seule jusqu'ici.

J'ai entendu parler des fêtes de folie de Rennie pendant des années. J'ai levé les yeux au ciel en entendant des élèves raconter ces tueries où l'alcool volé et autres substances à la limite de la légalité coulaient à flots. Mais ce soir, je dois lui rendre hommage. Sa fête, c'est du Rennie à l'état pur. Du punch servi dans des coupes en cristal, des accessoires de bar vintage, des nappes en tissu. Le DJ, le videur, tout ce monde costumé. Et pas des déguisements minables, en plus, comme ceux qu'on dégotte pour Halloween. Tous les invités ont sorti le grand jeu ce soir. Sans mon fichu brushing cranté, j'aurais vraiment eu l'air d'une conne.

Je suis sacrément impressionnée, d'autant plus que Rennie n'a pas les moyens d'acheter tout ce dont elle a besoin pour organiser ce genre de fête. Elle a dû vachement bosser pour réussir à donner une telle sensation de luxe avec un petit budget.

Rennie devrait en faire son métier. Organisatrice d'événements, j'entends. Sans rire. Je vais le lui dire quand je la verrai.

Aussi dingue que ça puisse paraître, je suis contente d'être venue.

Pendant tout l'après-midi, je me suis préparée à affronter les inévitables regards noirs, et les murmures du style « Que fout cette cassos ici ? » Tout le monde sait que Rennie et moi avons un passé commun. Et même si je respecte les codes (coiffure, combinaison noire, bas résille et étui à cigarettes argenté), ils savent que je ne fais pas partie de leur monde. Pas vraiment.

Finalement, je me suis inquiétée pour rien. Tout le monde a été gentil avec moi. J'ai eu le droit à des « Ça roule, Kat ? », des « Bonne année ! » et des « Salut, DeBrassio ! » Certaines filles m'ont même fait la bise. Je n'ai pas parlé à tous ces gens depuis une éternité. Je les ai ignorés et snobés ces quatre dernières années. Ce soir, nos rancœurs se sont envolées.

Comme ça, du jour au lendemain.

Je sirote mon whisky et me faufile au milieu de la foule pour regagner l'avant de la galerie. La vitrine est couverte de condensation, que j'essuie pour regarder dehors. Où est Mary ? Elle devrait être arrivée maintenant. Un groupe de gamins fait la queue pour entrer ; les garçons ont les mains dans les poches et les filles frissonnent dans leurs robes légères. Je me surprends à sourire. Ils ne connaissent probablement pas le mot de passe.

Je sens quelque chose me chatouiller le bras. Une plume.

Je me retourne et tombe nez à nez avec Ashlin.

— Salut ! bredouille-t-elle en prenant une minuscule gorgée de champagne.

Sa robe est courte et entièrement brodée de sequins rose pâle. Elle est hyper moulante et j'ai l'impression que ses énormes seins vont déborder par-dessus. Elle s'est dessiné une mouche noire sur la joue gauche et ses paupières sont pailletées.

— Salut.

Je remonte ma bretelle sur mon épaule.

Elle me chatouille à nouveau avec sa plume, qui doit s'être détachée de son sac à main. On dirait un minuscule poussin rose couvert de duvet.

— Euh, juste par curiosité, Rennie sait que tu es là ?

Je la fixe du regard. Quelle sale bimbo. Elle est vraiment débile, ou elle le fait exprès ? Elle croit franchement que je pourrais me pointer sans avoir été officiellement invitée ?

Sauf que je n'ai pas croisé Rennie ce soir. Pas encore, en tout cas. J'ai l'estomac noué. Je me demande si ce n'est pas un piège qui va me péter à la tronche, cette surprise de minuit à laquelle elle voulait que j'assiste.

Soudain, j'aperçois Reeve et Lillia sortir par la porte d'entrée.

Mais qu'est-ce qui se…

Puis, Rennie s'élance après eux. Elle est calme, ne dit rien, mais je vois bien qu'elle est bouleversée. Reeve et Lillia sont partis, et Rennie s'immobilise au beau milieu de la piste de danse. Personne ne la remarque. Personne, à part Ashlin et moi.

Rennie se retourne comme par magie et s'avance vers nous en chancelant sur ses talons hauts. À mesure qu'elle s'approche, son menton se met à trembler et elle retient ses larmes. Je fais un pas de côté pour lui permettre de rejoindre Ashlin.

— Ren ! lui lance Ashlin tout sourire, parce qu'elle est vraiment bête. On danse ?

Rennie repousse Ashlin et me tombe quasiment dans les bras. Je regarde derrière moi et tente de voir par la vitrine dans quelle direction Reeve et Lil sont partis, mais elle est couverte de buée.

À côté de nous, Ashlin titube, manifestement ivre, et semble désorientée. Puis, autour de nous, d'autres personnes commencent à nous remarquer, ou plutôt à remarquer Ren.

— Kat, c'est la faute de Lillia. C'est elle qui l'a drogué.

Elle arrive à peine à parler. Elle me serre fort du bout des doigts. Et elle frissonne.

Je l'attire vers les toilettes.

— Viens.

En chemin, nous croisons Alex. Je lui souris poliment, mais Rennie l'aperçoit et lui lance :

— Ta copine est une grosse salope qui joue un double jeu !

Alex est sidéré.

Dans les toilettes, je verrouille la porte. Je vide mon fond de whisky et remplis mon verre d'eau du robinet, avant de le lui tendre.

— Bon, tu vas me dire ce qui se passe, oui ou non ?

Rennie avale quelques gorgées, mais manque de s'étrangler, tellement elle pleure.

— Elle le savait. Elle savait que je l'aimais et elle me l'a piqué. Cette salope obtient tout ce qu'elle veut ! C'est vraiment trop injuste !

Je résiste à l'envie de confier notre plan à Rennie. De lui confesser que Lillia n'en a rien à faire de Reeve. Mais je me tais, parce que… est-ce que Lillia n'en fait qu'à sa tête ? Je croyais qu'on en avait terminé après qu'elle a planté Reeve le jour des portes ouvertes chez sa mère. Aurait-elle trouvé un moyen plus efficace de le blesser ? Peut-être qu'elle n'a pas encore eu l'occasion de tout nous raconter.

— Calme-toi, calme-toi. De quoi est-ce que tu parlais tout à l'heure ? C'est quoi cette histoire de… drogues ?

Assise sur le sol carrelé, elle lève les yeux vers moi. Son mascara a coulé et elle a l'air d'un raton laveur. Elle ouvre la porte du meuble du lavabo et en sort une pile de photos. J'en découvre une du bal des étudiants. Deux filles, bras dessus, bras dessous, qui sourient. Il me faut une minute pour comprendre ce qui se passe en arrière-plan.

On voit Lillia verser l'ecstasy liquide dans le verre de Reeve pendant qu'il regarde ailleurs.

Je m'agrippe au porte-serviettes pour me soutenir.

— Je le lui ai dit, et il s'en moque ! Il veut être avec elle. Ils se sont barrés main dans la main !

Ma tête tourne, et il fait foutrement chaud ici.

Je lui assure :

— Ren, je ne vois pas ce que ça prouve.

Et pourtant, la photo prouve tout.

Elle laisse échapper un rire nerveux.

— Regarde bien. Elle a une sorte de fiole dans la main. Ça doit être de l'ecsta liquide. Il n'y a qu'un seul moyen de s'en procurer. Ce sale connard de Kevin deale avec les mecs du restaurant. Je suis sûre que si je lui demande, il se souviendra d'en avoir vendu à une asiat.

Sauf que Kevin ne l'a pas vendue à Lillia, mais à moi.

Oh, putain.

Je consulte mon téléphone en espérant y trouver un message de Lillia. Rien. Est-ce qu'elle a conscience que tout ceci pourrait nous péter à la tronche ?

Quelqu'un frappe à la porte des toilettes. Je beugle :

— Bon sang ! Y'a déjà quelqu'un !

— Kat ? (C'est Alex.) Euh, est-ce que Lillia est avec vous ? Ou est-ce que tu l'as vue partir ?

Rennie rejette la tête en arrière et explose.

— Alex, Lillia n'en a rien à foutre de ta gueule ! Fourre-toi bien ça dans le crâne, crétin ! Elle est avec Reeve. Elle te considère juste comme son petit toutou !

Rennie s'apprête de nouveau à vociférer, mais je pose la main sur sa bouche pour l'arrêter et entrouvre la porte. Alex est debout, hébété. Je lui demande :

— Désolée, tu nous laisses une minute ?

Puis, je referme la porte.

Rennie s'essuie sous les yeux.

— Lillia va morfler. Si Reeve s'en fout de ce qu'elle a fait, ce ne sera pas le cas de tout le monde. Ils vont tous la détester autant que moi. Où est Nadia ? Tu l'as vue ce soir ?

Eh merde. Il va falloir que je limite la casse.

— Allez, on sort. En se dépêchant, on peut encore les rattraper.

Je m'attends à ce que Rennie proteste, mais elle n'en fait rien, et ça m'attriste pour elle. Elle lève les mains et je la relève comme une poupée de chiffons.

— Où est ton sac à main ?

— J'en ai pas ce soir.

Merde. Je ne suis pas venue en voiture. C'est Pat qui m'a déposée. Je ne veux pas perdre de temps en lui envoyant un SMS pour lui demander de passer nous prendre.

— Tu es venue avec ta caisse ?

Rennie hoche la tête.

— Ma Jeep est garée derrière. La clé est sur le contact.

J'entrebâille la porte des toilettes et jette un coup d'œil à l'extérieur. Heureusement, il est près de minuit; les fêtards ont commencé à se rassembler dans l'espace principal de la galerie. Ashlin distribue des langues de belle-mère. Alex est au milieu de la foule, mais son regard alterne entre la porte d'entrée et son téléphone portable.

J'attrape Rennie par la main et cours jusqu'à la porte de service. Nous sortons, et il fait super froid. Je l'arrête avant qu'elle grimpe sur le siège conducteur.

— Tu es à cran. Je prends le volant.

L'air frais semble réveiller Rennie. Ses yeux étincellent de rage et elle n'arrête pas de serrer et desserrer les poings.

Je démarre et allume le chauffage à fond, même s'il souffle de l'air glacial au début. Le bruit est tellement fort qu'aucune de nous n'est obligée de parler. Je sors en trombe du parking et me retourne en direction de la fête pour tenter d'apercevoir Mary. Mais qu'est-ce qu'elle fout, à la fin ?

— À ton avis, ils sont partis vers où ? me demande Rennie.

— J'en sais rien. On n'a qu'à passer chez moi pour se ressaisir. On décidera quoi faire en chemin.

Rennie regarde par la vitre ; ses yeux scrutent les alentours comme des rayons laser.

— Quand je les aurai trouvés, ils vont me le payer.

Elle essaie de voir à l'intérieur de chaque voiture que nous croisons.

Pour être honnête, j'ai de la peine pour elle. Elle ne profite même pas de sa fête après tout le mal qu'elle s'est donné. Je ne sais pas trop quoi penser sur le coup, mais je ne peux pas m'empêcher d'en vouloir à Lillia.

Il vaudrait mieux que tout ça ne soit qu'un immense malentendu. Je n'arrive même pas à envisager la possibilité que Rennie ait raison. S'il se passe réellement quelque chose entre Reeve et Lillia, je la tuerai de mes mains. Parce que faire ça à Mary serait vraiment la pire crasse au monde.

Nous arrivons chez moi et sortons de la Jeep de Rennie. Elle claque bruyamment la porte, avec bien trop de force. Elle est encore furieuse. Totalement hors d'elle.

— Donne-moi mes clés, m'ordonne-t-elle. Je vais regarder du côté des falaises, tu t'occupes des dunes.

J'ai le terrible pressentiment qu'il va se passer un truc horrible.

Je serre son trousseau dans ma main. Le porte-clés est plein de breloques et autres saletés qui s'enfoncent dans ma peau.

— Tu es sûre que tu peux conduire ? Tu es en colère, et en plus tu as bu.

— Je vais bien.

Elle me prend les clés en me regardant et en me souriant à moitié. J'ai l'impression qu'elle est contente que je ne la culpabilise pas, que je ne lui mette pas la pression et que je ne lui propose pas de dormir chez moi pour la garder à l'œil. On n'a jamais eu ce genre de relations amicales, de toute façon. Ça me ferait bizarre de commencer maintenant.

Je monte dans ma voiture alors que Rennie descend la rue à tombeau ouvert.

Toutefois, je ne me dirige pas vers les dunes, comme elle s'y attend. Je retourne à la fête. Il faut que je mette la main sur ces photos avant que quelqu'un les trouve.

J'espère que Lillia sait ce qu'elle fait. Parce que si ce n'est pas le cas, on est toutes mortes.

LXI
MARY

Je ne sais pas comment j'ai réussi à me relever et à aller à la fête de Rennie. Je nage en plein brouillard ; j'ai l'impression de flotter hors de mon corps, de me regarder évoluer dans les rues depuis le ciel. La neige tombe en minuscules flocons qui recouvrent à peine le sol, les arbres et les pelouses défraîchies. Je ne sens même pas le froid. J'essaye d'avaler ma salive, mais ma gorge est nouée. Qu'est-il arrivé à mon père ? Pourquoi ma mère ne m'a-t-elle pas laissée partir avec elle ?

Malgré mes pouvoirs, je n'ai pas pu les empêcher de m'abandonner.

Lorsque j'arrive à T-Town, je me mets à courir jusqu'à la galerie. Il faut que je rejoigne Lillia et Kat. Elles vont m'aider. Elles vont m'aider à retrouver ma mère et tante Bette.

Devant la porte de la galerie, je me retrouve nez à nez avec un videur en costume noir rayé qui porte un feutre noir rabattu sur les yeux. J'envisage un instant de passer en douce devant lui, mais il est tellement gros qu'il remplit l'embrasure de la porte et forme un véritable mur humain. Juste derrière lui, j'entends de la musique, des rires et des gens qui s'amusent, et ça me fait mal au cœur, parce que je suis à mille lieues de tout ça pour le moment. Je me demande même si je pourrai rire à nouveau un jour.

— Il faut que je rejoigne mes amies, dis-je au videur d'une voix désespérée. Elles sont à l'intérieur.

Il reste silencieux et ne relève même pas le menton pour que je puisse le regarder dans les yeux.

Eh merde. Ce fichu mot de passe top secret, c'était quoi, déjà ? Je l'ai noté sur un papier dans mon sac à main. Je me creuse les méninges, mais il ne me revient pas. Tout est confus dans ma tête.

— S'il vous plaît, monsieur. S'il vous plaît, c'est une urgence.

Le videur ne dit toujours rien. Je me demande combien de gamins il a refusés ce soir. Des gens que Rennie estime ne pas faire partie de son monde. Je me tire les cheveux, fort, mais ça ne me fait pas mal, et je me concentre du mieux que je peux pour me souvenir du mot de passe.

— Je sais qu'il y a un mot de passe pour entrer. Mon amie me l'a dit. Je… Je connais même celui qui permet de ne pas payer l'entrée. Rennie nous a invités en personne. Mais je… je… Mon amie Kat est à l'intérieur, c'est sûr. C'est une brune aux cheveux courts.

Le garde du corps se voûte tout doucement, puis sort une flasque de la poche de sa veste.

Je me dis que je vais demander à parler à Rennie, mais elle ne me laissera probablement pas entrer. Pas après la manière dont je me suis conduite quand tante Bette est passée à la galerie pour récupérer ses peintures. Je ne peux même pas filer un pot-de-vin au videur, parce que je n'ai pas un sou sur moi.

Soudain, il me revient.

— Clair de lune ! Oui, c'est ça, clair de lune !

Je le crie aussi fort que je peux, mais le garde du corps fait toujours mine de ne pas m'entendre. C'est comme si je ne me tenais même pas devant lui. Mes lèvres tremblent et les larmes me montent aux yeux. Qu'est-ce qui se passe ?

Je le supplie :

— S'il vous plaît, s'il vous plaît, laissez-moi entrer.

Mais ça ne sert à rien.

Je m'éloigne en titubant et essaye de regarder à travers la vitrine embuée. Je ne vois ni Kat ni Lillia à l'intérieur. Je n'arrive pas à les repérer dans la foule des danseurs. Mais je suis sûre qu'elles sont là. Je le sens. Je m'assois sur le trottoir et me touche la poitrine. On dirait que mon cœur bat la chamade, mais pourtant, je ne sens rien.

Soudain, je tourne la tête vers la porte de la galerie. Lillia est debout sur le trottoir. Elle frissonne dans sa robe légère et ses collants. Est-ce qu'elle me cherche ? Elle doit avoir perçu que j'avais besoin d'elle.

Je m'avance vers elle, mais Reeve surgit en portant la veste de Lil, dans laquelle il l'aide à s'emmitoufler. Ils courent ensemble de l'autre côté de la rue. Reeve soulève Lillia et la dépose dans sa camionnette. On dirait qu'ils sont pressés.

Ils s'embrassent sur la bouche avant de démarrer, dans un langoureux et tendre baiser.

Oh non. C'est pas vrai.

Je me retourne ; j'ai le vertige et m'effondre par terre. Je ne comprends pas. Comment a-t-elle pu me faire ça ?

Je suis encore assise sur le trottoir quand, depuis l'arrière de la galerie, la Jeep blanche de Rennie dévale la rue dans l'autre sens. Kat est au volant.

Je lève une main tremblante et me dégage les cheveux derrière les oreilles. Je n'ai nulle part où aller et je ne comprends absolument pas ce qui se passe. Tout mon univers s'écroule.

Je peux peut-être rattraper Maman et tante Bette avant le départ du ferry. Je vais les forcer à m'emmener avec elles, parce que je ne peux vraiment pas rester ici. Je me mets donc à courir, aussi vite que possible. Mes chaussures dérapent sur la route humide et je hurle « Attendez-moi ! Attendez-moi ! » jusqu'à en avoir mal à la gorge. Je sais qu'elles ne peuvent pas m'entendre parce que je suis trop loin, mais il faut que je fasse quelque chose.

J'arrive à la zone d'embarquement du ferry. Alors qu'elle est habituellement éclairée, ce soir elle est plongée dans l'obscurité. Je scrute le parking, mais il est désert. Une grosse chaîne métallique barre l'entrée. Toutes les lumières blanches qui courent le long de l'embarcadère sont éteintes. Le ferry ne tourne plus. Maman et tante Bette ont dû prendre le dernier.

Elles sont parties.

Je tombe à genoux et pousse un cri de désespoir qui fait trembler les arbres. Je suis épuisée, vidée de l'intérieur. Je ne peux plus continuer comme ça. Je me remets sur pieds et me dirige vers le sommet de la colline. Je sais ce qu'il me reste à faire. J'aurais dû m'y résoudre il y a longtemps. Et cette fois-ci, personne ne pourra m'arrêter.

Une Jeep blanche s'immobilise à côté de moi. Rennie est à l'intérieur. Elle a pleuré ; son maquillage a coulé et elle ressemble à un raton laveur.

— Ça va ? me demande-t-elle.

Je me rapproche péniblement de la Jeep et entrevois mon reflet dans le pare-brise. Je ne porte pas ma robe de soirée, mais un jean trempé accompagné d'un tee-shirt blanc maculé de gravillons et de terre qui colle à mes bourrelets. Je baisse les yeux et aperçois mes vieilles baskets détrempées.

J'essaye de répondre à Rennie, mais je ne le peux pas. Je m'étrangle entre deux sanglots.

Elle me dit de monter. Je ne bouge pas. Elle ouvre la portière pour moi et je finis par grimper à l'intérieur.

— Tu habites où ? Où sont tes parents ?

Je tente à nouveau de lui parler, de dire quelque chose, mais rien ne sort de ma bouche. On dirait que je m'étouffe. Comme si j'avais quelque chose autour du cou qui me serrait. Je peux sentir mes yeux sortir de leurs orbites. Mes poumons me brûlent ; je manque d'oxygène.

Rennie est effrayée, je le vois bien.

— Respire, tout va bien se passer. Contente-toi de respirer.

— Respire ! Respire !

Je veux le faire. Je veux prendre une grande bouffée d'air frais, mais tout ce que je sens, c'est la brûlure de la corde autour de mon cou. J'ai la tête qui tourne à cause du manque d'oxygène. Et du fait que je me balance accrochée à une poutre du plafond, avant qu'elle ne coupe la corde.

— Mon bébé ! Mon joli bébé ! sanglote Maman. (Elle se penche pour m'embrasser le visage, les joues baignées de larmes.) Pourquoi ? Pourquoi tu t'es fait ça ?

***

JE ME TOURNE vers Rennie et parviens enfin à inspirer un mince filet d'air. D'une petite voix fatiguée, je lui dis :

— Reeve. (Les yeux de Rennie s'écarquillent d'horreur.) C'est Reeve qui m'a fait ça. C'est de sa faute.

Elle serre les mains autour du volant sans réussir à me regarder. Elle a trop peur.

— Je... Je vais te conduire à l'hôpital.

— *TIENS BON, MA chérie* ! hurle ma mère de toutes ses forces. L'ambulance arrive ! Tiens bon, je suis là.

J'essaye, mais c'est dur. Je sens que je suis en train de partir. Je ne veux pas mourir, mais c'est exactement ce qui est en train de se passer.

Puis, dans un dernier élan, je suis tirée hors de mon corps et je m'envole jusqu'au plafond. Je vois ma mère me tenir alors que l'ambulance arrive. Ils me saisissent, mais ma mère ne veut pas me lâcher. Elle a compris. Elle a compris ce que j'ignore apparemment.

Je suis morte.

— QU'EST-CE QUE TU fais ? hurle Rennie.

Elle est terrifiée et s'éloigne de moi autant qu'elle le peut. Elle ne regarde pas la route, ni les virages.

Je sens que je m'embrase de l'intérieur. Mon corps est plus brûlant que jamais auparavant. Je ferme les yeux et tout est blanc, comme le centre du soleil. J'entends à peine Rennie, parce que c'est la fin. Je tiens ma chance de passer de l'autre côté. Je suis soulagée de lâcher enfin prise.

LXII
LILLIA

DANS LA VOITURE, Reeve et moi gardons le silence, sauf à quelques reprises où l'un de nous lance un « Oh, mon Dieu », parce que tout ça est vraiment dingue.

Je ne lui demande pas où il va et le laisse conduire.

Nous débouchons dans les bois. Tout est calme et sombre. Reeve s'arrête, éteint les phares, mais laisse le moteur tourner pour ne pas couper le chauffage.

Ça n'a pas d'importance, pourtant. Pour une fois, je n'ai même pas froid. On dirait que nous sommes dans notre petite bulle.

Il détache sa ceinture, et je fais la même chose. En l'espace d'une seconde, nous nous abandonnons complètement. Je presse mes lèvres aussi fort que possible contre les siennes. Ses bras m'enlacent, me serrent fort. Je sens monter tout ce que j'avais tant de mal à contenir, et je peux dire que ça vaut pour lui également.

Je ne me lasse pas de l'embrasser. Mes mains ne sont pas assez grandes pour l'étreindre autant que j'en ai envie.

Je lui retire sa doudoune et me débats avec ma veste. Reeve me décolle de mon siège et me dépose sur ses genoux, adossée au volant. Le klaxon retentit, mais aucun de nous ne s'en préoccupe.

Il dégage son visage du mien et me dit à toute hâte :

— Quand je suis parti de chez toi l'autre jour, je suis monté dans ma chambre et je me suis allongé sur mon lit pour écouter de la musique déprimante.

Je continue de lui embrasser le visage, les yeux, les joues.

— Comme quoi ?

Il lève les yeux au ciel.

— Comme… euh… bon sang, je ne sais plus. (Il rit nerveusement.) Radiohead… Beck… Je ne m'en souviens plus maintenant.

Je l'embrasse dans le cou et remonte jusqu'à ses oreilles.

Reeve frissonne.

— Si j'avais su que tu étais passée, je serais descendu en courant. Je t'aurais présentée à toute ma famille. (Il me repousse soudainement pour pouvoir me regarder dans les yeux.) Je veux que tu saches que je n'ai pas invité Rennie. Elle est venue d'elle-même.

Je pose la tête contre sa poitrine et reste dans cette position. Je n'ai pas envie de faire quoi que ce soit qui risquerait de gâcher ce moment, mais il faut que je lui avoue tout. Je dois être honnête avec lui.

— Ce truc dont elle parlait à la fête…

Il lève mon visage à hauteur du sien.

— Oublie ça.

— Reeve, s'il te plaît, laisse-moi terminer. Je…

— Non, je t'en prie, ne dis rien. Je n'ai pas besoin de savoir ce qui s'est passé avant. Je veux juste être sûr que tu es avec moi maintenant.

— Oui.

J'hésite une seconde, puis me contente de lui confirmer :

— Je suis tout à toi.

Un sourire vient éclairer son visage; sa bouche parcourt ma nuque jusqu'à mes lèvres et nous nous embrassons à nouveau. Ses lèvres sont empressées, comme si nous n'avions que cette nuit devant nous. Je ne me souviens même plus de ce que je voulais lui dire, et c'est très bien comme ça. Nous nous embrassons à n'en plus finir. Cette fois-ci, personne ne nous arrêtera.

LXIII
KAT

Je n'ai aucun mal à subtiliser les photos. J'entre furtivement dans la galerie, les récupère dans le meuble du lavabo, puis ressors en douce. Ensuite, je m'en vais rejoindre mon frère.

Pat et tous ses amis font du camping. Je sais vaguement où ils sont, dans une clairière proche des falaises qu'il a découverte lors d'une course de motocross. Je me gare aussi près que possible, sur le bord de la route, puis fonce à travers les bois avec ma robe et mes talons. Il y a tant d'arbres que la neige touche à peine le sol.

Je les trouve. Ils ont fait du feu ; tout le monde est joyeux, bourré et glacé comme pas possible.

— Kat, s'étonne Pat en se levant du rondin sur lequel il est assis, qu'est-ce qu'il y a ?

Je file tout droit jusqu'au feu et jette la pile de photos de Rennie dans les flammes.

— Filez-moi un whisky.

Ricky me passe sa bouteille et je descends le fond cul sec.

Je reste tranquillement assise un moment, pendant que tous les autres font la fête. Toutes les quelques minutes, j'envoie à Rennie un SMS du style *T'es où ?* ou *Dis-moi où tu es !* ou encore *Réponds, Rennie, merde !*

Soudain, par-dessus le craquement des bûches, la conversation et Led Zeppelin, je crois entendre une sirène, comme celle d'un camion de pompiers ou d'une ambulance. Impossible à dire. Mais le son me fait frissonner. Je jette un coup d'œil à mon téléphone. Rennie n'a répondu à aucun de mes messages.

J'ai un pressentiment. Un mauvais pressentiment.

— Fermez-la tous une seconde !

Pat me rit au nez. Installé de l'autre côté du feu sur son duvet, il est en train de faire cuire un hot dog douteux sur une broche.

— Pourquoi, t'as entendu un yeti ?

Le reste du groupe rigole de sa blague débile ou m'ignore et continue à discuter.

Je m'éloigne de quelques pas et m'efforce de tendre l'oreille. Maintenant, je distingue deux sirènes. Peut-être même trois. Je cours jusqu'à la radio que quelqu'un a apportée et l'éteins au beau milieu d'un solo de guitare à tomber de Led Zep. Quelqu'un se plaint, mais j'aboie :

— Je ne plaisante pas ! Bouclez-la.

Quelque chose dans ma voix les incite à me prendre au sérieux. Ils ferment leurs gueules et nous écoutons tous. On dirait que tous les camions de pompier de Jar Island sont en route vers une catastrophe.

— Ricky !

Je cours jusqu'à sa moto et enfile un casque aussi vite que possible. Personne ne semble comprendre ce que je veux, sauf Ricky, Dieu merci, qui n'hésite pas une seconde. Il fait rugir le moteur et nous démarrons en trombe dans un nuage d'aiguilles de pin et de neige.

Nous roulons en direction du bruit, qui n'est pas très éloigné. Mais nous ne pouvons pas approcher. L'un des camions de pompier a bloqué la route. Je descends de la moto et cours sur le bas-côté, où un pompier est en train de dérouler un ruban rouge et blanc en travers du chemin. À une trentaine de mètres de là, une falaise escarpée semble luire dans la nuit. Mes yeux suivent la lumière jusqu'à l'eau, où une boule orange brillante brûle dans l'anse. On… On dirait que la mer est en feu.

— Qu'est-ce qui s'est passé ?

Il me regarde comme si j'étais un badaud débile à la recherche de détails sordides.

— Il y a eu un accident.

Puis, il me tourne le dos. Je l'attrape par le bras.

— Comment ça ? C'était qui ? Est-ce que c'était une Jeep blanche ?

Dès que j'ai prononcé les mots « Jeep blanche », il fait volte-face et me présente un tout autre visage.

Je tombe à genoux et pousse un cri déchirant, tel un animal sauvage.

LXIV
LILLIA

Lorsque je me réveille, le jour commence juste à poindre et je suis allongée contre Reeve, ses bras autour de moi. L'horloge du tableau de bord indique « 7:07 ». Oh, mon Dieu.

J'essaye de m'asseoir ; Reeve remue, mais ne se réveille pas et ne relâche pas son étreinte. Il me serre plus fort, et pendant une seconde, je le laisse faire. Mes parents vont me tuer.

Est-ce que ça en valait la peine ? Je contemple Reeve ; ses yeux sont fermés, ses cils sont longs et ses cheveux sont tout ébouriffés sur sa nuque. On dirait un petit garçon. Oui, le jeu en valait la chandelle. Je sais désormais qu'il m'est impossible de ne pas être avec lui. Ça va être dur, mais je vais tout expliquer à Mary et Kat afin qu'elles comprennent que je n'ai rien planifié. C'est arrivé, voilà tout. Il faudra bien qu'elles l'acceptent.

Je m'assois et secoue doucement Reeve par l'épaule.

— Réveille-toi, Reeve.

Il ouvre les paupières et sourit, puis écarquille les yeux.

— Merde.

— Mes parents vont me tuer. J'étais censée rentrer à deux heures.

Je m'écarte de lui et commence à chercher ma pochette. Je la trouve sur le sol près de mes chaussures. Je consulte mon téléphone : j'ai manqué dix-huit appels, tous en provenance de la maison.

— Oh, non.

Reeve démarre sa camionnette, puis sort des bois en marche arrière et rejoint rapidement la route principale.

— Tu seras chez toi dans six minutes. On expliquera qu'on s'est endormis, tout va bien se passer.

— Tu ne vas rien expliquer du tout ! Contente-toi de me déposer. Je leur parlerai moi-même.

Je vérifie ma coiffure dans le miroir. Un vrai carnage. Je commence à me recoiffer avec mes doigts pour démêler les pointes. Je me sens nauséeuse, et pas seulement à cause de mes parents. À chaque fois que je pense à Mary, j'ai comme un pincement au cœur. Et la manière dont j'ai quitté Rennie… Quel bordel.

Reeve tend le bras et me prend la main. Il entremêle ses doigts aux miens et me dit :

— Ren finira par s'en remettre. Je vais lui parler. Elle ne pourra pas faire la gueule éternellement.

Je laisse échapper un rire.

— Tu ne connais pas Rennie, ou quoi ? Bien sûr qu'elle le peut !

— Pas à moi, me confie-t-il. On se connaît depuis trop longtemps.

— O.K., dans ce cas elle te pardonnera, et elle continuera de me haïr.

À peine ces paroles prononcées, je sais exactement comment ça va se passer. Reeve est juste un garçon ; il n'est pas sa meilleure amie. Il ne l'a pas trahie comme je l'ai fait.

— Je ne la laisserai pas te haïr, Cho.

J'esquisse un sourire, qui disparaît aussitôt. Je murmure :

— Et Mary... Elle va être bouleversée.

— C'est qui, Mary ?

— Une amie.

Nous sommes arrivés dans mon quartier. Plus tard, si mes parents m'autorisent à ressortir de la maison un jour, je lui raconterai tout. Le pacte de vengeance avec Mary et Kat, l'ecstasy le soir du bal, le plan pour le faire tomber amoureux de moi, tout. Je sais qu'il n'a aucune envie de l'entendre, mais c'est la seule solution. Et lorsqu'il comprendra tout le mal qu'il a fait à Mary, il ira la trouver pour s'excuser. Il voudra réparer ses torts.

Lorsque nous tournons au coin de ma rue, une voiture de police est garée dans notre allée. Oh, mon Dieu. Mes parents ont lancé un avis de recherche.

Dans sa barbe, Reeve marmonne :

— Oh oh.

Il s'arrête et me demande d'un air soucieux :

— Tu es sûre que tu ne veux pas que j'entre avec toi ? Tu n'as qu'à me faire porter le chapeau.

Je suis déjà en train d'ouvrir la portière.

— Non, vas-y. Je t'appelle plus tard.

D'un bond, je sors de sa camionnette et cours jusqu'à la porte d'entrée. Je ne regarde pas en arrière, mais j'entends sa voiture s'éloigner.

À bout de souffle, je franchis la porte et me glisse dans la maison. Mon père fait les cent pas devant la cheminée, et ma mère pleure sur le canapé en tenant Nadia dans ses bras. Un agent de police est assis à côté d'elles.

Je me lance :

— Je suis désolée, je me suis endormie…

Mais j'arrête de parler quand ma mère laisse échapper un sanglot étranglé. Mon père m'observe avec une expression que je ne lui ai jamais vue jusqu'ici. Il court vers moi, me prend dans ses bras et me serre très fort. D'une voix rauque, il me dit :

— Tu vas bien, Dieu merci. On pensait…

Il ne peut même pas finir sa phrase.

— Qu'est-ce qui se passe ?

Puis, par-dessus mon épaule, je regarde Maman et Nadia sur le canapé. Ma mère pleure, tout comme Nadia. Elle lisse délicatement les cheveux de ma sœur et lui caresse le dos.

— Lillia, parvient-elle à articuler, en levant les bras vers moi.

Je suis effrayée comme jamais.

— Papa ? (Je recule et le dévisage.) Dis-moi ce qui se passe. C'est Grand-mère ?

Mon père ferme la porte d'entrée et tente de m'attirer vers le canapé.

— Assieds-toi d'abord, chérie.

Je secoue la tête.

— Non, dis-le-moi maintenant.

Il pose les mains sur mes épaules. Les rides autour de ses yeux semblent profondes dans la lumière du matin. Il a l'air vraiment fatigué.

— C'est Rennie. (Mon cœur se fige. *Non, non, non, non.*) Elle a eu un accident, et nous ne savions pas si tu étais avec elle. Elle… elle est morte, Lilli.

Mes jambes se dérobent sous moi. Mon père se précipite pour me soutenir, en vain. Ce n'est pas possible. C'est un cauchemar. Rennie ne peut pas être morte.

LXV
MARY

JE ME RÉVEILLE à l'aube, roulée en boule sur le sol recouvert d'herbe gelée, de boue et d'une légère couche de neige. Mais je n'ai pas froid. Je ne sens rien du tout. Je lève la tête.

Qu'est-ce qui s'est passé ?

Pourquoi est-ce que je suis encore là ?

Lentement, je distingue les choses qui m'entourent. Des dalles en marbre blanc, des bouquets délicats, des bougies fondues. Je suis dans le grand cimetière, au cœur de l'île.

À quatre pattes, je me rapproche de la tombe devant laquelle j'étais étendue.

« James Glenn Donovan, à notre père et mari tant aimé »

Je sanglote. Papa.

L'inscription dit qu'il est mort il y a un an. Je me creuse les méninges pour essayer de me rappeler la dernière fois où je l'ai vu. C'était forcément avant mon retour sur Jar Island. Mais je ne me souviens pas du tout de ce jour-là. Je ne peux pas entendre sa voix, ni le voir me déposer au ferry. On dirait que quelqu'un a effacé ma mémoire ; elle est totalement vierge.

Entre deux sanglots, j'aperçois la tombe à côté de la sienne. Elle a l'air vieille ; elle devait être blanche autrefois, mais maintenant, elle est grise.

« Elizabeth Mary Donovan Zane. Repose en paix, mon enfant. »

Je tends les doigts. Elizabeth. Je lis l'inscription à voix haute ; je sais que c'est mon nom.

Ma famille m'a toujours appelée Mary, parce que je porte le même prénom que tante Bette. Mais à l'école, j'étais Elizabeth.

Elizabeth Zane.

J'effleure les contours de ma date de naissance gravée dans la pierre. J'avais treize ans quand je suis…

D'un pas chancelant, je me remets debout et commence à m'éloigner de la tombe, sans laisser la moindre empreinte dans la neige. Je me retourne et cours aussi vite que je peux jusque chez moi.

La porte d'entrée est ouverte. Je me rue dans la maison, monte l'escalier à toutes jambes et me précipite dans ma chambre.

Il n'y a pas le moindre carton à l'intérieur. Les vêtements que j'ai rangés dans mes valises ne sont plus là. Ma commode est recouverte d'un drap. Dans mon lit, il n'y a que le matelas. J'entre dans la salle de bain. Le rideau de douche a disparu. Les serviettes également. Je jette un coup d'œil dans la baignoire. Elle est pleine de poussière, alors que j'ai pris une douche juste avant l'arrivée de Maman.

Pourtant, je suis allée à l'école. J'ai fait tous les trucs normaux qu'une lycéenne peut faire. J'ai des amis. J'ai deux amies, même !

Comment peuvent-elles me voir si je suis morte ?

Je ressasse tout ça dans ma tête. Toutes les personnes auxquelles j'ai parlé… Kat, Lillia, tante Bette… et c'est à peu près tout.

Attendez ! Il y a eu Halloween, aussi ! J'ai parlé à d'autres personnes, ce soir-là. J'ai même embrassé un garçon.

Soudain, je me souviens de ce que tante Bette m'a dit cette nuit-là. « Le soir d'Halloween, la frontière entre les vivants et les morts s'efface. »

Je tombe à genoux. Tante Bette a essayé de me le dire depuis le début. Mais je n'ai pas compris.

Et je ne comprends toujours pas.

Je suis vraiment restée sur l'île pendant tout ce temps ? L'hôpital psychiatrique, la nouvelle maison, les années que j'ai passées loin d'ici… J'ai tout imaginé ? Le vélo aussi ? Et mes vêtements ?

Rien de tout ça n'est réel ?

Et plus important encore… Si je suis morte, pourquoi est-ce que je ne suis pas allée au paradis ? Ou en enfer ? Pourquoi est-ce que je n'ai pas simplement disparu ? Pourquoi est-ce que je ne peux pas quitter Jar Island ?

Je ferme les yeux très fort, rejette la tête en arrière et pousse un hurlement sans fin.

LXVI
KAT

C'EST L'HEURE DU dîner, et je suis garée à quelques maisons de chez Lillia. Je fume clope sur clope derrière les vitres fermées de ma voiture. La neige n'a pas cessé de tomber depuis la nuit dernière, et mon pare-brise est presque entièrement recouvert de blanc.

Ça fait une heure que j'attends qu'elle rentre chez elle. Je ne sais pas trop où elle est. Peut-être à l'appartement de la mère de Rennie, à essayer de la réconforter. Ou peut-être qu'elle est en train de pleurer dans les bras d'Ash ou des filles de l'équipe.

Mon cœur est lourd. Rennie et moi avons été amies pendant longtemps. Malgré notre brouille au lycée, je sais que notre amitié était plus forte et surpassait toutes celles qu'elle pouvait entretenir avec d'autres.

Je ne peux même pas passer à son appart. J'ai l'impression que je n'ai pas le droit de le faire. Personne ne va passer voir comment j'accuse le coup ou me proposer son épaule pour pleurer. Personne ne va m'expliquer pourquoi c'est arrivé, quelle était la cause de l'accident et me dire ce que nous sommes tous supposés faire à présent.

J'ai dû envoyer au moins dix SMS à Lillia, et elle n'a répondu à aucun. Pas un seul, alors qu'elle sait que Rennie était ma meilleure amie, à moi aussi.

Peut-être qu'elle est encore avec Reeve.

Je n'ai pas envie de prendre des nouvelles de Mary tant que je n'aurai pas parlé à Lil et qu'elle ne m'aura pas expliqué ce qui se passe.

Je pose la tête contre le pare-brise et ferme les yeux, mais mes larmes ressurgissent aussitôt. Tout est complètement dingue. Ça n'a aucun sens.

Je n'ai pas dormi. Pas une seule seconde. Je me suis contentée de sangloter et de fumer en boucle depuis que j'ai vu sa Jeep brûler dans le ravin.

Je jette un coup d'œil à la pendule du tableau de bord. Il est dix-sept heures.

Quinze heures se sont écoulées depuis la mort de Rennie.

Il y a quinze heures, je suis la dernière personne à l'avoir vue vivante. Je lui ai rendu ses clés. Je l'ai laissée conduire.

Je recommence à trembler et à pleurer, et j'ai horriblement mal à la tête. Je plonge la main dans ma poche et en sors le Valium que Pat m'a donné lorsque j'ai essayé de m'allonger la première fois, après être rentrée des bois. Dieu sait où il se l'est procuré. Je l'avale avec une gorgée de café désormais froid que j'ai acheté à la station-service.

J'imagine que je finis par m'endormir, parce que je n'ai aucune idée du temps qui s'est écoulé avant que j'entende taper à ma vitre.

C'est Lillia.

Je me penche pour ouvrir la portière passager et elle monte à l'intérieur. La peau autour de ses yeux est rougie et son visage est livide.

— Désolée de ne pas avoir répondu à tes messages, murmure-t-elle. J'étais avec sa mère. Elle… Elle est dans un piteux état.

Je me contente de fixer Lillia, parce que je ne sais pas quoi dire. Elle se met à pleurer doucement. En silence.

— Est-ce qu'ils savent ce qui est arrivé ? Pourquoi elle a quitté la route ?

— J'en sais rien. Les policiers ne se sont pas encore prononcés.

— Tu savais qu'elle avait des photos de toi en train de verser l'ecsta dans le verre de Reeve ?

Lillia blêmit.

— Tu les as vues ?

— Ouais. Rennie me les a montrées après ton départ. J'ai dû la convaincre de partir avec moi et de ne les montrer à personne à la fête. Je suis revenue les chercher et je les ai brûlées, mais je ne sais pas s'il en existe d'autres copies.

Lillia ferme les yeux.

— Je n'arrive même pas à réfléchir à tout ça en ce moment.

— Eh bien, tu ferais mieux d'y réfléchir rapidement, parce que si quelqu'un d'autre voit ces photos, on est dans la merde. (Je grimace rageusement.) Bon sang, qu'est-ce qui s'est passé entre Reeve et toi la nuit dernière ?

Elle ouvre la bouche, mais aucun mot n'en sort.

Je secoue la tête et serre le volant à pleines mains.

— Putain, Lillia ! Qu'est-ce que tu vas dire à Mary ?

— J'en sais rien, O.K. ? crie Lillia en s'essuyant les yeux. Je suis incapable de penser en ce moment.

J'enchaîne :

— J'espère que tu ne crois pas que c'est moi qui vais le lui dire et faire le sale boulot à ta place. C'est ton problème, pas le mien.

— Putain, Kat ! Tu… Tu ne pourrais pas arrêter deux secondes, à la fin ! Rennie est morte. Ma plus vieille copine au monde est morte.

Je frappe le volant et hurle à pleins poumons :

— Tu ne crois pas que je le sais déjà ? Tu penses que tu étais la seule à te soucier d'elle ?

Lillia essuie ses larmes sur la manche de sa veste.

— Je n'arrive pas à croire que tout ça soit vrai. (Elle se tourne vers moi, le regard triste, mais plein d'espoir.) Je veux dire, c'est peut-être qu'un mauvais rêve, après tout ?

LXVII
MARY

Debout à côté de la voiture de Kat, je les écoute se disputer. Elles se battent pour décider qui va m'annoncer ce que je sais déjà. Que Reeve et Lillia sont ensemble, maintenant. Qu'ils forment un couple.

Peut-être même qu'ils sont amoureux.

Mais Kat et Lillia ignorent que j'ai des secrets, moi aussi, et des gros. Bien sûr, j'ai encore beaucoup de choses à comprendre. Ce que je peux faire, ou pas. Pourquoi Lillia et Kat peuvent me voir alors que personne d'autre ne le peut. Chaque étape viendra en son temps, j'en suis convaincue. Comme l'a dit tante Bette, je ne sais pas de quoi je suis capable.

Mais je le saurai bientôt.

Il y a une chose dont je suis sûre, en revanche. Ce qui est arrivé la nuit dernière, la mort de Rennie, c'était un accident. Mais la prochaine fois, ce ne sera pas le cas.

J'ai perdu trop de temps à essayer de pousser Reeve à regretter ce qu'il a fait, à tenter de le faire culpabiliser pour qu'il s'excuse. Mais désormais, je sais que tout cela n'a servi à rien. Il ne pourra jamais me rendre tout ce qu'il m'a pris. Ma famille, mes amis, mon cœur, ma vie. Je n'ai plus rien. Même s'il me suppliait à genoux de tout lui pardonner, ça ne suffirait pas. Loin de là.

Œil pour œil, dent pour dent, coup pour coup. Vie pour vie.

C'est comme ça que tout a commencé, et c'est comme ça que tout s'achèvera.

Fin

BIOGRAPHIE DES AUTEURS

JENNY HAN est l'auteure de la trilogie *L'été où je suis devenue jolie.* Autrefois libraire spécialisée dans la littérature jeunesse, elle est titulaire d'un master en écriture créative de la New School de New York.

SIOBHAN VIVIAN est l'auteure du roman *La Liste.* Auparavant rédactrice chez Alloy Entertainment, elle est titulaire d'un master en écriture créative de la New School de New York. Elle enseigne l'écriture créative à l'université de Pittsburgh.

Découvrez les autres titres de la collection Scarlett

Piégée

de Heather Dixon

Alors qu'une vie de rêve remplie de bals somptueux, de toilettes sublimes et d'élégants courtisans s'offrait à elle, l'univers d'Azalée s'écroule subitement. Du jour au lendemain, elle se retrouve piégée. Heureusement, le Gardien la comprend ; il est piégé lui aussi, enfermé depuis des siècles entre les murs du palais, et choisit donc de l'inviter à ses côtés.

Toutes les nuits, Azalée et ses onze sœurs empruntent un passage secret qui les conduit de leur chambre à une forêt magique. Mais il y a un prix à payer. Le Gardien aime plus que tout garder des choses. Azalée risque de l'apprendre à ses dépens, mais il sera peut-être trop tard pour échapper à son emprise…

"Fascinant."
APRILYNNE PIKE,
auteur du bestseller Wings
Piégée
HEATHER DIXON
Scarlett

Découvrez les autres titres de la collection Scarlett

Le Songe d'une Nuit d'Automne

TOME 1

La Neuvième Nuit

DE LESLEY LIVINGSTON

Kelly, jeune comédienne de dix-sept ans, a toujours cru que les fées n'existaient que dans les contes pour enfants… jusqu'à ce qu'elle rencontre Sonny Flannery. En l'espace de quelques nuits, il va changer la vie de Kelly et se faire une place dans son cœur pour l'éternité en lui ouvrant les yeux sur un monde empli de magie…

Mais Kelly assumera-t-elle son nouvel héritage ?

Scarlett

Le Songe d'une Nuit d'Automne
Lesley Livingston
La Neuvième Nuit
Scarlett

Découvrez les autres titres de la collection Scarlett

MILA 2.0

DE DEBRA DRIZA

Mila est une jeune fille tout ce qu'il y a de plus normale. Installée depuis peu dans le Minnesota avec sa mère, après le décès de son père, elle commence à rebâtir sa vie. Nouveau lycée, nouvelles copines, nouvel amoureux…

Mais tout bascule le jour où elle découvre la vérité sur son identité : elle n'est pas faite de chair et de sang, mais de matières synthétiques. En réalité, Mila est une androïde, deuxième modèle du genre, la version 2.0. Tout droit issue des laboratoires secrets de la défense, elle a été conçue et programmée pour accomplir des choses impossibles pour le commun des mortels, espionnage, infiltration, combat… Et celle qui prétend être sa mère n'est autre que sa conceptrice.

Maintenant que le secret est percé, des individus veulent mettre la main sur Mila. Mais s'agit-il de l'armée américaine, soucieuse de récupérer son bien, ou de dangereux terroristes prêts à vendre sa technologie au plus offrant ?

Pour Mila et sa mère, l'unique solution réside dans la fuite…

MILA EST UNE JEUNE FILLE COMME LES AUTRES,
ELLE A ÉTÉ PROGRAMMÉE AINSI...
MILA
2.0
DEBRA DRIZA

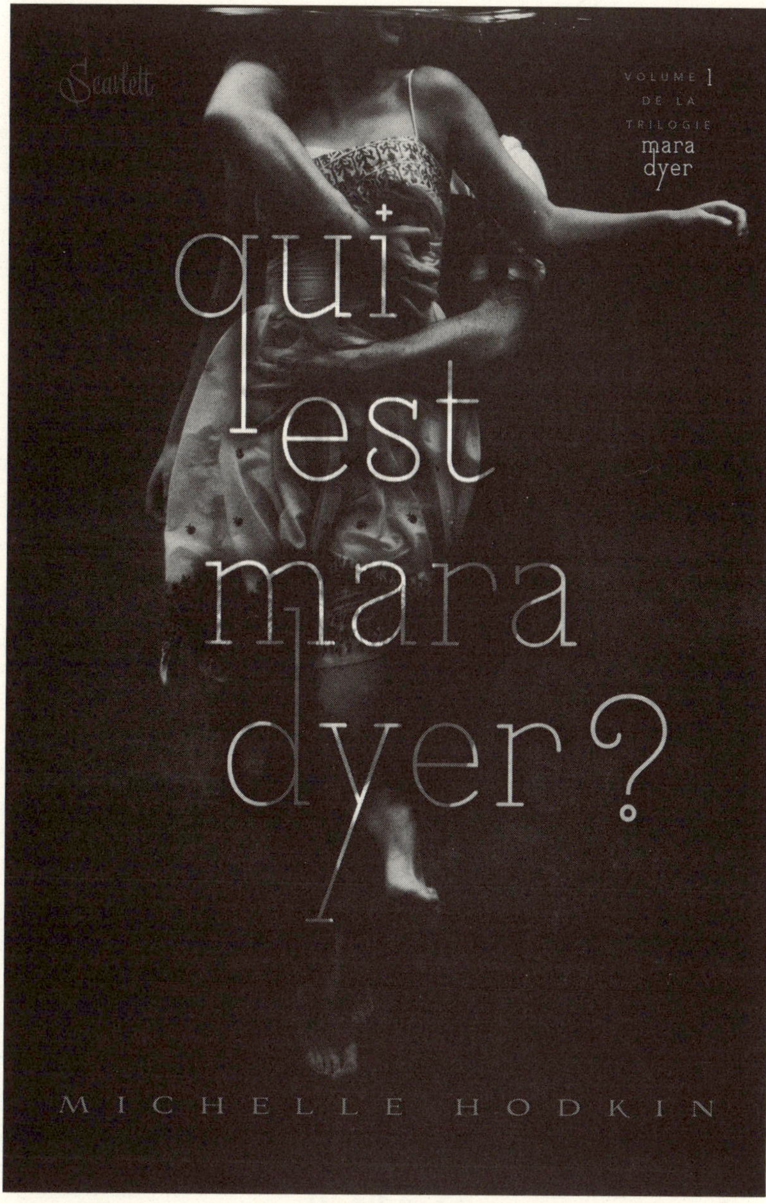
Scarlett
VOLUME 1
DE LA
TRILOGIE
mara
dyer
qui
est
mara
dyer ?
MICHELLE HODKIN

Découvrez les autres titres
de la collection Scarlett

BALLERINES

DE SOPHIE FLACK

Hannah Ward, dix-neuf ans, est danseuse au sein du Manhattan Ballet, une compagnie prestigieuse. Elle se voue corps et âme à son art. Elle n'a qu'un désir : prouver qu'elle n'est pas qu'une danseuse anonyme parmi tant d'autres, et devenir ballerine. Mais derrière le spectacle enchanteur qu'offre tous les soirs le corps de ballet à un public ravi, en coulisse se cache une toute autre réalité : amitiés et rivalités, ambitions et espoirs déçus rythment une vie de travail acharné qui ne laisse aucune place au monde extérieur.

Et quand un jeune musicien s'immisce dans cet univers fermé pour lui proposer un pas de deux, Hannah découvre à travers des émotions nouvelles qu'elle n'est pas seulement une danseuse, mais aussi une jeune femme. Elle devra alors faire un choix : se lancer à corps perdu dans la compétition pour obtenir ce solo si convoité, ou donner une chance à cet amour naissant…

Scarlett

BALLERINES
SOPHIE
FLACK
Scarlett

PANINI BOOKS

Scarlett

FSC
www.fsc.org
MIXTE
Papier issu de sources responsables
FSC® C005461

Achevé d'imprimer sur les presses
de l'imprimerie Rotolito Lombarda (Italie)
Dépôt légal : mars 2014